Lara Möller wurde 1978 in Hamburg geboren. In ihrer Schulzeit war sie aktive Rollenspielerin. Ihre Faszination für das Rollenspiel ShadowRun und die begleitenden Romane führte schließlich zu dem Entschluss, es selbst mit dem Schreiben zu versuchen. Während ihrer Ausbildung zur Schifffahrtskauffrau und in den folgenden Jahren hat sie drei Fantasy-Romane und zwei Kurzgeschichten veröffentlicht. Die Ehrfahrungen ihrer zehnmonatigen Rucksacktour durch Australien und Neuseeland hat sie auch für eine schriftstellerische Neuorientierung genutzt. Wenn Lara in ihrer Freizeit nicht gerade an einem neuen Buch arbeitet, plant sie den nächsten Wanderurlaub.

UNTER DEM EIS

Ein Christopher Diecks-Krimi

LARA MÖLLER

Überarbeitete Neuausgabe August 2022

Copyright © 2022 dp Verlag, ein Imprint der
dp DIGITAL PUBLISHERS GmbH
Made in Stuttgart with ♥
Alle Rechte vorbehalten

UNTER DEM EIS

ISBN 978-3-96087- 857-8
E-Book-ISBN 978-3-96087- 472-3
Hörbuch-ISBN: 978-3-98637-493-8

Copyright © 2019, bookshouse Ltd.
Dies ist eine überarbeitete Neuausgabe des bereits 2019 bei
bookshouse Ltd. erschienenen Titels Unter dem Eis
(ISBN: 978-9-92533-154-3).

Covergestaltung: Buchgewand
Umschlaggestaltung: ARTC.ore Design
Unter Verwendung von Abbildungen von
stock.adobe.com: © evannovostro, © Ilias Kouroudis,
© Vlad Ivantcov
neo-stock.com: © NeoStock
Korrektorat: Birgit Förster
Satz: dp DIGITAL PUBLISHERS GmbH
Druck und Bindung: Books on Demand GmbH, Norderstedt

„Es gibt nichts, womit Jesus nicht fertig wird."

*(Inschrift am Tor der St. Josephskirche,
Große Freiheit 43)*

PROLOG

November 2014

Ich hasse diese Stadt!

Missmutig klappte Simon den Kragen seiner Winterjacke hoch. Tiefe Pfützen bedeckten den unebenen Boden. Schlamm spritzte auf seine hellen Turnschuhe. Feuchtigkeit drang an den Nähten ins Innere, durchnässte die Socken und verwandelte seine Füße in Eisklötze. Der Wind trug Nieselregen und den Geruch von feuchtem Beton heran. Schon an den ersten Tagen zeigte sich der November von der schlechtesten Seite. Trüb, regnerisch, kalt.

Hamburg, meine Perle …

Für andere vielleicht. Ihn hielt nichts hier. Sobald er das nötige Geld aufgetrieben hatte, würde er abhauen. Nach Mallorca oder auf die Kanaren. Von vorn anfangen. Alles anders machen. Alles *besser* machen.

„Komm schon, drinnen ist es trocken." Nina war vorausgelaufen und wartete ungeduldig vor einem hohen Metallzaun. Dahinter lagen Stapel von Holzbrettern, verrostete Metallstangen und Reihen ehemals weißer Steine, die durch den stetigen Regen grau verfärbt waren. Eine Schautafel zeigte das computersimulierte Bild eines Hotels, dessen gläserne Fassade im Sonnenschein glitzerte.

Skeptisch betrachtete er die anderthalb Stockwerke, die aus der riesigen Baugrube ragten. Blanker Beton hinter Baugerüsten, Pfeiler, Fensteröffnungen, ein Labyrinth aus tragenden Mauern, Treppen, die ins Nichts führten.

Mitten in der Baustelle stand ein gelber Kran, dessen Ausleger hoch über allem schwebte. Die tief hängenden Wolken schienen ihn verschlingen zu wollen.

Eine scharfe Windbö fuhr in seine Kleider und zerzauste ihm das Haar. Das durchdringende Tuten eines Schiffshorns ertönte. Er wandte sich um. Jenseits des weitläufigen Brachlandes lag die Elbe. Nina liebte den Hafen. Gemeinsam mit ihrer Freundin Rieke hatten sie an den Landungsbrücken Bier getrunken und dabei die Fähren und Barkassen beim An- und Ablegen beobachtet. Danach waren sie zum Gelände des Fischmarkts gegangen, vorbei am Trockendock von Blohm+Voss, das auf der anderen Seite des Flusses lag, und weiter die Große Elbstraße entlang. Bald würde es dunkel werden.

„Lass uns zum Hauptbahnhof fahren", schlug Simon vor. „Da ist es wärmer."

Rieke hatte schon vor einer Weile die Lust an diesem Ausflug verloren und sich auf den Weg zur nächsten S-Bahn-Station gemacht. Sie stand bestimmt mit einem heißen Kaffee in der Wandelhalle und schnorrte Zigaretten oder Kleingeld von den Passanten. Simon stand der Sinn nach härteren Getränken als Kaffee. In seiner Jackentasche klirrten bei jedem Schritt leise leere Kornfläschchen.

„Nee, da hängt Paul rum." Ninas Kopf verschwand fast unter der Kapuze ihrer Winterjacke, sodass er ihren abweisenden Gesichtsausdruck nur erahnen konnte. „Den Blödmann will ich nicht sehen." Sie

streckte ihm eine behandschuhte Hand entgegen.
„Komm, das wird lustig!"

Simon seufzte. Auf einer verlassenen Baustelle her-
umzuschleichen, entsprach nicht seiner Vorstellung
von lustig. Allerdings zog er es einer Begegnung mit
Paul definitiv vor.

Nina hob einen Teil des mobilen Zauns aus seiner
Verankerung. Er blickte sich besorgt um.

„Was ist mit den Kameras?" Überall hingen Warnhinweise, dass die Baustelle per Video überwacht wurde.

„Hab noch nie eine gesehen. Sei kein Feigling!"

Bevor er protestieren konnte, streifte Nina ihren
Rucksack ab und schlüpfte durch die Lücke. Sie
huschte in den Schutz der Mauern und winkte ihn grinsend heran, euphorisiert vom Kitzel des Verbotenen.
Simon ergab sich in sein Schicksal. Rasch folgte er
Nina. Sie belohnte ihn mit einem wunderschönen Lächeln. Ihre blauen Augen strahlten, und ihre Wangen
waren gerötet von der Kälte. Er versuchte, sie zu küssen. Sie schob ihn kichernd zurück und verschwand in
dem steinernen Labyrinth. Er lief ihr nach, verlor sie
aus den Augen und versuchte, dem Echo ihrer Schritte
zu folgen. Schließlich fand er sie in einer windge-
schützten Ecke. Vor ihr erstreckte sich eine unbebaute
Fläche, die einmal ein Innenhof oder Parkplatz sein
würde. In der Mitte der Fläche stand der massive Fuß
des Krans. Es war ein beeindruckender Anblick. Simon
trat ins Freie und legte den Kopf in den Nacken. Sah
hoch, an dem gelb angestrichenen Stahl entlang, bis in
den bleigrauen Himmel. Die Perspektive machte ihn
schwindelig. Der Kran schien sich zu neigen, als würde
er gleich auf ihn niederstürzen.

Nina zog ihn in den Schutz der Mauern. Sie zündete sich eine Zigarette an und schob die Kapuze zurück. Rabenschwarzes, von hellblauen Strähnen durchzogenes Haar fiel ihr bis über die Schultern. In diesem Moment sah sie sehr jung aus. Er fragte sich, ob sie wirklich neunzehn war. Paul wäre nie mit einer Minderjährigen ins Bett gegangen, dafür war der viel zu vorsichtig. Simon wurde bald fünfundzwanzig. Den Altersunterschied fand er in Ordnung. Er nahm die Zigarette von Nina entgegen, inhalierte den Rauch und blies ihn durch die Nase aus. Danach versuchte er wieder, Nina zu küssen. Diesmal ließ sie ihn gewähren. Ihre Lippen waren warm und weich. Das Piercing in ihrer Zunge klickte gegen seine Zähne. Als er den Reißverschluss ihrer Jacke öffnen wollte, schob sie seine Hand entschieden weg.

Er unterdrückte einen frustrierten Laut. Wozu brachte sie ihn sonst hierher?

Nina holte eine Wolldecke aus dem Rucksack und legte sie zusammengefaltet auf den blanken Betonboden. Die Decke bot genug Platz, um eng nebeneinanderzusitzen. Simon spürte den harten Untergrund durch das raue Material und dachte an Sonne, Strand und kristallklares Wasser.

Nina reichte ihm eine Dose Bier und öffnete danach eine zweite. Sie tranken schweigend. Teilten sich die nächste Zigarette. Der Wind pfiff durch die Baustelle, doch in ihrer Ecke waren sie vor ihm geschützt.

„Sobald das Hotel fertig ist", verkündete Nina unvermittelt, „miete ich mir ein Zimmer im obersten Stockwerk. Die schönste Suite, die sie haben. Ich werde mich vom Zimmerservice verwöhnen lassen, eine Massage im Spa buchen und im Restaurant das teuerste Gericht bestellen."

„Woher kriegst du die Kohle?"

„Ich überfalle eine Bank", erwiderte sie mit kindlicher Entschlossenheit.

„Ganz allein?"

„Du kannst mir gern helfen."

Simon nahm den letzten Zug von der Zigarette. „Mach ich."

Er schnippte den Stummel achtlos weg und holte sein Smartphone aus der Hosentasche. Die Kamera war schnell eingeschaltet. Nina kuschelte sich an ihn. Er legte den Arm um sie, spürte ihren warmen Atem auf der Wange und versuchte vergeblich, das Smartphone ruhig zu halten. Schließlich drückte er den Auslöser. Das Ergebnis war ein reichlich verwackeltes Selfie. Nina nahm ihm das Smartphone aus der Hand. Ihr Foto sah wesentlich besser aus. Während sie es zufrieden betrachtete, fragte sich Simon, ob es eine gute Idee war, etwas mit der Ex-Freundin des Typen anzufangen, dem er eine Menge Kohle schuldete. Wahrscheinlich wäre es ratsam, sie loszuwerden und abzuhauen. Bevor Paul ihm seine Schläger auf den Hals hetzte.

„In drei Wochen wird sich alles ändern."

Er runzelte die Stirn. „Was passiert in drei Wochen?"

Nina schien ihn nicht gehört zu haben. Ihre Stimme nahm einen verträumten Klang an. „Ich melde mich in der Abendschule an und hole meinen Realschulabschluss nach. Danach mache ich eine Ausbildung zur Fotografin. In ein paar Jahren reise ich um die Welt und verkaufe meine Bilder an bekannte Magazine. Ich werde *nicht* als Kassiererin im Supermarkt enden!"

Er kannte dieses Gerede. Viele seiner Kumpels laberten ähnliches Zeug, meistens, wenn sie high oder besoffen waren. Ehrgeizige Zukunftspläne, aus denen nie etwas wurde.

„Was passiert in drei Wochen? Hast du ...?"

Abrupt richtete sich Nina auf. Sie legte ihm die Hand auf den Mund. Horchte angestrengt. Er horchte ebenfalls. Schritte hallten im Labyrinth der Baustelle wider.

Der Sicherheitsdienst? Die Polizei? Er konnte sich keine weitere Strafanzeige leisten! Nina hob den Zeigefinger an die Lippen und blickte vorsichtig um die Mauerecke.

KAPITEL 1

Dezember 2014

„Ich werde verfolgt."

Karin Neudorf hielt ihre elegante Handtasche fest umklammert. Zahlreiche Ringe zierten ihre schlanken Finger. Ihre Perlenkette passte perfekt zu den Ohrringen. Wie die Handtasche perfekt zu ihrem dunkelblauen Kostüm passte.

„Ich weiß, es klingt albern. Vielleicht bilde ich es mir auch bloß ein, aber ..." Sie hielt inne. Ein unsicheres Lächeln huschte über ihre dunkelroten Lippen.

„Das klingt ganz bestimmt nicht albern." Christopher öffnete eine Flasche Mineralwasser. Er drehte die Gläser um, die in der Mitte des Tisches auf einem Tablett standen, und schenkte ihnen ein. Er war nervös. Martin Kleemeyer, sein Chef und Inhaber der Detektei Kleemeyer, führte in diesen Minuten eine Observierung durch. Andi, der dritte Mann im Bunde, lag mit Fieber im Bett. Deshalb blieb es an diesem frühen Dezemberabend ihm vorbehalten, eine mögliche neue Klientin zu befragen. Das erste Kundengespräch, das er allein führte. Er befeuchtete seine Kehle mit einem Schluck Wasser. Nahm Block und Kugelschreiber zur Hand und lächelte sein Gegenüber aufmunternd an.

„Warum beginnen Sie nicht von vorn?"

Karin Neudorf legte die Handtasche beiseite. Sie strich sich eine blonde Haarsträhne aus dem Gesicht, in der es silbrig glänzte. Er schätzte sie auf Anfang oder Mitte fünfzig.

„Vor einer Woche ist mir ein Mann aufgefallen, der den Eingang unserer Firma beobachtet hat. Mein Büro befindet sich im Erdgeschoss, mit freiem Blick auf die andere Straßenseite. Trotz der Kälte stand der Mann bestimmt eine Stunde in einem der Hauseingänge. Nach einem Telefonat mit seinem Handy ist er schließlich verschwunden. Am folgenden Tag wartete er vor einem Café, in dem ich gelegentlich meine Mittagspause verbringe. Und vorgestern ...” Sie stockte. „Vorgestern habe ich ihn in der Nähe unseres Hauses gesehen. Wir wohnen weit von der Firma entfernt, das kann kein Zufall sein! Außerdem ist mir ein Wagen aufgefallen, von dem ich glaube, dass er mir folgt.”

„Farbe?”

„Dunkelgrün.”

„Marke oder Kennzeichen?”

„Der Fahrer hat Abstand gehalten. Vielleicht bilde ich mir alles nur ein”, wiederholte sie zweifelnd.

Christopher machte sich Notizen. „Woher nehmen Sie die Gewissheit, dass es derselbe Mann ist?”

„Seine Kleidung. Er trug jedes Mal eine dunkelgraue Jacke und dunkle Jeans. Sein Gesicht war unter einer Schirmmütze und der Kapuze seiner Jacke verborgen. Ich glaube, er ist jung. Um die dreißig.”

„Wie kommen Sie darauf?”

Sie zögerte. „Die Art, wie er sich bewegt?”

Eine sonderbare Antwort.

„Was machen Sie beruflich?”

Karin Neudorf hatte den Termin telefonisch mit Martin vereinbart, ihm jedoch keine Details zu ihrer Person mitteilen wollen. Sie hatte sogar einen falschen Nachnamen angegeben und ihren echten erst vorhin preisgegeben.

„Ich bin seit zehn Jahren Geschäftsführerin der *Neudorf-Hochtiefbau*. Nach dem Tod meines Vaters habe ich die Firma übernommen. Richard, mein Mann, kümmert sich um das Tagesgeschäft und Banktermine. Ich führe die Vorgespräche und Vertragsverhandlungen mit den Großkunden und bin für die PR und alle personellen Belange zuständig."

„Das klingt nach viel Arbeit."

„Die Auftragslage ist sehr gut. Wir wachsen stetig und haben mittlerweile Geschäftsbereiche an neun deutschen und zwei europäischen Standorten eröffnet. Im kommenden Jahr wird *Neudorf-Hochtiefbau* an zahlreichen Großbauprojekten beteiligt sein."

„Europaweit?"

„Weltweit."

Christopher hob die Augenbrauen. „Beeindruckend."

„Danke."

„Also ist Vermögen im Spiel."

Ein strenger Zug erschien um Karin Neudorfs Mundwinkel.

„Wir haben uns unseren Lebensstil hart erarbeitet."

„Zweifellos. Ich nehme an, Ihr Mann hat nach der Heirat Ihren Namen angenommen?"

„Wir haben das gemeinsam entschieden. Der Name Neudorf besitzt seit über sechzig Jahren einen hervorragenden Ruf in der Branche. Ein Rebranding stand nie zur Debatte."

Christopher nahm einen Schluck Wasser und überlegte, welche Fragen er als Nächstes stellen sollte. Für diesen Fall gab es keine Checkliste, auf die er zurückgreifen konnte. Was ihm half, war seine Vorliebe für Krimis. Es gab viele Bücher und Filme, in denen Polizisten gegen Erpresser ermittelten.

„Gibt es einen Grund, warum Sie jemand verfolgen sollte?" Die Frage war gut. Ihm fielen weitere ein.

„Wie kommen Sie auf den Gedanken, dass es um Sie persönlich geht? Der Beobachter könnte ebenso an Ihrem Mann interessiert sein. Was veranlasst Sie dazu, statt der Polizei einen Privatdetektiv einzuschalten?" Er hielt inne. Die arme Frau sollte eine Gelegenheit bekommen, zu antworten.

Karin Neudorf blickte auf ihre manikürten Fingernägel.

Sie wirkte ... schuldbewusst.

Ihm dämmerte plötzlich, in welche Richtung sich dieses Gespräch entwickeln würde.

Die Art, auf die er sich bewegt ...

„Ich habe einen Fehler gemacht." Kühle Sachlichkeit lag in Karin Neudorfs Stimme. Sie sah ihn an, und dieselbe kühle Sachlichkeit fand sich in ihrem Blick wieder. „Ich bin häufig auf Geschäftsreise. Richard arbeitet zwölf bis vierzehn Stunden am Tag. Manchmal sehen wir uns wochenlang kaum. Ich brauche Ihnen wohl nicht zu erklären, wie sich das auf unser Privatleben auswirkt. Vor einem halben Jahr hatte ich eine Affäre mit einem jungen Mann. Seine Aufmerksamkeit schmeichelte mir. Als er mich um Geld bat, habe ich mich von ihm getrennt. Daraufhin hat er mich erpresst. Mit Fotos, die er heimlich von mir aufgenommen hat. Ekelhafte, respektlose Bilder. Ich habe ihn bezahlt, und er ist verschwunden."

„Vermuten Sie, er möchte sein Konto wieder aufstocken?"

„Ich würde es ihm zutrauen."

„Wie heißt er?"

„Tim Mayer."

Christopher notierte den Namen und versah ihn mit einem Fragezeichen. Ob der echt war?

„Kennen Sie seine Adresse?"

„Nein. Wir haben uns in Hotels getroffen."

Der Klassiker.

Er überflog seine Notizen. Das Verhalten des angeblichen Verfolgers erschien ihm merkwürdig. Handelte es sich tatsächlich um den ehemaligen Liebhaber und Erpresser, konnte er Karin Neudorf leicht kontaktieren und eine weitere Bezahlung verlangen. Warum Zeit damit verschwenden, sie zu beobachten?

Vielleicht war das die Taktik. Eine Entdeckung bewusst herausfordern und Karin Neudorf auf diese Weise Angst machen. Ihren Widerstand brechen.

Seine nächste Frage war sehr persönlich, verletzend sogar, aber leider unvermeidbar.

„Gibt es mehr als einen möglichen Kandidaten für eine Erpressung?"

Empörung blitzte in Karin Neudorfs Augen auf. „Nein! Wie können Sie ...!" Sie zügelte sich, gewann ihre Haltung zurück. „Es war die erste und einzige Affäre meines Lebens. Eine schreckliche Dummheit, die ich mir niemals verzeihen werde!"

„Haben Sie Kinder?"

„Was hat das mit meinem Anliegen zu tun?"

„Vermutlich nichts. Ich möchte mir lediglich ein Bild von Ihrer familiären Situation machen."

„Wir haben einen Sohn, Wilhelm."

Christopher stockte kurz beim Schreiben. Wilhelm. Der arme Kerl.

„Wie alt ist er?"

„Fünfunddreißig."

„Arbeitet Wilhelm für Ihre Firma?"

„Nein. Er arbeitet als Grafikdesigner in Berlin. Er geht seinen eigenen Weg."

Im letzten Satz klang ein Echo verletzter Gefühle und tiefer Enttäuschung wider. Der Stammhalter, der sich weigerte, in die Fußstapfen des Vaters zu treten. Ohne ihn zu kennen, verspürte Christopher eine gewisse Sympathie für den Mann.

„Möglicherweise werden Sie aus einem anderen Grund beobachtet. Manchmal wenden sich Gläubiger an die Eltern, wenn Kinder ihre Schulden nicht begleichen können."

„Mein Sohn ist kein Spieler, und er nimmt keine Drogen! Er verschwendet seine Zeit auch nicht in zwielichtigen Etablissements, falls Sie darauf hinauswollen."

Wie Karin Neudorf dies aus der Ferne beurteilen wollte, war ihm schleierhaft. Er setzte ein doppeltes Fragezeichen hinter den Namen des Sohns.

„Ahnt Ihr Ehemann vielleicht etwas von der Affäre? Könnte es sein, dass er Sie von einem Privatdetektiv beschatten lässt? Um herauszufinden, ob Sie ihn betrügen?"

Karin Neudorf dachte darüber nach. Sie schüttelte den Kopf. „Ich war sehr diskret."

„Sind Sie sicher?"

„Ja." Ihre Gesichtszüge wurden weicher. Tränen glänzten in ihren Augen. „Ich liebe Richard über alles.

Bitte helfen Sie mir, diese Sache aufzuklären, bevor er davon erfährt. Es würde ihn zerstören!"

Christopher zog den Karton mit Kosmetiktüchern heran. Der stand, wie Mineralwasser und Gläser, bei jedem Kundengespräch auf dem Tisch.

Karin Neudorf nahm eines der Tücher heraus und betupfte ihre Augenwinkel. Der Gefühlsausbruch war ihr sichtlich unangenehm.

Er spendete keine tröstenden Worte. Ihre Verzweiflung änderte nichts an der Tatsache, dass sie selbst für diese Situation verantwortlich war.

„Wie lautet die Adresse Ihrer Firma?"

Sie holte eine Visitenkarte aus ihrem Portemonnaie. Mit dem Kugelschreiber notierte sie etwas auf der Rückseite.

„Das ist unsere Privatanschrift."

Er las die Karte. Das Büro der *Neudorf-Hochtiefbau* befand sich in der HafenCity. Die andere Adresse in Blankenese.

„Ich muss den Fall mit meinem Chef besprechen. Vorher kann ich leider keine Zusage machen."

Martin besaß die nötige Erfahrung, um abzuwägen, ob sie ohne Andi einen weiteren Fall stemmen konnten.

„Ich verstehe." Der Unterton in Karin Neudorfs Stimme ließ erkennen, dass sie nicht daran gewöhnt war, vertröstet zu werden.

„Gibt es eine Telefonnummer, unter der wir Sie diskret erreichen können?"

Sie gab ihm eine Handynummer, die er ebenfalls auf der Visitenkarte notierte.

„Hat Herr Kleemeyer Ihnen unsere Konditionen genannt? Stundentarife, Wochenendzuschlag, Abrechnung der Spesen?"

Gewöhnlich erledigte Martin das am Anfang, um Klienten ein klares Bild über die anfallenden Kosten zu geben.

Karin Neudorf nickte.

„Eine abschließende Frage: Wie sind Sie auf die Detektei Kleemeyer gekommen?"

„Über ein Bewertungsportal im Internet. Ihre Firma hat sehr gute Referenzen. Und Ihr Büro befindet sich außerhalb meines üblichen Wirkungskreises."

Das glaubte er gern. St. Georg lag nicht nur geografisch weit von Blankenese entfernt.

„Wir melden uns morgen bei Ihnen. Sollte Sie der Erpresser in der Zwischenzeit kontaktieren, empfehle ich Ihnen dringend, zur Polizei zu gehen."

„Nein. Je mehr Menschen davon erfahren, desto größer ist die Wahrscheinlichkeit, dass jemand die Medien informiert. Ich muss an den Ruf der Firma denken!"

„Der Erpresser kann die Medien selbst informieren. Gleichgültig, wie viel Geld Sie ihm zahlen. Sind diese Leute einmal auf den Geschmack gekommen, bluten sie ihre Opfer gewöhnlich bis auf den letzten Cent aus. Möglicherweise sucht sich der Erpresser auch die nächste Frau, weil er bei Ihnen mit seiner Masche durchgekommen ist. Möchten Sie dafür verantwortlich sein?"

Karin Neudorf erhob sich mit verkniffener Miene. „Ich habe bereits ein hinreichend schlechtes Gewissen, Herr Diecks. Sie brauchen es nicht noch schlimmer zu machen."

Er stand ebenfalls auf. „Es geht nicht darum, Ihnen ein schlechtes Gewissen zu machen, ich …"

Sie funkelte ihn an. „Denken Sie, es fällt mir leicht, hierherzukommen? Ich habe den schlimmsten Fehler meines Lebens begangen und kann mir weitaus Angenehmeres vorstellen, als meine Verfehlungen mit einem …", sie musterte ihn blitzschnell von oben bis unten, „… wildfremden Menschen zu teilen, der sich ohne das geringste Verständnis seine Meinung bildet." Sie deutete auf die Tür. „Ich möchte gehen."

Er starrte sein Gegenüber sprachlos an und streckte die Hand nach der Klinke aus.

Während er Frau Neudorf an der Garderobe in den Mantel half, bestellte Cindy, die brünette Empfangsdame/Sekretärin/Buchhalterin, ein Taxi.

Jemand wie Karin Neudorf lief kaum bei Dunkelheit in Absatzschuhen über den Steindamm, um am Hauptbahnhof die S-Bahn nach Blankenese zu nehmen.

Wenig später klingelte der Taxifahrer an der Tür. Christopher gab der möglicherweise neuen Klientin der Detektei Kleemeyer zum Abschied die Hand. Ihre Finger waren eiskalt. Im letzten Moment erinnerte er sich an die Visitenkarten in seiner Hosentasche. Er reichte ihr eine.

„Die sollten Sie nicht offen herumliegen lassen."

Karin Neudorf steckte das Pappkärtchen ein, ohne einen Blick darauf zu werfen. „Auf Wiedersehen, Herr Diecks."

Er schloss die Tür hinter ihr und wandte sich um.

Cindy musterte ihn prüfend.

Anstelle einer Antwort auf ihre stumme Frage atmete er geräuschvoll aus.

„So schlimm?"

„Mhm."

Einer Eingebung folgend, ging er rasch zurück ins Besprechungszimmer. Aus dem Fenster sah er hinaus auf die ruhige Rostocker Straße. Zwei Stockwerke tiefer stieg Karin Neudorf in das wartende Taxi. Im Schein der Straßenlaternen fielen ihm keine verdächtigen Personen oder dunkelgrünen Fahrzeuge auf.

Während das Taxi davonfuhr, lockerte er den Knoten seiner Krawatte. Karin Neudorfs Geschichte interessierte ihn. Gleichzeitig präsentierte sie ein moralisches Dilemma. Wahrscheinlich konnte er sie deshalb nicht leiden.

Er nahm die benutzten Gläser und stellte sie in der Küche in den Geschirrspüler. Als er aus dem kleinen Raum kam, zog Cindy gerade ihre Jacke an. Die Uhr über der Eingangstür zeigte achtzehn Uhr.

Er wünschte ihr einen schönen Feierabend.

„Und du hab eine schöne Nacht." Sie bedachte ihn mit einem mitleidvollen Blick.

„Vielen Dank." Er lächelte tapfer.

In zwei Stunden würde er Martin bei der Observierung unterstützen und bis zum Morgen ein Fachgeschäft für Fitnessgeräte beobachten, in dem möglicherweise gestohlene Elektrogeräte die Hände wechselten. Ein bekanntes Hamburger Technikhaus verdächtigte einen seiner Lageristen, mit einer Diebesbande gemeinsame Sache zu machen. Seit einigen Monaten wurden regelmäßig Lieferwagen mit Fernsehern, Blu-ray-Playern und Stereoanlagen überfallen. Der Lagerist versorgte die Bande anscheinend mit Informationen, um die Diebstähle gezielt durchführen zu können.

Nach zwei Wochen Observierungsarbeit identifizierten Martin und Andi das Sportgeschäft als wahrscheinlichen Umschlagplatz. Es war lediglich eine Frage der Zeit, bis sie die Diebe auf frischer Tat ertappten. Deshalb verspürte Christopher trotz der Aussicht auf eine schlaflose Nacht eine gewisse freudige Anspannung.

Sobald Cindy gegangen war, holte er Block und Stift aus dem Besprechungszimmer. Es blieb ausreichend Zeit, um ein Gesprächsprotokoll zu verfassen. Vorher verlangte allerdings sein knurrender Magen nach Nahrung. Er schenkte sich in der Küche einen Becher Kaffee ein und gab Milch und Zucker dazu.

Den Rest des schwarzen Wachmachers füllte er in eine Thermosflasche um. Danach nahm er eine Vorratsdose aus dem Kühlschrank. Er suchte Besteck und Servietten zusammen und trug alles zu seinem Schreibtisch. Während der Laptop hochfuhr, schob er sich zwei Servietten in den Kragen. Die Ärmel krempelte er bis zu den Ellenbogen hoch. Weiße Hemden zogen Flecken magisch an. Zumindest seine.

Amüsiert strich er das doppelte Lätzchen glatt.

Dass er eines Tages wieder zum Schlipsträger werden würde ...

Seit seinem ersten großen Fall im Sommer war einiges passiert. Martin Kleemeyer hatte einen Mitarbeiter an die Konkurrenz verloren und ihm daraufhin einen festen Vertrag angeboten. Die Auftragslage reichte nicht für eine Vollzeitstelle. Also arbeitete Christopher an drei Tagen in der Woche und half aus, wenn jemand krank war oder im Urlaub. Die Wochenstunden und Arbeitszeiten variierten stark. Gestern war er morgens um neun Uhr in die Detektei gekommen, heute um siebzehn Uhr. Er verfügte über einen eigenen Schreibtisch samt Laptop und Telefon, bearbeitete eigene Akten, besaß einen Stapel Visitenkarten und neuerdings zwei Anzüge, mehrere Hemden, Krawatten und ein Paar dunkelbraune Halbschuhe. In dieser Kleidung fühlte er sich wie ein Clown, doch der professionelle Eindruck zählte. Die Klienten nahmen ihn ernst. Jedenfalls ernster als einen tätowierten Typ in Jeans und T-Shirt.

Er zog den Deckel von der Plastikdose. Beim Anblick der mit Fleisch und Gemüsepaste gefüllten Teigröllchen lief ihm das Wasser im Mund zusammen. Sein Stiefvater Henry hatte am Vortag neue Rezepte für den Catering-Service des *Cinque Terre* ausprobiert und ihm großzügig die Reste überlassen. Obwohl Christopher stärker bei der Detektei eingespannt war, ließ er es sich nicht nehmen, regelmäßig in Henrys italienischem Restaurant zu kellnern. Oder gemeinsam mit seiner Halbschwester Jasmin die Bestellungen vom Catering-Service auszuliefern. Für ihn war das bezahlte Familienzeit.

Er spießte ein Teigröllchen auf und biss genüsslich hinein. Die Arbeit für das Umzugsunternehmen war in den vergangenen Monaten hingegen auf der Strecke geblieben. Eine nötige Veränderung. Er vermisste den Kontakt zu den früheren Kollegen und die Kameraderie. Was er nicht vermisste, waren die schmerzenden

Knochen. Sein Rücken und die Knie dankten es ihm, nicht mehr ständig das Gewicht von Sofas oder Kühlschränken mehrere Stockwerte rauf- oder runtertragen zu müssen. Seine Hosen saßen zwar etwas strammer, seitdem sein Sportprogramm nicht mehr sechs bis acht Umzüge pro Woche beinhaltete, dafür besuchte er zum Ausgleich ein Fitnessstudio. Und er lernte bei einem Selbstverteidigungskurs, wie man Angreifer davon abhielt, einem die Finger auszurenken. Oder einen zu betäuben und in unterirdische Verstecke zu verschleppen ...

Sofort sprudelten Bilder aus seinem Gedächtnis an die Oberfläche. Gerüche, Gefühle, beklemmende Erinnerungen.

Er schüttelte sie ab. Wollte sich nicht mit ihnen beschäftigen. Stattdessen aß er das letzte Teigröllchen, spülte mit einem Schluck Kaffee nach und zog seine Notizen heran. Gewissenhaft füllte er das Gesprächsprotokoll aus. Mit dem Vier-Finger-Suchsystem klappte das Tippen recht flott. Zufrieden mit dem Ergebnis druckte er die Seiten für die Akte aus. Das Konzept des papierlosen Büros hielt leider nur zögerlich Einzug in die Räume der Detektei Kleemeyer.

Eine Kopie des Protokolls schickte er an Martins E-Mail-Adresse. Falls seinen Chef später die Langeweile plagte.

Nach einem Blick auf die Uhr schaltete er den Laptop aus. Zeit, sich umzuziehen.

Er holte eine Sporttasche unter dem Schreibtisch hervor und ging ins Badezimmer. Hemd, Hose und Krawatte hängte er über einen Bügel an der Innenseite der Tür. Aus der Sporttasche holte er bequeme Kleidung, ein paar dicke Socken und zu guter Letzt die warme Funktionsunterwäsche, die ihm sein bester Freund Jacobi nach dem letzten Skiurlaub überlassen hatte. Hosenbeine und Ärmel waren einige Zentimeter zu kurz, doch sie erfüllte ihren Zweck.

Er zog das Longsleeve über und lächelte. Cobi lag in diesen Minuten vermutlich mit seiner sexy Kite-Lehrerin im Bett und stellte Dinge an, bei denen einem garantiert nicht kalt wurde. Seine sporadischen Textnachrichten ließen jedenfalls keine Zweifel daran, dass er den Kurzurlaub an der Ostsee genoss.

Schön warm eingepackt ging Christopher in den Ruheraum, der sich rechts von der Küche befand. Dort stand neben einem Bett und einem Wäscheschrank auch ein massiver Safe.

Er öffnete ihn und holte einen Rucksack heraus, in dem ein handlicher Camcorder und eine weniger handliche, sehr teure Fotokamera lagen. Die Akkus und Ersatzakkus waren geladen und neue Speicherkarten eingelegt worden.

Nach einem Ausflug auf die Toilette zog er Winterstiefel an und nahm seine gefütterte Jacke. Die Thermosflasche und eine Wasserflasche verstaute er in den Außentaschen.

Mit dem Rucksack über der Schulter verließ er die Detektei.

Auf dem Weg durchs Treppenhaus klingelte sein Smartphone.

„Bin gleich beim Wagen, Martin."

„Wie ist das Gespräch gelaufen?" Sein Chef klang erschöpft. Die Observierungen der vergangenen Tage und Nächte forderten ihren Tribut.

„Interessante Geschichte. Ich habe dir vorhin das Protokoll gemailt."

Christopher öffnete die Haustür. Kalte Luft schlug ihm entgegen. Es versprach eine frostige Nacht zu werden. „Unsere Klientin hat vor einigen Monaten ihren Ehemann betrogen. Der Liebhaber hat Geld von ihr erpresst. Sie vermutet, dass er sie verfolgt, um eine Nachzahlung zu fordern. Die Dame heißt übrigens Neudorf und nicht Krause."

„Ein falscher Name? Wie originell. Gibt es Fotos oder Filmmaterial?"

„Fotos. Wohl recht eindeutige Aufnahmen." Er ging zügig auf einen schwarzen VW Golf zu. Solange Andi krank war, durfte er den Wagen fahren. „Könnte eine zeitaufwendige Angelegenheit werden. Ich weiß nicht, ob wir das zu zweit schaffen." Er öffnete den Kofferraum des Golfs und nahm zwei Wolldecken heraus. Die würde er später brauchen.

Martin seufzte. „Ich lese mir das Gesprächsprotokoll gleich durch. Welchen Eindruck hat die Frau auf dich gemacht?"

„Verzweifelt, beschämt, wütend. Eine auf Kontrolle bedachte Geschäftsfrau, die sich in eine unkontrollierbare Situation gebracht hat. Nicht wirklich sympathisch."

„Hängt dein Urteil zufällig damit zusammen, dass sie ihren Mann betrogen hat?"

„Keine Ahnung, was du meinst."

Leises Lachen drang an sein Ohr. „In unserem Job musst du über diesen Dingen stehen, Topher. Würden die Menschen keine Dummheiten begehen, könnten wir am Monatsende unsere Miete nicht zahlen."

„Das ändert nichts an ihrem Verhalten."

„Richtig. Allerdings klingt die Frau nicht wie eine Serienbetrügerin, die sich jedem dahergelaufenen Kerl an den Hals wirft. Anders als eine gewisse junge Dame, die du einmal sehr intim kanntest."

Christopher beförderte die Wolldecken schwungvoll auf die Rückbank des Golfs. „Wie läuft die Observierung?"

Martin verstand den Wink und ließ ihm den abrupten Themenwechsel durchgehen.

„Unser Lagerist ist nach der Arbeit direkt nach Hause gefahren. Seitdem starre ich auf die Lichterkette in seiner Hecke."

„Klingt spannend."

„Kaum auszuhalten."

„Ich melde mich, wenn ich in Position bin."

„Mach das. Und Topher?"

„Ja?"

„Schön wach bleiben."

„Keine Sorge, ich habe Cindys Kaffee dabei."

„Dann kann ja nichts schiefgehen."

Er legte auf und steckte das Smartphone in die Freisprechanlage am Armaturenbrett. Die Getränke und den Rucksack verstaute er im Fußraum vor dem Beifahrersitz.

Das Navi hatte Andi mit nach Hause genommen, aus Sorge, jemand könnte es stehlen. Christopher benötigte es ebenso wenig wie den Stadtplan im Handschuhfach.

Durch die zahlreichen Fahrten für das Umzugsunternehmen kannte er Hamburgs Straßen besser als mancher Taxifahrer.

Trotz der abendlichen Stunde dauerte die Fahrt in den Norden gut fünfzig Minuten. In der Nähe des Flughafens blockierte ein defekter Lkw eine Spur und sorgte für Rückstau und ein wildes Hupkonzert.

Schließlich bog er von der Holsteiner Chaussee in den Flagentwiet ein und befand sich im gleichnamigen Gewerbegebiet. Im Schein der Straßenlaternen hielt er nach dem Sportgeschäft Ausschau. Kurz vor der nächsten Kreuzung entdeckte er es auf der linken Straßenseite. Nach einem prüfenden Blick in den Rückspiegel verlangsamte er das Tempo. Das Geschäft war geschlossen, die einzige Beleuchtung ein rot leuchtender Stern, der innen im Schaufenster über einer Ansammlung von Hanteln baumelte.

Ein kläglicher Versuch, Weihnachtsstimmung zu erzeugen.

Er wendete hinter der Kreuzung, fuhr zurück und fand eine Parklücke dem Geschäft schräg gegenüber. Zwischen einem Kombi und einem Transporter fiel der Golf nicht auf.

Nach einem Testlauf mit dem Camcorder machte Christopher noch einige Probebilder mit der Kamera. Zufrieden legte er beide Geräte griffbereit auf den Beifahrersitz. Seine Jacke drapierte er als Sichtschutz darüber.

In einem Fach in der Fahrertür steckte ein Klemmbrett mit Blankovordrucken für das Überwachungsprotokoll. Er nahm es heraus und notierte mit einem Kugelschreiber Adresse, Datum und Uhrzeit. Danach schickte er eine Textnachricht mit der Statusmeldung an Martin.

Seine erste lange Nachtobservierung …

Er brachte den Fahrersitz in eine bequemere Position und lehnte sich zurück.

Die Zeit verstrich langsam. Während das Wageninnere allmählich auskühlte, machte er alle halbe Stunde dieselbe Notiz im Überwachungsprotokoll:

Keine Vorkommnisse.

Dazu die jeweilige Zeitangabe. Gelegentlich löste er den Blick vom Geschäft, um zu überprüfen, ob sich verdächtige Fahrzeuge oder Personen näherten.

Nach und nach erloschen die Lichter in den Gebäuden entlang der Straße. Der Verkehr nahm ab. Es wurde still. Eine unwirkliche Atmosphäre legte sich über das Gewerbegebiet.

Er schraubte die Thermosflasche auf und goss sich heißen Kaffee ein.

Die größte Herausforderung in diesem Job waren nicht die mühsame Recherche, schwierige Kunden oder die unregelmäßigen Arbeitszeiten. Es war die Monotonie. Die Langeweile.

Das stundenlange, häufig vergebliche Warten.

Wie um diesen Gedanken zu widerlegen, durchbrach ein leises „Ping" die Stille.

Vorsichtig wechselte er den Deckel der Thermosflasche in die linke Hand und griff nach seinem Smartphone. Eine Textnachricht war eingegangen.

Romy.

Habt ihr die bösen Jungs schon erwischt?

Er lächelte und schrieb eine Antwort:

Nein. Ich starre seit zweieinhalb Stunden auf ein Schaufenster und friere mir den Hintern ab.

Die Antwort kam prompt.

Armer Hase :-)

Zuerst war er empört. Dann musste er lachen. Er tippte:

Hase??? Niemand hätte es gewagt, Philip Marlowe Hase zu nennen!!!

Ein erneutes „Ping".

Armer Topher?

Das Verlangen, Romy anzurufen, ihre Stimme zu hören, wurde fast unerträglich. Doch die Arbeit ging vor. Deshalb fiel seine Antwort kurz aus:

:-) Ich melde mich morgen bei dir.

Sei vorsichtig!

Bin ich. Schlaf gut.

Du lieber nicht ;-).

Es juckte ihm in den Fingern, eine Antwort zu geben. Weiter zu schreiben, bis die Nacht vorbei war.

Er legte das Smartphone beiseite und konzentrierte sich auf die Überwachung. Das Kribbeln in seinem Bauch ließ allmählich nach. Seine Gedanken blieben bei Romy. Gegen Mitternacht dachte er daran, wie es wäre, neben ihr zu liegen. Ihre Nähe zu spüren, die Wärme ihres Körpers.

Sie waren seit drei Monaten ein Paar. Miteinander geschlafen hatten sie noch nicht. Obwohl er es sich sehnlichst wünschte. Aber Romy brauchte Zeit. Sie musste Vertrauen fassen, um diese Art von Nähe zuzulassen.

Es lag nicht an ihm. Es lag an dem miesen, wertlosen Dreckskerl, der ihr irgendwann in der Vergangenheit Gewalt angetan hatte. Christopher kannte keine Einzelheiten, weil sie nicht darüber sprach. Die Hinweise ließen keine Zweifel daran, dass ihr etwas Furchtbares zugestoßen war.

Es machte ihn zornig, und es machte ihm Angst. Weil er alles richtig machen wollte. Was wahrscheinlich unmöglich war.

Er schüttelte den Kopf, um die finsteren Gedanken abzuschütteln.

Außen auf der Windschutzscheibe hatte sich inzwischen eine feine Eisschicht gebildet. Er zog die warme Jacke an und dachte daran, wie viele Menschen in Hamburg diese Nacht im Freien verbrachten.

Ob es Rudi gut ging?

Der stets freundliche Rudi und seine Schnauzer-Hündin Tessa gehörten zum beweglichen Inventar der

Reeperbahn. Christopher begegnete ihnen gewöhnlich mehrmals in der Woche, wenn Rudi die Mülleimer nach leeren Flaschen durchsuchte. Seit ungefähr drei Wochen fehlten die beiden. Allmählich machte er sich Sorgen. Vielleicht war Rudi in einer Notunterkunft außerhalb von St. Pauli untergekommen. Oder er verbrachte die kalte Jahreszeit bei der älteren Dame, die ihn regelmäßig mit Futter für Tessa versorgte. Im letzten Winter hatte sie die beiden in ihrem Gartenhäuschen übernachten lassen.

An eine weitere Alternative wollte er lieber nicht denken: Dass Rudi etwas zugestoßen war.

Gegen halb drei, als selbst die Nacht zu schlafen schien, meldete sich seine Blase. Je mehr er sie zu ignorieren versuchte, desto stärker musste er. Schließlich stieg er widerwillig aus. Die klirrende Kälte nahm ihm fast den Atem. Rasch schloss er die Fahrertür und huschte hinter den Transporter. Es bedurfte einiger Überzeugungsarbeit, bevor die Dinge funktionierten. Es war einfach verflucht kalt. Um seinen Kreislauf in Schwung zu bringen und die Muskeln zu lockern, vollführte er einige Dehn- und Streckübungen.

Sobald er wieder im Golf saß, breitete er die Wolldecken über sich aus und trank mehr Kaffee. Allmählich wurde ihm wieder warm. Und mit der Wärme kam die Müdigkeit. Sie legte sich wie Blei auf seine Augenlider.

Um nicht einzuschlafen, rief er Martin an.

Sein Chef nahm das Gespräch sofort entgegen. „Geht es los?"

„Nein. Hier ist alles ruhig."

Ein Seufzen. „Hier auch. Der gute Herr Heinze fährt meist gegen halb sieben zur Arbeit. Wenn bis dahin nichts passiert, brechen wir ab."

„Alles klar."

Ein Blick auf die Uhr. Noch drei Stunden. Er gähnte.

Langsam kam wieder Leben in das Gewerbegebiet. Die ersten Fahrzeuge fuhren vorbei. Fenster erhellten sich.

Der Himmel blieb hingegen tiefschwarz.

Um kurz vor sechs hielt ein Kastenwagen vor dem Sportgeschäft. Christophers Puls schoss in die Höhe. Sein übermüdetes Gehirn drehte schlagartig auf Hochtouren. Hektisch brachte er die Kamera in Anschlag, knipste in schneller Folge vier Fotos. Bevor er erkannte, dass es sich um das Fahrzeug einer Reinigungsfirma handelte.

Ein Mann in einem hellen Overall stieg aus. Er holte Eimer, Wischmopp und andere Putzutensilien aus dem Wagen.

Christopher hielt alles bildlich fest. Wie der Mann das Fahrzeug abschloss, schwer beladen zum Geschäft ging und die Eingangstür aufschloss. Im Inneren wurde das Licht eingeschaltet. Kurz darauf wischte der Mann den Fußboden.

Zwanzig Minuten später verließ er das Geschäft wieder. Ohne verdächtige Kartons unter den Armen. Er verstaute die Putzutensilien im Wagen und fuhr davon.

Christopher sank leicht enttäuscht in den Fahrersitz zurück. Zumindest war er nun hellwach.

Um Punkt halb sieben rief Martin an.

Herr Heinze war soeben zur Arbeit gefahren.

„Hier hat sich nichts Aufregendes getan", gab Christopher zurück. „Vorhin hat ein Mitarbeiter einer Reinigungsfirma das Geschäft geputzt. Ich habe Fotos gemacht."

„Gut. Die sehen wir uns später an. Fahr nach Hause, Topher. Es war eine lange Nacht."

Lang und ergebnislos. Er rieb sich das Gesicht. Der Adrenalinschub war längst verpufft. „Wann soll ich nachher ins Büro kommen?"

„Um sechzehn Uhr reicht. Wir können die Fotos sichten und über Frau Neudorf sprechen."

„In Ordnung."

In der beginnenden Rushhour fuhr er zurück nach St. Pauli. An einer roten Ampel schrieb er Romy eine Nachricht.

Bin auf dem Weg nach Hause.

Sie benutzte das Handy nicht als Wecker, es würde sie nicht stören. Kurz darauf piepte sein Smartphone.

Frühstück bei mir?

Gleichzeitig zu fahren und Nachrichten zu schreiben, war nie eine gute Idee. In seinem Zustand schon gar nicht. Also rief er Romy kurzerhand an.

„Guten Morgen, Mr Marlowe", meldete sich eine verschlafene Stimme.

„Habe ich dich geweckt?"

„Ich habe das Handy extra angelassen. Falls dir bei der Arbeit langweilig wird."

Ein wohliges Gefühl breitete sich in seinem Bauch aus.

„Soll ich frische Brötchen mitbringen?"

„Oh ja! Wann bist du da?"

„Gegen Viertel nach sieben."

Aus der Leitung drang ein unterdrücktes Gähnen. „Ich kann nicht versprechen, dass ich bis dahin präsentabel bin."

„Ich nehme dich auch in Schlafanzug und Wollsocken."

Romys Kichern machte ihm deutlich, wie anzüglich seine Antwort interpretiert werden konnte.

„Das habe ich eben nicht gesagt!", protestierte er.

„Ich hab's aber gehört."

Als Christopher endlich die Reeperbahn erreichte, flimmerten die Ränder seines Sichtfelds. Er hielt sich nicht lange mit der Parkplatzsuche auf, sondern nahm den erstbesten. Mit langsamen, fahrigen Bewegungen packte er die Ausrüstung zusammen und stieg aus. Müdigkeit und Kälte ließen ihn frösteln. Irgendwo weiter die Straße hinunter gab es einen Bäcker. Er schulterte den Rucksack und wankte los.

Obwohl es erst Anfang Dezember war, blinkte in vielen Fenstern Weihnachtsdekoration. In einem Hauseingang schliefen zwei Obdachlose. Unter all den Schlafsäcken und Decken war nicht zu erkennen, ob es sich um Männer oder Frauen handelte.

Beim Bäcker kaufte Christopher fünf gemischte Brötchen. Sie kamen frisch auf dem Ofen, und ihr Duft weckte sein Hungergefühl.

Schließlich stand er vor Romys Haustür. Erschöpft und trotzdem voller Vorfreude. Er klingelte.

Die Gegensprechanlage knisterte.

„Wer da?"

„Die Brötchen."

Ein Kichern. „Bitte in den zweiten Stock."

Er schleppte sich die Treppe hinauf. Die vielen Kleidungsschichten waren plötzlich viel zu warm.

Romy wartete an der offenen Wohnungstür. Sie trug ein bequem aussehendes, schwarzes Kleid und knallrote Kuschelsocken. Ihre großen, braunen Augen musterten ihn mit einem Blick, in dem Mitgefühl und Belustigung lagen.

„Du siehst *sooo* müde aus", wisperte sie. „Du hättest ins Bett gehen sollen."

„Ich wollte lieber hier sein", gab er ebenso leise zurück.

Sie lächelte verschmitzt, stellte sich auf die Zehenspitzen und küsste ihn. Sein Herz begann zu rasen. Alle Sinne konzentrierten sich auf Romys weiche, warme Lippen, ihren Geruch, ihren Körper, der sich an seinen schmiegte. Die Brötchentüte entglitt seinen Fingern und fiel zu Boden. Romy unterdrückte ein Kichern. Sie löste sich von ihm und strich ihm liebevoll die Haare aus dem Gesicht.

„Komm rein."

Mit einer eleganten Bewegung griff sie nach der Brötchentüte und huschte in die Küche. Atemlos blickte Christopher ihr nach. Er wollte mit Romy schlafen. So sehr, dass es wehtat.

Er sammelte sich, streifte die Sohlen der Winterstiefel an der Fußmatte ab und betrat die kleine, wunderbar warme Wohnung. An der Garderobe stellte er den Rucksack ab und zog Stiefel, Jacke und Pullover aus.

In der Küche goss Romy heißes Wasser aus einem Wasserkocher in zwei Becher. Am Küchenfenster und der Balkontür klebten selbst gebastelte Sterne aus buntem Papier. Unter der Deckenlampe schwebte ein Mobile mit unterschiedlich großen Schneeflocken. Schön weihnachtlich.

„Du bekommst einen Entspannungstee", verkündete Romy. „Damit du nachher gut schlafen kannst."

„Das sollte kein Problem sein." Er schob sich auf einen Stuhl an den Holztisch, der den wenigen Platz in der Küche fast vollständig ausfüllte. Beim Anblick von Marmelade, Aufschnitt, Käse, Butter und frischen Brötchen knurrte sein Magen vernehmlich. Sein Kopf wollte sich auf die Tischplatte legen und die Augen schließen.

Sobald Romy saß, reichte er ihr den Brötchenkorb und nahm sich danach selbst eines.

Während er die Brötchenhälften mit Butter bestrich und mit Salami belegte, berichtete er von der vergangenen Nacht. Endlose Stunden der Langeweile in wenige Sätze komprimiert.

„Mir würde für so etwas die Geduld fehlen", gestand Romy. „Ich musste einmal sechs Stunden am Flughafen warten, weil unsere Maschine defekt war und kein Ersatzflugzeug zur Verfügung stand. Am Ende kannte ich jedes Geschäft im Abflugbereich. Wenn ich mir vorstelle, die ganze Nacht in einem Auto zu sitzen und auf ein Gebäude zu starren ..."

„Gehört halt zum Job." Herzhaft biss Christopher ins Brötchen, genoss die wunderbare Mischung aus frisch gebackenem Teig, Butter und Salami. Er trank einen Schluck Tee. Der schmeckte besser als erwartet. Ohne Zucker allerdings etwas bitter.

Eine Weile aßen sie schweigend. Es fiel ihm immer schwerer, den Blick zu fokussieren. Im Kampf gegen die Müdigkeit zeichnete sich eindeutig ein Gewinner ab. Auch Romys Gegenwart, die seinen Körper gewöhnlich mit aufputschenden Hormonen und Endorphinen flutete, half nicht mehr.

„Ich bin noch nie geflogen", brachte er nach einem weiteren Schluck Tee hervor.

Romy sah ihn verblüfft an. „Warum nicht?"

Er zuckte mühsam die Achseln. „Mir gefällt es in Hamburg, ich muss nicht ständig woandershin. Außerdem gibt es schöne Urlaubsziele, die man mit dem Zug oder dem Auto erreichen kann."

Sie fixierte ihn mit übertriebenem Ernst. Schien angestrengt nachzudenken. „Ich mag dich trotzdem", erwiderte sie endlich mit einem amüsierten Funkeln in den Augen.

„Gott sei Dank!" Die ironische Antwort sollte seine Erleichterung verbergen.

Caro, seine Ex, hatte für sein mangelndes Interesse am Fliegen kein Verständnis gehabt. Sie wollte die Welt bereisen, nach Hawaii fliegen, Australien, Neuseeland, Afrika, in die USA. Weil alle anderen es taten. Alle anderen besaßen auch schicke Autos, teure Möbel und Designerklamotten. Er hätte Caro viel früher sagen sollen, dass sie gern mit all den anderen zusammen sein konnte, wenn ihr Statussymbole so wichtig waren. Bis heute rätselte er über seine Dummheit, eine Beziehung mit ihr anzufangen.

Erschöpft rieb er sich die Augen. Sein Hirn sendete wirre Gedanken.

„Topher?" Romy musterte ihn zärtlich. „Du solltest dich hinlegen."

„Ich mache mich gleich auf den Weg."

Seine Wohnung lag keine zehn Gehminuten entfernt. Trotzdem sträubte sich alles in ihm bei dem Gedanken, wieder in die Kälte hinauszumüssen.

„So habe ich das nicht gemeint." Sie stand auf und nahm seine Hand. Er erhob sich ebenfalls, folgte ihr verwundert. Sie führte ihn ins Schlafzimmer. Ein breites Bett füllte den winzigen Raum zur Hälfte aus. Einladend stand es da, die Bettdecke zum Auslüften zurückgeschlagen. Er blinzelte, unsicher, ob er richtig verstand. Bis Romy ihn sanft anschob.

„Du kannst hier schlafen." Sie sammelte rasch einige Kleidungsstücke zusammen und ließ ihn allein.

Er betrachtete leicht schwankend das Bett. Es war nicht das, woran er in dieser Nacht gedacht hatte, aber es war ziemlich gut. Er zog sich bis auf Unterhose und T-Shirt aus und sank mit einem Seufzer ins Bett. Einige Momente lang schmerzten sämtliche Muskeln. Danach kam die Entspannung. Erleichtert atmete er aus und schloss die Augen. Das Kissen duftete nach Romys Haarshampoo. Die Matratze senkte sich. Warme Finger strichen ihm über das Haar. Weiche Lippen hauchten einen Kuss auf seine Wange.

KAPITEL 2

Das Geräusch eines Staubsaugers weckte ihn. Eine Weile lag er mit geschlossenen Augen da. Hörte dem Dröhnen aus der angrenzenden Wohnung zu. Wer immer das Gerät benutzte, versuchte entweder, die Farbe von den Fußleisten zu kratzen, oder war auf etwas oder jemanden gehörig sauer. Er vergrub das Gesicht im Kissen. Atmete ein letztes Mal Romys Duft ein und setzte sich auf. Er fühlte sich einigermaßen ausgeruht, aber geistige Höchstleistungen würde er heute nicht vollbringen. Der Radiowecker auf dem Nachttisch zeigte kurz nach vierzehn Uhr. Er streckte sich. Hier und da knackte es leise. Verspannte Muskeln protestierten. Als er die Vorhänge öffnete, fiel fahles Tageslicht herein. Wie die Küche ging auch das Schlafzimmer auf den Hinterhof. Zwischen den kahlen Ästen einer ausladenden Kastanie war der Himmel zu sehen. Graue Wolken kündigten Regen an. Er öffnete das Fenster einen Spalt, streckte prüfend die Hand hinaus. Die Luft war kühl. Keine Minusgrade.

Er schlug die Bettdecke zurück und schüttelte das Kissen auf. Seine Kleidung hing auf Bügeln am Kleiderschrank. Am Bündchen seiner Cordhose war mit einer Büroklammer ein Zettel befestigt.

Ein Brötchen ist noch übrig.
Bring den Schlüssel später im Laden vorbei.

Lächelnd legte er den Zettel aufs Bett und zog Hose und Socken an. Nach einer Katzenwäsche im Badezimmer ging er in die Küche. Der Tisch lehnte zusammengeklappt neben der Balkontür. Der Brötchenkorb stand auf dem Kühlschrank. Daneben Becher, Brett und Besteck. Ein starker Kaffee wäre schön gewesen, doch Romy trank ausschließlich Tee. Also nahm er Pfefferminztee. Während das Wasser im Wasserkocher heiß wurde, betrachtete er den Adventskalender, der über dem Kühlschrank hing. Es war ein altmodischer Kalender, der eine Winterlandschaft zeigte, über der ein einzelner Stern funkelte. Anstelle von Schokolade verbargen sich weihnachtliche Motive hinter den Türchen. Vier waren geöffnet.

Der Kalender stammte aus einem Laden in der Langen Reihe. Ein spontaner Kauf für ein paar Euro. Die Wirkung des einfachen Geschenks war verblüffend gewesen. Romy hatte ihn angestrahlt, als wäre es der größte Schatz der Welt.

Während der Tee zog, bestrich Christopher das Brötchen mit Butter und belegte es mit Käse. Mit Brett und Becher in den Händen schlenderte er ins Wohnzimmer.

In dem kleinen Raum war es seit einigen Tagen noch enger geworden. Beim Fenster standen neuerdings ein Tisch mit einer Nähmaschine und eine Schneiderpuppe. Romy arbeitete in ihrer Freizeit gebrauchte Kleidung aus der *Zweiten Hand* um und peppte sie mit bunten Stoffen und fantasievollen Accessoires auf. Ihre Kreationen kamen bei der Kundschaft großartig an.

Was Romy sehr glücklich machte und ihn sehr stolz auf seine Freundin.

Seine Freundin ...

Was für ein Wunder.

Er stellte das Frühstück auf dem Couchtisch ab und setzte sich aufs Sofa. Es war ein sonderbares Gefühl, allein in ihrer Wohnung zu sein. Theoretisch in jede Schublade und hinter jede Tür sehen zu können. Praktisch würde er es nie tun. Romy vertraute ihm, ihre Privatsphäre nicht zu verletzen. Eines Tages würde sie ihm hoffentlich auch bei einer anderen Sache vertrauen.

Die altmodische Glocke über der Eingangstür der *Zweiten Hand* klingelte bei seinem Eintreten. Irma, Romys Chefin, blickte von ihrer Arbeit am Kassentisch auf. Ein strahlendes Lächeln breitete sich auf dem Gesicht der älteren Frau aus.

„Schätzchen!" Sie legte einen Stapel Zettel beiseite und kam auf ihn zu. „Lass dich drücken."

„Hallo, Irma." Er beugte sich herab, um sie zu umarmen.

Im Hintergrund war das Rattern einer Nähmaschine zu hören.

„Wie geht es dir, Liebchen? Du siehst müde aus."

„Es war eine lange Nacht."

„Das darf nicht zu oft vorkommen. Sonst muss ich mit deinem Chef schimpfen!"

Er schmunzelte.

Wieder erklang das Rattern aus dem Raum hinter der Kasse. Er strich Irma über den Arm und ging um den Tisch herum. Im Türrahmen blieb er stehen.

Romy saß in dem mit Regalen und Kartons vollgestellten Lager und nähte auf einer alten Nähmaschine zwei Stoffbahnen zusammen.

Als spüre sie seine Anwesenheit, blickte sie auf.

„Hi!" Ihr Lächeln ließ seine Knie weich werden. „Hast du gut geschlafen?"

„Hervorragend. Bis zur Staubsaugerattacke aus der Nebenwohnung."

Romy rollte die Augen. „Frau Wittich. Die wirft auch abends um elf ihre Waschmaschine an." Sie stand auf und umarmte ihn. „Tut mir leid."

„Macht nichts." Er gab ihr einen Kuss. „Ganz schön riskant, einen Privatdetektiv allein in deiner Wohnung zu lassen."

„Ach, die Leichen liegen alle im Keller. An die kommst du nicht ran."

„Vorsicht, ich kann Schlösser knacken."

Romy musterte ihn mit gespielter Schärfe. „Lügner."

Er grinste und reichte ihr den Schlüsselbund. „Erwischt."

„Sehen wir uns morgen Abend beim Sport?"

„Auf jeden Fall. Ich freue mich darauf, von Mark durch die Mangel gedreht zu werden."

Der Selbstverteidigungskurs wurde von Mark Brenner geleitet, seinem Erzfeind aus Schultagen. Keine Trainingsstunde verlief ohne verbalen Schlagabtausch und blaue Flecke.

„Ihr benehmt euch erstaunlich zivilisiert. Fast wie erwachsene Männer."

„Nur, wenn du dabei bist." Er küsste seine Freundin auf die Nasenspitze. „Bis morgen Abend."

Kurz vor sechzehn Uhr traf er in der Detektei ein.

Cindy schrieb Rechnungen. Martin brütete an seinem Schreibtisch über Unterlagen. Er sah übernächtigt aus, doch er summte beim Lesen vergnügt vor sich hin.

„Woher die gute Laune?", erkundigte sich Christopher anstelle einer Begrüßung.

Sein Chef lächelte verschmitzt. „Ich habe einen Ersatz für Andi gefunden. Nur für ein paar Tage, aber es bedeutet, dass wir uns um Frau Neudorf kümmern können."

„Jemand von der Zeitarbeit?"

„Viel besser. Ein ehemaliger Schulfreund leitet eine Firma für Personen- und Objektschutz. Er schuldet mir einen Gefallen und hat sich bereit erklärt, mir einen seiner Mitarbeiter auszuleihen. Kostenlos." Martin lehnte sich zufrieden in seinem Bürostuhl zurück.

„Das muss ein großer Gefallen sein."

„Sagen wir, ich habe ihn vor einer privaten Dummheit bewahrt."

„Verstehe. Hast du Frau Neudorf die gute Nachricht schon mitgeteilt?"

„Wir haben heute Vormittag telefoniert. Sie war sehr erleichtert." Martin schnappte sich seinen leeren Becher.

Christopher stellte den Rucksack mit dem Überwachungsequipment ab und folgte ihm in die Küche.

„Ich weiß, was du denkst", fuhr sein Chef fort, während er sich Kaffee nachschenkte. „Gewöhnlich helfen wir Menschen, die betrogen werden. Diesmal helfen wir eben jemandem, der betrogen hat. Ich bestreite nicht, dass Frau Neudorf einen Fehler gemacht hat, aber diesem Erpresser muss das Handwerk gelegt werden. Oder möchtest du, dass ihr Ehemann aus der Zeitung von der Affäre erfährt?"

„Natürlich nicht."

„Konzentriere dich darauf." Martin füllte einen zweiten Becher und reichte ihn weiter. „Unsere neue Klientin lässt dir übrigens etwas ausrichten."

„Ich bin gespannt."

„Sie möchte sich für ihr Verhalten entschuldigen. Die Angelegenheit ist sehr belastend für sie. Es tut ihr leid, dass sie sich im Ton vergriffen hat."

Das überraschte Christopher.

„Hat sie dich beleidigt?", hakte Martin nach.

„Nein. Nicht wirklich." Er winkte ab. „Vergessen wir's."

„Na, gut. Da du die Ermittlungen übernimmst, solltet ihr euch vertragen."

„Was?" Ihm blieb der Mund offen stehen. „Ich soll den Fall allein betreuen?"

„Ich werde dich unterstützen, wo ich kann. Aber solange wir Herrn Heinze und seine Diebesbande nicht auf frischer Tat ertappt haben, müssen wir uns aufteilen." Martin musterte ihn ernst. „Ich habe absolutes Vertrauen in dich und deine Fähigkeiten, Topher. Das solltest du auch haben."

„Danke. Also ... danke."

„Morgen geht es los. Recherche, Überwachung, das volle Programm. Falls du Fragen hast oder Probleme auftauchen, bin ich jederzeit für dich da."

Während sein Chef fröhlich pfeifend zurück zu seinem Schreibtisch schlenderte, blieb Christopher leicht benommen in der Küche stehen.

Sein erster eigener Fall als Privatdetektiv!

Er allein trug die Verantwortung für den positiven oder negativen Ausgang der Ermittlungen. Eine einschüchternde Vorstellung. Gleichzeitig freute er sich über Martins Lob und die Gelegenheit, sich zu beweisen.

Er nahm einige Schlucke vom Kaffee und ließ die Neuigkeit sacken. Anschließend sichtete er gemeinsam mit Martin die Fotos vom Sportgeschäft. Der Mitarbeiter der Reinigungsfirma wirkte legitim. Eine Recherche im Internet brachte sie auf die Website der Firma. Mit einem Anruf, in dem er Interesse an den Dienstleistungen vortäuschte, überzeugte sich Martin davon, dass es sich um keine fiktive Telefonnummer handelte. Ob der Mann während seiner Anwesenheit im Geschäft telefoniert oder Kartons mit Diebesgut sortiert hatte, konnten sie natürlich nicht sagen.

Christopher schrieb ein Protokoll der nächtlichen Observierung. Danach las er seine Notizen von dem Gespräch mit Karin Neudorf durch und überlegte die weitere Vorgehensweise. Als es nichts mehr für ihn zu tun gab, schickte Martin ihn nach Hause.

Auf dem Weg durchs Treppenhaus hörte er den Summer der Eingangstür. Kurz darauf kam ihm eine schlanke, hochgewachsene Frau entgegen. Sie mochte Anfang oder Mitte zwanzig sein und besaß ein offenes, freundliches Gesicht. Unter ihrer dunklen Mütze lugten honigblonde Haarsträhnen hervor. Eine Hand am Treppengeländer, nahm sie dynamisch immer zwei Stufen auf einmal.

Er trat beiseite, um sie vorbeizulassen. Sie lächelte. Er lächelte zurück. Blickte ihr nach.

Auf dem Rücken ihrer blauen Winterjacke prangte in Weiß der Schriftzug *ProSec – Personen- und Objektschutz.* Seine Augen weiteten sich. Die Schritte der jungen Frau verstummten eine Etage über ihm, dort, wo die Eingangstür zur Detektei lag. Sein Lächeln wurde zu einem spitzbübischen Grinsen. Wenn das die angekündigte Verstärkung war, würde er zu gern Martins Gesichtsausdruck sehen!

KAPITEL 3

Drei Tage später

„Deinen Job möchte ich haben!" Jacobi nippte an seinem Kaffee und lehnte sich im Sessel zurück. „Auf Kosten anderer in Restaurants abhängen und gelegentlich eine Notiz machen. Leicht verdientes Geld."

„Du kannst gern die nächste Nachtschicht übernehmen", erwiderte Christopher, ohne den Blick von der anderen Straßenseite zu nehmen. Dort lag die Tea Lounge, in der Karin Neudorf mit ihrer Freundin zu Mittag aß.

Wie sie es jeden Freitag tat.

Hinterher standen Besprechungen und Telefonkonferenzen auf dem Plan. Außerdem ein externer Kundentermin in der Innenstadt. Anschließend traf sie sich mit einer anderen Freundin in einem Fitnessstudio in Blankenese.

Karin Neudorfs Leben folgte einem straffen Ablauf. Berufliche und private Verpflichtungen hielten sie ständig auf Trab. Kaum Gelegenheit, die Beine hochzulegen und zur Abwechslung einmal an nichts zu denken.

Vielleicht lag genau darin der Sinn …

„Nein, danke", holte Jacobi ihn zurück in die Gegenwart. „Ich brauche meinen Schönheitsschlaf."

„Und davon eine Menge."

Cobi musste nicht von dem Kurzurlaub an der Ostsee berichten. Seine Augenringe sprachen Bände.

„Charmant, Topher. Echt charmant."

„Kim hat dich offensichtlich gut beschäftigt."

Cobi wurde knallrot. Anstelle einer Antwort brachte er nur ein jungenhaftes Grinsen zustande.

Das war neu.

Normalerweise packte sein bester Freund sofort sämtliche Details auf den Tisch. Ohne einen Anflug von Verlegenheit.

Draußen eilte ein Mann in dunkler Jacke vorbei. Christopher behielt ihn im Auge, bis er aus seinem Sichtfeld verschwand.

Ihr Tisch war der bestmögliche Beobachtungsposten im Restaurant. Von den unterschiedlichen Sitzpositionen aus konnten sie durch die verglaste Front fast den gesamten Straßenabschnitt überblicken. Obwohl Jacobi die Observierung lediglich als spannende Urlaubsaktivität betrachtete, schätzte Christopher seine Hilfe. Vier Augen sahen bekanntlich mehr als zwei, und zwei ins Gespräch vertiefte Männer erregten weniger Aufmerksamkeit als ein einzelner, der stumm aus dem Fenster starrte.

Jacobi räusperte sich. „Kim hat gefragt, ob ich über Silvester zu ihr nach Greifswald komme. Wenn das Wetter stimmt, organisiert sie mit ihren Kollegen von der Kite-Schule eine Strandparty."

„Ach, eine Strandparty? Was hast du ihr geantwortet?"

„Ich habe zugesagt, was sonst. Eventuell fahre ich früher hin. Ich habe zwischen den Feiertagen frei und ..."

Der Rest des Satzes blieb im Raum hängen.

„Du willst Weihnachten mit Kim verbringen? Karpfen blau mit ihren Eltern essen, Bescherung unterm Weihnachtsbaum?"

Jacobis Augen wurden groß. „Nein! Nein, nein, nein, nein! Wir werden ..." Er verstummte. Die Bedienung näherte sich. Die junge Frau stellte lächelnd einen Teller mit Tomaten-Mozzarella-Ravioli vor Christopher hin.

„Guten Appetit."

„Dankeschön."

Im Gegensatz zu Jacobi gönnte er sich ein ordentliches Mittagessen. Die Zeit bis zur nächsten Gelegenheit konnte lang werden.

„Wir werden keine Familienzusammenführung an Heiligabend veranstalten", stellte Jacobi klar. „Darauf haben Kim und ich beide keine Lust. Außerdem habe ich ihre Eltern bereits getroffen", fügte er leiser hinzu. Als wäre es ihm peinlich.

„Wow! Dass ich den Tag erleben darf, an dem du eine feste Freundin hast!"

Sein Freund hob in einer Geste der Ratlosigkeit die Hände.

„Keine Ahnung, wie das passieren konnte."

„Willkommen in deinem neuen Leben, Kumpel." Christopher schob sich belustigt einige Ravioli in den Mund.

„Vielen Dank. Wie laufen eigentlich die Trainingsstunden mit Mark?"

„Er nutzt jede Gelegenheit, um mir eins mitzugeben. Aber mittlerweile kenne ich seine Tricks."

Das war maßlos übertrieben. Mark Brenner konnte ihn mit dem kleinen Finger auf die Matte befördern.

Jacobi lachte leise. „Diese herrliche Ironie! Machst du dir keine Sorgen wegen Romy? Die beiden sind offenbar ganz dicke."

„Mark ist verheiratet und hat eine kleine Tochter."

„*Der* Typ hat eine Frau gefunden? Erstaunlich!"

„Tja, selbst die, von denen man es nie vermuten würde …"

„Halt die Klappe."

Während Christopher aß und Jacobi Kaffee trank, beobachteten sie das Gebäude auf der anderen Straßenseite. Von Zeit zu Zeit betraten oder verließen Gäste die Tea Lounge.

Die wenigen Menschen, die sich trotz des kalten Nieselwetters in diesen Teil der HafenCity wagten, waren zumeist Touristen. Falls es einen heimlichen Beobachter gab, verbarg er sich geschickt. Was sich links und rechts des Restaurants abspielte, konnten sie leider nicht sehen.

Sobald Christopher aufgegessen und mit einem Schluck Mineralwasser nachgespült hatte, griff er nach seiner Jacke.

„Ich gehe kurz telefonieren. Kannst du mir einen Kaffee bestellen?"

„Klar."

Vor der Tür traf ihn eine nasskalte Windböe. Er klappte die Kapuze seiner Jacke hoch und tat, als würde er etwas auf seinem Smartphone suchen. Aus den Augenwinkeln bemerkte er rechts von sich eine Bewegung. Jemand stand im Windschatten des Gebäudes. Er hob das Smartphone ans Ohr und ging zur Ecke. Dort stand dick eingepackt eine der Kellnerinnen. Zwischen den Fingern hielt sie eine Zigarette.

Sie nickte ihm zu, drückte den Zigarettenstummel in einem mitgebrachten Aschenbecher aus und verschwand im Personaleingang. Sonst war niemand zu sehen.

Er wandte sich um und schlenderte mit dem Smartphone am Ohr am Restaurant vorbei. Sein Blick glitt über die nähere Umgebung. Wanderte die Gebäude entlang und blieb an dem Koloss hängen, der am Ende der Straße aufragte.

Die Elbphilharmonie. Das neue Wahrzeichen der Stadt.

Ein Millionengrab aus Stahl, Beton und Glas.

Zugegeben, es war ein beeindruckendes Bauwerk, das dort auf seinem mächtigen Sockel thronte; die unzähligen, geschwungenen Fensterscheiben matt gegen den grauen Himmel.

Eigentlich hätte das Bauwerk 2010 eröffnet werden sollen. Vier Jahre später war kein baldiges Ende der Arbeiten in Sicht. Stattdessen stritten sich Architekten, Bauherren und Baufirma darum, wer was verzögert oder falsch geplant hatte.

In ein paar Jahren, wenn das Opernhaus endlich eröffnet war, würde niemand mehr nach den Kosten fragen. Touristen und Hamburger würden in Scharen in die Elbphilharmonie strömen und zu überirdischen Preisen die hoffentlich überirdische Akustik genießen.

Er erreichte die andere Seite des Gebäudes.

Kein Beobachter lag auf der Lauer. Also lehnte er sich an die Hausecke und wählte Martins Nummer.

„Hallo, Topher", meldete sich sein Chef. „Wie läuft die Observierung?"

„Bisher hat er sich nicht gezeigt."

Christopher folgte Karin Neudorf seit drei Tagen wie der sprichwörtliche Schatten. Allmählich fragte er sich, ob die Frau nicht doch eine zu rege Fantasie besaß. Schuldgefühle konnten paranoid machen.

„Wie schlägt sich unsere neue Mitstreiterin im Kampf gegen das Unrecht?"

Die junge Frau aus dem Treppenhaus war tatsächlich Andis Ersatz gewesen. Martin hatte, milde ausgedrückt, überrascht auf die Verstärkung reagiert, die so gar nicht seiner Vorstellung entsprach. Cindys Erzählung zufolge wäre ihm fast der Kaffeebecher aus der Hand gefallen.

„Tara macht sich bestens. Ein kluges Mädel. Neugierig, geduldig, das Herz auf dem rechten Fleck."

„Vor ein paar Tagen klang das anders."

„Ja, gut, ich habe mich eventuell von gewissen Äußerlichkeiten beeinflussen lassen."

„In dir steckt eben ein kleiner Chauvie."

„Hey, so spricht man nicht mit seinem Chef!" Doch in Martins Stimme lag ein Schmunzeln. „Der vorletzte Kandidat war eine Niete. Keine Ähnlichkeit mit dem möglichen Erpresser."

„Überraschung."

Sie bezweifelten, dass Tim Mayer der richtige Name des ehemaligen Liebhabers war. Überprüfen mussten sie es trotzdem. Die sozialen Medien boten eine Flut von frei verfügbaren Informationen. Eine enorme Arbeitserleichterung für jeden Privatdetektiv. Acht der zehn Verdächtigen im Hamburger Raum konnte er nach der Sichtung von Fotos ausschließen. Martin half ihm bei den letzten Kandidaten.

„Wie benimmt sich dein Azubi?", erkundigte sich sein Chef.

„Jacobi glaubt, ich würde den ganzen Tag in Restaurants sitzen und mein Geld mit Nichtstun verdienen."

„Das nenne ich eine klare Analyse der Situation."

Christopher lachte. „Was ist mit dem Sohn? Käme er als Erpresser infrage?"

„Wilhelm Neudorf arbeitet für eine Berliner Werbeagentur, wohnt mit seiner Freundin zur Miete und fährt einen zwölf Jahre alten Opel. Keine Auffälligkeiten im Lebenslauf. Außer der einen, dass er kein Interesse am Familienunternehmen zeigt. Falls Sohnemann über seine Verhältnisse lebt, weiß er es geschickt zu verbergen."

„Also schließen wir ihn als Verdächtigen aus?"

„Vorerst."

„Schade."

Eine Spur weniger. Andererseits gut für Karin Neudorf. Wer möchte vom eigenen Sohn erpresst werden?

„Ich nehme mir den letzten Kandidaten vor", erwiderte Martin. „Viel Erfolg bei der Überwachung."

„Danke."

Christopher beendete das Telefonat. Er steckte das Smartphone ein, wandte sich um und erstarrte.

Wo zuvor die Kellnerin ihre Zigarette geraucht hatte, stand ein Mann in schwarzer Jeans und dunkelgrauer Jacke. Er hielt den Blick fest auf die Tea Lounge gerichtet. Unter seiner Kapuze lugte der Schirm einer Baseballkappe hervor.

Rasch senkte Christopher den Kopf. Widerstand dem Impuls, Deckung zu suchen und den Beobachter dadurch vielleicht auf sich aufmerksam zu machen. Stattdessen rief er Jacobi an.

„Der Typ steht hier draußen", flüsterte er. „Rechts neben dem Eingang."

„Was? Ernsthaft?" Die Stimme seines Freundes rutschte vor Aufregung in eine höhere Tonlage. „Ich kann niemanden sehen. Was soll ich tun?"

„Trink meinen Kaffee, ehe er kalt wird. Ich kann nicht wieder reinkommen, sonst verscheuche ich ihn womöglich."

„Du frierst dir den Hintern ab!"

„Gehört zum Job. Bleib sitzen, und lass dir nichts anmerken. Ich melde mich wieder."

Er legte auf und ging langsam nach links.

Der Eingang des nächsten Gebäudes lag leicht zurückgesetzt. Ausreichend Platz, um sich zu verbergen. Mit dem Rücken zur Haustür blieb er stehen. Hoffentlich wollte in nächster Zeit niemand das Gebäude betreten oder verlassen.

Zehn kalte Minuten später vermeldete sein Smartphone eine Textnachricht. Karin Neudorf wollte zurück ins Büro.

Er antwortete und bat sie um ein paar Minuten Geduld.

Danach schrieb er Jacobi. Sein Freund sollte die Rechnung bezahlen und ihm anschließend Bescheid geben.

Es dauerte, ehe eine Reaktion kam. Das Restaurant war voll besetzt und die Bedienungen im Stress.

Er gab Karin Neudorf grünes Licht. Ohne ihr von dem Beobachter zu erzählen. Sie sollte sich natürlich verhalten. Hinterher rief er Jacobi an.

„Frau Neudorf verlässt die Tea Lounge. Der Typ hängt sich bestimmt an sie dran. Wir folgen Ihnen in sicherem Abstand."

„Verstanden." Jacobi klang nicht mehr aufgeregt, sondern konzentriert.

„Sie kommen raus."

Die Freundinnen verabschiedeten sich mit Küsschen und gingen in entgegengesetzte Richtungen davon.

Schon setzte sich der Beobachter in Bewegung. Er wechselte die Straßenseite und befand sich damit hinter Frau Neudorf.

Sie würde ihn nur sehen, wenn sie sich umdrehte.

Christopher zählte stumm bis zehn, bevor er aus seinem Versteck trat. Jacobi wartete im Eingangsbereich des Restaurants. Gemeinsam folgten sie den beiden. Um einen besseren Überblick zu haben, blieben sie auf ihrer Straßenseite.

„Was passiert, wenn er uns entdeckt?", fragte Jacobi leise.

„Wir gehen zufällig in dieselbe Richtung. Der zieht bestimmt keine Pistole und schießt wild um sich."

„Ich komme mir vor, als würde ein Schild an meiner Stirn kleben, auf dem *Ich folge dir* steht."

Dieses Gefühl kannte er. Die Sorge, aufzufliegen. Sich erklären zu müssen. Im schlimmsten Fall eins auf die Schnauze zu bekommen.

Letzteres war ihm bisher zum Glück noch nicht passiert.

Vor ihnen überquerte Karin Neudorf die Straße, gefolgt vom Beobachter. Nun gingen sie alle auf derselben Seite. Hübsch aufgereiht, wie an einer Perlenschnur.

Hinter der nächsten Kreuzung tauchte die Zentrale der *Neudorf-Hochtiefbau* auf. Andis schwarzer Golf stand dem Gebäude schräg gegenüber.

Christopher wechselte mit Jacobi die Straßenseite und legte einen Schritt zu. Er wollte den Wagen erreichen, bevor Karin Neudorf das Gebäude betrat und sich der Beobachter ein neues Versteck suchte.

Er öffnete gerade die Fahrertür, als Frau Neudorf im Eingang der Zentrale verschwand.

Der Beobachter ging weiter. Zu einem dunkelgrünen Wagen, der ein Stück entfernt am Straßenrand parkte.

Jackpot!

Sie beeilten sich, einzusteigen.

Ehe er den Sicherheitsgurt schließen konnte, stieß sein bester Freund ihn von der Seite an.

„Hey, guck mal!"

Der Beobachter stieg nicht auf der Fahrerseite ein, sondern auf der Beifahrerseite.

„Der ist nicht allein", bemerkte Jacobi.

Christopher schnallte sich an und startete den Wagen.

„Notier das Kennzeichen."

Jacobi nahm rasch einen Notizblock samt Stift aus einer Ablage im Armaturenbrett.

Sobald sich der andere Wagen in Bewegung setzte, lenkte Christopher den Golf aus der Parklücke. Es herrschte zu wenig Verkehr, um dicht aufzuschließen. Deshalb folgte er in großem Abstand. An der nächsten Ampel gab es keine andere Möglichkeit, als direkt hinter dem grünen Wagen zu halten. Es war ein alter Dacia, übersät mit Kratzern und Dellen.

Wie sein Vordermann setzte Christopher den rechten Blinker. Danach steckte er sein Smartphone in die Freisprechanlage und rief Martin an.

„Wir haben sie", verkündete er. „Ich bin an dem dunkelgrünen Wagen dran."

„Was meinst du mit ‚sie'?", fragte sein Chef verwundert.

„Die sind zu zweit. Der Mann mit der Schirmmütze ist Karin Neudorf gefolgt, die andere Person hat offenbar das Firmengebäude beobachtet."

„Das klingt organisiert. Vielleicht hat Richard Neudorf doch Verdacht geschöpft und wir haben es mit Kollegen zu tun."

„Möglich. Wie weit bist du mit dem letzten Kandidaten?"

„Oh, der sitzt bestimmt nicht in dem Wagen."

„Woher weißt du das?"

„Weil er mich gerade in einem Bus der Linie 4 durch Eimsbüttel chauffiert."

„Der Mann ist Busfahrer?"

„So sieht's aus."

Die Ampel sprang um. Christopher bog hinter den Verdächtigen ab und befand sich auf einer viel befahrenen Straße.

Hier würde es leichter sein, am Dacia dranzubleiben. Trotzdem musste er aufpassen, das Fahrzeug nicht an einer Ampel oder beim Abbiegen aus den Augen zu verlieren.

„Der Mann könnte die Aktion problemlos vom Bus aus übers Handy koordinieren", gab er zu bedenken.

„Allerdings wäre es ein ziemlicher Aufwand, um an mehr Kohle zu kommen."

Martin gab einen zustimmenden Laut von sich. „Ich beobachte ihn weiter. Bleib du am Wagen dran."

„Jacobi hat das Kennzeichen notiert. Kannst du es überprüfen?"

„Schwierig. Mein Kontakt ist im Winterurlaub. Kannst du deine Beziehungen zur Polizei spielen lassen?"

„Kommissar von Evert hat mir deutlich zu verstehen gegeben, dass er kein Auskunftsbüro ist." Nach Monaten der Funkstille wäre die Frage nach einem Fahrzeughalter ein denkbar schlechter Neueinstieg.

Obwohl er gern wüsste, wie es Felix von Evert ging. Er mochte den Mann. Sie teilten ein gefährliches Geheimnis. Vielleicht hatten sie deshalb den Kontakt einschlafen lassen.

„Gib mir das Kennzeichen. Ich sehe, was ich machen kann."

Jacobi las die Buchstaben und Ziffern laut vom Notizblock ab und fügte den Fahrzeugtyp hinzu.

Sicherheitshalber wiederholte Martin alles. „Lass mich wissen, wohin die Männer gefahren sind. Und Topher ..."

„Keine Risiken eingehen", vollendete er den Satz.

„Irgendwie kann ich dir das nicht oft genug sagen." Nach diesen Worten legte sein Chef auf.

Jacobi runzelte die Stirn. „Was meint Martin damit?"

„Gar nichts", wiegelte Christopher ab. „Kleiner Scherz."

Vor ihnen fuhr der dunkelgrüne Dacia auf eine Brücke zu. Sie folgten dem Verkehrsstrom hoch über die

Häuser und rauschten kurz darauf über die Nordkanalstraße.

Beim Berliner Tor verlor Christopher den Anschluss.

Verzweifelt beobachtete er, wie der andere Wagen bei Gelb über die unübersichtliche Kreuzung sauste. Er bremste scharf ab, um nicht bei Rot weiterzufahren.

Jacobi richtete sich im Beifahrersitz auf, reckte den Hals.

„Ich sehe ihn! Er wartet an der nächsten Ampel."

Christopher lockerte den Griff ums Lenkrad. Ruhe bewahren!

Sobald die Ampel auf Grün umsprang, gab er Gas. Während Jacobi das andere Fahrzeug im Auge behielt, arbeitete er sich Spurwechsel für Spurwechsel näher heran.

„Kann man dich eigentlich stundenweise mieten?", fragte er Jacobi.

Der grinste. „Kommt auf die Bezahlung an."

„Die ist echt mies."

Sie lachten. Mehr vor Erleichterung, als über den Scherz.

Die Fahrt ging weiter nach Osten. Über die Eiffestraße und die Bergedorfer Straße. Hinweisschilder zur A 1 tauchten auf.

„Wo wollen die hin?", fragte Jacobi verwundert.

„Keine Ahnung."

Sie fuhren über eine Brücke, die die mehrspurige A 1 überspannte. Endlich setzte ihr Vordermann den Blinker und bog in eine Seitenstraße ein. Die verlief erst parallel zur Bergedorfer Straße, schließlich in einem Tunnel darunter hindurch und nach Norden. Hinter kahlen Bäumen ragten hohe Gebäude auf. Links erstreckte sich ein Wohnblock fast über die gesamte Länge des Straßenabschnitts.

Jacobi blickte sich ratlos um. „Wo sind wir?"

Christopher überlegte. In dieser Gegend war er noch nie gewesen. Aber geografisch ...

„Ich glaube, in Mümmelmannsberg."

„Oh. Wie schön. Bist du sicher?"

„Ziemlich."

Er folgte dem Konvoi der Fahrzeuge in einen Kreisverkehr und verließ das Rund wie alle anderen an der zweiten Ausfahrt.

„Hätte nicht gedacht, dass ich mal *hierher*kommen würde", bemerkte Jacobi mit sichtlichem Unbehagen.

„Dieser Job erweitert den Horizont ungemein." Christophers Bemerkung war ernst gemeint.

Er erinnerte sich lebhaft an die verächtlichen Kommentare seines Vaters über kriminelle Arbeitslose, die in den Betonburgen von Mümmelmannsberg hausen und ihr Leben vertun. Bildungsferne Schichten ohne Aussicht auf Karriere. Hartz-IV-Empfänger, die neue Hartz-IV-Empfänger hervorbrachten.

Weisheiten wie diese verkündete sein Erzeuger gern in Nobelrestaurants. Bei einem guten Glas Wein und mit einer Überheblichkeit, die einen zur Weißglut treiben konnte.

Natürlich mied sein Vater Mümmelmannsberg wie die Pest. Meinungsbildung aus der Tageszeitung.

Drei Fahrzeuge vor ihnen bog der dunkelgrüne Dacia plötzlich schwungvoll auf den Parkplatz einer Ladenzeile ein.

Christopher verspürte einen Stich von Panik. Bis er eine Lücke am Straßenrand entdeckte. Er blinkte und lenkte den Golf hinein.

Der Beobachter und der Fahrer stiegen aus. Sie gingen zu einer Billardhalle, die zwischen einer Drogerie und einem Supermarkt lag. Der Beobachter verdeckte den Fahrer fast vollständig. Lediglich eine helle Hose war zu sehen.

„Und nun?", erkundigte sich Jacobi.

Gute Frage. Sollte er den Männern folgen?

Falls sie ihren Auftraggeber trafen, könnte er die Ermittlungen heute abschließen.

Wollten sie nach getaner Arbeit bloß bei einer Runde Billard entspannen, sähe er zumindest ihre Gesichter.

Er löste seinen Sicherheitsgurt. „Nun muss ich dringend auf die Toilette."

Jacobi musterte ihn verwirrt. Endlich verstand er.

„Ist das nicht zu riskant? Ich will keine Vorurteile schüren, aber in dieser Gegend in eine Billardhalle zu marschieren, um wildfremde Leute auszuspionieren ..."

„Ich bin vorsichtig."

„Und wenn dich der Typ beim Restaurant gesehen hat? Er könnte dich wiedererkennen."

Ein guter Einwand. Christophers Blick wanderte zur Billardhalle und zurück zu seinem besten Freund.

Der hob fragend die Augenbrauen.

„Gib mir deine Jacke und die Mütze."

Jacobis blaue Daunenjacke unterschied sich deutlich von seiner längeren, schwarzen Kapuzenjacke.

„Meinetwegen. Aber pass auf, die ist nagelneu."

„Ich werde versuchen, nicht zu bluten."

„Haha."

Sie tauschten die Kleidungsstücke. Die graue Wollmütze verdeckte einigermaßen seine roten Haare.

„Setz dich ans Steuer." Er nahm sein Smartphone aus der Freisprechanlage. „Falls wir schnell abhauen müssen."

„Allmählich verstehe ich, was Martin vorhin gemeint hat."

„Ich bin vorsichtig, versprochen."

Er ließ ein Auto vorbeifahren und stieg aus. Die Hände in den Jackentaschen vergraben, den Kopf gegen den kalten Wind gesenkt, joggte er zur Ladenzeile.

Große Fenster gewährten einen Blick ins Innere der Billardhalle. Links vom Eingang saß ein Mann hinter einem Empfangstresen und blätterte in einer Zeitschrift. Neben dem Tresen standen ein Kühlschrank und zwei Automaten für Heißgetränke und Süßigkeiten. Davor Bistrotische und Hocker.

Die Billardtische befanden sich weiter hinten in dem lang gezogenen Raum.

Bei seinem Eintreten wandte der Mann am Tresen den Kopf. Er war Anfang dreißig, hatte schwarze Haare, blaue Augen und ein offenes, sympathisches Gesicht.

„Hi. Willst du 'ne Runde spielen?"

„Moin. Äh, nein." Christopher bemühte sich, verlegen zu wirken. „Ist mir echt unangenehm, aber darf ich eure Toilette benutzen? Ich muss gleich auf die Autobahn, und die Fahrt ist ziemlich lang. Ich bezahle auch dafür."

Aus den Augenwinkeln sah er zwei ältere Männer, die an einem der Billardtische standen und Bier tranken.

Dahinter umringte eine Gruppe junger Männer einen Kickertisch.

„Kein Problem." Sein Gegenüber deutete mit einer Kopfbewegung in den Raum. „Rechts um die Ecke. Ist umsonst."

„Super, vielen Dank!"

Um keine Zweifel an der Dringlichkeit seines Anliegens aufkommen zu lassen, ging er zügig auf die Billardtische zu.

Die Biertrinker musterten ihn interessiert.

Die Gruppe am Kickertisch war zu sehr mit sich selbst beschäftigt, um ihn zu beachten. Vier der sechs jungen Männer lieferten sich ein verbissenes Duell. Begleitet von Flüchen und derben Sprüchen ließen sie mit ruckartigen Bewegungen die kleinen Plastikfußballer kreisen und hämmerten den Ball über das Spielfeld.

Beim Anblick des fünften Mannes verspürte Christopher ein Kribbeln der Euphorie.

Der Beobachter!

Er hatte die Jacke ausgezogen und die Kappe abgenommen. Seine Haare waren braun, die Gesichtszüge kantig. Unter seinem Longsleeve zeichneten sich beeindruckende Armmuskeln ab.

Neben ihm saß auf einem Barhocker ein schlanker, blonder Mann in einer hellen Hose und dunklem Pullover.

Das musste der Fahrer sein. Er war Mitte oder Ende zwanzig, mit weichen Gesichtszügen. Obwohl er das Spiel am Kickertisch verfolgte, wirkte er abwesend.

Christopher entdeckte die Tür mit dem WC-Schild und öffnete sie. Vom Korridor dahinter gingen vier weitere Türen mit Schildern ab. Links lagen die Toiletten, rechts ein Büro und ein Lagerraum.

Er betrat die Herrentoilette und verschwand in einer der Kabinen. Rasch schrieb er Jacobi eine Nachricht.

Bin auf dem Klo. Gib mir Bescheid, falls sie rauskommen.

Die Bestätigung war ein hochgereckter Daumen.

Angespannt wartete er, bis eine angemessene Zeit verstrichen war. Schließlich verließ er die Toilette und kehrte zurück in die Billardhalle. Das Fußballduell war weiterhin in vollem Gang. Nach ein paar Schritten hielt er inne und lehnte sich dem Kickertisch gegenüber an die Wand. Er holte sein Smartphone hervor, tat, als würde er eine Nachricht lesen. Stattdessen schaltete er die Kamera ein.

Niemand aus der Sechsergruppe beachtete ihn, während er das Gerät ausrichtete. Er zoomte näher heran und machte eine Reihe von Aufnahmen. Den blonden Fahrer und zwei der anderen erwischte er lediglich im Profil. Schließlich steckte er das Smartphone ein. Ohne die Gruppe eines Blickes zu würdigen, ging er zurück zum Empfangstresen.

Dort lud gerade ein Pizzabote eine Reihe von Kartons ab.

„Hey, Leute", rief der Mann hinterm Empfangstresen quer durch den Raum. „Mittagessen ist da."

Christopher blickte wie beiläufig über die Schulter.

Der blonde Fahrer setzte sich in Bewegung.

Für einen Moment spielte er mit dem Gedanken, sich einen Schokoriegel aus dem Süßigkeitenautomaten zu ziehen. Um den Fahrer aus der Nähe zu sehen. Doch das Risiko, später wiedererkannt zu werden, erschien ihm zu groß.

Also verließ er die Billardhalle.

„Hast du was herausgefunden?", erkundigte sich Jacobi aufgeregt, sobald er auf dem Beifahrersitz saß.

„Ich habe Fotos."

Jacobi betrachtete die Aufnahmen. „Ich hätte mir vor Angst in die Hose gemacht."

„Irgendwas passt nicht zusammen." Christopher blickte nachdenklich zur Billardhalle.

„Was meinst du?"

„Keine Ahnung. Nur so ein Gefühl."

Er nahm das Smartphone und verschickte die Fotos an Martin. Mit der Bitte, sie an Karin Neudorf weiterzuleiten.

„Was machen wir jetzt?", wollte Jacobi wissen.

„Wir warten."

In der folgenden halben Stunde passierte nichts.

Sie tauschten die Jacken und beobachteten die Billardhalle.

Der Verkehr auf der Hauptstraße nahm stetig zu.

Der Parkplatz vor der Ladenzeile füllte sich allmählich mit Fahrzeugen. Die meisten Leute kauften in der Drogerie und im Supermarkt ein; einige in einem Ramschladen für Haushaltswaren und Dekoartikel. Unmengen von Einkaufstüten verschwanden in Kofferräumen. Man konnte meinen, morgen bräche der Notstand aus. Christopher erwog einen

Positionswechsel. Irgendwann würde auffallen, dass ihr Wagen noch an derselben Stelle stand.

„Ich glaube, ich überlege mir das mit der Kündigung", brach Jacobi die Stille. „Diese Observierungen sind echt öde."

Durch die Arbeit für die Spedition war er an ein ganz anderes Stresslevel gewöhnt. An hektischen Tagen führte Cobi in einer halben Stunde ein Dutzend Telefonate und schrieb nebenbei dieselbe Anzahl an E-Mails.

Wie um ihn eines Besseren zu belehren, trat der blonde Fahrer aus der Billardhalle. Über der Schulter trug er eine Kameratasche. Allerdings stieg er nicht in den grünen Dacia, sondern ging über den Parkplatz. Nach wenigen Metern bog er rechts in eine Seitenstraße ab.

Christopher öffnete die Beifahrertür.

„Ich folge ihm. Behalte die Billardhalle im Auge. Ruf mich an, falls sich was tut. Ich melde mich, wenn ich dich brauche."

Sein Freund nickte, überrumpelt von der plötzlichen Aktivität. Christopher stieg aus und lief zur nächsten Straßenecke.

Der Fahrer ging ein Stück voraus. Gut so. Außer ihnen war niemand zu Fuß unterwegs, und er wollte nicht auffallen. Er klappte die Kapuze hoch und passte sein Schritttempo dem des anderen Mannes an. Bald bog der Blonde links ab. Einige Minuten später wandte er sich nach rechts.

Sie befanden sich nun in einer ruhigen Wohngegend. Die Straße war zu beiden Seiten von vier- und fünfstöckigen Gebäuden gesäumt, zumeist rostrote Klinkerbauten mit weißen Fensterrahmen. Hinter zahlreichen

Scheiben blinkte Weihnachtsbeleuchtung. Es sah hübsch aus, wenn auch gleichförmig. Ihm fiel die Stille auf. Keine Passanten, keine fahrenden Autos, keine spielenden Kinder.

Der Blonde folgte dem Verlauf der Straße, die einen weiten Bogen beschrieb. Unvermittelt wandte er sich nach rechts und verschwand zwischen den Häusern.

Innerlich fluchte Christopher. Er lief los. Erreichte die Stelle, an der der Mann verschwunden war.

Blickte sich suchend um.

Zwischen den Häusern gab es einen Durchgang.

Nach kurzem Zögern folgte er dem gepflasterten Weg zur Rückseite des Wohnblocks. Er fand keinen engen, dunklen Innenhof vor, wie er es erwartet hatte. Stattdessen erstreckte sich vor ihm eine großzügig angelegte, von Bäumen und Sträuchern gesäumte Rasenfläche.

Keine Spur von dem Fahrer.

Langsam ging er weiter. Die rückwärtigen Hauseingänge waren nicht in einer Linie angeordnet. Einige lagen nach hinten versetzt, es gab Ecken und Winkel, in denen man sich verbergen konnte.

Er blieb stehen, sah sich unschlüssig um.

Plötzlich ein Geräusch. Irgendwo vor ihm. Es klang wie ein Schlüsselbund, der zu Boden fiel.

Sein Herzschlag beschleunigte sich. Er schlich weiter.

Sah vorsichtig um die nächste Ecke.

Wenige Meter entfernt verschwand eine Person in schwarzer Jacke und heller Hose in einem Hauseingang. Er wartete ab. Wollte sicher sein, dass der Mann nicht wieder aus dem Gebäude kam. Schließlich trat er näher. Schmierereien bedeckten das Klingelbrett. Die Namen der Bewohner standen auf vorgedruckten Schildern, von denen einige übermalt waren. Er machte ein Foto und speicherte den Straßennamen und die Hausnummer in seinem Smartphone.

Damit besaß er Bilder der Verdächtigen und kannte das Kennzeichen und die Adresse des Fahrers. Keine schlechte Ausbeute für einen Tag.

Sein Smartphone vibrierte.

„Gerade sind zwei Typen aus der Billardhalle gekommen", berichtete Jacobi. „Die stehen neben dem grünen Wagen und rauchen. Sieht aus, als würden sie auf jemanden warten."

„Ich bin dem Fahrer bis zu seiner Wohnung gefolgt. Vielleicht will er nur die Kameratasche abladen und kommt danach zurück."

„Mach dich lieber unsichtbar!"

„Bin dabei." Mit dem Smartphone am Ohr ging Christopher zum gepflasterten Weg zurück. Er trat aus dem Durchgang und sah sich nach einem Versteck um. Hauseingänge bargen stets das Risiko, von einem Anwohner überrascht zu werden.

Auf der anderen Straßenseite stand ein Wohnmobil. Vielleicht dort.

„Einer von denen hat eben eine Nachricht bekommen", informierte ihn Jacobi.

Christopher blickte über die Schulter zum Durchgang. „Ich melde mich wieder." Er legte auf und ging auf dem gepflasterten Weg zurück, bis er die Rückseite des Wohnblocks einsehen konnte. Im Schutz des Gebäudes wartete er ab.

Kurze Zeit später erschien der Fahrer.

Christopher verließ sein Versteck, huschte aus dem Durchgang und machte sich auf den Rückweg zur Billardhalle.

Als er sich an der nächsten Straßenecke unauffällig umsah, entdeckte er den Blonden ein Stück hinter sich.

Zufrieden ging er weiter. Es gab mehr als eine Methode, jemanden zu beschatten.

Kurz bevor sie den Parkplatz erreichten, rief er Jacobi an. „Ich bin gleich da. Wie sieht es vor der Billardhalle aus?"

„Die sind mittlerweile zu dritt. Planen wohl einen Gruppenausflug."

„Ich habe den Fahrer im Schlepptau. Sobald die eingestiegen sind ..." Christopher stockte. Inzwischen konnte er den Parkplatz einsehen. Eine der Personen, die neben dem Dacia standen, war der freundliche junge Mann vom Tresen.

„Mist." Er hielt inne und wandte dem Parkplatz den Rücken zu.

„Was ist los?"

„Mit einem von denen habe ich mich unterhalten. Wenn er mich wiedererkennt, könnte es problematisch werden." Denn Christopher sollte inzwischen auf der Autobahn fahren.

„Und jetzt?"

„Werden wir sie wahrscheinlich verlieren."

Er sah den Blonden näher kommen und wechselte die Straßenseite.

„Soll ich dem Wagen folgen?" Jacobi klang leicht überfordert.

„Nein. Lass uns abwarten, was passiert. Bis gleich."

Er beendete das Gespräch und beobachtete das Geschehen auf dem Parkplatz.

Der Blonde wurde von den Wartenden begrüßt. Nach einem kurzen Wortwechsel stieg er zusammen mit dem Beobachter und einem Dritten in den Dacia ein. Der junge Mann vom Tresen wartete, bis das Fahrzeug auf die Hauptstraße eingebogen war. Danach verschwand er in der Billardhalle.

Christopher blickte dem davonfahrenden Wagen nach.

Mist. Aber gut, bis zu diesem Zeitpunkt war der Tag äußerst erfolgreich verlaufen. Er ging zum Golf zurück.

Sobald er auf dem Beifahrersitz saß, bedachte Jacobi ihn mit einem entschuldigenden Blick.

Er lächelte. „Keine Sorge, die kriegen wir. Ich weiß, wo der Fahrer wohnt, und Martin kann über das Kennzeichen seinen Namen herausfinden. Alles wunderbar.“

Christopher brachte seinen Chef telefonisch auf den neuesten Stand und beendete die Überwachung.

Jacobi lenkte den Golf zurück zur Innenstadt.

Martin hatte mit Karin Neudorf bereits einen Gesprächstermin für den morgigen Vormittag vereinbart. Ein Privatdetektiv kannte keine Wochenenden.

Da er den Wagen am nächsten Tag brauchte, fuhren sie zum Hamburger Berg. Jacobi fand einen Parkplatz in einer Seitenstraße, stellte den Motor ab und blieb einige Momente schweigend sitzen. Schließlich wandte er den Kopf.

„Das war ein cooler Tag. Der Job ist eindeutig nichts für mich, aber zu dir passt er perfekt. Hat Spaß gemacht, dich in deinem Element zu sehen."

Christopher grinste. „Danke."

„Halte mich auf dem Laufenden. Ich will wissen, ob ihr die Typen erwischt."

„Geht klar."

Sie stiegen aus und verabschiedeten sich mit einem Handschlag und einer Umarmung. Er sah seinem Freund nach und fühlte sich voller Energie. Den heutigen Abend wollte er auf keinen Fall allein verbringen. Deshalb war sein Ziel nicht seine Wohnung, sondern die *Zweite Hand*.

Romy arbeitete freitags gewöhnlich bis zwanzig Uhr.

Er setzte all seinen Charme bei Irma ein und schaffte es, sie eine Stunde früher loszueisen.

Er holte Romy pünktlich ab und entführte sie nach Altona, ins Restaurant seines Stiefvaters. Obwohl sämtliche Tische im *Cinque Terre* besetzt oder reserviert waren, brachte sie einer der Kellner mit einem verschwörerischen Augenzwinkern zu einem Zweiertisch am Fenster. Henry kam sogar aus der Küche, um sie zu begrüßen. Er mochte Romy sehr und freute sich, für eine echte Italienerin kochen zu dürfen. Das Essen schmeckte hervorragend, und es gelang Christopher, nicht ständig zu überprüfen, ob die anderen Gäste zufrieden wirkten. Nach dem Hauptgang wurde ihnen anstatt der Rechnung von Jasmin ein leckeres Dessert serviert. Ein wunderschöner Abend, den er perfekt abschließen wollte.

Sie fuhren zurück nach St. Pauli und gingen auf das Heiligengeistfeld. Für eine Fahrt im Riesenrad, ehe der Winterdom seine Zelte abbrach.

Das Wetter war auf ihrer Seite. Zwischen den Wolken funkelten vereinzelte Sterne. Romy hielt seine Hand und sah fasziniert auf die erleuchtete Stadt hinab.

Er bestaunte hingegen seine wunderschöne Freundin.

Nach der Fahrt schlenderten sie trotz der Kälte über den Dom und genossen die Atmosphäre. Das Dröhnen der Musik, den Duft von gebrannten Mandeln, die Stimmen der Losverkäufer, die im Stakkato „Gewinne, Gewinne, Gewinne" anpriesen, das Kreischen der Fahrgäste, die in den schnellen Fahrgeschäften herumgewirbelt wurden.

Schließlich war es Zeit für das Feuerwerk. Sie fanden einen Platz in der Menge und verfolgten staunend das farbenfrohe, lautstarke Spektakel. Christopher hielt Romy fest im Arm und fühlte sich glücklicher als je zuvor in seinem Leben.

KAPITEL 4

Am Samstagmorgen saßen Christopher und Martin im Besprechungszimmer der Detektei und sichteten ein letztes Mal die Fotos vom Vortag. Auf Martins Notizblock stand in krakeliger Handschrift der Name David Kepler. Der Besitzer des dunkelgrünen Dacia. Trotz Winterurlaubs hatte der Polizeikontakt ausgeholfen.

Der Name Kepler fand sich ebenfalls auf dem Foto vom Klingelbrett wieder.

Dem Busfahrer war Martin gestern bis zu einem Wohnhaus in Lurup gefolgt. Anschließend hatte er alle Bilder und Informationen an Karin Neudorf geschickt.

Um Punkt zehn Uhr aktivierte Martin seinen Skype-Account und wählte den Decknamen, unter dem ihre Klientin angemeldet war. Ein zweites persönliches Treffen hielt er für zu riskant. Der Beobachter könnte Verdacht schöpfen. Die Verbindung wurde hergestellt.

Karin Neudorf blickte ihnen perfekt frisiert und geschminkt entgegen. Trotzdem wirkte sie übernächtigt. Vielleicht lag es auch an der weißen Wand in ihrem Rücken.

Von welchem Ort aus sie wohl dieses Gespräch führte?

„Guten Morgen, Frau Neudorf", begann Martin.

„Guten Morgen, Herr Kleemeyer. Herr Diecks." Ihr Blick ruhte etwas länger auf Christopher.

Er nickte ihr zu. „Guten Morgen."

„Konnten Sie die Fotos sichten?", erkundigte sich sein Chef.

„Ja." Sie hielt inne. Die Spannung stieg. „Ich habe keinen der Männer wiedererkannt."

Sie wirkte so enttäuscht, wie sich Christopher fühlte.

Martins Schultern sackten nach unten. „Wirklich nicht?"

„Ich werde kaum das Gesicht des Mannes vergessen, der mich auf diese furchtbare Weise gedemütigt hat."

„Was ist mit David Kepler?", hakte Christopher nach.

„Den Namen habe ich noch nie zuvor gehört."

„Sind Sie absolut sicher, dass Ihr Mann nichts von der Affäre weiß? Könnte er ein Telefonat belauscht haben oder eine Textnachricht gelesen? Oder eine E-Mail?"

Schwelte erst ein Verdacht, überschritten manche Menschen jede Grenze, um die Wahrheit herauszufinden.

Karin Neudorf bekam wieder diesen verkniffenen Gesichtsausdruck. „Ich weiß es nicht."

Martin räusperte sich. „Wir sind trotzdem einen Schritt weitergekommen. Herr Diecks und ich setzen die Ermittlungen fort. Sollte Ihnen irgendetwas auffallen oder einfallen, gleichgültig, wie unbedeutend es erscheint, sind wir jederzeit für Sie erreichbar. Falls der Erpresser persönlich mit Ihnen in Kontakt tritt, geben Sie uns bitte sofort Bescheid. Abgesehen davon, empfehle ich Ihnen, Ihrem Alltag zu folgen. Ihr Leben dreht sich nicht nur um diesen Mann. Blicken Sie nach vorn. Wir kommen der Sache gewiss auf die Spur."

Karin Neudorfs Augen bekamen einen feuchten Glanz.

„Danke, Herr Kleemeyer."

„Wie sieht Ihre Planung für das Wochenende aus?"

„Ich arbeite heute bis mittags im Büro. Den Rest des Tages verbringe ich mit meinem Sohn. Wilhelm hat sich zu einem spontanen Besuch angekündigt. Wir werden einige Weihnachtsmärkte besuchen. Für den Abend habe ich einen Tisch in einem Restaurant in der Innenstadt reserviert. Morgen fahren wir nach Lübeck, um uns dort die Märkte anzusehen."

Martin notierte den Namen des Restaurants und die Uhrzeit der Reservierung. Hinterher besprach er mit Karin Neudorf, auf welchem Weihnachtsmarkt sie den morgigen Ausflug mit ihrem Sohn beginnen sollte. Es würde schwierig werden, in der Menge einen Beobachter zu entdecken. Die Märkte waren bei Hamburgern und Touristen gleichermaßen beliebt. Kurz vor Weihnachten drängten sich außerdem die Geschenkjäger in der Innenstadt.

„Ich denke nicht, dass wir Sie am Sonntag nach Lübeck begleiten werden. Welche Termine haben Sie für die nächste Woche geplant?"

„Montag früh fliege ich geschäftlich nach München. Am Abend reise ich weiter nach Köln. Der Rückflug nach Hamburg ist für Mittwochmorgen gebucht."

„Können wir Sie während der Reise erreichen?"

„Tagsüber wird es schwierig sein. Im absoluten Notfall kontaktieren Sie bitte meine Assistentin Frieda Hessland. Sie wird mir eine Nachricht zukommen lassen. Seien Sie auf jeden Fall diskret!"

„Selbstverständlich. Wollen wir ein Codewort oder einen Codenamen vereinbaren?"

Karin Neudorf überlegte. „Sagen Sie, es handle sich um ein neues Projekt in Fulda. Ein Hotel am Hauptbahnhof. Ich informiere Frieda, dass sich möglicherweise jemand bei ihr meldet."

„Einverstanden. Wir werden den Namen Thomsen verwenden."

Nach dem Gespräch herrschte zunächst nachdenkliches Schweigen im Besprechungszimmer.

„Irgendetwas passt nicht zusammen." Christophers Bauchgefühl sendete eindeutige Signale. Entweder übersahen sie ein Detail, oder ihnen fehlten wichtige Informationen.

Martin nickte. „Ich übernehme für heute die Observierung der Neudorfs. Unser diebischer Lagerist und seine Komplizen haben bisher nie am Wochenende zugeschlagen. Wir können Herrn Heinze wohl eine Weile sich selbst überlassen."

„Kann Tara nicht aushelfen?"

„Leider nein. An Wochenenden steht sie aus privaten Gründen nicht zur Verfügung."

„Henry hat mich für die Spätschicht eingeteilt. Bis fünfzehn Uhr kann ich David Kepler beschatten, danach muss ich los."

„In Ordnung. Idealerweise führen nachher alle Pfade auf einem der Weihnachtsmärkte zusammen. In dem Fall können wir entscheiden, ob wir in die Offensive gehen und die Männer konfrontieren."

„Die beiden sind garantiert keine Privatdetektive."

„Zumindest besitzt dieser David Kepler keine Lizenz."

Sein erstaunter Gesichtsausdruck entlockte Martin ein Lächeln. „Mein Kontakt kann mehr, als die Namen von Fahrzeughaltern feststellen."

„Vielleicht *unterstützen* sie einen Privatdetektiv. Soll bekanntlich vorkommen."

„Fürchtest du Konkurrenz?"

„Von *den* beiden?"

„Diese Bescheidenheit!"

Christopher schob grinsend seinen Stuhl zurück. „Ich mache mich auf den Weg."

Martin erhob sich ebenfalls. „Andi ist ab Montag wieder einsatzbereit. Die Lage sollte sich also entspannen. Nach diesem Fall kannst du gern einige Tage freinehmen."

„Ist nicht nötig."

„Du hast dir eine Pause verdient. Sonst muss ich dir bei all den Überstunden demnächst einen Vollzeitvertrag anbieten."

„Mach keine Versprechen, die du nicht halten kannst."

Sein Chef lachte. „Abwarten."

Während Christopher im Golf in Richtung Mümmelmannsberg fuhr, dachte er über Martins Anmerkung mit dem Vollzeitvertrag nach. Erstaunlicherweise versetzte ihn die Vorstellung nicht in Euphorie. Im Gegenteil, er verspürte einen seltsamen Widerwillen. Dabei wäre eine Vollzeitstelle die Anerkennung, die er sich sehnlichst wünschte.

Oder von der er geglaubt hatte, sie sich zu wünschen. Was störte ihn auf einmal daran?

Bevor er der Frage auf den Grund gehen konnte, erreichte er die Autobahnbrücke, über die Jacobi und er am Vortag gefahren waren. Hinter der Brücke bog er ab, fuhr unter der Bergedorfer Straße hindurch und folgte dem Verlauf der Kandinskyallee durch den Kreisverkehr.

Bald kam er zu der Ladenzeile, in der die Billardhalle lag. Im Vorbeifahren hielt er nach dem grünen Dacia Ausschau. Keine Spur von dem Fahrzeug.

Also bog er in die nächste Seitenstraße und fuhr die Strecke ab, die er gestern zu Fuß gegangen war.

Auf der rechten Straßenseite tauchte der Häuserblock auf, in dem David Kepler wohnte.

Er setzte den Blinker und suchte vergeblich nach einer Parklücke. Die Fahrzeuge standen dicht an dicht.

Im Schritttempo fuhr er an dem Durchgang vorbei, der zur Rückseite des Wohnblocks führte, und entdeckte den Dacia.

David Kepler war anscheinend zu Hause. Er wollte gerade wenden, um sein Glück am anderen Ende der Straße zu versuchen, als vor ihm eine Frau zielstrebig auf eines der geparkten Autos zuging. Er wartete, bis sie davongefahren war, und parkte ein. Nach einer Statusmeldung an Martin stieg er aus.

Mittlerweile rieselten winzige Schneeflöckchen vom Himmel. Sie legten sich wie ein feiner Film auf die Gehwegplatten. Zum Glück trug er Winterstiefel mit gutem Profil. Er zog sich die Kapuze über den Kopf und ging zum Durchgang. Einige Fenster in den umliegenden Häusern waren erhellt. Hier und da blinkte Weihnachtsbeleuchtung.

Stille umgab ihn.

Jedenfalls bis er zur Rückseite des Wohnblocks kam.

In einer der Wohnungen fand ein lautstarker Streit zwischen einem Mann und einer Frau statt, an dem die ganze Nachbarschaft teilhaben durfte.

Jenseits der Rasenfläche und der kahlen Bäume standen keine Häuser mehr. Stattdessen Wiesen und Felder; weite Landschaft, über der stahlgraue Wolken hingen.

Nirgendwo eine Möglichkeit, sich zu verbergen.

Langsam ging er weiter.

Die vormals unverständlichen Worte der Streitenden wurden deutlicher. Es ging um Geld. Um Mietrückstände und Schulden.

Je näher er dem Haus kam, in dem David Kepler wohnte, desto lauter wurden die Stimmen. Den nächsten Satz der Frau, abgefeuert wie ein Torpedo, hörte er ganz klar: „Gerrit landet immer auf den Füßen, während du auf der Strecke bleibst!"

„Gerry hat nichts damit zu tun!" Die Stimme des Mannes.

„Gerry hat *alles* damit zu tun! Du verschwendest deine Zeit mit dieser sinnlosen Suche, anstatt dich auf den Arsch zu setzen und endlich einen vernünftigen Job zu finden! Wir sind mit der Miete im Rückstand. Das Arbeitsamt schickt ständig Briefe. Wie lange soll das weitergehen? Bis wir auf der Straße sitzen? Du hast eine Ehefrau und eine Tochter, David. Übernimm endlich Verantwortung! Gerrit braucht sich keine Sorgen zu machen. Der organisiert sich selbst vom *beschissenen Knast* aus einen Job!" Den letzten Satz schrie die Frau.

Eine Zimmertür wurde zugeknallt. Ein Baby begann zu weinen.

Christopher befand sich nun direkt vor David Keplers Hauseingang. Im ersten Stock drang durch einen Fensterspalt das schrille Weinen.

Der Name *Kepler* stand auf einem der unteren Klingelschilder. Wenn die Reihenfolge der Nachnamen der

Anordnung der Wohnungen entsprach, wohnte David Kepler im ersten oder zweiten Stock. Probeweise drückte er gegen die Eingangstür. Sie gab nach. Er schob die Tür weiter auf und lauschte. Das Baby war gedämpft zu hören.

Im ersten oder zweiten Stock.

Wenn er sich beeilte, würde er schnell wieder draußen sein.

Er betrat das Treppenhaus. Kontrollierte zügig die Klingelschilder im Erdgeschoss und huschte hoch in den ersten Stock.

Die Wohnung, aus der das Weinen kam, lag der Treppe schräg gegenüber. Das Türschild besaß die Form einer weißen Wolke. Zwischen bunten Punkten stand in schwarzer Schreibschrift *David, Jill & Nicky Kepler.*

Volltreffer!

Sofort trat Christopher den Rückzug an. Während er die Treppe hinunterlief, überschlugen sich seine Gedanken.

Wer war Gerrit? Welche sinnlose Suche meinte die Frau? Er zog die Eingangstür auf, im festen Vorhaben, sich irgendwo zu verstecken und das Haus zu beobachten. Über ihm wurde abermals eine Tür zugeschlagen.

War das Geräusch aus dem ersten Stock gekommen?

Er blickte hinauf, wich dabei zurück.

„Vorsicht", hörte er eine männliche Stimme hinter sich.

Er sah sich um, setzte zu einer Entschuldigung an und erstarrte. Wenige Meter entfernt stand der blonde Fahrer. Mit einer Einkaufstüte in der einen Hand und einer zweiten Tüte auf dem Arm.

David Kepler.

David Kepler?

Nein, David war oben in der Wohnung und stritt sich mit seiner Frau!

Christopher stand mit offenem Mund da, während er versuchte, die neuen Informationen zu verarbeiten.

Sein Gegenüber musterte ihn irritiert. „Stimmt was nicht?"

Die Haustür wurde geöffnet.

Er drehte sich automatisch um. Und sah sich dem dunkelhaarigen jungen Mann aus der Billardhalle gegenüber. Der am Empfangstresen gestanden und ihm erlaubt hatte, die Toilette zu benutzen.

Das war David Kepler!

Er saß so was von tief in der Patsche!

Der Dunkelhaarige musterte ihn durchdringend. „Ich kenne dich! Du warst gestern in der Billardhalle. Du bist Gerry gefolgt." Triumphierend sah er zu dem Blonden. „Ich hab's dir gesagt! Der Typ ist dir nachgegangen!" Seine Miene verfinsterte sich plötzlich. „Warst du in meinem Haus? Spionierst du uns hinterher?"

Christopher hob beschwichtigend die Hände. „Ich kann …"

David Kepler trat blitzschnell nach vorn. Wollte ihn packen. Reflexartig wich er seitlich aus und versetzte seinem Angreifer einen kräftigen Stoß. David Kepler prallte gegen die Hauswand, taumelte zurück.

Christopher rannte los. Vorbei an dem Blonden, der im selben Moment die Einkaufstüten fallen ließ. Er hetzte den Weg entlang, schoss aus dem Durchgang und bog scharf nach rechts ab. Auf den rutschigen Steinplatten verlor er fast das Gleichgewicht. Er schlitterte gegen ein parkendes Fahrzeug, stieß sich ab und rannte weiter.

Hinter sich vernahm er ein dumpfes Geräusch, gefolgt von einem lauten Fluch.

David Kepler war ausgerutscht. Das Aufstehen würde ihn kostbare Sekunden kosten. Christopher konnte den schwarzen Golf bereits sehen.

Gleich würde er in Sicherheit sein!

Seine Erleichterung verwandelte sich in Entsetzen, als vor ihm plötzlich der blonde Fahrer zwischen den Gebäuden hervorkam. Sie hatten ihn in die Zange genommen!

Verzweifelt schätzte er den Abstand zum Golf erneut ein.

Der Blonde würde ihn vorher erwischen.

Und David Kepler holte auf.

Rasch vergewisserte er sich, dass die Fahrbahn frei war.

Er rannte zwischen zwei parkenden Fahrzeugen hindurch, überquerte die Straße und lief zurück in die Richtung, aus der er gekommen war.

Natürlich versuchte David Kepler, ihm den Weg abzuschneiden. Dabei rutschte er auf seinen Turnschuhen fast ein zweites Mal aus.

Christopher zog an ihm vorbei.

Nun saßen ihm beide Verfolger im Nacken.

Hektisch suchte er die Umgebung nach einem Fluchtweg ab. Solange er sich im Sichtfeld der Männer befand, nützte ihm kein Versteck.

Weiter vorn zweigte links eine Seitenstraße ab. Die würde ihn zurück zur Kandinskyallee bringen, in eine belebtere Gegend. Dort gäbe es Zeugen, falls er das Wettrennen verlor.

Er sprintete in die Seitenstraße. Seine Lunge brannte. Sein Herz hämmerte in der Brust, und die Muskeln in seinen Beinen schmerzten von der Anstrengung. Er wurde unfreiwillig langsamer. Warf einen Blick über die Schulter.

Zuerst kam David Kepler um die Ecke. Humpelnd, das Gesicht verzerrt, die rechte Wange blutverschmiert.

Wenn der Typ ihn erwischte, war er geliefert!

An der nächsten Straßenecke stand ein Transporter halb auf dem Gehweg. Daneben drei Männer und ein Sammelsurium von Lampen, Stühlen und Plastikkisten. Ein Umzug.

Christopher überlegte, ob er weiterlaufen oder um Hilfe bitten sollte.

„Hey! Olli!", brüllte David Kepler hinter ihm. „Haltet den Typ fest!"

Einer der drei Männer blickte sich um.

„Haltet den Scheißkerl auf!"

Sofort verstellte der Angesprochene Christopher den Weg.

Als er ausweichen wollte, trat einer der anderen Männer auf die Fahrbahn. Er breitete die Arme aus, als wollte er ein flüchtendes Rind aufhalten. Der Blonde wechselte die Straßenseite und lief nun rechts von ihm.

Es gab keinen Ausweg mehr.

Christopher blieb stehen, schwitzend und keuchend vor Anstrengung. Obwohl er nichts dringender brauchte als Sauerstoff, schnürte ihm die Furcht die Kehle zu.

Wie sollte er sich gegen fünf Angreifer verteidigen?

Sie würden ihn krankenhausreif prügeln!

Plötzlich spürte er eine Präsenz hinter sich. Er fuhr herum, entdeckte David Kepler und schrak zurück. Allein deshalb traf ihn der Faustschlag mit weniger Wucht im Gesicht.

Der Schmerz ließ ihn trotzdem Sterne sehen. Ein zweiter Schlag traf ihn in den Magen. Diesmal mit voller Kraft.

Er brach zusammen. Blieb gekrümmt liegen und kämpfte würgend gegen den Brechreiz an. Seine linke Wange brannte wie Feuer. Pochender Schmerz wogte über sein Gesicht. Jemand packte ihn am Kragen, zerrte ihn hoch.

Voller Panik hob er die Arme vors Gesicht, um sich vor dem nächsten Schlag zu schützen.

„Stopp!", befahl eine männliche Stimme. „Es reicht!"

Quälende Sekunden lang geschah nichts. Endlich wurde er losgelassen. Er sackte zurück auf den Gehweg.

„Danke für eure Hilfe, Leute", sagte dieselbe Stimme. „Wir haben alles im Griff."

„Sicher, Gerry?"

„Ja, danke, Olli. Gut, dass ihr in der Nähe wart."

„Für dich immer, Mann, weißt ja. Wenn der Typ euch weiter Ärger macht …"

„Wird er nicht." Unter die Freundlichkeit mischte sich Anspannung. „Ist alles gut."

Trotz der Angst und Schmerzen wagte Christopher einen vorsichtigen Blick. Er musste einige Male blinzeln, ehe sich der verschwommene Film vor seinen Augen auflöste.

Der Blonde, Gerry, Gerrit, stand neben ihm.

Einige Schritte entfernt wartete David Kepler, die rechte Wange von einer blutenden Schürfwunde verunziert. Seine Jeans war am rechten Oberschenkel und Knie feucht.

Dicht hinter Christopher standen die drei anderen Männer.

Sie überwachten jede seiner Bewegungen. Aggressivität und Kampfeslust lagen in der Luft. Er fing Gerrits Blick auf. Was er in den Augen des Blonden las, bestätigte seine Befürchtung.

Die Situation konnte jeden Moment kippen.

„Was hat der Typ getan?", erkundigte sich dieser Olli mit lauerndem Unterton. „Hat der was mit Nina zu tun?"

„Nein." Gerrits Antwort kam wie aus der Pistole geschossen. Sein Lächeln wirkte bemüht. „Geht um was anderes."

Wer war Nina?

Christopher zuckte zusammen, als Gerrit ihm die Hand entgegenstreckte. Zögernd ergriff er sie.

Obwohl sein Gegenüber kleiner und schlanker war, zog er ihn nahezu mühelos auf die Beine. Beim Hochkommen vollführte sein Mageninhalt eine Reihe von Saltos. Während er schwankend gegen die Übelkeit ankämpfte, verabschiedeten sich Gerrit und die Helfer mit einem Ritual aus Händeschütteln und Schulterklopfen.

David Kepler rührte keinen Muskel. Wie ein Wachhund fixierte er seinen Gefangenen.

Nachdem sich die drei Männer zum Transporter zurückgezogen hatten, wandte Gerrit seine Aufmerksamkeit Christopher zu.

Sein Gesichtsausdruck war ernst, aber nicht feindselig.
„Wir sollten uns unterhalten.”

KAPITEL 5

Gerrit nahm ihn beim Arm wie ein Polizist einen Gefangenen. Unter den aufmerksamen Blicken der Helfer überquerten sie die Straße. Mit einigem Abstand humpelte David Kepler hinter ihnen her. Er wollte wohl einen möglichen Fluchtversuch vereiteln. Christopher dachte nicht daran, zu fliehen. Er wollte herausfinden, was hier vor sich ging.

„Wer ist Nina?" Kurz wurde der Griff um seinen Oberarm fester. „Wohin gehen wir?"

Beharrliches Schweigen. Doch er ahnte es bereits.

Diesmal stand eine ältere Frau hinter dem Empfangstresen der Billardhalle. Sie trug eine aus der Form geratene graue Strickjacke und hatte die wasserstoffblonden Haare zu einem Pferdeschwanz gebunden. Verblüfft riss sie die Augen auf, als sie die Neuankömmlinge sah.

„Was habt ihr denn angestellt?!" Ein osteuropäischer Akzent klang in ihrer Stimme mit.

„Kleine Meinungsverschiedenheit", wiegelte Gerrit ab. Er ließ Christopher demonstrativ los. „Alles geklärt."

Im Hintergrund standen die Biertrinker vom Vortag an einem der Billardtische. Sie verfolgten aufmerksam das Geschehen.

„Keinen Ärger in meinem Laden!" Die Frau hob mahnend den Zeigefinger. „Du kennst die Regeln."

Gerrit lächelte. „Und ich würde sie niemals brechen."

„Gut so. Euer Tisch ist frei. Ich sehe mir gleich Davids Wange an." Wie alle anderen sprach sie den Vornamen mit langem „A" aus und nicht auf die amerikanische Weise.

„Danke, Ljuba."

Sie gingen an den Biertrinkern vorbei, zu dem Kickertisch, an dem die Gruppe gestern gespielt hatte.

Gerrit deutete auf einen der Barhocker, die aufgereiht an der Wand standen.

Christopher nahm Platz und lehnte sich zurück, um den Druck von seinem Magen zu nehmen. Ihm war immer noch leicht übel.

David Kepler bezog beim Kickertisch Position. Die Arme neben dem Körper, die Finger leicht geschlossen. Bereit für den nächsten Schlag.

Gerrit flüsterte seinem grimmigen Freund etwas ins Ohr, gab ihm einen Klaps gegen die Brust und verschwand durch die Tür, hinter der die Toiletten lagen.

Es folgte angespanntes Schweigen.

Christopher vermied es, sein Gegenüber anzusehen. Wollte keine Angriffsfläche bieten.

Am Empfang füllte die grellblonde Ljuba Eiswürfel aus einer großen Tüte in zwei kleinere um.

Er hoffte, eine davon sei für ihn bestimmt. Seine linke Wange fühlte sich heiß und geschwollen an.

Davids lädiertes Gesicht benötigte ebenfalls Kühlung. Und ein Pflaster. Die blutige Schramme sah schmerzhaft aus.

Als könnte sie Gedanken lesen, holte Ljuba einen Erste-Hilfe-Kasten unter dem Tresen hervor.

David sah sie näher kommen und trat rasch auf ihn zu.

Christopher hob in einer besänftigenden Geste die Hände.

„Ich will keinen Ärger, okay?"

„Was hast du von dem Streit gehört?" Davids Stimme klang bedrohlich ruhig.

Christopher schluckte trocken. „Ein paar Sätze."

„Über Gerry?"

Er nickte.

„Wenn du *ein Wort* davon in seiner Gegenwart wiederholst, breche ich dir den Hals, kapiert?"

Er nickte erneut.

„Keine Schlägerei!" Ljuba legte die letzten Meter mit schnellen Schritten zurück. Sie funkelte David wütend an. „Sonst fliegst du raus, und jemand anders übernimmt deine Schichten!"

David bedachte ihn mit einem warnenden Blick und trat zurück.

„Setz dich dort hin." Ljuba deutete auf einen der freien Hocker. David gehorchte.

„Hier." Sie reichte Christopher eine der mit Eiswürfeln gefüllten Plastiktüten und einige Servietten. „Ich bin Ljuba", fügte sie freundlich hinzu.

„Christopher." Wenn David und Gerrit seinen Namen herausfinden wollten, brauchte sie ihm lediglich das Portemonnaie abzunehmen. „Vielen Dank."

Er wickelte die Tüte in die Servietten ein und hielt sie vorsichtig gegen seine lädierte Wange. Angenehme Kühle breitete sich aus.

Henry würde sich bedanken, wenn er mit diesem Gesicht im Restaurant auftauchte! Hoffentlich hatte Jasmin ihr Schminktäschchen dabei. Es wäre nicht das erste Mal, dass sie eine seiner Blessuren unter Make-up verschwinden ließ.

Ljuba stellte den Erste-Hilfe-Koffer auf dem Kickertisch ab. Sie besprühte ein Taschentuch mit Desinfektionsmittel und betupfte damit behutsam die Schramme auf Davids Wange.

Dabei murmelte sie Worte in einer fremden Sprache, deren Bedeutung man selbst ohne Übersetzung verstehen konnte.

Als sie gerade ein passendes Pflaster zurechtschnitt, kam Gerrit zurück. Er trug eine Flasche Cola und drei Plastikbecher.

„Ich bezahle die später", sagte er an Ljuba gewandt.

Sie nickte und drückte David Pflaster, Servietten und die zweite Tüte mit Eiswürfeln in die Hand. „Lass die Wunde an der Luft trocknen. Das Pflaster kannst du später draufkleben." Ein strenger Blick in die Runde. „Klärt das friedlich. Ihr seid erwachsene Männer, keine Schläger!"

Ljuba klappte den Erste-Hilfe-Koffer zu und ließ sie allein.

Missmutig sah David ihr nach. Er wickelte die Tüte mit den Eiswürfeln in die Servietten ein und hielt sie sich gegen die Wange. Zu zweit gaben sie bestimmt ein hübsches Bild ab, wie sie so nebeneinandersaßen; jeweils mit einem Coolpack.

Christopher brannten unzählige Fragen auf der Zunge. Doch er traute sich nicht, sie zu stellen. Gerrit ergriff schließlich die Initiative. Er öffnete die Colaflasche und füllte die Plastikbecher mit der sprudelnden Flüssigkeit. Den ersten reichte er Christopher, den zweiten David. Mit dem dritten Becher in der Hand lehnte er sich gegen den Kickertisch.

„Mein Name ist Gerrit Rust, das ist David Kepler. Wie heißt du?"

„Christopher Diecks."

Gerrit nahm einen Schluck Cola und setzte den Becher auf dem Rand des Kickers ab. „Wir würden sehr gern wissen, warum du mir gestern gefolgt bist und was du heute bei Davids Wohnhaus wolltest."

Um Zeit zu gewinnen, betrachtete Christopher die dunkle Flüssigkeit in seinem Becher. Er wollte weder die Identität seiner Klientin preisgeben noch den Auftrag. Allerdings würde er seine Fragen nicht klären können, wenn er schwieg.

„Ich dachte, du seist David. Deshalb bin ich dir gefolgt."

Seine Gesprächspartner tauschten verblüffte Blicke.

„Du fährst seinen Wagen, besitzt einen Schlüssel zu seiner Wohnung, und auf dem Klingelschild steht Kepler. Was sollte ich sonst denken?"

Der Fehler war es gewesen, kein Foto von David Kepler zu besorgen. Eine schmerzhafte Lektion, sich in Zukunft nicht auf das scheinbar Offensichtliche zu verlassen.

„Moment." David runzelte die Stirn. „Woher weißt du, dass es *mein* Wagen ist?"

Die Antwort auf diese Frage würde ihn nicht beliebter machen. „Wir haben das Kennzeichen überprüfen lassen."

„Ihr habt *was?!*" David stand abrupt auf. Dabei schwappte Cola über seine Hand. Fluchend stellte er den Becher auf dem Barhocker ab.

Gerrit musterte Christopher durchdringend. „Erklär uns das."

„Ja", knurrte David, während er sich die Hand an der Hose abtrocknete. „Bevor ich dir noch eine reinhaue."

„Ich bin Privatdetektiv. Ich arbeite an einem Fall."

David lachte ungläubig auf. „Der war gut!"

Gerrit wirkte hingegen ehrlich interessiert.

Also holte er eine Visitenkarte aus seinem Portemonnaie.

Gerrit studierte die Angaben und gab die Karte an David weiter. Der sah zweifelnd zu seinem Freund hinüber.

„Vergiss es. Der Typ wird uns nicht helfen können."

„Wobei helfen?"

Die Frage wurde ignoriert.

„Wir haben keine Kohle, um ihn zu bezahlen", setzte David nach.

Gerrit nahm die Visitenkarte zurück und steckte sie ein. „Wir suchen seit Wochen nach Nina. Die Polizei hat den Fall abgehakt, ihre Eltern interessiert es nicht, und ihre sogenannten Freunde sind nutzlos. Wir brauchen Hilfe!"

„Von einem Privatdetektiv? Der befragt dieselben Leute wie wir, was soll das bringen? Wir finden Nina allein."

„Ach ja?" Gerrit breitete die Arme aus. „Wo denn?"

Christopher hob die Hand mit der Eiswürfeltüte. Als würde er sich in der Schule melden.

Die beiden verstummten.

„Legen wir die Karten auf den Tisch. Ihr unterstützt mich bei meinem Fall, und ich versuche, euch zu helfen."

David erkannte die Zustimmung im Blick seines Freundes und verzog das Gesicht. „Von mir aus. Fang an, Privatdetektiv."

Christopher nahm zuerst einen großen Schluck Cola. Um Magen und Nerven zu beruhigen. Es galt, so viel wie möglich herauszufinden und dabei so wenig wie möglich preiszugeben. Er legte das Coolpack auf einen freien Hocker und schob die kalte Hand zum Aufwärmen unter den Oberschenkel.

„Ihr fangt an. Wer ist Nina?"

Gerrit missfiel es sichtlich, dass er den Spieß umdrehte.

„Nina ist meine Cousine. Sie ist seit gut einem Monat spurlos verschwunden. David hilft mir bei der Suche nach ihr. Wir haben eine Vermisstenanzeige bei der Polizei aufgegeben, Ninas Freunde befragt, ihre Arbeitskollegen und die Mitbewohnerinnen ihrer WG. Abgesehen von zwei vagen Hinweisen ist nichts dabei herausgekommen."

„Zwei *guten* Hinweisen", widersprach David.

„Die Vermutungen einer Freundin und das Gefasel eines Junkies."

„Jojos Geschichte passt zu dem, was Rieke erzählt hat."

„Falls Rieke die Wahrheit sagt."

„Warum sollte sie lügen?"

„Weil sie ziemlich viel erzählt, wenn der Tag lang ist."

Christopher räusperte sich vernehmlich und gewann die Aufmerksamkeit der beiden zurück. „Nina ist seit einem Monat verschwunden. Wann, wo und von wem wurde sie zuletzt gesehen?"

Nach einer stummen Verständigung antwortete David.

„Keine Ahnung. Laut Rieke hat sich Nina kurz vor ihrem Verschwinden von ihrem Freund Paul getrennt und was mit einem gewissen Simon angefangen. Den kennt wiederum Paul, was die Sache kompliziert machte. Rieke hat Simon ein einziges Mal getroffen. An dem Tag waren sie zu dritt am Hafen. Nina hat sie irgendwann weggeschickt, um mit Simon ungestört ein bisschen Spaß zu haben."

Gerrit räusperte sich vernehmlich.

David warf ihm einen entschuldigenden Blick zu. „Ich sag bloß, wie es war. Nina wollte Simon zu einer Baustelle bringen, auf der sie gelegentlich rumhängt. Am nächsten Morgen hat sie sich bei der Arbeit krankgemeldet und ist seitdem nicht mehr erschienen."

„Woher wisst ihr das?"

„Nina und Rieke arbeiten im selben Supermarkt."

„Sind sie eng befreundet?"

„Wohl kaum. Rieke hat Nina zwei Tage nach dem Treffen eine Textnachricht geschickt, um zu fragen, ob alles in Ordnung sei. Sie hat keine Antwort bekommen und sich nicht weiter darum gekümmert."

Das zeugte in der Tat nicht von tiefer Zuneigung. Eine echte Freundin wäre spätestens an diesem Punkt besorgt gewesen.

Er nahm noch einen Schluck Cola. Das überzuckerte Getränk wirkte. Sein Magen beruhigte sich, und sein Gehirn lief mittlerweile voll im Detektiv-Modus.

„Zwischen dem Besuch bei der Baustelle und dem nächsten Morgen ist demnach etwas Gravierendes vorgefallen."

Eine verlassene Baustelle, keine Zeugen, da konnte sich ein bisschen Spaß schnell zu etwas Anderem entwickeln.

Er fing Gerrits Blick auf. Die Finsternis, die sich in den Augen seines Gegenübers widerspiegelte, war beunruhigend. Unter der ruhigen Oberfläche brodelte es gewaltig.

„Wo liegt diese Baustelle?", lenkte er rasch ab.

„An der Großen Elbstraße", antwortete David.

„Wart ihr dort?"

„Ich habe mich umgesehen. Falls da etwas passiert ist, wurden die Spuren durch die Bauarbeiten längst verwischt. Als Versteck taugt das Gebäude nicht. Zu viel Betrieb, zu viele Kameras."

„Was ist mit den Mitbewohnerinnen ihrer WG? Könnten die etwas wissen?"

„Nina verbringt viel Zeit draußen oder bei Freunden. Sie kommt meist nur zum Schlafen nach Hause."

„Fehlen Sachen von ihr? Kleidung, Schuhe? Ein Rucksack oder eine Sporttasche?"

Es wäre ein Hinweis darauf, dass es ihre eigene Entscheidung gewesen war, zu verschwinden.

David zuckte die Achseln. „Können die Mitbewohnerinnen nicht sagen. Nina hat pünktlich ihren Mietanteil gezahlt, alles andere interessierte die beiden nicht."

Klasse. Seine Vorstellung von einer WG war eindeutig anders.

„Hat dieser Simon eine Idee, wo sie sein könnte?"

„Falls wir ihn finden, fragen wir ihn."

Christopher hob erstaunt die Augenbrauen. „Simon ist auch verschwunden?"

„Wissen wir nicht", antwortete Gerrit. „Laut Jojo hält er sich häufig beim Hauptbahnhof auf und hängt mit den Punks und Straßenkids ab. Besonders am Monatsende. Wenn ihm die Kohle für Alkohol und Drogen fehlt, schnorrt er sich das Geld von den Passanten zusammen."

„Sympathisch."

„Jojo hat ihn seit einer Weile nicht gesehen. David hat die Punks nach Simon und Nina gefragt, aber die waren wenig mitteilsam."

„Habt ihr ein Foto von Simon?"

„Nein."

„Kennt ihr seinen Nachnamen?" Die Antwort war ein Kopfschütteln. „Wie heißt Nina eigentlich mit Nachnamen?"

„Armin."

„Was ist mit ihrem Ex, diesem Paul? Wenn Simon und er befreundet sind ..."

„Die beiden sind keine Freunde. Simon schuldet Paul anscheinend Geld. Keine Ahnung, wie viel und wofür."

David Kepler schnaubte verächtlich. „Paul soll ein ganz mieser Typ sein. Vertickt Drogen und Medikamente und vergibt Kredite zu horrenden Zinsen. Wer nicht zahlt, bekommt es mit seinen Schlägern zu tun. Falls Paul weiß, wo Simon steckt, wird er es uns nicht erzählen. Der will bloß seine Kohle."

Nina, Simon, Jojo, Paul. Informationen über Informationen. Wie hing all das mit Karin Neudorf zusammen?

„Du hast gesagt, die Polizei hat Ninas Fall abgehakt", wandte er sich an Gerrit.

„Die Bullen denken, dass Nina und Simon entweder zusammen abgehauen oder in einem Drogenloch versackt sind. Denen ist Nina egal. Sie ist eine Verliererin, die durch die Maschen des Systems gefallen ist."

Eine herbe Anschuldigung. „Wie kommt die Polizei zu der Theorie?"

Gerrit brach den Augenkontakt, sah auf seine Schuhe und wieder zu Christopher. „Nina hat familiäre Probleme. Sie ist früher von zu Hause weggelaufen, hat auf der Straße gelebt, geklaut und Drogen genommen. Inzwischen ist sie einigermaßen stabil, aber es fällt ihr schwer, ihr Leben zu organisieren. Sie braucht ...", er suchte nach den passenden Worten, „Unterstützung. Was sie nicht braucht, sind Typen wie Simon und Paul, die sie zurück in den Dreck ziehen!"

„Wie alt ist Nina?"

„Neunzehn." Gerrit holte sein Smartphone hervor. Er strich einige Male über das Display und zeigte ihm das Foto eines hübschen Mädchens mit schwarzen, von grünen Strähnen durchzogenen Haaren und strahlend blauen Augen.

„Ist einige Jahre her. Nina hat jetzt hellblaue Strähnen."

Christopher betrachtete das Foto. Das Mädchen war im gleichen Alter wie seine Halbschwester Jasmin.

Die nächste Frage musste er leider stellen.

„Besteht eine Möglichkeit, dass die Polizei recht hat?"

„Nein! Nina wäre niemals verschwunden, ohne mir vorher Bescheid zu geben. Und von den Drogen ist sie runter!"

Dafür bewegte sie sich in äußerst bedenklichen Kreisen.

„Hat die Polizei versucht, ihr Handy zu orten?"
„Ja, ohne Erfolg."

„Wann hast du sie zuletzt gesehen?"

„Vor sechs Wochen."

„Obwohl ihr euch so nahesteht?"

Schlagartig kehrte die Finsternis in Gerrits Augen zurück. Sein Tonfall wurde scharf. „Ich war verhindert."

„Okay. Entschuldige die Frage."

Christopher fing David Keplers warnenden Blick auf. Ihm kam die Bemerkung von Davids Ehefrau während des Streits in den Sinn: *Der organisiert sich selbst vom beschissenen Knast aus einen Job …*

Natürlich! Gerrit Rust hatte im Gefängnis gesessen, als seine Cousine verschwunden war.

Automatisch ratterte eine Liste möglicher Straftaten durch Christophers Kopf. Körperverletzung stand ganz oben.

Da war er in eine schöne Sache hineingeraten!

Er leerte seinen Becher und nahm wieder das Coolpack. Durch das viele Sprechen verstärkte sich das Pochen in seiner Wange. Ein unangenehmer Spannungsschmerz breitete sich hinter seinen Schläfen aus.

„Was ist mit diesem Jojo? Weshalb passt seine Geschichte zu der von Rieke?"

Gerrit und David tauschten erneut Blicke.

„Kommt schon, Leute!" Die Kopfschmerzen zerrten an seinem Geduldsfaden. „Ohne Informationen kann ich euch nicht helfen!"

Gerrit seufzte. „Simon hat vor Jojo damit angegeben, bald an eine Menge Geld zu kommen. Genug Bares, um nach Mallorca oder auf die Kanaren auszuwandern. Zu dem Zeitpunkt war Simon wohl ziemlich high. Jojo ist auf Crack, der braucht ständig Geld. Deshalb hat er

Simon bearbeitet, um herauszufinden, ob er von dem angeblichen Geldsegen profitieren kann."

Christopher hielt unwillkürlich den Atem an. Jetzt kam die Information, die ihm fehlte. Die Verbindung zwischen Karin Neudorf und Gerrits Suche. Er spürte es ganz deutlich!

„Also erzählt Simon von dieser Baufirma, die Dreck am Stecken haben soll. Irgendein mieses Ding, für das er sie bluten lassen will. Der große Zahltag, auf den er …"

Der Rest des Satzes verschwamm. Heißes Kribbeln breitete sich in Christophers Eingeweiden aus.

Neudorf-Hochtiefbau!

Gerrit musterte ihn irritiert. „Was ist los?"

„Ich hab's", sagte er mehr zu sich selbst. Ein triumphierendes Lächeln umspielte seine Lippen. Karin Neudorf ahnte nicht, *wie* falsch sie mit ihrer Vermutung lag. Es ging um keinen Erpresser, sondern …

Halt! Es ging sehr wohl um einen Erpresser. Allerdings nicht um ihren ehemaligen Liebhaber, sondern um diesen Simon.

Warum wusste Karin Neudorf nichts davon?

Womit wollte Simon die Firma erpressen?

Irgendein mieses Ding …

Der Abstecher auf die Baustelle! Das gravierende Ereignis, nach dem sich Nina krankgemeldet hatte!

David Kepler schnippte ungeduldig mit den Fingern. „Hey, Privatdetektiv, aufwachen!"

Christophers Hochgefühl erhielt einen Dämpfer. Bisher war seine Strategie der sparsamen Worte aufgegangen. Nun würde er einige sorgsam gehütete Informationen preisgeben müssen.

„Eure Überwachungsaktion ist aufgeflogen", erwiderte er vage. „Ein Mitarbeiter von *Neudorf-Hochtiefbau* hat mehrfach verdächtige Personen beobachtet, die sich in der Nähe der Zentrale und an anderen Orten aufhielten. Meine Detektei wurde damit beauftragt, den Grund dafür herauszufinden."

Diese Neuigkeiten mussten seine Gesprächspartner erst einmal verdauen.

„Du arbeitest für *Neudorf-Hochtiefbau*?", fragte David Kepler schließlich mit scharfem Unterton.

„Ja."

„Spitzenmäßig!" David warf sein Coolpack verärgert auf einen Hocker. „Und wir Idioten haben dem Typ gerade *alles* erzählt! Sobald der hier raus ist, wird er zu seinen Auftraggebern laufen und uns verpfeifen!"

„Wird er nicht", gab Gerrit Rust ruhig zurück. Sein Blick hielt Christophers fest. „Er wird uns helfen, Nina zu finden."

„Warum sollte er das tun?"

„Weil er die Wahrheit erfahren möchte."

Treffender hätte Christopher es nicht ausdrücken können. Leider steckte er mitten in einem Interessenkonflikt. Seine Auftraggeberin war Karin Neudorf. Er konnte nicht gleichzeitig für und gegen sie ermitteln. Außerdem implizierte Gerrits und Davids Bericht mögliche Straftaten. Wollte er korrekt handeln, musste er Karin Neudorf die Ergebnisse der Recherche mitteilen und die Polizei informieren. Etwas in ihm sträubte sich dagegen. Es erschien ihm zu früh. Zu riskant. Wenn sie unbedacht vorgingen, konnten mögliche Beweise verloren gehen oder vernichtet werden.

Falls Simon und Nina die Neudorfs erfolgreich erpresst hatten, waren sie vielleicht mit dem Geld auf die Kanaren abgehauen, um dort ein neues Leben zu beginnen. Nina meldete sich nicht, weil sie alle Brücken zu ihrem alten Leben abbrechen wollte. Vielleicht versteckten sich die beiden auch irgendwo anders. Warteten ab, bis sich die Aufregung legte und sie das Geld unbemerkt ausgeben konnten. Oder sie waren getrennte Wege gegangen. Und Nina wollte sich melden, konnte es jedoch nicht.

All das setzte voraus, dass die Erpressung kein Hirngespinst eines Junkies war.

„Hat dieser Jojo irgendeine Andeutung gemacht, worum es bei der Erpressung ging? Haben Nina und Simon auf der Baustelle etwas beobachtet oder gehört?"

Die Antwort war zweifaches Achselzucken.

Er kniff die Augen zusammen und rieb sich das Nasenbein. Ohne Kopfschmerzen würde ihm das Nachdenken leichter fallen. Mittlerweile spürte er an zahlreichen anderen Stellen seines Körpers ebenfalls Schmerzen.

„Ich muss das mit meinem Chef besprechen. Allein kann ich ..."

Ein Klingeln unterbrach ihn.

David holte sein Handy aus der Hosentasche. Nach einem Blick aufs Display fluchte er leise. „Meine Frau." Er entfernte sich und nahm das Gespräch entgegen. Seine Worte waren unverständlich. Der Tonfall verriet Anspannung und unterschwellige Aggression.

Gerrit beobachtete seinen Freund mit besorgter Miene.

Christopher überlegte, ob er die Gelegenheit nutzen sollte, um einige privatere Fragen zu stellen. Er verwarf den Gedanken. Dafür blieb später ausreichend Zeit.

„Ist es in Ordnung, wenn ich meinen Chef anrufe?"

Gerrit nickte.

„Ich kann euch nichts versprechen."

„Ist mir klar."

Er versuchte es in der Detektei. Es klingelte und klingelte. Er wollte schon auflegen, als Martin endlich das Telefon abnahm.

„Topher." Sein Chef klang außer Atem. „Was gibt es?"

„Du kannst dir den Ausflug zum Weihnachtsmarkt sparen. Der Fall ist gelöst."

Schnaufen erfüllte die Leitung. „Ist das dein Ernst?"

„Ich habe gerade ein sehr interessantes Gespräch mit David Kepler und seinem Freund Gerrit Rust geführt."

„Bist du aufgeflogen?"

„So was von."

„Alles in Ordnung?"

„Ja, keine Sorge. Die beiden haben eine spannende Geschichte zu erzählen. Die solltest du dir anhören."

„Wo seid ihr?"

„In der Billardhalle an der Kandinskyallee."

„Kannst du sie zur Detektei bringen?"

Christopher sah zu David Kepler, der den Streit mit seiner Frau gedämpft am Telefon weiterführte. „Keine Chance."

„Ich komme zu euch. Gib mir eine halbe Stunde."

„Bis gleich." Er legte auf. „Mein Chef ist in einer halben Stunde hier."

Gerrit wollte etwas erwidern, wurde jedoch von David unterbrochen. Der wirkte, als stünde er kurz vorm Explodieren.

„Ich muss nach Hause." David zwang sich sichtlich zur Ruhe. „Jill hat sich *spontan* mit einer Freundin verabredet. Ich soll auf die Kleine aufpassen. Kommst du allein klar?"

„Sicher. Hau ab. Falls die Einkaufstüten noch vorm Haus liegen ..."

„Sammle ich sie ein. Wenn Jill mein Gesicht sieht, rastet sie gleich wieder aus." Ein strafender Blick traf Christopher. Danach marschierte David aus der Billardhalle.

Der Mann stand unter Dauerstrom.

Er sah zu Gerrit. „Ich habe mindestens ein Dutzend Fragen, die ich dir stellen möchte."

„Leg los."

„Lass uns warten, bis mein Chef da ist."

„Meinetwegen. Was machen wir bis dahin?"

Er überlegte und deutete auf den Kickertisch. Sein Kopf brauchte dringend eine Pause. Fußball würde ihn ablenken.

In den folgenden Minuten lenkte ihn vor allem das Verlieren ab. Gerrit Rust besaß eindeutig die schnelleren Reflexe und schoss ein Tor nach dem anderen.

Aber bedachte man, dass Christopher vor nicht allzu langer Zeit auf einem Gehweg gelegen und um seine Gesundheit gefürchtet hatte, war eine Niederlage beim Tischfußball leicht zu verkraften.

KAPITEL 6

Als Martin die Billardhalle betrat, war keine halbe Stunde verstrichen. Er musste alle Geschwindigkeitsbegrenzungen gebrochen haben.

Erleichtert trat Christopher vom Kickertisch zurück. Gerrit musterte skeptisch den dunkelhaarigen, vollschlanken Mann, der entschlossenen Schrittes auf sie zukam.

Martin Kleemeyer vermittelte erfolgreich den Eindruck eines harmlosen Bürohengstes, der pünktlich um fünf Uhr den Stift fallen ließ, um zu seiner Familie ins Reihenhaus zu eilen.

Das mit der Familie stimmte. Martin war verheiratet und zweifacher Vater. Der Rest traf nur bedingt zu.

Gelegentlich saß Martin tatsächlich im Büro. Doch wenn *er* den Heimweg antrat, war es manchmal fünf Uhr morgens. Davon zeugten seine Blässe und die permanenten dunklen Schatten unter den Augen, die ihn eher wie Anfang fünfzig als Anfang vierzig aussehen ließen.

„Was ist mit deinem Gesicht passiert?", war die erste Frage, die sein Chef stellte. Er funkelte Gerrit böse an. „Gewalt ist immer die beste Lösung, was?"

Anstelle einer patzigen Antwort streckte Gerrit höflich die Hand aus. „Gerrit Rust. Erfreut, Sie kennenzulernen."

Verwirrung zeichnete sich auf Martins Gesicht ab. „Aber ..., du bist ..."

„Gerrit ist David Keplers Kumpel", erklärte Christopher. „Er fährt gelegentlich Davids Wagen und wohnt bei ihm."

„Vorübergehend", korrigierte Gerrit.

„Verstehe." Sein Chef schüttelte mechanisch die dargebotene Hand. „Martin Kleemeyer." Von dieser unerwarteten Wendung sichtlich überrumpelt, setzte er sich auf einen der Barhocker. „Ich höre."

Christopher berichtete von den Ereignissen des Vormittags. Vorerst ohne Nina und Simon zu erwähnen. Oder den Streit zwischen David Kepler und dessen Ehefrau.

Die Details der Verfolgungsjagd hielt er bewusst knapp. Trotzdem regte sich Martin auf.

„Du solltest diesen David wegen Körperverletzung anzeigen! Wo leben wir denn, dass Menschen auf offener Straße zusammengeschlagen werden?"

„Beruhige dich. Ist alles halb so wild." Christopher bemühte sich, Leichtigkeit zu vermitteln. Obwohl er sie nicht spürte. Der Vorfall war beängstigend gewesen.

Martin grummelte in seinen nicht vorhandenen Bart.

„Können wir uns irgendwo ungestört unterhalten?" Er machte eine Kopfbewegung in Richtung der beiden Biertrinker, die unverhohlen zu ihnen herüberstarrten.

Gerrit nickte. „Ich frage Ljuba, ob wir ihr Büro benutzen dürfen."

Sobald er außer Hörweite war, beugte sich Martin vor. „Ist wirklich alles in Ordnung?"

„Ja, mach dir keine Sorgen. Ich habe einen gehörigen Schreck bekommen, aber davon erhole ich mich schon wieder." Dass Gerrits Eingreifen ihm einen Besuch in der Notaufnahme erspart hatte, verschwieg er lieber.

„Mann, Mann, Topher. Du musst vorsichtiger sein!"

„Wäre ich vorsichtiger gewesen, wären wir nicht hier."

„Zugegeben. Aber wenn so eine Aktion eines Tages schiefgeht, bin *ich* der arme Trottel, der es deiner Familie und deinen Freunden beibringen muss. Und Romy!"

Romy. Seine Hand glitt unwillkürlich zu der lädierten Wange. „Sieht es sehr schlimm aus?"

„Ist rot und geschwollen. Könnte sein, dass du später ein Veilchen bekommst."

„Super."

Martin schüttelte missmutig den Kopf. „Ich hätte gründlicher recherchieren und ein Foto von diesem Kepler besorgen müssen. Meinetwegen bist du in ernsthafte Gefahr geraten!"

„Ach." Er winkte ab. „Es hat alles gepasst. Wie sollten wir ahnen, dass Gerrit bei David wohnt?"

„Warum eigentlich?"

„Erzähl ich dir später."

Gerrit Rust kam zurück. Im Gehen deutete er auf die Tür, hinter der die Toiletten lagen.

Martin erhob sich vom Barhocker. „Ich bin gespannt auf eure Geschichte."

Ljubas Büro besaß die Größe eines Schuhkartons, war penibel aufgeräumt und überheizt. Das einzige Fenster lag hoch unter der Decke. Es konnte nur über eine mechanische Vorrichtung an der Wand geöffnet und geschlossen werden.

Gerrit zog den Hebel nach unten und stellte das Fenster auf Kipp. An der stickigen Luft im Raum würde es wenig ändern. Die Jacken legten sie auf einem der beiden Stühle ab. Niemand machte Anstalten, auf dem zweiten Stuhl Platz zu nehmen. Martin setzte sich stattdessen auf eine Ecke des Schreibtisches. Gerrit blieb unter dem Fenster stehen, die Hände in den Hosentaschen. Seine Miene und Körperhaltung vermittelten, dass er die Rolle des Zuhörers übernehmen wollte. Also war es an Christopher, die Informationen über Nina und Simon wiederzugeben. Er lehnte sich gegen ein Sideboard und schob die Ärmel seines Pullovers hoch. Gerrit betrachtete interessiert die tätowierte Taschenuhr an der Innenseite seines linken Handgelenks.

Christopher begann mit dem Bericht.

Gerrit korrigierte ihn lediglich ein einziges Mal, bezeichnenderweise, als es um Ninas Rolle bei der möglichen Erpressung ging. In seinen Augen war sie unschuldig in die Sache hineingeraten.

Aufmerksam hörte Martin zu. „Ich fasse zusammen", sagte er hinterher. „Nina bringt ihren neuen Freund für ein Stelldichein zu einer Baustelle. Dort ereignet sich etwas, bei dem entweder beide oder Simon allein Zeuge werden. Ein Arbeitsunfall, ein geheimes Treffen, eine kriminelle Tat. Simon kommt auf die Idee, die Baufirma zu erpressen. Nina ist möglicherweise seine Komplizin." Gerrit wollte protestieren. Martin brachte ihn mit einem strengen Blick zum Schweigen. „Kurz darauf verschwinden beide spurlos. Ein junger Mann mit Alkohol- und Drogenproblemen und dem Wunsch, Deutschland zu verlassen, und eine junge Frau mit Drogenvergangenheit und einem Hang zum Ausreißen." Er hielt inne, ließ den letzten Satz wirken. „Ich würde sagen, die beiden haben erfolgreich das Geld kassiert und sonnen sich jetzt auf den Kanaren. Die einzige kriminelle Handlung, die sich mir bisher darstellt, ist die Erpressung der Firma *Neudorf-Hochtiefbau*."

„Nina wäre niemals abgehauen, ohne mir vorher Bescheid zu geben!"

„Warum?", hakte Christopher nach. Gerrit wiederholte diesen Satz gebetsmühlenartig.

„Weil wir uns sehr nahestehen."

Das konnte alles bedeuten. Wie nahe? Waren die beiden …?

Er bremste seine Überlegungen, als er Gerrits finsteren Gesichtsausdruck sah.

„Sie ist meine Familie, und ich bin ihre Familie. Den Dreck, der dir gerade im Kopf herumspukt, wirst du kein zweites Mal denken, kapiert?! Sonst bekommen wir ein echtes Problem miteinander!"

Christopher starrte ihn perplex an. Überrascht von diesem plötzlichen Ausbruch von Aggressivität.

„Vorsicht, Freundchen!", schoss Martin zurück. „Noch so eine Drohung, und die Polizei erhält einen interessanten Anruf."

Nach einem stummen Duell der Blicke brach Gerrit den Augenkontakt und sah auf seine Schuhe.

„Wir können den Fall nicht übernehmen", erklärte Martin. „Die Firma *Neudorf-Hochtiefbau* ist unser Klient. Es ist unsere Pflicht, sie über das Ergebnis der Ermittlungen in Kenntnis zu setzen."

„Nein! Sie dürfen diesen Leuten nichts über uns erzählen! Die werden Nina sofort wegen Erpressung anzeigen. Die Firma muss irgendein mieses Ding gedreht haben. Sonst würden die keinen Privatdetektiv anheuern, um herauszufinden, wer wir sind. Wie sind die darauf gekommen, dass sie beobachtet werden? Die müssen nach uns Ausschau gehalten haben, und das tut nur jemand, der ein schlechtes Gewissen hat!"

Mit dieser Aussage traf Gerrit voll ins Schwarze. Allerdings rührte Karin Neudorfs schlechtes Gewissen von einer anderen Art der Erpressung her. Was nichts daran änderte, dass Christopher das Verschwinden von Nina und ihrem Freund sonderbar fand.

Er sah zu Martin. „Kann ich dich kurz draußen sprechen?"

Sie zogen sich in die Herrentoilette zurück. Nach einer Kontrolle der beiden Kabinen begannen sie ihren Kriegsrat.

„Wir können die Ermittlungsergebnisse nicht vor Karin Neudorf geheim halten", erklärte sein Chef mit gesenkter Stimme. In dem gekachelten Raum hallte es ziemlich.

„Ich weiß. Aber ist es nicht merkwürdig, dass Frau Neudorf diese angebliche Erpressung mit keinem Wort erwähnt? Stattdessen erzählt sie uns von einer Affäre und einem geldgierigen Liebhaber."

„Du meinst, sie lügt, um den wahren Grund für ihren Auftrag zu verschleiern?"

„Möglich. Allerdings erschienen ihre Verzweiflung und die Tränen echt."

„Vielleicht ist sie eine begabte Schauspielerin."

„Die Lüge ergibt keinen Sinn. Sie muss damit rechnen, dass wir Gerrit oder David befragen und die Wahrheit erfahren. Warum sollte sie sich selbst eine peinliche Affäre andichten?"

„Also zwei unabhängige Erpressungsfälle? Wie hoch ist die Wahrscheinlichkeit dafür?"

„Äußerst gering."

Martin drehte eine Runde zwischen Waschbecken und Händetrockner. „Nehmen wir rein theoretisch an, dass wir es mit zwei Fällen zu tun haben. Warum weiß Frau Neudorf nichts von der Erpressung durch Simon und Nina?"

„Weil man den Vorfall vor ihr geheim gehalten hat. Um sie nicht zu beunruhigen. Oder weil es keine erfolgreiche Erpressung war und die Übergabe nie stattgefunden hat. Kein Schaden, kein Grund, davon zu erzählen."

„Karin Neudorf ist die Geschäftsführerin. Es wäre ein ziemliches Kunststück ..." Martin spitzte die Lippen. „Hm."

Euphorie stieg in Christopher auf. Sein Chef hing am Haken! „Wir müssen weiter nachforschen. Um herauszufinden, was tatsächlich geschehen ist."

„Wir können nicht gegen unsere eigene Klientin ermitteln."

„Ich mache es im Alleingang. Du hast gesagt, ich soll mir ein paar Tage freinehmen. Frau Neudorf kehrt Mittwochfrüh von ihrer Geschäftsreise zurück. Lass den Bericht bis dahin in der Schublade. Falls sie sich über die Verzögerung beschwert, kannst du mir die Schuld geben."

Belustigung blitzte in Martins Augen auf. „Du willst das Rätsel in drei Tagen lösen? Nachdem Wochen vergangen sind?"

„Gerrit und David werden mir helfen. Selbst wenn wir nicht alle Details aufdecken, sollten wir ein gutes Stück vorankommen."

Alternativ konnten sie den Fall an eine andere Detektei abgeben. Dadurch löste sich der Interessenkonflikt.

Allerdings durften sie ohne Karin Neudorfs Zustimmung kein Wort über die Affäre verlieren, und das würde wiederum die Nachforschungen der Kollegen erschweren.

„Dadurch können wir in Teufels Küche kommen, Topher. Ich muss an den Ruf meiner Firma denken!"

„Deshalb mache ich es allein. Ohne dein Wissen."

Martin musterte ihn durchdringend und drehte eine weitere Runde in dem kleinen Raum. „Nein."

Für eine Schrecksekunde dachte Christopher, er meinte die Fortführung der Ermittlungen.

„Du gehst auf Spurensuche", erklärte sein Chef. „Tara und ich bleiben an dem Lageristen dran. Wann immer ich die Zeit finde, unterstütze ich dich aus dem Hintergrund. Aber sei vorsichtig! Dieser David Kepler gefällt mir nicht."

„Dann beruhigt es dich wahrscheinlich nicht, dass Gerrit Rust bis vor Kurzem im Gefängnis gesessen hat."

„Das wird ja immer besser! Ich schicke dich los, um einen Fall zu lösen, und du machst ihn nicht nur komplizierter, sondern schleppst einen zweiten Fall an, in den ein Haufen Schläger verwickelt ist!"

Christopher lächelte. „Irgendwie müssen wir schließlich die Miete bezahlen."

Als sie zurück in das stickige Büro kamen, sah Gerrit sie erwartungsvoll an. „Und?"

„Wir übernehmen den Fall", erwiderte Christopher.

Sein Gegenüber atmete erleichtert aus. „Danke!"

„Wir haben Zeit bis Mittwochmorgen. Danach müssen wir unseren Klienten über die neuen Entwicklungen informieren."

„Mittwochmorgen? Wie sollen wir Nina so schnell finden?"

„Keine Ahnung. Das hängt von den Informationen ab, die du mir beschaffst. Herr Kleemeyer wird die Ermittlungen verfolgen, ohne selbst in Erscheinung zu treten. Die Laufarbeit müssen wir übernehmen. Deshalb wäre es gut, wenn David uns helfen würde."

„Ich frage ihn. Was brauchst du von mir?"

„Zunächst eine Liste der Personen, die vor Ninas Verschwinden mit ihr in Kontakt standen. Ihre Eltern, Freunde, Arbeitskollegen, Bekannte. Wenn möglich mit Adressen und Telefonnummern. Wo hat Nina gearbeitet, wo hat sie sich in ihrer Freizeit aufgehalten? Wo finden wir Jojo und ihren Ex, diesen Paul? Außerdem muss ich wissen, was ihr bei euren eigenen Nachforschungen herausgefunden habt. Vielleicht erspart uns das einige Wege."

„Das wird eine Weile dauern."

„Wir können sowieso erst morgen anfangen."

„Warum?"

„Weil ich gleich zur Arbeit muss."

Gerrit blinzelte verwundert. „Ist das hier nicht deine Arbeit?"

„Ich habe zwei Jobs. Wenn ich den Leuten nicht hinterherschnüffle, serviere ich ihnen das Essen." Aus den Augenwinkeln sah er Martin schmunzeln. „Kannst du die Informationen bis morgen zusammenstellen?"

„Sicher, kein Problem."

„Ich komme gegen Mittag bei David vorbei. Vorher geht es leider nicht."

Morgen früh war er mit Romy im *Kaffee Stark* verabredet.

Das gemütliche Café in der Wohlwillstraße war der Ort ihres ersten Dates gewesen. Seitdem besuchten sie es regelmäßig. Kein Auftrag der Welt konnte ihn von diesem Ritual abhalten.

„Wir sollten uns lieber hier treffen." Gerrit wirkte verlegen. „Davids Frau ist nicht begeistert von unserer Suchaktion. Je weniger sie mitbekommt, desto besser."

„In Ordnung. Gib mir deine Handynummer. Falls ich mich verspäte."

„Moment." Gerrit holte Christophers Visitenkarte hervor und gab die daraufstehende Handynummer ein. Christophers Smartphone vibrierte in der Hosentasche.

Er speicherte Gerrits Nummer unter den Kontakten.

„Um Missverständnisse zu vermeiden: Ich arbeite nicht umsonst. Es gibt einen festen Stundensatz, den ich dir in Rechnung stelle. Wenn der Fall abgeschlossen ist, erhältst du ein Protokoll mit einer detaillierten Aufstellung aller angefallenen Kosten einschließlich sämtlicher Belege und anderer Nachweise. Selbst wenn ihr mich bei der Recherche unterstützt, kann eine hohe Summe zusammenkommen."

Gerrits Gesicht nahm das knallige Rot eines Hummers an.

„Ab Januar arbeite ich wieder. Dann kann ich einen Teil der Kosten bezahlen. Wenn ihr das Geld früher braucht, muss ich es irgendwie anders auftreiben."

Christopher sah fragend zu Martin und erkannte Zustimmung in dessen Augen. Das Letzte, was Gerrit Rust brauchte, waren Schulden. Am Ende kam er bloß auf dumme Gedanken und besorgte sich das Geld auf illegale Weise.

„Nicht nötig", erwiderte Martin. „Wenn der Endbetrag feststeht, einigen wir uns auf eine Ratenzahlung."

Gerrit presste die Lippen aufeinander. Die Situation kratzte eindeutig an seinem Stolz. Sein Blick fand Christophers. „Ich werde dich auf jeden Fall bezahlen!"

„Gut. Wir sehen uns morgen."

Sie gaben sich zum Abschied die Hand.

„Ich kann dir nicht versprechen, dass ich Nina finde."

„Ich weiß. Aber du versuchst es wenigstens."

Kurz darauf standen Martin und Christopher draußen vor der Billardhalle. Nach der Hitze in dem kleinen Büro war die kühle Luft eine Erfrischung.

„Bist du sicher, dass du den Auftrag übernehmen möchtest?", fragte Martin. „Dieser Gerrit macht grundsätzlich einen zivilisierten Eindruck, trotzdem hat der ein ziemliches Temperament. Und sein Kumpel David ist offenbar ein ähnlich explosiver Zeitgenosse."

Christopher dachte an den Streit, den er in der Siedlung mit angehört hatte. „David steht privat stark unter Druck. Gerrit sorgt sich um seine Cousine. An seiner Stelle wäre ich auch angespannt."

Wenn er zu der Zeit von Ninas Verschwinden tatsächlich im Gefängnis gesessen hatte, kam zur Sorge bestimmt eine gehörige Portion Schuldgefühle.

„Dein unerschütterlicher Glaube an das Gute im Menschen. Komm, ich setze dich bei Andis Wagen ab."

Im Gehen wandte Christopher den Kopf.

Gerrit stand am Tresen und beobachtete sie. Wie würde er reagieren, wenn seine Hoffnung enttäuscht wurde?

Im Konvoi fuhren sie bis in die Innenstadt. An einer Kreuzung bog Martin ab. Sein Ziel war die Detektei. Christopher lenkte den Golf weiter nach St. Pauli.

Zu Hause bereitete er sich ein schnelles Mittagessen zu und machte sich anschließend auf den Weg zum *Cinque Terre.*

Morgen Abend musste er den Wagen bei Andi abliefern. Bis dahin wollte er den Luxus eines eigenen Fahrzeugs auskosten.

Wie von Martin prophezeit, zeichnete sich inzwischen ein Veilchen unter seinem linken Auge ab.

Damit konnte er keine Gäste bedienen.

Sobald er umgezogen war, öffnete seine Halbschwester Jasmin ihr Schminktäschchen und bedeckte die Blessuren des Tages mit einer Schicht Make-up. Sie verspottete ihn, klang aber auch stolz auf ihren großen Bruder, den furchtlosen Kämpfer. Von der Wahrheit wäre sie weniger begeistert gewesen. Deshalb stellte er den Vorfall als harmlose Auseinandersetzung dar. Jasmin sollte sich keine Sorgen machen. Sein Stiefvater war in der Küche beschäftigt und bekam ihn erst zu sehen, als das Make-up saß.

Gegen Mitternacht, als die letzten Gäste das Restaurant verließen, spürte er die Anstrengung in den Knochen. Er half beim Aufräumen, verabschiedete sich und fuhr nach Hause.

Auf dem Hamburger Berg wurde trotz des kühlen Nieselwetters gefeiert. Heute nervte ihn der Lärm.

An der Klinke seiner Wohnungstür hing ein kleiner Stoffbeutel, auf dem ein Rentier abgebildet war.

Der stammte bestimmt von Romy.

In der Wohnung sah er gleich hinein. Im Beutel steckten ein Schokoladen-Nikolaus und eine schwarze Strickmütze. An der Mütze war mit einer Sicherheitsnadel ein Zettel befestigt. Darauf stand in zierlicher Handschrift:

Für Nachtschichten und kalte Tage

Er lächelte gerührt. Am liebsten hätte er Romy sofort angerufen, um sich zu bedanken. Das würde er morgen früh nachholen. Eine Tüte mit *ihrem* Geschenk stand auf der Anrichte in der Küche.

Er legte den Schoko-Nikolaus und die Mütze daneben und zog sich um. Kurz erwog er, eine erste Internetrecherche zu betreiben. Wenn Nina annähernd so viel Zeit mit den sozialen Medien verbrachte wie Jasmin, sollten sich reichlich Informationen und Fotos finden lassen.

Nach einem müden Blick auf die Uhr und einem zweiten, sehnsüchtigen Blick zur Schlafzimmertür verwarf er das Vorhaben. Ihm standen anstrengende Tage bevor. Er brauchte ausreichend Ruhe, um ordentlich zu funktionieren.

KAPITEL 7

„Tut es sehr weh?" Romy musterte ihn besorgt über den Rand ihrer Teetasse hinweg.

Der schwarze Schimmer unter dem linken Auge war ohne Jasmins Make-up deutlich zu sehen. Ebenso seine gerötete Wange.

„Nein." Er lächelte. Die Muskelbewegung rief ein unangenehmes Ziehen hervor. Seine Schulter und Hüfte hatten sich nach dem Aufwachen ebenfalls gemeldet. Eine Schmerztablette, zwei Becher Kaffee und ein Frühstück mit der schönsten Frau der Welt später fühlte er sich gewappnet für den Tag.

Sie saßen auf demselben abgewetzten Ecksofa im *Kaffee Stark*, das er bei ihrer ersten Verabredung ausgesucht hatte. Der wackelige Tisch bot kaum ausreichend Fläche für einen Brotkorb, Geschirr, Aufschnitt und die kunstvoll gedrehte Bienenwachskerze, die er Romy nachträglich zum Nikolaustag geschenkt hatte. Sie liebte den Duft von Bienenwachs.

„Bist du sicher, dass du mit diesen Leuten zusammenarbeiten möchtest?"

Christopher hatte ihr während des Frühstücks Gerrits Geschichte erzählt.

„Nina ist irgendwo da draußen", gab er zurück und nippte an seinem Kaffee. „Vielleicht traut sie sich nicht nach Hause, weil sie Angst vor der Polizei hat. Vielleicht hat dieser Simon sie zurück in den Drogensumpf gezogen. In beiden Fällen braucht sie Unterstützung."

Er glaubte nicht an Martins Theorie, dass sich Simon und Nina auf den Kanaren sonnten. Ein solches Happy End erschien ihm utopisch.

„Wenn ich helfen kann, Nina zu finden, werde ich es tun.”

„Sie erinnert dich an Jasmin, stimmt's?”

Romy konnte Gedanken lesen.

„Wenn Jasmin plötzlich spurlos verschwände ...” Er ließ den Satz unbeendet. „Ich würde alle Hebel in Bewegung setzen, um sie zu finden.”

„Aber du würdest keine wildfremden Menschen verprügeln.”

Die Bestimmtheit, mit der sie das sagte, rührte ihn.

Er wusste nicht, wozu er fähig wäre, falls Jasmin in Gefahr schwebte. Oder Romy. Wie weit er gehen würde, um ihnen beizustehen. Unvermittelt durchfuhr ihn ein Gedanke; eine Erinnerung an ein Gespräch.

Romy furchte die Stirn. „Was ist?”

„Ach, nichts.”

Sie legte die Hand auf seine. „Was ist los?”

Er verschränkte seine Finger mit Romys und strich mit dem Daumen über ihre warme Haut. „Ich musste eben an meinen Vater denken. Gerrit und David entsprechen genau seinem Klischee von Mümmelmannsberg: arbeitslos, gewalttätig, kriminelle Vergangenheit, Drogenprobleme in der Familie. Ich kann sein selbstzufriedenes Gesicht direkt vor mir sehen.” Es ärgerte ihn, dass er sich darüber ärgerte.

„Was dein Vater denkt, ist unwichtig. Was *du* denkst, ist wichtig. Du lässt dich nicht von Klischees oder Vorurteilen leiten. Du möchtest den Menschen helfen, gleichgültig, wer sie sind und wie ihr Leben aussieht.

Dafür liebe ich dich. Unter anderem", fügte Romy verschmitzt hinzu.

Er starrte sie verblüfft an. In seinem Bauch kribbelte
es. Sein Gesicht glühte. Sie hatte es gesagt! Zum ersten
Mal. Ohne Vorwarnung. Was sollte er antworten? Ich
liebe dich auch? Nichts? Seine Gedanken froren ein. Panik überkam ihn.

„Ich ...", begann er hilflos.

Romys Augen wurden tellergroß. Sie prustete laut los.

Einige der anderen Frühstücksgäste wandten sich zu
ihnen um.

„Oh, Topher. Manchmal kannst du unglaublich niedlich sein!"

Bevor er gegen das Wort ‚niedlich‘ protestieren
konnte, beugte sie sich vor und gab ihm einen Kuss.
Wieder setzte sein Denken aus, diesmal auf sehr angenehme Weise.

Arm in Arm schlenderten sie die Clemens-Schultz-
Straße entlang. Es herrschte kaum Verkehr. Bis auf die
Cafés und Bistros waren alle Geschäfte geschlossen.
Eine friedliche Stimmung lag in der Luft. Hier und da
blinkte Weihnachtsdekoration in den Fenstern. An den
Bäumen hingen Lichterketten.

Christopher fühlte sich beschwingt und euphorisch.
Er verspürte keinerlei Lust, nach Mümmelmannsberg
zu fahren und die Probleme anderer Menschen zu lösen. Viel lieber wollte er Zeit mit Romy verbringen.

Gemeinsame Tage waren rar gesät. Obwohl er regelmäßig in der *Zweiten Hand* vorbeisah und sie sich
manchmal nach der Arbeit oder am Wochenende trafen, erschien es ihm nie genug.

„Nächstes Wochenende nehme ich mir einen Tag frei", verkündete er, als sie vor Romys Wohnhaus standen. „Keine Schicht im Restaurant, keine Fahrten für Henrys Catering-Service, keine Detektivarbeit."

„Das wäre sehr schön." Sie nahm seine Hand und stellte sich auf die unterste Stufe der Treppe, die zum Hauseingang hochführte. Nun befanden sie sich auf Augenhöhe.

„Bitte sei vorsichtig. Ich möchte nicht, dass dir etwas zustößt!"

Ihre Besorgnis stach wie eine Nadel in seine Brust.

„Hey, ich kann auf mich aufpassen! Falls es gefährlich wird, befolge ich Marks wichtigsten Ratschlag: abhauen."

Der Versuch, Romy aufzuheitern, misslang. Sein Zusammenstoß mit David Kepler war Beweis genug, dass er nicht immer davonlaufen konnte. „Ich bin vorsichtig, versprochen."

Er küsste sie zärtlich und umarmte sie.

Er wollte jetzt nicht gehen!

Während der Fahrt nach Mümmelmannsberg zerrte die Sehnsucht an ihm. Die Intensität des Gefühls war schön und unheimlich zugleich.

Gegen halb zwölf traf er bei der Billardhalle ein.

Er stellte den Golf in der Nähe des Eingangs ab und nahm die Tasche mit seinem privaten Laptop vom Beifahrersitz. Auf dem Gerät befanden sich keine wichtigen Dateien. Sollte es jemand stehlen, würde der Dieb keine Freude an der lahmen Krücke haben.

In der Billardhalle empfingen ihn Stimmengewirr und leise Musik. Etliche der Billard- und Kickertische waren besetzt, vornehmlich von Jugendlichen. Im Hintergrund spielten die Biertrinker mit zwei anderen Männern eine Partie Billard. Die junge Frau hinter dem Tresen las in einer Zeitschrift. Keine Spur von David oder Gerrit.

Im nächsten Moment vermeldete sein Smartphone summend den Eingang einer Nachricht.

sind im büro

Kurz darauf öffnete er die Tür zu dem kleinen Raum. David und Gerrit saßen sich auf den Stühlen gegenüber. Bei seinem Eintreten unterbrachen sie ihr Gespräch.

Plötzliche Anspannung überkam ihn. Er überspielte sie mit einem knappen „Moin".

David Kepler nickte lediglich. Die Schramme an seiner Wange war dick verschorft. Angesichts seiner eigenen Blessuren verspürte Christopher keinerlei Mitleid.

Gerrit Rust erhob sich. Sie gaben sich die Hand.

„Danke fürs Kommen. Ich habe die Informationen zusammengetragen. Viel ist nicht dabei herausgekommen."

Christopher stellte die Laptoptasche auf dem Schreibtisch ab und nahm von Gerrit einen Zettel entgegen. Die Hälfte der Vorderseite füllte ein Ermittlungsbericht in unsauberer Handschrift. Darunter die Vornamen von sechs Personen, zusammen mit einigen zusätzlichen Angaben. Mal ein Nachname, eine Adresse, E-Mail-Adresse oder Telefonnummer.

Ganz unten stand Simons Name. Dahinter eine Beschreibung: Mitte zwanzig, braune Haare, etwa einsfünfundsiebzig groß, schlank, Narbe neben dem rechten Auge.

In der Tat keine große Ausbeute. Aber ein Anfang.

Er zog die Jacke aus. Der Raum war genauso aufgeheizt wie am Vortag. Gerrits und Davids Jacken lagen in einer Ecke auf dem Boden. Er erhöhte den Stapel mit seiner eigenen und entledigte sich zusätzlich der leichten Kapuzenjacke, die er daruntertrug.

„Darf ich den benutzen?" Er deutete auf den freien Bürostuhl. Auf Gerrits Nicken hin schob er den Stuhl hinter den Schreibtisch. „Bevor wir uns ans Klinkenputzen machen, möchte ich einige Sachen im Internet recherchieren. Dabei könnt ihr mir helfen. Gibt es hier WLAN oder einen Internetanschluss?"

„Das WLAN spinnt manchmal." Gerrit deutete auf Ljubas Computer, in dem hinten ein gelbes Kabel steckte. „Benutze lieber das."

Während der Laptop hochfuhr, verließ Gerrit kurz den Raum. Er kehrte mit drei Getränkedosen zurück.

Gewöhnlich trank Christopher um diese Uhrzeit keine Cola. Aus Höflichkeit nahm er die Dose trotzdem entgegen.

Gerrit reichte David ebenfalls ein Getränk und blieb neben dem Schreibtisch stehen. Christopher mochte es nicht, wenn ihm Leute bei der Arbeit über die Schulter guckten.

„Nette Tattoos", bemerkte David in die Stille hinein.

Verwundert über das Kompliment, hob er den Blick. „Danke."

Die meiste Zeit vergaß er seinen bunten Körperschmuck. Wenn er wie heute ein T-Shirt trug, sah man die Taschenuhr innen am linken Handgelenk und die

Kompassrose am rechten Oberarm. Die liegende Acht im Nacken wurde mittlerweile von seinen Haaren verdeckt.

„Wo hast du die stechen lassen?"

„Auf St. Pauli. Das Studio liegt in der Nähe meiner Wohnung."

„Du wohnst auf St. Pauli?"

„Jup."

David Kepler verzog anerkennend das Gesicht. „Ich will mir demnächst auch eins stechen lassen. Hab ein paar Ideen, aber keine Zeit, um mich darum zu kümmern."

Wäre er nicht Zeuge des Streits zwischen David und dessen Ehefrau geworden, hätte er die Ausrede wohl geglaubt. So ahnte er, dass Zeit kein Problem darstellte, sondern Geld.

„Hast du schon ein Studio gefunden?"

„Ich suche noch. Hab keine Lust, mir von einem Stümper den Arm versauen zu lassen."

„Ich kann dir die Adresse von meinem Studio geben. Der Inhaber ist ein echter Künstler."

„Cool." David schlürfte geräuschvoll einen Schluck Cola und musterte ihn dabei mit leicht zusammengekniffenen Augen.

„Vielleicht bist du doch kein schlechter Typ."

Er unterdrückte ein Schmunzeln. Dass er auf diese Weise Pluspunkte sammeln konnte ...

Der Laptop war endlich bereit. Christopher las nochmals den Zettel mit den Personenangaben. Er stutzte und sah zu Gerrit. „Du hast Ninas Eltern vergessen."

„Sie wohnen in Stuttgart. Die werden uns keine Hilfe sein."

„Wissen sie vom Verschwinden ihrer Tochter?"

„Die Polizei hat sie nach der Vermisstenanzeige kontaktiert." Gerrits Stimme nahm einen sarkastischen Tonfall an. „Muss ein erhebendes Gespräch gewesen sein. Als ich die beiden letzte Woche angerufen habe, brachte ihre Mutter kaum einen klaren Satz heraus. Die Frau schluckt seit Jahren starke Beruhigungsmittel. Später rief Ninas Vater zurück. Um mir völlig besoffen mitzuteilen, dass es ihm egal sei, in welchem Schlamassel seine nutzlose Tochter diesmal steckt. Nina hat den Kontakt zu ihren Eltern abgebrochen, und das aus gutem Grund."

Betretenes Schweigen erfüllte den Raum.

David starrte angestrengt auf die Dose in seiner Hand. Christopher fielen keine passenden Worte ein, um die unbehagliche Stille zu brechen. Also begann er mit der Internetrecherche.

Seine erste Station war Facebook. Wenn Nina einen Account besaß, konnte er dem Datenkraken bestimmt nützliche Informationen entlocken. Er wollte eben seinen Benutzernamen eingeben, als ihm etwas Besseres einfiel.

„Gerrit, bist du bei Facebook?"

„Ja."

„Sind Nina und du befreundet?"

„Klar, wieso?"

„Wir sollten uns über deinen Account anmelden. Um auch die Unterhaltungen mit ihren Freunden sehen zu können."

Nach kurzem Zögern stimmte Gerrit dem Vorschlag zu.

Wie erhofft, war Nina eine sehr aktive Nutzerin. Sie besaß über sechshundert Freunde, hatte unzählige *Likes* bei Musik, Film, Sport und Büchern verteilt, Unmengen an Fotos hochgeladen und zahlreiche, teilweise sehr private Unterhaltungen geführt. Die Unbedarftheit, mit der sie ihr Leben der Öffentlichkeit präsentierte, war erstaunlich. Christopher verspürte eine intensive Abneigung dagegen, persönliche Angaben und Gedanken in die Welt hinauszublasen, wo sie jeder lesen, kommentieren, vervielfältigen und sammeln konnte. Seine Arbeit als Privatdetektiv bestätigte ihn darin. Man wusste nie, wer einen ausspionierte.

Die Mitgliedschaften bei zahlreichen sozialen Diensten waren beruflicher Natur. Privat nutzte er sie höchst selten.

Zwischen Ninas Beiträgen zu Partys, Jungs, Klamotten, Sport und Musik fanden sich keine brauchbaren Hinweise.

Simon wurde nirgends erwähnt. Auf ihrer Freundesliste stand niemand mit diesem Vornamen.

Eine Gemeinsamkeit teilten alle Unterhaltungen: Vor rund vier Wochen waren sie schlagartig abgebrochen.

Seitdem reagierte Nina auf keine Fragen oder Antworten.

Die letzten Einträge stammten von Freunden, die sich nach ihrem Verbleib erkundigten. Einige klangen besorgt, andere beleidigt oder verärgert. Von Gerrit und David gab es ebenfalls Nachrichten, in denen sie um ein Lebenszeichen baten.

Ninas letzte Statusmeldung klang kryptisch. Sie sprach von einem bevorstehenden Ereignis, auf das sie sich unglaublich freue. Davon, dass sich bald alles ändern würde und sie große Pläne für die Zukunft schmiedete. Diese Sätze ließen sich durchaus als Andeutungen auf einen unerwarteten Geldsegen und einen Neuanfang im Ausland interpretieren. Allerdings gehörte eine ordentliche Portion Dummheit dazu, eine Erpressung im Internet anzukündigen.

Selbst auf diese subtile Weise.

Christopher vermutete daher einen anderen Grund hinter der Botschaft.

„Sagt dir das was?"

Gerrit las die Zeilen. „Keine Ahnung."

Er log, und schlecht dazu.

Irgendwann würde er von seinem Gefängnisaufenthalt erzählen müssen. Noch war es unnötig, ihn zu drängen. Besonders in David Keplers Gegenwart.

„Nutzt Nina Instagram oder Twitter?"

„Beide. Allerdings hat sie seit Wochen nichts mehr gepostet. Das habe ich überprüft."

„Schade." Christopher klickte auf die Fotogalerie. Angesichts der Menge an Bildern seufzte er. „Fangen wir an."

Wenn sie einigen der Vornamen auf der Liste passende Gesichter zuordnen konnten, kamen sie weiter. Im Idealfall entdeckte Gerrit jemanden, der nicht auf der Liste stand. David erhob sich und bezog links von ihm Position.

Zu dritt sichteten sie die Aufnahmen von Partys, Ausflügen, Konzerten. Es gab unzählige Gruppenfotos von posierenden Mädchen und betont cool dreinblickenden Jungs. Bilder von Hunden, Katzen und Pferden. Nina beim Reiten, im Schwimmbad, auf dem Hamburger Dom. Dazwischen fanden sich professionell wirkende Aufnahmen von Sonnenauf- oder -untergängen, Landschaften, Gebäuden und alltäglichen Szenen.

Nina besaß ein gutes Auge für ungewöhnliche Kamerawinkel und Motive. Der Hafen und die Elbe gehörten eindeutig zu ihren Lieblingsorten.

Je länger er die Aufnahmen studierte, desto lebendiger und facettenreicher wurde sie. Es fiel ihm schwer, dieses Mädchen mit Gerrits Erzählungen in Einklang zu bringen.

Mit den Drogenproblemen und dem kaputten Elternhaus.

„Das ist Paul." David deutete auf einen braunhaarigen, breitschultrigen Mann Mitte dreißig, der besitzergreifend den Arm um eine selig lächelnde Nina legte.

Es war ein unstimmiges Bild, und das lag nicht nur am Altersunterschied. Pauls Haltung strahlte eine unangenehme Dominanz aus. Christopher speicherte das Foto auf dem Laptop und nahm sich die nächsten Bilder vor. Paul kam mehrfach vor, meist in Gesellschaft jüngerer Leute. Anscheinend gefiel er sich in der Rolle des Anführers.

Schließlich entdeckte Gerrit den nächsten Kandidaten. „Das ist Jojo." Er deutete auf einen dürren jungen Mann mit grün gefärbten Haaren und gepiercten Augenbrauen, der auf einer Mauer saß und der Kamera zwei gespreizte Finger entgegenstreckte. „V" für *Victory*.

Wie ein Sieger wirkte Jojo allerdings nicht. Seine Augen waren ausdruckslos, das Gesicht eingefallen und grau, die Kleidung verschlissen. Mit viel Fantasie erkannte man einen Zwanzigjährigen. Auf dem Notizzettel standen hinter Jojos Namen zwei Ortsangaben:

Das *Drob Inn* war eine Einrichtung in der Nähe des Hauptbahnhofs, in der Drogenabhängige unter anderem Spritzen tauschen und in separaten Räumen Drogen konsumieren konnten.

Bisher kannte Christopher sie lediglich aus der Ferne.

Die Menschentrauben, die sich zu bestimmten Uhrzeiten vor dem Eingang bildeten, verrieten ihre Lage.

Der Gedanke, dort nach diesem Jojo fragen zu müssen, erfüllte ihn mit gemischten Gefühlen.

Er speicherte das Foto und setzte die Suche fort.

„Das ist Rieke", bemerkte Gerrit bald darauf.

Ein schlankes Mädchen mit langen, blonden Haaren, zu viel Schminke und zu wenig Kleidung lächelte in die Kamera.

Bunte Lichter leuchteten im Hintergrund. Die Bildunterschrift lautete:

Milos Geburtstag in der Flora.

Die Flora ...

Er überprüfte die Liste mit Ninas *Likes* und fand einen Link zur Website der Roten Flora; dem Zentrum der Linksautonomen im Schanzenviertel.

„Kennst du diesen Milo?", fragte er Gerrit.

„Nein."

„Besucht Nina regelmäßig die Partys in der Flora?"

„Keine Ahnung."

Er holte einen Kugelschreiber aus der Laptoptasche und vermerkte *Milo/Rote Flora* auf dem Notizzettel.

Danach speicherte er Riekes Aufnahme.

Das nächste Foto ließ ihn innehalten. Es zeigte einen jüngeren Gerrit, lässig an einer Mauer lehnend, die Daumen in die Hosentaschen gehakt, eine Baseballkappe verkehrt herum auf dem Kopf. Der Inbegriff der Coolness.

Es folgte ein weiteres Bild, wesentlich älter. Gerrit und Nina in Hagenbecks Tierpark, vor dem Elefantengehege. Hand in Hand und beide lachend. Gerrit war achtzehn oder neunzehn. Nina konnte kaum älter sein als elf. Ein fröhliches Mädchen mit geflochtenen Zöpfen und Grübchen.

Gerrit starrte auf das Bild. Seine Kiefermuskeln traten deutlich hervor. Welche Gedanken auch immer ihm durch den Kopf gingen, sie waren nicht schön.

Christopher scrollte rasch zum Anfang der Seite zurück.

„Wir brauchen ein Foto von diesem Simon."

Die Bemerkung lenkte Gerrit ab. „Rieke hat keine Fotos gemacht, dafür war die Sache zu frisch. Jojo klaut seine Handys und verkauft sie, wenn er Kohle für Drogen oder Alkohol braucht. Und von Paul können wir keine Hilfe erwarten."

„Was ist mit den Punks vom Hauptbahnhof?"

David Kepler schnaufte abfällig. „Von denen kommen bloß dumme Sprüche."

Das hängt davon ab, wie man fragt, dachte Christopher. „Einen Versuch ist es trotzdem wert."

Er studierte abermals die Namen auf der Liste. Ganz oben stand *Annika/WG.* Dahinter die Adresse und eine Handynummer. Er reichte Gerrit den Zettel. „Ruf diese

Annika an, und frag, ob sie zu Hause ist. Ich möchte mit ihr sprechen und mir Ninas Zimmer ansehen.”

„Geht klar.”

„Was soll *ich* machen?”, erkundigte sich David.

Gute Frage. Laut Gerrits Bericht hatten die beiden die Vermisstenmeldung bei der Polizei gemacht und Flyer mit Ninas Foto in der Stadt verteilt. Außerdem die Befragungen der Freunde und Arbeitskollegen durchgeführt und reichlich Zeit damit verbracht, die Neudorfs zu beobachten. Das Internet ließen sie mehr oder weniger außer Acht.

„Ihr müsst die sozialen Medien nutzen.” Er deutete auf den Laptop. „Nina kennt bei Facebook über sechshundert Leute. Habt ihr die kontaktiert?”

„Alle? Nein. Was soll das bringen?”

„Wer weiß. Du startest eine Internetkampagne. Entwirf bei Facebook eine Profilseite, die über Ninas Verschwinden berichtet. Anschließend verteilst du den Link an all ihre Freunde und Bekannten. Die sollen den Link wiederum an *ihre* Freunde und Bekannten weiterleiten.” Er scrollte zu den Listen mit Bands, Sportvereinen und Veranstaltungsorten. „Überprüfe diese Seiten. Wenn es ein Forum oder ein Gästebuch gibt, stell den Link rein. Sollten dir Beiträge von Nina auffallen, notiere es. Und suche im Internet nach ihrem Namen. Vielleicht führt sie eine eigene Website oder ein Blog.”

David sortierte die Flut an neuen Aufgaben. Er wirkte gleichzeitig überfordert und elektrisiert von der Aussicht, etwas Sinnvolles beizutragen. „Soll ich auf der Profilseite deine Kontaktdaten angeben?”

„Nein. Die Leute können direkt auf der Seite antworten. Ich brauche keine merkwürdigen Anrufe oder Spam-Nachrichten.“

Im Hintergrund telefonierte Gerrit mit Annika.

Es klang vielversprechend.

Christopher fand in der Laptoptasche einen Schmierzettel. Er schrieb eine E-Mail-Adresse darauf und reichte ihn David.

„Falls jemand partout nicht öffentlich posten möchte, kann er mir eine Nachricht schicken.“

Die E-Mail-Adresse diente ausschließlich für Newsletter und Bestellungen. Sie enthielt weder seinen vollen Namen noch einen Hinweis auf die Detektei. Im Internet konnte man nie wissen, welche Geister man rief.

„Annika ist noch zwei Stunden zu Hause“, verkündete Gerrit und steckte sein Smartphone ein.

„Ich fahre gleich los.“

„*Wir* fahren gleich los.“

Christophers erster Impuls war Ablehnung. Er wusste nicht, wie sich Gerrit bei der Befragung benehmen würde. Allerdings wäre es eine gute Gelegenheit, ihm einige persönliche Fragen zu stellen. Ohne Davids Intervention.

„Meinetwegen. Müssen wir lange fahren?“

„Vielleicht zehn Minuten.“

Er schickte rasch die gesammelten Fotos vom Laptop an seine geschäftliche und private E-Mail-Adresse.

Um die Bilder auf dem Smartphone verfügbar zu haben, fotografierte er sie kurzerhand vom Bildschirm ab.

Während er den Laptop ausschaltete, zogen Gerrit und David die Jacken an.

Vor der Billardhalle trennten sie sich. David ging nach Hause, um mit seinem Teil der Arbeit zu beginnen. Christopher und Gerrit fuhren zu Ninas WG. Die lag in einer ruhigen Seitenstraße in der Nähe der U-Bahn-Station Merkenstraße. Unweit des Öjendorfer Parks. Im dritten Stock eines leicht heruntergekommenen Wohnhauses trafen sie auf eine blonde, mollige Frau Mitte zwanzig, mit blassem Gesicht und Augenringen. Sie trug eine Jogginghose und darüber einen formlosen dunklen Pullover.

„Ich bin extra früher aufgestanden", verkündete sie anstelle einer Begrüßung. „Sabine schläft, wir müssen leise sein."

Ihr Blick verharrte auf Christophers Gesicht, studierte das Veilchen unter dem linken Auge. Den besten ersten Eindruck hinterließ er heute nicht. *Danke, David Kepler.*

„Dürfen wir reinkommen?", erkundigte er sich leise.

Sie blinzelte und trat zurück. „Natürlich."

„Ich bin Christopher." Im schummrigen Flur gab er ihr die Hand. „Danke, dass Sie sich Zeit für uns nehmen."

„Annika." Ihr Händedruck war überraschend kraftlos.

„Gerrit hat mich gebeten, ihn bei der Suche nach Nina zu unterstützen."

„Ja, das hat er am Telefon erwähnt."

Annika führte sie in eine ebenfalls schummrige Küche, in der es nach verbrauchter Luft und undefinierbaren Essensgerüchen müffelte. Sie schloss die Tür und lehnte sich mit vor der Brust verschränkten Armen gegen die Spüle.

„Ich weiß leider nicht, wie ich Ihnen helfen kann. Durch den Schichtdienst im Krankenhaus haben Sabine und ich einen anderen Tagesablauf als Nina. Wir sehen uns zwei, drei Mal in der Woche. Nina zahlt pünktlich ihren Mietanteil und beachtet den Putzplan. Abgesehen davon ..." Sie zuckte die Achseln.

„Wie ist es zu dieser WG gekommen?"

„Nina ist mit einer gewissen Frederieke befreundet. Also Rieke. Sabine kennt Riekes ältere Schwester. Als unsere ehemalige Mitbewohnerin mit ihrem Freund zusammengezogen ist, wurde ein Zimmer frei. Zuerst wollten wir Nina nicht nehmen, weil sie viel jünger ist als wir und ..." Annika stockte, warf Gerrit einen unsicheren Blick zu.

Er kam ihr zu Hilfe. „Nina ist mit fünfzehn in eine betreute Jugendeinrichtung gezogen. Sie hat ihren Hauptschulabschluss nachgeholt und die Einrichtung anschließend verlassen. Eine eigene Wohnung hat sie sich damals nicht zugetraut. Deshalb hielten wir die WG für eine gute Idee."

Christopher kratzte sich nachdenklich am Kinn. „Hat Nina manchmal Freunde mitgebracht? Oder von ihnen erzählt? Vielleicht von einem Simon?"

Annika überlegte. „Nein. Wie gesagt, sie war selten hier."

„Ich würde gern ihr Zimmer sehen."

„Also, ich weiß nicht, ob Nina es gut findet, wenn ihre Sachen von Fremden durchwühlt werden."

Gerrit war da offensichtlich anderer Meinung. Er öffnete die Küchentür und verschwand im Flur.

Nach einem Blickwechsel folgten sie ihm. Ninas Zimmer war leicht zu finden. Außen an der Tür prangte ein pinkfarbenes, selbst gemaltes Namensschild. Um den verschnörkelten Schriftzug herum klebten bunte Schmetterlinge und Blumenranken.

Gerrit wartete auf sie, die Hand an der Klinke.

Christopher wandte sich an Annika. „Falls wir Fragen haben, melden wir uns."

Sie nickte und zog sich in die Küche zurück.

Er folgte Gerrit in das kleine Zimmer und blieb in der Mitte stehen. Ließ die Einrichtung auf sich wirken.

Ein mit Kuscheltieren überhäuftes Sofa, das wohl als Bett diente, ein Kleiderschrank mit Spiegeltür, ein Regal, in dem sich Bücher, DVDs, CDs und mehr Kuscheltiere drängten. Vor dem Fenster ein Schreibtisch, auf dem ein Laptop lag. Hinter dem Laptop stand ein Bilderrahmen. An einer Wand hingen Poster von Technoveranstaltungen. Eine andere schmückten großformatige Fotografien. Der Hafen, die Elbe, die HafenCity, alte Gebäude. Motive von Ninas Facebook-Seite. Einen Fernseher oder eine Stereoanlage gab es nicht. Wonach sollten sie suchen? Ließen sich hier überhaupt Hinweise finden?

Sein Blick fiel auf den Laptop.

„Der ist durch ein Passwort geschützt", bemerkte Gerrit. „Keine Ahnung, wie es lautet. Ich habe alle möglichen Wörter und Namen ausprobiert."

„Hat die Polizei das Gerät untersucht?"

„Nein. Annika und Sabine wurden nach der Vermisstenanzeige von zwei Beamten befragt. Hinterher haben die einen schnellen Blick ins Zimmer geworfen und sind wieder gegangen."

„Hast du dich bei der Polizei nach dem Stand der Ermittlungen erkundigt?"

„Zwei Mal. Man wird sich bei mir melden, falls es Neuigkeiten gibt." Gerrit klang frustriert. Kein Wunder.

„Darf ich den Laptop mitnehmen? Mein bester Freund hat gute Kontakte zur IT-Abteilung seiner Firma. Eventuell können die das Passwort knacken."

„Okay. Aber die sollen nicht in ihren persönlichen Dateien herumschnüffeln!"

„Keine Sorge." Er streifte die Laptoptasche ab und ging zum Schreibtisch. Das Foto im Bilderrahmen zeigte Gerrit und Nina beim Besuch in Hagenbeck.

„Drei Monate später ist sie mit ihren Eltern nach Stuttgart gezogen." Gerrit nahm den Rahmen in die Hand. „Ihr Vater stammt ursprünglich aus Stuttgart. Er war auf Montage in Hamburg und hat Ninas Mutter in einer Kneipe kennengelernt. Ihretwegen ist er in den Norden gezogen. Gefallen hat es ihm hier nie. Er ist mit den Nordlichtern nicht warm geworden. Was vermutlich daran liegt, dass der Mann ein ausgemachtes Arschloch ist. Nachdem er zum zweiten Mal gefeuert wurde, weil er betrunken zur Arbeit erschienen ist, wollte ihn in Hamburg niemand mehr einstellen. Also hat er sich einen Job bei seiner alten Firma in Stuttgart besorgt. Nina verlor auf einen Schlag ihre vertraute Umgebung und all ihre Freunde."

Gerrit verstummte. Betrachtete gedankenverloren das Foto. Obwohl Christopher zahlreiche Fragen einfielen, wartete er geduldig ab.

„Sechs Monate später ist Nina zum ersten Mal weggelaufen. Eines Abends stand sie plötzlich vor meiner Wohnungstür." Gerrit sah ihn an, als könne er es immer noch nicht glauben. „Sie ist allein mit dem Zug von

Stuttgart nach Hamburg gefahren. Ein zwölfjähriges Mädchen! Sie wollte bei mir wohnen und wieder in ihre alte Schule gehen. In Ninas Vorstellung war alles ganz einfach."

„Was hast du gemacht?"

„Ihre Eltern angerufen, was sonst? Ihr Vater ist ausgerastet. Er wollte, dass ich sie sofort in den nächsten Zug setze."

„Ohne Begleitung? Vollkommen verantwortungslos!"

„Sie war allein nach Hamburg gefahren, also sollte sie auch allein zurück nach Stuttgart kommen. Ihre Mutter war schon damals psychisch labil und mit der Situation überfordert. Ihr Vater war stinksauer, weil sie solch ein Theater veranstaltete. Niemand sollte erfahren, was hinter der harmonischen Familienfassade vor sich ging. Für den Drecksack zählte bloß die Meinung der Arbeitskollegen und Nachbarn." Gerrit presste wütend die Lippen aufeinander. „Am nächsten Tag habe ich mir einen Wagen geliehen und Nina zurück nach Stuttgart gebracht. Sie hat während der ganzen Fahrt geweint. Sie wollte unbedingt bei mir bleiben."

Christopher zögerte, bevor er die nächste Frage stellte.

„Wurde Nina von ihrem Vater misshandelt?"

„Wann immer dem Arsch irgendetwas in seinem Loser-Dasein nicht passte. Ihrer Mutter erging es kaum besser." Gerrit stellte den Bilderrahmen behutsam ab. „Ich habe Nina diesen Menschen ausgeliefert und nicht einmal ein Dankeschön dafür bekommen. Stattdessen gab ihr Vater mir die Schuld an Ninas Verhalten."

„Warum?"

„Ich habe früher viel Mist gebaut. Mich mit den falschen Freunden umgeben, die falschen Sachen ausprobiert. Ich war der denkbar schlechteste Umgang für ein kleines Mädchen. Aber wenn ich auf Nina aufgepasst habe, war mir alles andere egal. Nur sie war wichtig. Ihre Eltern konnten das nie begreifen.”

Christopher schwieg betroffen.

„Ich nehme an, Nina ist wieder weggelaufen?”, fragte er schließlich.

„Einige Monate später. Ihr Vater hatte sie im Suff mit einem Messer bedroht. Also ist sie zu mir nach Hamburg gekommen. Sie war völlig verstört. Ich habe den Mistkerl angerufen und ihm mit einer Anzeige gedroht. Danach habe ich ihm gesagt, dass Nina für ein paar Tage bei mir bleibt. Und ich das Jugendamt informiere. Nach einer Stunde standen die Bullen vor meiner Tür. Ihr Vater hatte mich wegen Kindesentzug angezeigt. Der Bastard hat den Vorfall mit dem Messer abgestritten und behauptet, ich würde Nina gegen ihren Willen festhalten. Von seiner Frau wurde er natürlich gedeckt. Die Bullen konnten nichts machen. Nina musste zurück nach Stuttgart. Eine Woche später ist sie verschwunden.”

„Wie, verschwunden?”

„Sie hat ein paar Sachen gepackt, Geld gestohlen und ist abgehauen. Ihre Eltern haben mir sofort die Polizei auf den Hals gehetzt. Ich wurde befragt und überwacht. Aber Nina tauchte nicht mehr auf. Zwei Wochen später lag eine Postkarte von ihr im Briefkasten. Darauf stand, dass sie mich liebt und mich nicht mehr in Schwierigkeiten bringen möchte. Dass ich der Einzige bin, der immer für sie da war.” Gerrit wandte sich abrupt ab. „Ich habe alles versucht, um sie zu finden! Sie war erst dreizehn. Wie sollte sie sich allein durchschlagen? Bei jedem Anruf bin ich zusammengezuckt, weil ich dachte, die Bullen haben ihre Leiche gefunden." Er sah zu Christopher. In seine Augen standen Tränen. „Ein Jahr später klingelte nachts das Telefon. Nina war in Antwerpen von einer Polizeistreife aufgegriffen worden. Sie hatte zusammen mit anderen Straßenkindern in einem leer stehenden Haus übernachtet. Nina stand unter Drogen, besaß keinen Ausweis und weigerte sich, ihren Namen zu nennen. Das Einzige, was die Beamten aus ihr herausbekamen, war meine Telefonnummer. Sie wollte nicht zu ihren Eltern zurück. Also habe ich für sie in Hamburg die Unterbringung in einer betreuten Jugendeinrichtung organisiert."

„Und ihre Eltern?"

„Konnten die Verantwortung für ihre Tochter gar nicht schnell genug abgeben."

Christopher war fassungslos. Was sollte man zu einer solchen Geschichte sagen? „Deshalb bist du dir so sicher, dass Nina niemals verschwunden wäre, ohne dir Bescheid zu geben?"

„Sie ist nicht mit diesem Simon auf die Kanaren abgehauen. Der Typ hat sie gegen ihren Willen in eine illegale Sache reingezogen. Nina versteckt sich irgendwo in Hamburg."

Vermutungen. Hoffnungen. Wünsche.

Nachdem Christopher den Laptop zu seinem eigenen in die Tasche gezwängt hatte, begannen sie mit der Durchsuchung des Zimmers.

Im Kleiderschrank entdeckte er hinter einem Stapel Socken ein Tütchen mit Tabletten. Gerrit identifizierte den Inhalt sichtlich enttäuscht als Ecstasy. So viel zu Ninas Beteuerungen, keine Drogen mehr zu konsumieren. Kurz darauf fand Christopher in einer CD-Hülle ein halbes Dutzend selbst gedrehte Joints. Er entsorgte die Funde in der Toilette. Weitere Überraschungen gab es nicht. Allerdings auch keine brauchbaren Hinweise. Sie beendeten die Suche und gingen zurück in die Küche. Annika frühstückte inzwischen. Der Duft von frisch gekochtem Kaffee lag in der Luft. Christopher gab ihr eine Visitenkarte und bat sie, ihn anzurufen, falls ihr etwas einfiel oder sich Nina meldete.

„Was machen wir jetzt?", erkundigte sich Gerrit im Treppenhaus.

„Ich möchte mir die Baustelle an der Großen Elbstraße ansehen. Solange wir Tageslicht haben."

Spätestens um sechzehn Uhr würde es dunkel sein. „Anschließend können wir zum Hauptbahnhof fahren und die Punks befragen. Vielleicht laufen wir diesem Jojo über den Weg."

Das würde ihm einen Besuch im *Drob Inn* ersparen.

Als sie im Wagen saßen, klingelte sein Smartphone. Seine Schwägerin Helena rief an. Normalerweise führte er in Gegenwart von Klienten keine privaten Telefonate. Aber Lena erwartete ihr zweites Kind, und er machte sich Sorgen.

Während der ersten Schwangerschaft war sie voller Vorfreude gewesen. Diesmal war es anders, und sein Bruder Elias spielte dabei eine große Rolle. Deshalb brach er ausnahmsweise seine eigene Regel.

„Hey, Lena, wie geht's?"

„Hallo, Chris, störe ich?"

Seine Schwägerin nannte ihn nie *Topher.* Den Spitznamen fand sie unangemessen für einen erwachsenen Mann.

„Nein, du störst nicht. Ist alles in Ordnung?"

In ihrer Stimme schwang ein Unterton mit, der ihn in Alarmbereitschaft versetzte.

Die Antwort kam zögerlich. „Bist du morgen Vormittag beschäftigt? Ich habe den Termin beim Frauenarzt und möchte ungern allein hingehen."

Den Termin? Welchen Termin?

Ach ja!

Er schlug sich in Gedanken vor die Stirn.

Die Ultraschalluntersuchung, bei der das Geschlecht des Kindes festgestellt werden sollte. Lena machte sich seit Wochen damit verrückt. Sie war fest davon überzeugt, dass sich Elias einen Sohn wünschte. Ihr ganzes Glück hing von diesem einen Termin ab. Von der richtigen Antwort auf die wichtigste aller Fragen: Junge oder Mädchen?

„Meine beste Freundin ist im Urlaub. Sonst würde ich dich nicht bitten."

„Was ist mit Elias? *Er* sollte dich begleiten."

„Elias ist in Frankfurt. Morgen wird in der Hauptfiliale seiner Versicherung ein neuer Strategieprozess vorgestellt. Er muss kurzfristig für einen kranken Kollegen einspringen."

„Wie praktisch."

„Ach, Chris. Es ist wirklich nicht seine Schuld!"

„Wann sollst du beim Arzt sein?"

„Um elf Uhr."

„Kein Problem, das schaffe ich." Die Suche nach Nina würde er für eine Stunde unterbrechen. Die Familie ging vor.

„Danke!"

Lenas Erleichterung schmerzte ihn. Sie setzte sich selbst unter einen solchen Druck. Wie würde sie reagieren, falls es ein Mädchen wurde?

„Wo soll ich hinkommen?" Er griff an Gerrit vorbei und holte einen Notizblock samt Kugelschreiber aus dem Handschuhfach.

Sie nannte ihm die Adresse.

Die Praxis lag in einem Ärztehaus in der Innenstadt. Ein guter Ausgangspunkt, um anschließend die Ermittlungen fortzusetzen. Er wäre ungern bis nach Othmarschen gefahren, wo die Familie seines Bruders wohnte. Besonders, weil er ab heute Abend auf Andis Wagen verzichten musste.

„Ich bin pünktlich um elf Uhr da."

„Du bist mein Lebensretter! Ohne dich ..." Lena stockte. Atmete geräuschvoll aus. „Ich soll dich ganz lieb von Sophie grüßen. Sie vermisst ihren verrückten Onkel."

Der nächste Stich. „Sag der kleinen Zaubermaus, dass Onkel Topher sie auch vermisst. Bis morgen. Versuch, dir nicht allzu viele Gedanken zu machen."

Er legte auf. Betrachtete nachdenklich den Zettel mit der Adresse der Praxis. Er würde das Geschlecht des Kindes vor Elias erfahren. Vor dem Vater. Natürlich wollte er wissen, ob er bald einen kleinen Neffen oder eine kleine Nichte im Arm halten würde. Trotzdem fühlte es sich falsch an.

Am vernünftigsten wäre es, Lena anzurufen und abzusagen.

Sie würde seine Erklärung verstehen.

Nein. Er wollte sie nicht im Stich lassen. Selbst wenn es den nächsten Streit mit seinem Bruder bedeutete.

KAPITEL 8

Während der Fahrt stellte Gerrit keine Fragen zu dem Telefonat. Allerdings warf er ihm einige prüfende Blicke zu. Schließlich holperte der Wagen über das Kopfsteinpflaster der Großen Elbstraße. Vorbei an Kneipen, Geschäften für Designermöbel und teuren Fischrestaurants.

Auf der rechten Straßenseite tauchte schließlich das Baugelände auf. Dicht an der Fahrbahn entstand ein sechsstöckiges, futuristisch anmutendes Gebäude. Die Außenarbeiten erschienen nahezu beendet. Es fehlten lediglich die Fenster. Von denen es eine Menge geben würde.

Am Bauzaun wehte ein weißes Banner im Wind. Einige der Plastikschlaufen waren gerissen, und es hing halb herunter. Unmöglich, den Schriftzug darauf zu lesen.

Christopher parkte in einiger Entfernung. Erfüllt von einer seltsamen Anspannung, stieg er aus. Sie gingen zur Baustelle und betrachteten das geschwungene, schiffsähnliche Gebäude von der gegenüberliegenden Straßenseite aus.

Der Architekt hatte das maritime Motiv perfekt eingefangen. Kein Wunder, dass Nina gern hierherkam.

„Willst du auf das Gelände?", fragte Gerrit.

Am Zaun hingen in Abständen Warnhinweise eines Sicherheitsdienstes. David Kepler hatte Kameras erwähnt.

Auf dem Dach eines Nachbargebäudes entdeckte Christopher einen schwarzen Kasten, der auf den Rohbau gerichtet war. Eine Anzeige wegen Hausfriedensbruchs wäre ungünstig.

Plötzlich durchzuckte ihn ein vollkommen anderer Gedanke: Möglicherweise gaben Ninas Fotos Aufschluss über ein Versteck. Auf der Suche nach Motiven musste sie durch die ganze Stadt gestreift sein. Dabei war ihr bestimmt das eine oder andere leer stehende Gebäude aufgefallen.

Jemand sollte die Bilder in ihrem Zimmer und im Internet sichten und versuchen, die Adressen herauszufinden.

„Lass uns eine Runde um die Baustelle drehen", beantwortete er verspätet Gerrits Frage.

An beiden Seiten des Geländes führten unbefestigte Wege vorbei. Sie wählten den Linken. Die Reifen schwerer Baufahrzeuge hatten tiefe Spuren im Untergrund hinterlassen. In einigen Rillen war Regenwasser gefroren. Während sie achtgaben, nicht auszurutschen oder zu stolpern, hielten sie Ausschau nach Bewegungen; horchten auf verdächtige Geräusche. Gerrit rief einige Male Ninas Namen, erhielt jedoch keine Antwort.

„Das bringt nichts", sagte er frustriert. „Nina wird sich ein warmes, trockenes Versteck gesucht haben. Hier verschwenden wir nur unsere Zeit."

Christopher sah das anders. Er sammelte Informationen. Nicht zwingend über Nina. „Warum ist David beim ersten Mal allein hierhergefahren?"

Die Frage war ein behutsamer Versuch, das Gespräch in eine bestimmte Richtung zu lenken.

Gerrit blieb stehen. Dunkelbraune Augen musterten ihn durchdringend. „Wer hat dir erzählt, dass ich im Knast saß? David wird es kaum gewesen sein. Der würde sich eher die Zunge abbeißen."

Christophers Wangen begannen zu glühen. So viel zum Thema *behutsam.* „Ich habe einen Streit zwischen ihm und seiner Frau mit angehört. Sie hat es erwähnt."

Gerrit schwieg einige Momente. „Ich wurde zu zweieinhalb Jahren Gefängnis verurteilt, weil ich einen Mann zusammengeschlagen habe. Deshalb konnte ich David nicht begleiten." Sein Blick wurde herausfordernd. Als erwarte er Unverständnis oder Vorwürfe.

„Warum hast du es getan?"

Erneutes Schweigen. „Lass uns zum Hauptbahnhof fahren. Hier finden wir nichts."

Ohne eine Antwort abzuwarten, ging Gerrit weiter. Christopher folgte ihm, unschlüssig, was er denken sollte. Als sie am Ende der Runde zu dem weißen Banner kamen, hob er aus Neugier den herabhängenden Teil an.

Darauf prangte der Name der verantwortlichen Baufirma:

Lindebau.

Nicht *Neudorf-Hochtiefbau.*

Gerrit runzelte die Stirn. „Das verstehe ich nicht."

Es war in der Tat merkwürdig. „Wie seid ihr auf die Neudorfs gekommen?"

„Durch Jojo. Simon hat den Namen ihm gegenüber erwähnt."

„David hat ihn also nicht auf dieser Baustelle gelesen?"

„Keine Ahnung." Gerrits Gesicht bekam einen seltsamen Ausdruck. „Willst du damit sagen, Nina und Simon waren gar nicht hier?"

„Warum sollte Simon von den Neudorfs sprechen, wenn etwas auf einer Baustelle passiert ist, die von einer anderen Firma betrieben wird?"

„Weil zwei Firmen in die Sache verwickelt sind und er nur einen der Namen kennt?"

„Möglich." Christopher fotografierte das Banner mit seinem Smartphone.

Warum sollte sich ein Mitarbeiter der *Neudorf-Hochtiefbau* auf einer fremden Baustelle aufhalten? Für geheime Preisabsprachen? Die Vorbereitung einer feindlichen Übernahme? Dadurch erhielte dieser Fall schlagartig eine ganz andere Dimension. Sein Bauchgefühl signalisierte ihm allerdings, dass es allein um die Neudorfs ging. Was bedeutete, dass es sich bei dieser Baustelle sehr wahrscheinlich nicht um den Ort handelte, an dem Simon und Nina beobachtet hatten, was immer es zu beobachten gegeben hatte.

„Wir müssen Simon finden", fasste er seine Überlegungen in einem Satz zusammen.

„Wir müssen *Nina* finden", korrigierte Gerrit grimmig.

Ihr nächstes Ziel war der Hauptbahnhof. Christopher mied die ewigen Straßenbaustellen zwischen Landungsbrücken und Baumwall und fuhr stattdessen über die Reeperbahn in die Innenstadt. Auf dem Spielbudenplatz standen wie jedes Jahr die Buden des Santa Pauli Weihnachtsmarktes. Dort wurden neben Speisen und Getränken allerlei frivole Andenken verkauft.

Gebäck in Form von Geschlechtsteilen, Dildos und alles, womit man den Kiez in Verbindung brachte.

An einer Straßenecke verteilten zwei Dragqueens in festlicher Kleidung Schokolade und Flyer an Passanten.

Gerrit blickte ihnen nach. In Mümmelmannsberg bekam man Männer in kurzen Röcken und kniehohen Lackstiefeln bestimmt selten zu Gesicht.

Im Gefängnis schon gar nicht, kam es Christopher in den Sinn.

Wie hielt es ein Mensch aus, zweieinhalb Jahre lang eingesperrt zu sein? In einer winzigen Zelle zu sitzen, während jenseits der Mauern das Leben weiterging? Abgeschnitten von Familie und Freunden. Allein bei der Vorstellung bekam er Beklemmungen.

„Topher?", fragte Gerrit unvermittelt und musterte ihn amüsiert.

Er brauchte einige Momente, um gedanklich umzuschalten. „Der Spitzname stammt von meiner Nichte. Als Sophie mit dem Sprechen anfing, fand sie Christopher zu schwierig. Deshalb hat sie den Namen abgekürzt. Irgendwie ist Topher hängen geblieben."

Mittlerweile konnte Sophie seinen Namen sehr wohl aussprechen, allerdings bereitete es ihr diebisches Vergnügen, sich zu weigern. Besonders, wenn ihre Eltern es von ihr verlangten.

„Stehst du deiner Nichte nahe?"

„Klar."

„Seht ihr euch häufig?"

„Nicht häufig genug."

„Verstehe."

In der folgenden Stille widerstand Christopher dem Verlangen, sich zu erklären. Sein Privatleben ging niemanden etwas an.

Er fuhr zu einem Parkhaus in der Nähe des Hauptbahnhofs und fand tatsächlich einen freien Stellplatz. Die Tasche mit den Laptops verstaute er vorsichtshalber unter einer Decke im Kofferraum. Sie nahmen den Fahrstuhl nach oben und traten hinaus auf einen Vorplatz. Der wolkenverhangene Himmel färbte sich allmählich dunkelgrau. Wenige Hundert Meter entfernt ragte das markante Gebäude des Hauptbahnhofs auf. Es wirkte düster und abweisend.

„Weißt du überhaupt, wie die Punks aussehen?", fragte er, während sie an einer Ampel warteten.

Sie konnten ja schlecht jeden Jugendlichen mit gefärbten Haaren und zerrissenen Jeans ansprechen.

Wortlos zückte Gerrit sein Smartphone und wählte.

„Wir sind am Hauptbahnhof", teilte er seinem Gesprächspartner ohne Begrüßung mit. „Ich brauche eine Beschreibung der Punks." Er hörte aufmerksam zu. Als die Ampel umsprang, folgte er Christopher über die Straße. „Okay, danke." Wieder Schweigen, ein Nicken. „Sehe ich mir nachher an." Gerrit legte auf. „David hat das Profil bei Facebook erstellt und die Links verteilt. Nina führt offenbar ein Blog. Geht wohl ums Fotografieren." Eine Pause. „Davon hat sie mir nie erzählt."

„Vielleicht fand sie es unwichtig." Oder wollte es für sich behalten. Jeder Mensch hütete Geheimnisse. Seine Halbschwester Jasmin würde ihm nie alles erzählen, obwohl sie sich sehr nahestanden. Genau wie er seinen

Freunden und seiner Familie gewisse Dinge verschwieg.

„Ein Foto-Blog kann uns bei der Suche nach möglichen Verstecken helfen", fügte er hinzu.

Gerrit wirkte skeptisch, erwiderte jedoch nichts. Vor ihnen strömte eine stetige Menschenmenge aus dem Hauptbahnhof und sammelte sich an der Ampel zur Spitalerstraße. Auf der gegenüberliegenden Seite warteten ebenfalls zahlreiche Passanten. Zu dieser Jahreszeit platzte die Innenstadt aus allen Nähten. Allein im Umkreis des Hauptbahnhofs befanden sich fünf oder sechs Weihnachtsmärkte. Man konnte den Ständen bis zum Rathausmarkt folgen, von dort aus in wenigen Minuten die Binnenalster erreichen und anschließend vom Jungfernstieg bis zum Gänsemarkt weiterziehen. Falls einem der Glühwein nicht schon vorher zu Kopfe stieg. Christopher freute sich darauf, mit Romy von Stand zu Stand zu schlendern, Grünkohl zu essen und die festliche Atmosphäre zu genießen.

Er musste bloß die Zeit dafür finden.

„Also, nach wem suchen wir?"

„Vier Jugendliche, zwei Jungs und zwei Mädchen. Zwischen sechzehn und zwanzig Jahre alt. Einer der Jungs trägt einen gelb-roten Irokesen, eines der Mädchen grün gefärbte Rastazöpfe."

„Was ist mit Hunden?" Ohne Vierbeiner schienen diese Gruppen nie auszukommen.

„Ein Schäferhund und zwei große Mischlinge."

Sein Blick wanderte über die Menschenmenge vor der Wandelhalle. Im Inneren des Bahnhofsgebäudes würde es kaum übersichtlicher sein.

„Wo hat David die Punks letztes Mal gefunden?"

„Auf der Rückseite."

Der kürzeste Weg dorthin führte durch die Wandelhalle. Sie schoben sich an einer Horde japanischer Touristen vorbei, die unter großem Oh und Ah die gigantische golden und silbern glänzende Weihnachtskugel fotografierte, die sich im Eingangsbereich unter der Decke drehte. Kurz darauf wich Christopher haarscharf einem Reisenden aus, der im Laufschritt einen Zug zu erreichen versuchte. Im Zickzackkurs fädelten sie sich an den zahllosen Menschen vorbei und schafften es heil durch das Gedränge.

Auf der Rückseite der Wandelhalle ging es wesentlich ruhiger zu. Begleitet von weihnachtlicher Musik, die aus unsichtbaren Lautsprechern schallte, suchten sie zwischen Einheimischen, Touristen und Obdachlosen nach den Jugendlichen. Sie entdeckten niemanden, auf den Davids Beschreibungen passten. Auch von Jojo gab es keine Spur. Ein eisiger Windstoß ließ ihn frösteln. An der Stelle der Punks würde er sich einen wärmeren Platz suchen.

„Versuchen wir es dort." Er deutete auf eine Treppe, die runter zu den S-Bahn-Linien führte.

„Gute Idee." Gerrit rieb seine bloßen Hände aneinander und versuchte, sie mit seinem Atem zu erwärmen.

Sie suchten die Bahnsteige der S-Bahn ab und sämtliche Ein- und Ausgänge. Ohne Erfolg. Also kehrten sie auf den Vorplatz zurück und wechselten in das weitverzweigte Tunnelsystem der U-Bahn. Als Gerrit entnervt aufgeben wollte, schlug Christopher vor, es auf der anderen Seite der Wandelhalle zu versuchen, wo zwei weitere U-Bahn-Linien abfuhren. Diesmal nahmen sie den ruhigeren, wenn auch kälteren Weg außen um das Bahnhofsgebäude herum. Sobald sie sich dem Eingang zur U-Bahn näherten, hörte er laute Stimmen. Nach wenigen Schritten auf der Treppe entdeckte er die Jugendlichen, die sich unten häuslich eingerichtet hatten. Vier junge Männer, einer mit gelb-roter Irokesenfrisur, und zwei Mädchen, eines mit grün gefärbten Rastazöpfen. Zwischen ihnen lagen drei große Hunde. Sechs Jugendliche anstatt vier. Er hielt Gerrit am Arm zurück. Der musterte ihn verwundert.

„Was ist?"

„Moment."

Die sechs saßen auf Decken, einige an Rucksäcke gelehnt. Der junge Mann mit der Irokesenfrisur bettelte die vorbeigehenden Fahrgäste aufdringlich um Kleingeld und Zigaretten an. Das Mädchen mit den Rastazöpfen hielt stumm seine Hand. Trotz der Kälte trug es einen schwarzen Minirock, an dem zahlreiche Ketten befestigt waren, und eine löchrige, blaue Nylonstrumpfhose. Das andere Mädchen mit den pinkfarbenen Haaren war ähnlich spärlich bekleidet. Er zog Gerrit die Stufen wieder hinauf.

„Warte hier. Ich bin gleich wieder da."

„Wo willst du hin?"

„Schmiermittel holen." Gerrits verdutzter Gesichtsausdruck brachte ihn zum Schmunzeln. „Dauert bloß ein paar Minuten. Ruf mich an, falls sie abhauen wollen."

Er lief zurück in die Wandelhalle. Im ersten Stock befand sich neben Restaurants und einer Drogerie auch ein Supermarkt. Er kaufte rasch eine Tüte mit Hundeleckerlis.

Vor dem Laden öffnete er sie, steckte die Tüte in eine der äußeren Jackentaschen und machte sich auf den Rückweg. Gerrit lehnte inzwischen am Treppengeländer und beschäftigte sich scheinbar mit seinem Smartphone. Doch er hielt es bloß in der Hand und beobachtete aus den Augenwinkeln die Jugendlichen. Gute Taktik.

„Ich habe alles", verkündete Christopher.

Gerrit wandte den Kopf und steckte in derselben Bewegung das Handy ein. „Wie gehen wir vor?"

„Ich stelle die Fragen, du hältst dich im Hintergrund. Falls ich Unterstützung brauche, gebe ich dir ein Zeichen." Er holte einige Münzen aus dem Portemonnaie und steckte sie in die Hosentasche.

Sie gingen die Treppe hinunter. Gerrit blieb auf einer der unteren Stufen stehen. Sobald der Irokese Christopher bemerkte, hielt er einen weißen Plastikbecher hoch, auf dem mit rotem Stift *Frohes Fest* geschrieben stand.

„Ey, Meister, haste 'ne kleine Spende oder 'ne Zigarette?"

„Sorry, bin Nichtraucher." Er ließ das vorbereitete Kleingeld in den Becher fallen.

„Ein wahrer Gentleman." Der Irokese schüttelte demonstrativ den Becher. Zwei der anderen Jungs applaudierten übertrieben laut. Alles Show, um aufzufallen.

Der Schäferhund schnüffelte an seiner Jackentasche. Die feine Nase witterte die Leckerlis. Sollte er den Hund streicheln? Bei fremden Tieren war grundsätzlich Vorsicht geboten.

Das Mädchen mit den grünen Rastazöpfen lächelte. „Der tut nichts."

„Nee", fügte der Irokese hinzu. „Der will bloß spielen."
Mehrstimmiges Gelächter hallte durch den Tunnel. Er kraulte den zotteligen Schäferhund behutsam am Kopf. Der bohrte indes seine Nase tief in die Jackentasche.

„Whiskey, mach Platz!" Das Kommando des jungen Mannes wurde von *Whiskey* geflissentlich überhört.

„Ich glaube, er sucht die hier." Christopher holte die Tüte mit den Leckerlis hervor. Sofort war er von Hunden umringt. „Die habe ich für den Hund meiner Freundin gekauft. Aber die drei sehen hungrig aus. Darf ich ...?"

Der Irokese grinste breit. „Lass dir nicht die Flossen abbeißen."

Er hielt dem Schäferhund eine der Kaustangen hin. Das Tier nahm sie erstaunlich zaghaft entgegen und zog sich zurück, bevor ihm das Futter streitig gemacht wurde. Nacheinander fütterte er die Hunde.

„Vielleicht könnt ihr mir helfen. Ich suche ein Mädchen, das sich manchmal hier am Hauptbahnhof aufhalten soll."

Die Mienen der Punks, bis eben freundlich, wurden verschlossen.

„Bist du ein Bulle?", erkundigte sich der Irokese misstrauisch.

Diese Frage wurde allmählich zu einem Running Gag. „Sehe ich so aus?"

„Nee. Aber das is' der Trick."

„Das is' der Trick", echote ein dunkelhaariger Typ mit rot-schwarz karierter Hose und einer mit bunten Aufnähern übersäten Jeansjacke. „Je harmloser, desto gefährlicher."

Der Satz ergab keinen Sinn.

Christopher verteilte die letzte Kaustange, steckte die leere Tüte ein und hockte sich hin. Es war höflicher, als von oben auf seine Gesprächspartner hinabzublicken. Allerdings brachte ihn das auf gleiche Höhe mit den Vierbeinern, die auf weitere Leckerlis hofften. Sie wurden enttäuscht.

„Ich bin kein Polizist, ich bin Privatdetektiv."

Das löste allgemeine Erheiterung aus. Zum Beweis reichte er dem Irokesen eine Visitenkarte.

Der las und grinste. „Und mein Alter ist Bundespräsident." Er ließ die Karte demonstrativ fallen.

„Die ist echt."

„Kann jeder behaupten, Meister. Gibt genug Copyshops, die einem die Dinger drucken."

Christopher holte sein Smartphone hervor und rief das Foto von Nina auf.

„Ich suche dieses Mädchen. Ihr Name ist Nina Armin."

Sechs Augenpaare richteten sich auf das Display.

Der Irokese zuckte die Achseln. „Keine Ahnung."

Die anderen schwiegen.

„Blödsinn. Ich weiß, dass ihr Nina kennt." Er deutete hinter sich. „Das ist Gerrit, ihr Cousin. Er hat vor einer Weile einen Kumpel vorbeigeschickt, um nach ihr zu suchen. Typ in meinem Alter, schwarze Haare, blaue Augen, sympathisches Gesicht, leicht explosives Temperament."

Davids Beschreibung sagte seinem Gegenüber etwas, genau wie seiner Freundin. Beide hielten den Mund.

„Wir möchten herausfinden, ob es Nina gut geht. Alles, was ihr uns erzählt, wird absolut vertraulich behandelt."

Das Mädchen mit den Rastazöpfen gab ihrem Freund einen Knuff gegen den Oberschenkel.

Der Irokese seufzte. „Ja, gut, wir haben sie manchmal hier gesehen. Aber wir haben nicht miteinander gequatscht. Nina is' off limits."

„Was bedeutet das?"

„Dass wir nicht mit dir über sie labern können."

Interessante Antwort.

„Was ist mit Ninas Freund, einem gewissen Simon? Mitte zwanzig, schlank, braune Haare, Narbe neben dem rechten Auge." Beharrliches Schweigen. „Simon soll mit einem gewissen Paul befreundet sein. Kennt ihr den?"

„Keinen Plan, wer das ist?"

„Kennt ihr den wirklich nicht?"

Das Mädchen mit den Rastazöpfen wich seinem forschenden Blick aus. Keiner der sechs sah ihn mehr an. Plötzlich spürte er eine Gegenwart neben sich.

„Macht endlich das Maul auf!", blaffte Gerrit die Punks an. „Nina ist seit Wochen verschwunden. Sie schwebt vielleicht in Lebensgefahr! Wenn ihr uns helfen könnt, helft uns!"

Der Irokese schob trotzig das Kinn vor. „Wir müssen dir gar nichts erzählen, Meister. Kannst ja die Bullen rufen, wenn du Bock drauf hast."

Gerrit ballte die Hände zu Fäusten. Gewalt in den Augen. Christopher sprang auf. Sein Puls schnellte mit ihm in die Höhe.

„Bleib ruhig!"

Der Irokese erhob sich ebenfalls. „Willste ein paar aufs Maul, Alter?"

„Von dir Witzfigur?", erwiderte Gerrit abfällig.

Christopher schob sich zwischen die Kontrahenten. Bevor die Situation eskalierte. „Das ist eine dumme Idee", raunte er Gerrit zu, während sein Herz in der Brust hämmerte. „Was passiert, wenn die Polizei dich festnimmt, weil du den Typ verprügelt hast? Was wird aus Nina?"

Die zweite Frage erzielte die erhoffte Wirkung. Gerrits Körperhaltung verlor an Aggressivität. Seine Finger öffneten sich leicht. „Ihr verdammten Feiglinge!", stieß er hervor. „Falls Nina etwas zustößt, weil ihr geschwiegen habt, ist das allein eure Schuld!" Er wandte sich ab und marschierte die Treppe zur Wandelhalle hinauf.

Das Mädchen mit den Rastazöpfen wirkte ehrlich betroffen. Der Irokese empfand den Rückzug eindeutig als persönlichen Triumph.

Christopher war einfach erleichtert über das unblutige Ende der Konfrontation.

„Wenn ihr uns helfen könnt, helft uns", wiederholte er Gerrits Worte. „Ihr habt meine Visitenkarte. Selbst der kleinste Hinweis könnte uns weiterbringen."

Als von den Punks keine Reaktion kam, zog er von dannen.

Gerrit wartete am Eingang zur Wandelhalle. Das Gesicht gerötet vor Wut. „Die haben Angst vor Paul", sprudelte es aus ihm heraus. „Der soll seine Augen und Ohren überall haben. Wenn sie uns etwas über Simons Aufenthaltsort verraten und er es herausfindet, blüht denen richtig Ärger."

„Also würden sie uns nicht helfen, selbst wenn sie es könnten?"

Gerrit kaute nachdenklich auf seiner Unterlippe herum. „Komm mit."

Ohne Erklärung zog er los. Christopher folgte ihm durch das Gedränge in der Wandelhalle.

„Wo willst du hin?"

„Mit Paul reden."

„Ihr kennt euch?"

„Nein. Nina ist erst vor ein paar Monaten mit ihm zusammengekommen. Wäre ich draußen gewesen, hätte der Typ sie niemals in seine dreckigen Finger gekriegt!"

Weder der Klang noch der Inhalt des letzten Satzes gefielen Christopher. Er wollte Paul lieber allein aufsuchen. „Weißt du, wo wir ihn finden?"

„David weiß es." Nach einem kurzen Telefonat führte Gerrit ihn auf die Rückseite des Hauptbahnhofs. Sie überquerten den Vorplatz, suchten sich einen Weg an den Sightseeing-Bussen vorbei und liefen über die viel befahrene Kirchenallee. Bald darauf erreichten sie den Steindamm. Es ging vorbei an einem schäbig wirkenden Hotel, einem persischen Restaurant und einem afrikanischen Supermarkt. In einem Hauseingang standen zwei Frauen in knapper Kleidung und musterten sie auffordernd.

Vor einer Spielhalle blieb Gerrit endlich stehen. „Hier soll Paul die meiste Zeit rumhängen." Er zog die vergitterte Eingangstür auf und trat ein.

Im Eingangsbereich roch es nach Staub und dem Mief alter Teppichböden. Die Wärme war kaum auszuhalten. Rechts saß hinter einer Scheibe eine übergewichtige Frau. Sie bedeutete ihnen mit einer Geste, weiterzugehen.

Christopher öffnete den Reißverschluss seiner Jacke und folgte Gerrit durch eine weitere vergitterte Tür. Sie fanden sich in einem mittelgroßen Raum wieder. An den Wänden standen dicht an dicht Spielautomaten, von denen zahlreiche benutzt wurden. Alle Spieler waren Männer. Kurz vor Weihnachten trieb sie außer der Spielsucht wohl auch die Hoffnung hierher, Geld für Geschenke zu gewinnen.

Wenn sie dabei nur nicht den Hausfrieden verspielten. Die verbrauchte Luft war erfüllt vom Dudeln und Rattern der Automaten und dem gelegentlichen Klimpern von Münzen, die in Ausgabefächer fielen. Niemand sprach ein Wort. Die Spieler drückten wie gebannt bunte Tasten und warfen mechanisch Kleingeld nach. Paul war nicht zu sehen. Gerrit deutete auf eine offene Tür und ging voraus. Im nächsten Raum standen Flipperautomaten, zwei Ego-Shooter, ein Billardtisch und vier Geräte, an denen man Auto- oder Motorradrennen fahren konnte. Zwei junge Männer saßen nebeneinander auf beweglichen Motorrädern und rasten über einen halsbrecherischen Parcours. Eine weitere Tür führte in den letzten und kleinsten Raum, in dem wieder Spielautomaten standen.

Hier fanden sie Paul. Braune Haare, Jeans, T-Shirt, im Fitnessstudio gestählter Körper. Er trug einen tätowierten Tiger auf dem linken Oberarm und einen Klotz von Uhr am rechten Handgelenk.

Auf einem Tisch standen ein Aschenbecher, in dem trotz des ausgeschilderten Rauchverbots eine Zigarette glimmte, und drei Bierdosen.

Christopher hatte erwartet, den Mann im Kreise einer Entourage junger Bewunderer anzutreffen, eine Frau in jedem Arm, angeberische Reden schwingend. Stattdessen war er ohne Begleitung. Der Raum gehörte ihm allein. Das war leicht beunruhigend.

Im nächsten Moment wandte Paul den Kopf. „Hier ist geschlossene Gesellschaft. Verpisst euch."

„Wir haben einige Fragen …", hob Christopher an.

„Haben wir die nicht alle?" Lässig nahm Paul einen Zug von der Zigarette.

Gerrit trat einen Schritt vor. „Es geht um Nina."

Ein sonderbarer Ausdruck glitt über das Gesicht ihres Gesprächspartners. Dicht gefolgt von einem Lächeln. „Du bist Gerrit." Als der bestätigend nickte, wurde das Lächeln zu einem Grinsen. „Willkommen zurück in der Zivilisation." Paul genehmigte sich einen Schluck Bier. „Hab vor einer Weile deinen Laufburschen getroffen. Der hatte auch Fragen." Er rülpste, stellte die Bierdose ab und deutete auf Christopher. „Neues Personal?"

Ein passender Einstieg in die Unterhaltung.

„Ich bin Privatdetektiv. Gerrit hat mich engagiert, um Nina zu finden."

„Niedlich." Paul zog an der Zigarette und konnte dabei seine Belustigung kaum verbergen. „Du musst echt verzweifelt sein, Gerry. Darf ich dich Gerry nennen? Nina hat viel von dir erzählt. Gerry hier, Gerry da, Gerry, der Beschützer. Dass du die ganze Zeit im Bau warst, habe ich erst hinterher herausgefunden. Bei dem Punkt war die Kleine schüchtern. Verständlich. Wer will mit einem gewalttätigen Knacki verwandt sein? Ist schlecht für den Ruf."

In Gerrit begann es sichtlich zu brodeln.

„Nina ist seit Wochen verschwunden", erklärte Christopher. Selbst wenn es keine Neuigkeit war, nahm er Gerrit damit die Gelegenheit, das Wort zu ergreifen. „Es gibt keine Hinweise auf ihren Aufenthaltsort. Wir vermuten, dass sie mit ihrem Freund Simon zusammen ist. Können Sie uns weiterhelfen?"

Paul schüttelte lachend den Kopf. „Du meinst das wirklich ernst." Er drückte die Zigarette im Aschenbecher aus. „Hör zu, wie immer du heißt. Simon ist ein Loser, der mich um meine Kohle gebracht und sich hinterher aus Angst verpisst hat. Der kleine Wichser hockt in irgendeinem Loch, dröhnt sich die Birne zu und hofft, dass ihm der Deal seines Lebens vor die Füße fällt. Ich verschwende meine Zeit nicht mit der Suche nach dieser Ratte. Der sorgt selbst dafür, dass er auf der Strecke bleibt."

„Was ist mit Nina? Sie war Ihre Freundin. Interessiert es Sie überhaupt nicht ...?"

„Halt, halt, halt. Egal, was Nina erzählt hat, für mich war sie nichts Besonderes. Es war Spaß. Bis sie anfing, mich mit ihren Zukunftsplänen zu nerven. Eine eigene Wohnung, ein Auto, eine Ausbildung. Sehe ich aus wie ein verfluchter Sugardaddy? Das Biest wollte mich ausnehmen! Also bin ich unfreundlich geworden."

Christopher hielt Gerrit reflexartig am Oberarm fest. Durch den Stoff der Jacke spürte er, wie sich dessen Muskeln anspannten.

„Was heißt *unfreundlich*?", fragte Gerrit lauernd.

„Ich habe die kleine Goldgräberin verscheucht. Natürlich ohne Gewalt. Im Gegensatz zu anderen Leuten habe ich mich unter Kontrolle. Ich verprügle keine Mädchen.”

„Nein, du schläfst nur mit ihnen und versorgst sie mit Drogen.”

Christopher packte Gerrits Arm noch fester.

Paul stand auf. Ein länglicher, glänzender Gegenstand ragte aus seiner rechten Hosentasche. Der Form nach zu urteilen, ein Butterfly-Messer. Christophers Mund wurde trocken.

„Ich habe mich umgehört, Gerry.” Paul hakte den rechten Daumen in seinen Gürtel ein. Die Handfläche verdeckte das Messer. Sollte es die Situation erfordern, konnte er die Waffe blitzschnell ziehen. „Wüssten die Bullen bloß die Hälfte von dem verrückten Scheiß, den du angestellt hast, würden sie dich sofort wieder einlochen und den Schlüssel wegwerfen.” Es klang beinah respektvoll. Wäre nicht der drohende Unterton gewesen. „Mit ein wenig Aufwand kann ich sämtliche Leichen aus deinem Keller ans Tageslicht zerren. Ich habe findige Leute, die wissen, wen man fragen muss. Und ich bin mir sicher, deine Straßenbuddies könnten dir manche Geschichte über *mich* erzählen, die ich ungern in der Zeitung lesen würde. Also schlage ich dir Folgendes vor.” Er legte eine Kunstpause ein. „Du pisst nicht in mein Revier, ich pisse nicht in dein Revier. Keiner von uns landet im Krankenhaus oder im Knast.” Ein anderes Wort hing im Raum, es war deutlich in Pauls Augen zu lesen: Friedhof.

„Gehen wir”, sagte Christopher leise, aber nachdrücklich.

Ruckartig befreite sich Gerrit aus seinem Griff. „Sollte ich herausfinden, dass du etwas mit Ninas Verschwinden zu tun hast oder uns wichtige Informationen vorenthältst, mache ich dich platt!"

Paul griff nach der Bierdose. „Verschwinde, Gerry. Bevor es ungemütlich wird."

Eine Ahnung ließ Christopher den Kopf wenden. Hinter ihnen standen zwei der Männer, die bis eben vor den Spielautomaten im Hauptraum gesessen hatten. Die Jungs auf den Motorrädern waren verschwunden.

Furcht zog ihm den Brustkorb zusammen. Gerrit musterte die beiden, musterte Paul und ging. Die grimmigen Aufpasser ließen ihn gewähren. Erleichtert wollte Christopher folgen.

„Hey, Pumuckl."

Er hielt inne. Stand zu sehr unter Strom, um die plumpe Anspielung auf seine Haarfarbe zu kommentieren.

Paul zündete sich die nächste Zigarette an.

„Ich weiß nicht, wo Nina steckt", verkündete er zwischen zwei Zügen. „Die lebt wie eine Nomadin. Ständig auf der Straße, ständig bei irgendwelchen Partys. Wenn sie einer auf Drogen gebracht hat, war es Simon. Ich will meine Mädchen clean."

Er klang wie ein schmieriger Zuhälter. Warum hielt Paul es für nötig, seine Ehre vor einem Fremden zu verteidigen? Er wirkte nicht, als interessiere ihn die Meinung anderer Menschen.

„Falls Sie von Nina hören ..."

„Werde ich nicht."

„Falls doch, gibt es bei Facebook eine Profilseite, auf der wir nach ihr suchen. Dort können Sie eine Nachricht hinterlassen." Er würde auf keinen Fall eine seiner Visitenkarten herausgeben.

„Sicher." Paul setzte sich wieder auf den Hocker. „Und solltest du bei deiner Suche zufällig auf einen Hinweis stoßen, wo Simon zu finden ist, würde ich eine Belohnung springen lassen. Ein Anruf genügt, und du kannst deiner Freundin zu Weihnachten ein schickes Halsketttchen kaufen."

„Tut mir leid", erwiderte er mit einer Bestimmtheit, die ihn selbst überraschte. „So arbeite ich nicht."

„Dein Pech. Verpiss dich, ich habe zu tun."

Der Aufforderung kam er gern nach.

Gerrit wartete vor der Spielhalle, die Hände in den Jackentaschen vergraben. Ein Stück entfernt lag ein umgestürzter Mülleimer, der auf einer Seite eine beträchtliche Delle aufwies. Aggressionsabbau?

„Hat Paul noch was zu dir gesagt?"

„Er wollte mich bestechen, um an Informationen über Simon zu gelangen." Christopher zog den Reißverschluss seiner Jacke zu. Nach der stickigen Wärme in der Spielhalle fror er.

Gerrit betrachtete den Abfall, der im Halbkreis um den Mülleimer verstreut lag. „Was Paul angedeutet hat …"

„Du hast mich engagiert, um Nina zu finden. Deine Vergangenheit spielt für mich dabei keine Rolle."

„Es stimmt. Alles. Aber die Zeiten sind vorbei!"

„Gut."

Gerrit wirkte überrascht. Er hatte wohl einen Vortrag über Recht und Unrecht erwartet. „Wie geht es weiter? Suchen wir Jojo?"

„Am Hauptbahnhof habe ich ihn nicht gesehen. Wir können es beim *Drob Inn* versuchen." Christopher holte sein Smartphone hervor und rief die Website der Einrichtung auf. Das *Drob Inn* konnte an sechs Tagen in der Woche besucht werden. Sonntags war Ruhetag.

„Ich gehe morgen Vormittag dort vorbei." Vor dem Termin beim Gynäkologen. „Lass uns zurück nach Mümmelmannsberg fahren. Vielleicht ist David inzwischen mit Ninas Blog weitergekommen."

Auf dem Weg zum Parkhaus kaufte er sich bei einem Bäcker ein belegtes Brötchen. Das Frühstück mit Romy lag Stunden zurück und das Abendessen weit entfernt. Er aß im Gehen und war gerade fertig, als sie den Fahrstuhl betraten.

Im Wagen war es kalt und klamm. Er startete den Motor und lenkte den Golf über die Rampe hoch zur Straße.

„Haben wir heute irgendetwas erreicht?" Gerrit klang frustriert.

„Wird sich zeigen. Manche Dinge entwickelten sich mit der Zeit."

Leider fehlte ihnen genau die. Spätestens Mittwochfrüh musste sein Chef Karin Neudorf über die neuen Entwicklungen in Kenntnis setzen. Ihnen blieb zwei Tage, um Nina zu finden und zu erfahren, was sich auf der Baustelle ereignet hatte.

Er drehte die Heizung auf. Ein Schwall von Kälte flutete das Wageninnere. „Wie ist dir Ninas Verschwinden aufgefallen?" Die Frage beschäftigte ihn seit einer Weile.

„Wir haben einmal in der Woche telefoniert. Immer mittwochs, zur selben Uhrzeit. Jeden zweiten Samstag hat sie mich besucht. Nina wollte es so. Feste Strukturen geben ihr Sicherheit. Sie hat keinen Telefonanruf verpasst und keinen Termin abgesagt."

„Bis vor ein paar Wochen?"

„Mittwochs ist sie nicht ans Handy gegangen. Nach einer Stunde habe ich es wieder versucht. Ohne Erfolg. In der WG konnte ich sie auch nicht erreichen. Zuerst dachte ich an harmlose Gründe. Nina hat es vergessen, ist krank, hat einen wichtigen Termin oder ihr Handy verloren. Am nächsten Tag konnte ich sie immer noch nicht erreichen. Es gibt zwar Telefonprivilegien im Gefängnis, aber die sind streng geregelt. Ich konnte nicht ständig an der Strippe hängen. Also habe ich bis zum Samstag gewartet, in der Hoffnung, dass sie mich besucht."

„Nina ist nicht erschienen."

„Nein. Deshalb habe ich David angerufen und ihn gebeten, nach ihr zu sehen. Den Rest kennst du."

Nicht den ganzen Rest. Aber allmählich ergab sich ein Bild.

Sobald sie Mümmelmannsberg erreichten, holte Gerrit sein Smartphone hervor. Nach einem kurzen Schriftwechsel lotste er Christopher zu David Keplers Wohnung. Dessen Frau war bei einer Freundin und würde erst in ein paar Stunden zurück sein. Sturmfreie Bude. In mehr als einer Beziehung.

Gerrit legte den Zeigefinger an die Lippen und schloss leise die Wohnungstür auf.

David erwartete sie im Flur. Auf dem Arm trug er seine schlafende Tochter. Ein kleines schwarzhaariges Wesen mit Stupsnase und winzigen Händchen. Dessen Erzeuger Christopher vor nicht allzu langer Zeit zusammengeschlagen hatte. Welch ein Kontrast, David Kepler in der Rolle des fürsorglichen Vaters zu sehen.

Christopher stellte die Tasche mit den Laptops ab, zog Stiefel und Jacke aus und ging ins Wohnzimmer. Der Raum war dunkel und mit Möbeln vollgestellt. Es roch nach Waschmittel. Vor dem Fenster bog sich ein Wäscheständer unter der Last feuchter Kleidung. Daneben eine Krippe, über der an einem Band bunte Sterne baumelten. Hinter dem Sofa lagerten eine zusammengefaltete Bettdecke und zwei Reisetaschen. Bestimmt Gerrits Sachen.

Drei Erwachsene und ein Baby auf so engem Raum. Kein Wunder, dass der Haussegen schief hing.

Er wandte sich um. David musterte ihn herausfordernd, fast feindselig. Er schien geradezu auf eine abfällige Bemerkung zu lauern, um sofort verbal zurückzuschlagen. Woher stammte dieses ständige Bedürfnis, sich rechtfertigen oder verteidigen zu müssen?

Als er schwieg, verschwand David mit seiner Tochter in einem anderen Raum. Gerrit und Christopher setzten sich aufs Sofa. Auf dem Couchtisch lag ein eingeschalteter Laptop. Der Bildschirm zeigte das neue Facebook-Profil für die Suche nach Nina. Abgesehen von einigen Beileidsbekundungen und aufmunternden Worten gab es keine Nachrichten. David kehrte ohne seine Tochter zurück, dafür mit drei Gläsern und einer Flasche Mineralwasser. Er stellte alles auf den Couchtisch und zog sich einen Sessel heran. Gerrit schenkte ihnen ein, bevor er von den Ergebnissen der Suche berichtete. David hörte ruhig zu. Bis die Sprache auf Paul kam. Da verfinsterte sich seine Miene.

„Verfluchter Wichser!", stieß er hervor. „Jemand müsste den bei den Bullen verpfeifen. Damit sie ihn endlich einkassieren!"

„Und Paul ausplaudert, was er über mich weiß?"

David grunzte. Statt einer Antwort nahm er einen Schluck Mineralwasser.

Gerrit berichtete weiter. Als er zu dem Banner bei der Baustelle kam, weiteten sich Davids Augen.

„Ich habe keins gesehen!", versicherte er. „Da hingen bloß diese Warnhinweise am Zaun."

Christopher zuckte die Achseln. „Möglicherweise wurde es nach deinem Besuch angebracht." Letztendlich spielte es keine Rolle, ob David das Banner übersehen hatte oder es nicht da gewesen war. „Einer von uns sollte mit Rieke sprechen. Vielleicht weiß sie, auf welchen Baustellen sich Nina außerdem herumgetrieben hat. Wenn die Bauarbeiten an der Großen Elbstraße in vollem Gang waren, sind Nina und Simon bestimmt woandershin gegangen, um ungestört zu sein."

Gerrit hob die Hand. „Kann ich morgen machen."

„In Ordnung. Meine Liste ist lang genug." Er wollte selbst mit Rieke sprechen, aber das würde er später nachholen.

Nun war David an der Reihe, zu berichten. „In den Foren und Gästebüchern stehen keine Hinweise zu Ninas Aufenthaltsort. Ich habe sechs Websites gefunden, auf denen sie regelmäßig zu Besuch war. Sie hat Beiträge zu allen möglichen Themen gepostet. Jedenfalls bis zu ihrem Verschwinden. Ich habe die Adressen der Websites aufgeschrieben." Er reichte Christopher einen Zettel. Anschließend rief er auf dem Laptop Ninas Blog auf und scrollte durch die Einträge. „Geht vornehmlich ums Fotografieren. Wo die Bilder aufgenommen wurden, wann, welche Kamera benutzt wurde, welche Stimmung herrschte. Keine Ahnung, wie uns das weiterbringen soll."

Christopher deutete auf das Bild eines heruntergekommenen Gebäudes, dessen mit Graffiti besprühte Fassade vom Sonnenlicht beschienen wurde. „Nina könnte sich dort verstecken. Oder an einem der anderen Orte, die sie fotografiert hat."

David wirkte ebenso skeptisch wie Gerrit zuvor. „Sollen wir die alle abklappern?"

„Warum nicht?"

„Kommt mir vor, als würden wir nach Strohhalmen greifen."

„Genau das tun wir."

„Das sind mindestens vierzig Bilder!"

„Können wir es uns leisten, aus Bequemlichkeit eine Spur nicht zu verfolgen?" Die Frage bescherte ihm einen bösen Blick. „Es müssen nicht alle Orte sein", lenkte er ein. „Wir fangen mit den Adressen an, die uns am naheliegendsten erscheinen."

David sah zu Gerrit. „Morgen Vormittag habe ich einen Termin beim Arbeitsamt. Das wird dauern."

„Brauchst du dafür den Wagen?"

„Ich kann die U-Bahn nehmen."

„Danke. Dann fahre ich zu den Adressen."

Gemeinsam suchten sie zehn Gebäude heraus, die am ehesten infrage kamen. Christopher bezweifelte, dass Gerrit erfolgreich sein würde. Es wäre sehr unklug von

Nina, sich an einem Ort zu verbergen, den man im Internet fand. Doch man konnte nie wissen. Außerdem gab es Gerrit eine zusätzliche Aufgabe. Nach dem heutigen Nachmittag zog er es vor, allein zu ermitteln. Wenn es um Nina ging, stand Gerrit eindeutig sein Temperament im Weg.

Aus einem anderen Zimmer drang plötzlich lautes Weinen. Davids Tochter war aufgewacht. Er seufzte und stand auf. Christopher erhob sich ebenfalls. „Ich mache mich auf den Weg."

Während David nach seiner Tochter sah, begleitete Gerrit ihn zur Tür. „Was hast du morgen vor?"

„Recherche und Pflastertreten. Ich melde mich abends, um die Ergebnisse zu besprechen. Ruf mich an, falls du etwas Interessantes von dieser Rieke erfährst."

„Mache ich. Viel Erfolg."

„Dir auch." Sie gaben sich zum Abschied die Hand.

Im unbeleuchteten Treppenhaus ging er langsam die Stufen hinunter. Er mochte Gerrit. Kriminelle Vergangenheit und Temperament hin oder her. Weil sein Herz am richtigen Fleck saß. Darauf kam es an.

KAPITEL 9

Christopher fuhr nicht direkt nach Hause, sondern lieferte erst den Golf bei Andi ab. Sein Kollege wollte morgen wieder zur Arbeit kommen. Der Stresspegel würde hoffentlich sinken.

Während er am Eppendorfer Baum auf die U-Bahn wartete, dachte er darüber nach, sich ein eigenes Auto anzuschaffen. Der Job als Privatdetektiv verlangte Mobilität. Es war schwer möglich, bei jeder Observierung ein Fahrzeug von Martin oder Andi zu leihen. Oder kurzfristig einen Wagen zu mieten. Selbst die Kosten für einen Gebrauchtwagen würden ein riesiges Loch in seine Kasse reißen. Anschaffung, Treibstoff, Steuer, Versicherung, Reparaturen ...

Ohne finanzielle Unterstützung konnte er es sich nicht leisten. Sein Stiefvater würde ihm das Geld sofort leihen, keine Frage. Doch er scheute sich, darum zu bitten.

Also musste er sparen. Und möglichst viel für Martin arbeiten. In der Detektei verdiente er mehr als in Henrys Restaurant.

Aber wollte er das?

Vor Jahren hatte er sich bewusst gegen einen geregelten Arbeitsalltag entschieden. Bloß nicht im immer gleichen Trott versinken. Keiner der Bürohengste sein, die jeden Morgen zur selben Zeit aufstanden, zur selben Zeit Mittagspause machten und zur selben Zeit nach Hause fuhren.

Er wollte Abwechslung. Er brauchte sie. Auch wenn es bedeutete, wenig zu verdienen und auf Luxus zu verzichten. Die Zeiten, in denen er drei Jobs jonglierte, waren anstrengend gewesen, aber auch spannend und erfüllend. Sollte er sich auf einen einzigen Job beschränken? Konnte er es?

Zugegeben, die Tätigkeit als Privatdetektiv war abwechslungsreich. Ebenso die Arbeitszeiten. Eine Vollzeitstelle würde ihm finanzielle Sicherheit bieten. Um ein Auto zu kaufen, ein Polster für schlechte Zeiten anzulegen und sich stärker um die Altersvorsorge zu kümmern. Das leidige Thema.

Vielleicht wollte Romy eines Tages mit ihm in den Urlaub fahren. Nicht an die Nord- oder Ostsee, sondern weiter weg. Das konnte er sich momentan nicht leisten. Obwohl er gern gemeinsam mit ihr die Welt bereisen würde. Exotische Länder entdecken, fremden Menschen begegnen.

Romy war die erste Frau, die in ihm den Wunsch weckte, seinen kleinen Kosmos zu verlassen.

Er blickte der einfahrenden U-Bahn entgegen. Im neuen Jahr würde er mit Martin sprechen. Falls es die Möglichkeit gab, ein Fahrzeug als Dienstwagen über die Detektei laufen zu lassen, wären die monatlichen Haltungskosten bestimmt geringer.

Sein Leben änderte sich. Prioritäten verschoben sich, zwangen ihn dazu, gewisse Dinge zu überdenken. Das erfüllte ihn mit einer zunehmenden Unruhe.

An der Haltestelle St. Pauli stieg er aus. Mittlerweile war es dunkel geworden, und die weihnachtliche Beleuchtung entlang der Reeperbahn entfaltete ihre volle

Wirkung. Nach einigen Metern fiel ihm Ninas Laptop ein. Falls Jacobi zu Hause war, konnte er das Gerät gleich abliefern. Er rief seinen Freund unter dessen Festnetznummer an. Als der Anrufbeantworter ansprang, versuchte er es auf dem Handy. Es klingelte einige Male, ehe Jacobi das Gespräch annahm.

„Ich parke seit einer halben Stunde auf der Autobahn", drang es blechern aus dem Lautsprecher. „Der Verkehr ist eine verdammte Pest!"

Damit erledigte sich die Frage, was Jacobi am Wochenende getrieben hatte. „Wie geht es Kim?"

„Bestens. Sie kommt nächsten Samstag nach Hamburg. Wir wollen das Miniatur Wunderland besuchen und hinterher eine Tour über die Weihnachtsmärkte machen."

„Klingt super."

„Also, wenn Romy und du Zeit und Lust habt, könnten wir uns abends auf dem Rathausmarkt treffen."

„Ein Pärchenausflug? Ernsthaft?"

Jacobi lachte. „Ich weiß! Spießig, oder? Kim möchte unbedingt meine Freunde kennenlernen, und ich dachte, das wäre eine gute Gelegenheit. Falls ihr euch nicht vertragt ..."

„Gibt es reichlich Glühwein."

Erneutes Lachen. „Genau."

„Ich wollte sowieso mit Romy auf den Weihnachtsmarkt gehen. Sie freut sich bestimmt."

Und er traf endlich die Frau, die es geschafft hatte, den ewigen Single-Status seines besten Freundes zu beenden. Bisher kannte er Kim lediglich von einem Schnappschuss. Darauf war eine schlanke junge Frau mit kurzen, schwarzen Haaren zu sehen, die umwerfend lächelte und in einem Neoprenanzug eine hervorragende Figur machte.

„Wir haben ein Date. Was kann ich sonst für dich tun?"

„Ich brauche deine Hilfe. Beziehungsweise die Hilfe eurer IT-Abteilung." Er erklärte das Problem mit dem Laptop und dem fehlenden Passwort. „Kann einer deiner Kollegen den Laptop entsperren?"

Jacobi zögerte. „Ist das legal?"

„Behaupte einfach, dass es Kims Gerät ist und sie ihr Passwort vergessen hat."

„Der Frage elegant ausgewichen."

„Danke. Auf dem Laptop könnten wichtige Hinweise gespeichert sein. Die Schnüffelei dient einem guten Zweck."

„Ich helfe dir natürlich gern bei den Ermittlungen. Aber falls du Ärger mit der Polizei bekommst, weiß ich von nichts!"

„Ich schulde dir was."

„Die Liste wird stetig länger. Soll ich den Laptop nachher abholen? Wenn mein Navi recht behält, könnte ich in einer Dreiviertelstunde auf Pauli sein."

„Das wäre klasse. Je weniger Zeit ich verliere, desto besser."

„Kein Problem. Der Abholservice ist unterwegs."

Christopher lächelte. Er konnte sich glücklich schätzen, Jacobi zum Freund zu haben.

Er wollte gerade in den Hamburger Berg einbiegen, als jemand seinen Namen rief. Eine vertraute Stimme. Vor dem Eingang eines Fast-Food-Restaurants stand ein stämmiger glatzköpfiger Mann Mitte vierzig und rauchte.

Es war Schubert. Bürgerlicher Name Roland Franz, Liebhaber klassischer Musik und Tattookünstler. Trotz der kühlen Temperaturen trug Schubert ein T-Shirt und eine schwarze Trainingshose, deren Beine auf Höhe der Knie abgeschnitten waren. Seine Füße steckten in schweren Stiefeln.

Christopher überquerte die Straße. „Moin, Schubert. Wenn ich dich sehe, bekomme ich Frostbeulen!"

„Ach, Quatsch. Das härtet ab." Sein Stammtätowierer klemmte die Zigarette zwischen den Lippen ein und reichte ihm zur Begrüßung die Hand. Bis auf Gesicht und Ohren war jeder sichtbare Quadratzentimeter von Schuberts Haut mit bunten Tattoos bedeckt. Einschließlich seines rasierten Schädels. „Siehst fertig aus, Topher. Hast du Stress?"

„Ein neuer Fall. Gibt reichlich zu tun."

„Du machst aber keinen Rückzieher, oder? Ich habe gestern mit den Skizzen angefangen."

„Keine Sorge. Der Termin steht."

„Bestens. Dann kannst du deiner spießigen Sippe unterm Weihnachtsbaum was Schickes präsentieren."

Christopher verdrehte die Augen. „Hör bloß auf mit Weihnachten!"

„Termindruck?"

„Alle Jahre wieder."

„Familienfeier oder Freundin? Oder beides?"

„Die Familie. Also, Familien. Getrennt. Keine Ahnung, wie *das* funktionieren soll."

Seine Mutter hatte kein Interesse daran, ihren aktuellen Freund mit ihren beiden Ex-Männern zusammenzubringen. Ihre drei Kinder und das Enkelkind wollte sie natürlich trotzdem sehen, vorzugsweise an Heiligabend. Seine Halbschwester Jasmin wollte Heiligabend nicht ohne ihren Vater Henry verbringen. Henry und Christophers Vater an einen Tisch zu setzen, wäre wiederum eine Garantie für Diskussionen und Streit. Also würde er seinen Vater und dessen Freundin, wenn überhaupt, separat besuchen.

Obwohl er gern an dem Verhältnis zu seinem Erzeuger arbeiten wollte, erfüllte ihn der Gedanke an eine gemeinsame Feier, bei der sein Bruder Elias ebenfalls anwesend sein würde, mit Unbehagen. Allerdings könnte er dort seine Schwägerin Lena und die kleine Sophie sehen.

Weihnachten, das Fest der Kompromisse. Am liebsten würde er mit Romy, Jasmin und Henry feiern. Dieses Jahr funktionierte das leider nicht.

Schubert gab einen verständnisvollen Laut von sich. „Zu viel Familie für zu wenig Feiertage, was?"

„Du hast es erfasst." Ein logistischer Albtraum. Nicht zu sprechen von dem Problem, für alle etwas Passendes zu finden. Seine Eltern und sein Bruder kauften bevorzugt hochpreisige Geschenke. Manchmal kam es ihm vor wie ein Wettbewerb. Je fetter das Gehalt, desto protziger die *kleinen* Aufmerksamkeiten.

Er mochte Weihnachten. Es machte ihn sentimental. Aber der kommerzielle Wahnsinn nervte.

Schubert zog an seiner Zigarette. „Wo feiert Romy?"

„In Italien. Sie fliegt über Weihnachten und Silvester zu ihrer Familie."

Romy freute sich sehr darauf, ihre Eltern und ihren jüngeren Bruder wiederzusehen. Es war der erste Besuch in Genua seit ihrer Rückkehr nach Hamburg. Trotzdem spürte er eine wachsende Anspannung bei seiner Freundin. Eine Anstrengung in ihrem Lächeln, wenn sie über die bevorstehende Reise sprach. Er wollte nach dem Grund fragen, ahnte ihn, doch der Zeitpunkt schien nie der richtige zu sein. Vielleicht war er auch nur ein Feigling.

Schubert schüttelte mitleidsvoll den Kopf. „Ich hab meine Susi, und das reicht. Alle anderen können mich kreuzweise." Er trat den Stummel seiner Zigarette aus und klopfte Christopher aufmunternd auf die Schulter. „Lass dich nicht unterkriegen."

„Bestimmt nicht."

„Bis bald. Ich wärme schon mal den Stuhl für dich an." Mit einem breiten Grinsen verschwand Schubert im Restaurant.

Nach der Kälte draußen erschien Christopher seine Wohnung herrlich warm. Der Kohleofen in der Küche und der kleinere Ofen im Wohnzimmer strahlten behagliche Restwärme aus.

Er lüftete und legte neue Kohlebriketts nach. Mittlerweile verspürte er deutlichen Hunger. Leider gähnte im Kühlschrank ebensolche Leere wie in seinem Magen. Ans Einkaufen hatte er in den vergangenen Tagen nicht gedacht. Also musste der Notvorrat herhalten: Nudeln und Ricotta-Soße.

Er schaltete das Küchenradio ein und wechselte vom Deutschlandfunk zu einem Musiksender. Der heutige Tag war mit Ereignissen vollgepackt gewesen, die überdacht werden wollten. Dabei konnte er sich nicht auf kulturelle Beiträge konzentrieren.

Der Termin beim Gynäkologen beschäftigte ihn am meisten. Wie das Ergebnis auch lautete, es würde das grundsätzliche Problem zwischen Lena und Elias nicht lösen. Konnte er den beiden irgendwie helfen? Sollte er es überhaupt versuchen?

Während er im Schlafzimmer bequemere Sachen anzog, begann das Nudelwasser zu kochen. Er gab reichlich Spaghetti hinein und erwärmte in einem zweiten Topf die Soße.

Im Radio liefen derweil die Nachrichten. Schreckensmeldungen aus aller Welt. Kriege, Flüchtlinge, Anschläge. Bei all dem Elend konnte man Depressionen bekommen.

„Nun eine weitere Meldung", beendete der Sprecher die Auflistung von Konflikten und Leid. „Bereits am vergangenen Mittwoch wurde Leonhard Schätzer, ehemaliger Vorstandsvorsitzender der *Schätzer Medical Group*, tot in seinem Feriendomizil in Österreich aufgefunden."

Christopher erstarrte.

„Leonhard Schätzer wurde vor sieben Jahren in den Vorstand der *Schätzer Medical Group* berufen", fuhr der Sprecher fort. „Unter seiner zielgerichteten, aggressiven Führung entwickelte sich das börsennotierte Unternehmen in kürzester Zeit zu einem der weltweit führenden Anbieter medizinischer Produkte und Dienstleistungen. Im Sommer dieses Jahres geriet die *Schätzer Medical Group* finanziell ins Schlingern. Der geplante Verkauf von zehn ungarischen Kliniken und zwei Produktionsstätten an einen Schweizer Investor wurde aus unbekannten Gründen verschoben. Leonhard Schätzer legte daraufhin sein Amt nieder und zog sich unter Angaben gesundheitlicher Gründe von sämtlichen geschäftlichen Tätigkeiten zurück. Sein Nachfolger wurde Bruno Saling, ein ungarischer Geschäftsmann mit deutschen Wurzeln, der als energischer Kritiker von Ministerpräsident Orbán gilt." Kurze Pause. Christopher wartete wie gelähmt ab. „Leonhard Schätzer starb an den Folgen eines Hirnschlags. Er hinterlässt seine Ehefrau, zwei Kinder und drei Enkelkinder. In der folgenden Stunde werden wir uns eingehender mit der *Schätzer Medical Group* beschäftigen und ihre wirtschaftliche und politische Bedeutung für die deutsch-ungarischen Beziehungen analysieren."

Wie ferngesteuert streckte er die Hand aus und schaltete das Radio ab.

Leonhard Schätzer. Ein Mann, auf dessen Konto zahlreiche Morde gingen. Der aus dem Hintergrund den Befehl erteilt hatte, auch ihn zu töten. Nun war Schätzer selbst tot, und er wusste beim besten Willen nicht, was er empfinden sollte.

Als er wieder klar denken konnte, war sein erster Impuls, Felix von Evert anzurufen. Allerdings wusste der Kriminalkommissar nichts von der Verbindung zwischen Leonhard Schätzer und Christophers erstem großen Fall als Privatdetektiv. Diese Information hatte er verschwiegen. Um sein eigenes Leben zu retten und die Menschen zu schützen, die er liebte. Furchtbare Verbrechen waren begangen worden, und die Schuldigen blieben seinetwegen in Freiheit und am Leben.

Bis auf Leonhard Schätzer.

War der Mann tatsächlich eines natürlichen Todes gestorben?

Die Nudelsoße blubberte. Kleine Geysire spuckten rote Flüssigkeit in die Luft. Er nahm den Topf von der Kochplatte und schaltete den Herd aus. Die Spaghetti waren inzwischen jenseits von *al dente*. Er goss rasch das Wasser ab.

Leonhard Schätzer gehörte der Vergangenheit an. Sinnlos, sich mit den Ereignissen des vergangenen Sommers zu beschäftigen. Das würde bloß schlechte Erinnerungen wachrufen und die Wut und Hilflosigkeit zurückbringen.

Um auf andere Gedanken zu kommen, trug er das Essen und ein Glas mit Apfelschorle ins Wohnzimmer und schaltete den Fernseher ein. Auf einem der dritten Kanäle lief eine Doku-Serie über Tiere in deutschen Zoos. Leichte Kost. Er zündete die zweite Kerze auf dem kleinen Adventskranz an, der auf dem Couchtisch stand. Bedächtig drehte er einige Spaghetti auf die Gabel und aß. Während Elefanten gefüttert und Tapire gestreichelt wurden, beruhigten sich seine Gedanken. Nina Armin war wichtiger als ein toter Geschäftsmann.

Nach dem Essen schaltete er den Fernseher aus. In der Küche füllte er sein Glas auf und holte danach die Tasche mit den Laptops aus dem Flur. Neben dem Sofa befand sich seine Computerecke. Während er die Geräte auf den Schreibtisch legte, fiel ihm verspätet eine wichtige Frage ein: Warum hatte Nina ihren Laptop nicht mitgenommen? Sie verbrachte sehr viel Zeit im Internet. Sie war kommunikativ, postete Nachrichten in zahlreichen Foren und führte einen eigenen Blog. Neben dem Smartphone musste der Laptop ihre wichtigste Lebensader sein.

Hatte sie ihn absichtlich zurückgelassen? War sie in zu großer Eile gewesen, um ihn zu holen?

Er wollte sich gerade setzen, als es an der Tür klingelte. Einige Schrecksekunden lang befürchtete er, der abendliche Besucher könnte mit Leonhard Schätzer zu tun haben.

Was für ein Blödsinn!

Er nahm Ninas Laptop und drückte den Summer neben der Wohnungstür. Nach einem Blick durch den Spion ins leere Treppenhaus öffnete er. Das Trampeln schwerer Schritte lieferte den Beweis, dass kein gedungener Mörder auf dem Weg zu ihm war.

Jacobi grinste ihn zur Begrüßung freudig an. „Hallo, Mr Marlowe.“

Christopher lächelte. „Du hast viel zu gute Laune für jemanden, der im Stau stand.“

„Alles Einstellungssache.“ Sein Freund nahm den Laptop entgegen. „Ich kann nicht versprechen, dass mein Kollege den bis morgen Abend knackt.“

„Wäre trotzdem super, wenn er sich beeilen würde.“

„Zu Befehl, Chef.“ Jacobi deutete einen Salut an. „Ich melde mich.“

„Danke, Cobi!“

„Die erste Runde Glühwein geht auf dich.“ Nach einem Handschlag trampelte sein Freund die Treppe wieder hinab.

Christopher schloss die Wohnungstür und setzte sich im Wohnzimmer an den Computertisch. Zuerst verfasste er ein Arbeitsprotokoll, in dem er alle wichtigen Informationen vermerkte. Einschließlich Gerrits und Ninas Biografien. Die benötigte er, um gewisse Zusammenhänge besser zu verstehen. Eine Kopie des fertigen Protokolls schickte er an Martin und teilte ihm auch seine Pläne für den nächsten Tag mit. Als Nächstes druckte er die Fotos von Nina und Jojo mehrmals in Farbe aus. Es schadete nicht, sie bei den Ermittlungen in Papierform dabeizuhaben. Anschließend machte er sich an die Internetrecherche. Anhand von Davids Notizen ging er nacheinander die Websites durch, auf denen Nina häufig zu Besuch gewesen war. Punkrockbands, ein DJ, der FC St. Pauli, was sie sehr sympathisch machte, ein Forum für Hobbyfotografen und eine junge Frau, die in selbst gedrehten Filmen Schmink- und Modetipps gab. Ein brauchbarer Hinweis auf Ninas Aufenthaltsort war nicht dabei.

Auf allen Seiten entdeckte er Davids Vermisstenanzeige mit dem Link zum Facebook-Profil. Einige Benutzer hatten Kommentare hinterlassen. Aufmunternde Worte und Beileidsbekundungen. Das Internet nahm Anteil mit traurigen Smileys. Er gab die Adresse von Ninas Blog ein und las sämtliche Einträge. Bei den Ermittlungen half es nicht weiter, gewährte ihm aber einen tieferen Einblick in Ninas Gedankenwelt.

Die Texte strahlten Optimismus und Lebensfreude aus. Ihre Ziele klangen bodenständig: ein höherer Schulabschluss, eine Ausbildung zur Fotografin, eine eigene Wohnung, ein Auto.

All das zu erreichen, erforderte Disziplin und Durchhaltevermögen. Kein leichter Weg. Aber sie war nicht allein. Gerrit würde gewiss alles tun, um seine Cousine bei der Verwirklichung ihrer Pläne zu unterstützen.

Mit kreisenden Bewegungen lockerte er die verspannten Schultern und wandte sich seiner ursprünglichen Klientin zu.

Angesichts der überraschenden Entwicklungen schadete es nicht, Karin Neudorf und ihre Firma gründlicher unter die Lupe zu nehmen.

Der Internetauftritt der *Neudorf-Hochtiefbau* war professionell und elegant gestaltet. Es gab eine Zusammenfassung der Firmengeschichte, Pressemitteilungen und Informationen über vergangene und zukünftige Projekte.

Die Baustelle an der Großen Elbstraße befand sich darunter, ebenso einige andere Objekte in Hamburg. Die meisten lagen in der HafenCity. Waren Simon und Nina an jenem Tag vielleicht dort gewesen? Während er die Mitarbeiterfotos studierte, vermeldete sein Smartphone den Eingang einer Textnachricht. Es war mittlerweile nach zehn Uhr. Manchmal wünschte Romy ihm auf diesem Wege eine gute Nacht. Die Nachricht stammte allerdings von einem unbekannten Absender. Der Text war kurz:

Morgen 14:00, Rote Flora Spielplatz, Info Simon

Innerlich vollführte er einen Freudentanz. Irgendjemanden hatte er heute erreicht. Vielleicht das Mädchen mit den grünen Rastazöpfen?

Paul, durchzuckte es ihn. Das euphorische Kribbeln in seiner Magengegend verwandelte sich in ein flaues Gefühl. Angeblich hatte der Typ seine Augen und Ohren überall.

Falls die Punks ihm, freiwillig oder unfreiwillig, die Visitenkarte gegeben hatten, konnte die Nachricht ein Trick sein. Christopher überlegte, wog ab. Es wäre unklug, diese Gelegenheit verstreichen zu lassen. Allerdings war ein Zusammentreffen mit Pauls Schlägern das Letzte, was er brauchte. Er starrte auf die Nachricht.

Und beschloss, das Risiko einzugehen.

Was blieb ihm anderes übrig? Allein Simon konnte bei der Suche nach Nina wirklich weiterhelfen.

Also antwortete er mit einem knappen *Okay.* Angespannt führte er die Internetrecherche fort.

Die Website der *Neudorf-Hochtiefbau* lieferte keine neuen Ansätze. Er überflog die Angaben zu den Mitarbeitern der Hamburger Hauptfiliale und studierte anschließend die Fotos der Geschäftsführung. Karin Neudorf lächelte professionell in die Kamera. Sie wirkte vertrauenswürdig und resolut. Richard Neudorf strahlte Selbstbewusstsein aus. Die dunklen, von grauen Strähnen durchzogenen Haare adrett geschnitten. Das Kinn kräftig, tiefe Furchen zu beiden Seiten der Nase, die blauen Augen leuchtend. Ein Mann, der seinen Platz in der Berufswelt gefunden hatte – und dadurch andere, wichtige Dinge aus dem Blick verloren.

Da verbrachte man Jahre oder gar Jahrzehnte mit derselben Person und konnte sich ihrer trotzdem nie vollkommen sicher sein. Weil Menschen sich änderten. Weiterentwickelten. Leider nicht immer in derselben Geschwindigkeit und in dieselbe Richtung.

Christopher war aus allen Wolken gefallen, als seine Ex-Freundin ihm gestanden hatte, dass sie ihn mehrfach betrogen hatte. Bis heute fragte er sich, ob er blind vor Liebe oder einfach zu dumm gewesen war, um die Anzeichen zu erkennen. Er stand auf, streckte sich und setzte sich wieder.

Zeit, sich auf den Fall zu konzentrieren!

Weitere Fotos zeigten den Leiter des technischen Büros und die Leiterin der Einkaufsabteilung.

Frieda Hessland, Karin Neudorfs Assistentin, war eine Überraschung.

Aus irgendeinem Grund verband er mit dem altmodischen Vornamen das Bild einer molligen, älteren Frau mit Grübchen und einem mütterlich-wohlwollenden Schmunzeln auf den Lippen. Stattdessen blickte ihm eine junge Frau Mitte oder Ende zwanzig entgegen, deren exotische Züge auf eine asiatische Herkunft schließen ließen. Ob japanisch, chinesisch oder koreanisch vermochte er nicht zu sagen. Dunkle Mandelaugen, ein rundes Gesicht und schulterlange schwarze Haare ließen sie fast kindlich aussehen.

Richard Neudorfs Assistent hieß Aaron Reinhard. Ein blonder, entschlossen dreinblickender Mann Anfang dreißig, mit durchdringenden grünen Augen.

Jemand in der Firma musste von der Erpressung durch Nina und Simon Kenntnis besitzen. War Karin Neudorf tatsächlich ahnungslos, blieben nicht viele Personen übrig. Was würde er dafür geben, die Neudorfs und deren engste Mitarbeiter befragen zu können!

Er speicherte die Website unter den Favoriten ab und suchte nach Artikeln über die Bauprojekte. Um zu prüfen, ob es auf einer der Baustellen in den vergangenen

Wochen zu Vorfällen gekommen war, über die in den Medien berichtet wurde.

Die Suchmaschine fand zwanzig Beiträge. Zwölf stammten von der Website der *Neudorf-Hochtiefbau* und waren reine PR-Texte. Die übrigen acht stammten aus den Onlineangeboten mehrerer Tageszeitungen. Sie vermeldeten keine besonderen Vorkommnisse. Keine Arbeitsunfälle, keine Diebstähle, keine Polizei- oder Feuerwehreinsätze.

Er rieb sich müde das Gesicht. Für heute reichte es. Doch seine Finger gaben scheinbar wie von selbst den Namen Leonhard Schätzer in die Suchmaschine ein. Eine beeindruckend lange Liste von Artikeln erschien.

Die Nachrufe standen ganz oben. Er wählte einen aus und fragte sich gleichzeitig, warum er es tat. Das Foto des Verstorbenen zeigte einen Geschäftsmann mit ergrauten Schläfen, der ernst in die Kamera blickte. Ein rücksichtsloser Mörder, der alles versucht hatte, um die Verfehlungen seines jüngeren Bruders zu vertuschen.

Für Leonhard Schätzer waren Menschenleben wertlos gewesen. Einige Momente lang verspürte Christopher Erleichterung über Schätzers Tod, ja, sogar Genugtuung.

Natürlich war es höchst unklug, kurz vor dem Einschlafen diese schlechten Erinnerungen auszugraben.

Mitten in der Nacht schreckte er aus dem Schlaf hoch. Sein Herz hämmerte wie wild in der Brust, und sein T-Shirt war schweißnass. Er erinnerte sich nicht an einen Traum. Lediglich an ein lähmendes Gefühl der Furcht.

Eine Weile blieb er still liegen. Horchte mit weit geöffneten Augen in die Dunkelheit. Kein Geräusch drang an seine Ohren. Nichts Bedrohliches regte sich. Er schaltete die Nachttischlampe ein und setzte sich auf. Es war kurz nach drei Uhr. Er zog seine Pyjamahose und warme Socken an und tauschte sein verschwitztes T-Shirt gegen ein frisches.

Nach einem Zwischenstopp im Badezimmer ging er in die Küche. Ohne Licht zu machen, füllte er ein Glas mit Leitungswasser. Er leerte es in einem Zug, stellte es in die Spüle und ...

Schlagartig war alles wieder präsent: Seine Entführung. Tibor und Máté. Der unterirdische Raum, in dem sie ihn festgehalten hatten. Pistolenschüsse. Tibors Blut an seinen Händen. Das Dröhnen des Hubschraubers. Der Scharfschütze.

Übelkeit und Beklemmung stiegen in ihm auf. Schnürten ihm die Kehle zu. Er stützte sich am Rand der Spüle ab und atmete tief durch.

Das Rattern der Rotorblätter in seinem Kopf verstummte.

Die Bilder verschwanden. Allmählich beruhigte sich sein Herzschlag. Er wischte die feuchten Handflächen an der Pyjamahose ab. Füllte das Glas noch einmal mit Wasser und trank. Seit dem Sommer war es ihm gelungen, die Ereignisse jener Tage und Nächte zu vergessen. Nun reichte eine einzige Meldung in den Nachrichten, um die Erinnerungen zu wecken. Erschreckend, wie dicht unter der Oberfläche alles schlummerte.

Er ging ins Wohnzimmer und schaltete das Licht ein. Willkommene Helligkeit flutete den Raum. Er wollte nach der Fernbedienung für den Fernseher greifen und hielt inne.

Auf dem hochbeinigen Beistelltisch neben der Tür stand das Tablett mit den vierundzwanzig bunt bedruckten Papiertütchen. Sieben waren geöffnet und ihr Inhalt am Rand des Tabletts aufgereiht. Er fand Nummer acht, zog die rote Schleife auf und kippte das Tütchen um.

Drei Schokoladenkugeln fielen auf seine Handfläche, gefolgt von einer halben Walnussschale, die Romy zu einem winzigen Bettchen umfunktioniert hatte. Fasziniert betrachtete er die blau-weiß karierte Bettdecke und das Holzköpfchen, das unter der Decke hervorlugte. Dünnes rotes Garn diente als Haar. Augen, Mund und Nase waren mit schwarzem Stift aufgemalt. Der Kleine wirkte sehr zufrieden.

Das Walnussbettchen besaß sogar einen Faden zum Aufhängen. Wie viel Mühe sich Romy für ihn gab!

Vorsichtig platzierte er das Bett neben einem Holzmännchen mit Trommel. Um Weihnachtsbaumschmuck brauchte er sich dieses Jahr keine Gedanken zu machen. Sein Blick fiel auf das Tütchen mit der Fünfzehn. Neben der Zahl klebte ein goldener Stern. Sieben Tage bis zu seinem Geburtstag. Und dem Termin bei Schubert.

Er lächelte. Nun war ihm nicht mehr danach zumute, den Rest der Nacht vor dem Fernseher zu verbringen und über die Vergangenheit nachzugrübeln. Versöhnt mit der Welt, ging er zurück ins Bett.

Um Viertel nach sieben riss ihn das Klingeln des Weckers aus dem Schlaf. Das *Drob Inn* öffnete montags um neun Uhr. Er wollte auf jeden Fall früher dort sein. Ehe die Wartenden in der Beratungsstelle verschwanden und Jojo ihm vielleicht entwischte.

Nach der unruhigen Nacht fiel ihm das Aufstehen schwer. Unter der Bettdecke war es wunderbar warm. Draußen würde es kalt und ungemütlich sein. Er quälte sich aus dem Bett, schlüpfte in Pyjamahose und Socken und zog die Jalousie hoch. Draußen lag die Welt in tiefer Dunkelheit.

Er öffnete das Fenster und streckte die Hand hinaus, um die Temperatur abzuschätzen. Kalte, feuchte Luft traf auf warme Haut. Fröstelnd zog er die Hand zurück.

Während in der Küche die Kaffeemaschine blubberte und frisch gebrühter Kaffee einen herrlichen Duft verströmte, suchte er im Schlafzimmer angemessene Kleidung heraus. Sie durfte nicht zu neu aussehen. In der hintersten Ecke des Kleiderschranks hing ein abgewetzter Parka, von dem er sich längst hatte trennen wollen. Der graue Stoff war fleckig, an den Bündchen ausgefranst und durch häufiges Waschen von kleinen Löchern durchsetzt. Ideal für sein Vorhaben.

Er legte den Parka aufs Bett und suchte einen dicken Kapuzenpullover, ein T-Shirt und zwei Paar Socken heraus. Ganz unten im Hosenstapel fand er eine alte Jeans, die ebenfalls einige Löcher aufwies. Denkbar ungeeignet für den Winter, aber eben deshalb eine gute Wahl.

Niemand würde sehen, dass er unter der Kleidung Jacobis wärmende Funktionswäsche trug.

Mittlerweile war der Kaffee fertig. Er füllte einen Becher und gab Milch und Zucker dazu. Voller Genuss nahm er den ersten Schluck. Himmlisch! Zwischen weiteren Schlucken Kaffee bereitete er einige Brote mit Käse und Salami zu. Die Käsebrote legte er in eine

Vorratsdose, die zusammen mit einer Flasche Wasser und einer Thermosflasche mit Kaffee in seinen Rucksack wanderte. Einer Eingebung folgend, holte er die Tüte mit Leergut aus dem Putzmittelschrank. Zur Tarnung. Er schenkte sich Kaffee nach und nahm den Becher und die Salamibrote mit ins Wohnzimmer.

Der Blick aus dem Fenster war deprimierend. Dichter Nebel hüllte den Hamburger Berg ein. Einzig das trübe Licht der Weihnachtsbeleuchtungen ließ die Gebäude auf der anderen Straßenseite erahnen.

Er stellte Brett und Kaffeebecher auf der Fensterbank ab. Dort lag schon eine Wolldecke bereit, die seinen Allerwertesten vor dem harten Holz schützen würde. Er holte sich ein Sofakissen als Rückenstütze dazu und setzte sich auf die Fensterbank. An der Innenseite der Scheibe glänzte ein breiter Streifen Kondenswasser. Das Glas und der Rahmen strahlten die Kälte der Nacht aus. Am liebsten würde er zu Hause bleiben. Sich einigeln und in den Winterschlaf übergehen.

Bevor er dick eingepackt die Wohnung verließ, kontrollierte er, ob in den Kohleöfen ausreichend Briketts lagen. Heute Abend brauchte er keine kalte Wohnung! Die Tüte mit dem Leergut in der Hand, trat er in den Nebel hinaus. Die Kälte selbst störte ihn nicht. Es war die Feuchtigkeit, die sich auf die Kleidung legte und in jede Ritze kroch. Er zog die Kapuze des Pullovers tiefer ins Gesicht und eilte zur S-Bahn.

Das *Drob Inn* erreichte er gegen halb neun. Der Eingang zur Einrichtung lag in einem niedrigen Bau, der leicht nach hinten versetzt an der rechten Seite eines mehrstöckigen Hauses klebte. In der Nähe warteten bereits zahlreiche Menschen. Jojo war nicht unter ihnen. Den Gebäuden gegenüber, durch eine Straße getrennt, befand sich eine ausgedehnte Rasenfläche. Ein Schild wies sie als Park aus. Da besaß jemand Sinn für Humor. Christopher ging über das spärlich wachsende, bräunliche Gras zu einer der wenigen Bänke. Von dort konnte er das *Drob Inn* unauffällig und aus sicherer Entfernung im Auge behalten. Er holte eine leere Bierflasche aus seiner Tüte und stellte sie vor sich auf die feuchte Bank.

Die Hände tief in den Taschen des Parkas vergraben, beobachtete er verstohlen die abgerissenen Gestalten. Ausgemergelte Körper, eingefallene Gesichter, strähnige Haare. Kaum jemand trug angemessene Winterkleidung. Ein Mann in Sandalen, Socken und dreckigem Jogginganzug wanderte rastlos am Rande der Gruppe auf und ab. Aus einem gelben Müllsack hatte er sich eine Art Regenponcho gebastelt, den er mit einer Hand zusammenhielt. Mit der anderen Hand gestikulierte er wild in der Luft. Auf dem Kopf trug er eine Plastiktüte, die ihm immer wieder über die Augen rutschte. Der Anblick war traurig und verstörend. Christopher hob die leere Bierflasche an die Lippen, tat, als würde er trinken. Inzwischen zählte er beinah achtzig Menschen, die sich vor dem Eingang drängten. Um kurz vor neun kam spürbare Unruhe auf. Als das *Drob Inn* endlich seine Tür öffnete, strömte gut die Hälfte der Wartenden ins Gebäude. Sobald die ersten wieder herauskamen, gingen die nächsten hinein. Es herrschte ein stetiger Wechsel. Viele verließen den Vorplatz nicht, sondern blieben auch nach dem Besuch im *Drob Inn* in der Nähe der Einrichtung. Wahrscheinlich für den nächsten Schuss oder die nächste Crackpfeife.

Eine junge Frau löste sich von der Gruppe und schlurfte zu einer Beratungsstelle, die sich wenige Meter links vom *Drob Inn* befand. *Beratungs- und Gesundheitszentrum St. Georg – Jugendhilfe e.V.* Ein hoher Zaun umgab den Bereich vor dem Eingang. Wohl zur Abschreckung unerwünschter Besucher. Die Frau öffnete die vergitterte Tür, klingelte und verschwand im Gebäude. Von Jojo weiterhin keine Spur. Nieselregen setzte ein und mischte sich mit dem Hochnebel. An einen Regenschirm hatte Christopher nicht gedacht. Er nahm die Leerguttüte und die Bierflasche und bezog neben einem kahlen Baum Position. Dort stank es penetrant nach Urin. Lecker.

Seine Kleidung hielt ihn warm, trotzdem trat er bald von einem Fuß auf den anderen, um in Bewegung zu bleiben.

Um zehn Uhr beschloss er, mit einem Mitarbeiter des *Drob Inn* zu sprechen. Die Einrichtung hatte von morgens früh bis tief in die Nacht geöffnet. Jojo konnte zu jeder beliebigen Zeit hier auftauchen. Ohne Unterstützung dauerte es möglicherweise Tage, bis er den jungen Mann fand. Er verstaute die Bierflasche und das übrige Leergut im Rucksack. Ihm war mulmig zumute. Er suchte an einem Ort nach Informationen, an dem Anonymität und Diskretion alles bedeuteten. Wie würden ihm die Menschen begegnen? Freundlich, neutral, feindselig?

Um zum *Drob Inn* zu gelangen, musste er mitten durch die Menge gehen. Er senkte den Kopf und marschierte zielstrebig an den Leuten vorbei. Niemand beachtete ihn. Sobald er den Eingang erreichte, wurde die Milchglastür von innen aufgezogen. Eine dürre Frau, dreißig oder sechzig Jahre alt, wankte mit glasigem Blick an ihm vorbei. Die Begegnung machte es nicht einfacher. Er sammelte all seinen Mut und betrat die fremde Welt.

Hinter der Eingangstür stand ein breitschultriger Mann, der ihn erst kritisch musterte und ihm danach zunickte. Er erwiderte den stummen Gruß und zog sich die Kapuze vom Kopf. Verwundert sah er sich um. Der weitläufige, in freundlichem Blau und Gelb gestrichene Raum erinnerte an eine Mischung aus Café, Kantine und Arztpraxis. Rechts standen zahlreiche Tische, die alle besetzt waren. Einige der Besucher tranken Kaffee oder Tee, lasen Zeitung oder lösten Kreuzworträtsel. Andere löffelten Suppe aus tiefen Tellern. Alles wirkte sauber und aufgeräumt. Links befand sich ein lang gezogener, halbrunder Tresen. Dahinter blickte eine brünette Frau in mittleren Jahren konzentriert auf einen Computerbildschirm. Vor ihr waren zahlreiche Behälter mit medizinischen Utensilien aufgereiht. Am anderen Ende des Tresens warteten drei Männer in unterschiedlichen Stadien der Verwahrlosung auf etwas oder jemanden. Die traf man gewiss in keiner gewöhnlichen Arztpraxis an. Jenseits des Raumes führte ein Flur zu mehreren geschlossenen Türen. Er holte eine Visitenkarte aus dem Portemonnaie und trat an den Tresen. Die brünette Frau lächelte ihm zu.

„Einen Moment, bitte." Sie zog ein Klemmbrett mit einer Namensliste heran. „Lenny", rief sie in den Raum.

Ein dunkelhaariger Mann um die vierzig erhob sich von einem der Stühle. Wäre Christopher ihm auf der

Straße begegnet, er hätte ihn niemals für einen Drogenabhängigen gehalten. Der Mann trug einen dunklen Anzug mit passender Krawatte, wirkt gut genährt und gepflegt. Ein normaler Typ. Der auf dem Weg ins Büro beim *Drob Inn* anhielt, um Drogen zu konsumieren.

„Guten Morgen", grüßte der Dunkelhaarige höflich. „Zwei große Löffel, Sechzehner-Nadel, Asco, Wasser, zwei Tupfer, zwei Pflaster und einen Abbinder bitte."

Als würde er beim Bäcker Brötchen bestellen.

Die Frau griff nacheinander in die Plastikbehälter und reichte die verlangten Utensilien über den Tresen. Sobald der Mann gegangen war, machte sie auf einer anderen Liste mit einem Kugelschreiber einen Strich. Danach wandte sie sich Christopher zu.

„Guten Morgen. Ich bin Ulrike." Sie gab ihm Klemmbrett und Schreiber. „Trag deinen Namen in die Warteliste ein. Ich rufe dich auf, wenn du dran bist. Du kannst dir gern Kaffee oder Tee nehmen, um dich aufzuwärmen. Es gibt auch Erbsensuppe, falls du hungrig bist."

Seine Wangen begannen zu glühen. „Nein, ich ... äh ... nein, deswegen bin ich nicht hier. Also ... ich ..." Er hielt inne, sammelte sich. Sprach leise weiter: „Ich bin auf der Suche nach jemandem und hoffe, Sie können mir helfen." Er schob Ulrike unauffällig die Visitenkarte zu.

Sie legte das Klemmbrett beiseite, musterte ihn skeptisch und las. Die Männer am Ende des Tresens stierten zu ihnen herüber.

„Wir sammeln keine persönlichen Informationen über unsere Besucher." Ulrike schob die Visitenkarte zurück. „Überwachung gehört nicht zum Konzept dieser Einrichtung."

„Ich bin auf der Suche nach einem neunzehnjährigen Mädchen, das seit einigen Wochen verschwunden ist.” Er reichte ihr das ausgedruckte Foto von Nina.

„Die habe ich noch nie gesehen.”

„Was ist mit ihm?” Er zeigte Jojos Foto. „Sein Name ist Jojo. Er soll regelmäßig hierherkommen.”

In Ulrikes Augen blitzte Erkennen auf. Rasch verbarg sie es hinter einer Maske der Gleichgültigkeit. „Wir bekommen täglich mehrere Hundert Besucher. Da merkt man sich nicht jeden Namen und jedes Gesicht.”

Im Flur wurde eine Tür geöffnet. Eine Frau trat hinaus. Sie wankte zu einem der Tische im Wartebereich. Ulrike rief den nächsten Namen von der Liste auf. Ein junger Mann kam zum Tresen und gab stotternd seine Bestellung ab. Er roch nach Schweiß, ungewaschener Kleidung und Verwahrlosung. Mit den nötigen Utensilien ausgestattet, schlurfte er los. Ulrike machte den nächsten Strich auf ihrer Liste.

„Nina ist zusammen mit ihrem Freund Simon verschwunden”, nahm Christopher den Gesprächsfaden wieder auf. „Jojo kann mir vielleicht einen Hinweis geben, wo ich Simon finde. Sie brauchen mir keine persönlichen Informationen zu verraten”, fügte er mit gesenkter Stimme hinzu. „Es würde genügen, wenn Sie mich anrufen, sobald Jojo hier erscheint.”

Ulrikes Gesicht verfinsterte sich.

„Ich weiß, ich verlange viel. Aber es geht um ein Mädchen, das möglicherweise in ernsthaften Schwierigkeiten steckt. Nina war selbst drogenabhängig. Sie hat auf der Straße gelebt, und es besteht die Gefahr, dass sie erneut in die Szene abrutscht. Das kann Ihnen nicht gleichgültig sein!"

Sie funkelte ihn empört an. „Natürlich nicht!"

Er schob die Visitenkarte wortlos zurück und legte das zusammengefaltete Foto von Jojo daneben. Nach kurzem Zögern nahm Ulrike beides entgegen.

„Ein Anruf oder eine Textnachricht, wenn Jojo hier auftaucht. Mehr brauchen Sie nicht zu tun."

Hinter ihm wurde es plötzlich unruhig. Jemand rief eine Warnung. Mit einem dumpfen Geräusch fiel etwas Schweres zu Boden. Er fuhr herum. Die junge Frau, die aus dem Konsumraum gewankt war, lag reglos neben einem der Tische am Boden. Einige Besucher erhoben sich von den Stühlen, doch niemand machte Anstalten, ihr zu helfen. Was sollte er tun? Sollte er etwas tun? Ulrike griff nach dem Telefonhörer und drückte eine Taste am Telefon. „Doktor Heyn, Notfall im Wartebereich!"

Der Aufpasser von der Eingangstür kam heran und schob energisch die Glotzer aus dem Weg. Links neben dem Tresen wurde eine Tür aufgezogen. Ein Mann im weißen Arztkittel eilte mit einem Erste-Hilfe-Koffer an ihnen vorbei. Ulrike rief unterdessen einen Krankenwagen.

Christopher verfolgte mit großen Augen, wie der Arzt die junge Frau auf den Rücken drehte und ihre Atmung überprüfte.

„Das kommt regelmäßig vor", erklärte Ulrike. „Die Leute konsumieren schlechten Stoff, sie nehmen Drogencocktails oder zu hohe Dosierungen. Manche brechen zusammen, weil ihr Körper den Drogenmissbrauch nicht mehr verkraftet."

Der Arzt maß mittlerweile den Blutdruck der Bewusstlosen. Die meisten Besucher saßen wieder und tranken ihren Kaffee oder lösten Kreuzworträtsel. Die offensichtliche Alltäglichkeit des Vorfalls war erschreckend. Er riss sich von dem Anblick los. Nach einer gestammelten Verabschiedung verließ er das *Drob Inn*. Auf dem Vorplatz drängte er durch die Menge der Wartenden. Blieb erst stehen, als er die Einrichtung weit hinter sich gelassen hatte. Während die klamme Dezemberluft sein erhitztes Gesicht kühlte, erfüllte ihn tiefe Dankbarkeit. Gleichgültig, wie schwierig das Leben manchmal erschien, verglichen mit diesen Menschen ging es ihm hervorragend. Er war gesund, besaß ein Dach über dem Kopf, verdiente sein eigenes Geld, war mit einer wunderbaren Frau zusammen und hatte Familie und Freunde, die ihn bei allem unterstützten. Er konnte sich glücklich schätzen!

Sirenen näherten sich. Ein Krankenwagen rollte auf den Vorplatz des *Drob Inn*. Als die Sanitäter ausstiegen, wandte er sich ab.

KAPITEL 10

Bis zur Verabredung mit Lena blieb ihm eine halbe Stunde. Die gynäkologische Praxis befand sich in der Nähe des Rathausmarktes, zu Fuß schnell erreichbar. Obwohl er Proviant eingepackt hatte, suchte er sich spontan ein Café. Nach dem Besuch im *Drob Inn* brauchte er eine Aufmunterung.

Er bestellte einen großen Latte macchiato und setzte sich auf einen Platz am Fenster. Während er an dem leckeren Getränk nippte, machte er sich Notizen für das Arbeitsprotokoll. Allmählich wurde ihm wieder warm. Von innen wie von außen.

Lena wartete vor dem Ärztehaus auf ihn. Eine blasse, schmale Vierundzwanzigjährige, die angespannt von einem Fuß auf den anderen trat. Ihr blondes Haar steckte unter einer Mütze. Ein Steppmantel verbarg ihr Schwangerschaftsbäuchlein. Er spürte es, als sie ihn in den Arm nahm und fest an sich drückte.

„Ich bin froh, dass du kommen konntest!" Lena gab ihm einen Kuss auf die Wange und trat zurück. Verwundert musterte sie seine Kleidung.

„Ich bin inkognito unterwegs", erklärte er rasch.

„Oh. Hoffentlich halte ich dich nicht von der Arbeit ab."

„Quatsch. Familie geht vor."

„Hast du ein blaues Auge?"

„Ach, das ist nichts." Er bot ihr den Arm an. „Wollen wir?"

Lena hakte sich bei ihm unter. Sie betraten das Ärztehaus und gingen zum Fahrstuhl. Während der Fahrt stand sie stocksteif neben ihm. Es bedrückte ihn, sie so zu sehen. Wo war die elegante Leichtigkeit, die seine Schwägerin gewöhnlich umgab? Dieser Tag sollte sie mit Vorfreude erfüllen, nicht mit Sorge.

Als sich die Fahrstuhltür öffnete, drückte sie seinen Arm. „Ich bin froh, dass du hier bist!"

Trotz des Termins gab es Verzögerungen. Das Wartezimmer war gefüllt mit schwangeren Frauen. Lena blätterte durch mehrere Modemagazine. Das Tempo, in dem sie die Seiten umschlug, zeigte, dass sie keinen einzigen Satz las. Seine Gedanken kreisten um das *Drob Inn* und die junge Frau, die zusammengebrochen war. Ob es ihr gut ging? Nein, falsche Formulierung. Ob es ihr *besser* ging?

Endlich wurde Lena aufgerufen. Sie zuckte zusammen, legte hastig das Magazin beiseite und stand auf. Das Gesicht noch blasser als zuvor. Er suchte nach Worten, die ihr die Sorge und Angst nehmen sollten. „Hey, das wird schon", war alles, was ihm einfiel. Keine Glanzleistung.

Sie nickte tapfer und wandte sich zum Gehen. An der Tür hielt sie inne. „Würdest du mitkommen?"

Verblüfft sah er Lena an. Sie zum Arzt zu begleiten, war eine Sache. Bei der Untersuchung dabei zu sein, eine vollkommen andere. Das war viel zu intim. Elias würde ausrasten, wenn er davon erfuhr!

„Bitte, Chris." Der flehende Ausdruck in Lenas Augen ließ ihm keine Wahl. Er nahm seinen Rucksack und folgte ihr in den Flur. Eine der Arzthelferinnen begleitete sie zum Behandlungszimmer.

„Frau Doktor ist gleich bei Ihnen", sagte sie freundlich und schloss die Tür von außen.

Sie setzten sich auf die Plastikstühle vor dem Schreibtisch. Zum zweiten Mal an diesem Tag kam er sich sehr fehl am Platz vor.

Wieder mussten sie warten. Christopher studierte angespannt das Ultraschallgerät. Auf dem Monitor würde bald Lenas Baby zu sehen sein. Immer deutlicher wurde ihm das Absurde an der Situation bewusst. Nicht er sollte hier sein, sondern Elias!

Endlich betrat die Ärztin den Raum. Sie musterte ihn verwundert.

„Das ist mein Schwager", erklärte Lena. „Mein Mann ist beruflich verhindert." Ihre Stimme klang sachlich. Ihr Lächeln hingegen erschien bemüht.

Die Ärztin nahm hinter dem Schreibtisch Platz. „Wie ist es Ihnen seit dem letzten Besuch ergangen, Frau Diecks?"

„Gut."

„Schlafen Sie besser?"

„Ja. Viel besser." Die dunklen Ringe unter Lenas Augen erzählten eine andere Geschichte.

Die Ärztin machte eine Aktennotiz. „Keine nervösen Anspannungen mehr? Keine Albträume?"

Lena wirkte peinlich berührt. „Nein. Alles in Ordnung."

Solange er dabeisaß, würde sie nicht frei sprechen können. Nach dem Blick der Ärztin zu urteilen, dachte sie dasselbe.

„Soll ich draußen warten?"

Lena sah ihn erschrocken an. „Nein, bitte bleib!"

Also blieb er. Nach einigen weiteren Fragen wurde es ernst. Lena machte es sich auf der Liege bequem und schob Pullover und Unterhemd bis zum BH hoch. Er setzte sich ans Kopfende und vermied es, ihren nackten Bauch anzusehen. Der Anblick machte ihn verlegen. Lena ergriff seine Hand. Ihre Finger waren eiskalt. Er lächelte ihr aufmunternd zu. Konzentrierte sich auf seine Rolle als Beistand.

Die Ärztin nahm ihm gegenüber Platz und schaltete das Ultraschallgerät ein. Sie verteilte reichlich durchsichtiges Gel auf Lenas Bauch und begann mit der Untersuchung. Fasziniert betrachtete er die verschwommene Form auf dem Monitor. Allmählich wurde ein kleines Wesen sichtbar. Zuerst ein Köpfchen, danach Arme und Beine. Während die Ärztin kommentierte, was auf dem Monitor zu sehen war, wuchs in ihm ein Gefühl tiefer Ergriffenheit. Dieser kleine Erdenbürger würde in wenigen Monaten das Licht der Welt erblicken. Sein Neffe oder seine Nichte. Was für ein Wunder!

Plötzlich wurde Lenas Griff um seine Hand fester. Er erwachte aus den Gedanken und hörte die Stimme der Ärztin.

„... ob wir dem Schätzchen ein Geheimnis entlocken können."

Furcht und Aufregung vermischten sich in ihm zu einem verwirrenden Gefühlschaos. Lenas Griff wurde schmerzhaft. Erstaunlich, wie viel Kraft in diesen zarten Fingern steckte! Wie gebannt starrte sie auf den Monitor. Jede Faser ihres Körpers konzentrierte sich auf die Beantwortung der *einen* Frage, die sie seit Monaten quälte.

Die Sekunden dehnten sich scheinbar ins Endlose. Die Ärztin suchte, vergrößerte das Bild, setzte neu an und hielt inne. Mit einem Tastendruck fror sie das Bild ein.

„Da haben wir es." Sie deutete auf etwas, das er nicht sofort erkannte. Ein winziges …

Endlich sah er es. Sein Herz machte einen Sprung. Schlagartig fiel die Furcht von ihm ab. Nur die Freude blieb. Kribbelnd, warm und wunderbar.

„Herzlichen Glückwunsch, Frau Diecks." Die Ärztin lächelte. „Es wird ein Junge!"

Zunächst schien Lena nicht zu begreifen. Schließlich atmete sie hörbar aus. Der Griff um seine Hand lockerte sich. Fassungslos hob sie die freie Hand an den Mund. Ihre Augen glänzten. Schließlich kamen die Tränen. Und die Freude. Lena lachte und weinte zur selben Zeit. Auch seine Augen brannten.

„Siehst du, kein Grund zur Sorge!"

Lena schluchzte auf und zog ihn an sich. Sie hielt ihn ganz fest, als wolle sie ihn nie wieder loslassen.

„Danke, dass du hier bist! Danke, danke, danke!"

„Ich freue mich für dich!" Er küsste sie auf die Wange. „Der Kleine wird bestimmt Stürmer bei St. Pauli."

Sie lachte. „Oh, Chris, du denkst auch an nichts anderes!" Ihr Blick glitt zum Monitor. „Elias wird sich freuen. Er wird sich bestimmt freuen!"

„Natürlich wird er das", bekräftigte Christopher und fügte in Gedanken ein *hoffentlich* hinzu.

Kurz darauf hielt Lena einen Ausdruck der Ultraschallaufnahme in der Hand. Gerührt strich sie über das Bild ihres Sohnes.

Als die Untersuchung abgeschlossen und alles aufs Gründlichste überprüft und besprochen worden war, zeigte die Uhr an der Wand des Behandlungszimmers zwanzig nach zwölf. Er hatte nicht erwartet, dass es so lange dauern würde. Zum Glück blieb genügend Zeit bis zu seiner Verabredung bei der Roten Flora.

Sobald sie aus dem Eingang des Ärztehauses traten, holte Lena ihr Smartphone hervor. Sie zögerte jedoch, es zu benutzen.

„Elias wird ganz aus dem Häuschen sein", machte er ihr Mut. „Der erwartet bestimmt sehnsüchtig deinen Anruf!"

„Und wenn er sich nicht freut?"

Er nahm seine Schwägerin bei den Schultern und blickte sie ernst an. „Er wird sich freuen. Vielleicht fällt es ihm schwer, es in Worte zu fassen, aber er wird sich freuen!"

Hoffentlich, hoffentlich, hoffentlich!

Lena straffte sich. Sie wählte Elias' Nummer. Mit der anderen Hand umfasste sie seinen Unterarm. Nach scheinbar endlosen Sekunden weiteten sich ihre Augen.

„Hallo, Schatz." Ihre Stimme bebte. „Ich wollte ..."

Sie verstummte. Ein Schatten legte sich über ihr Gesicht. „Ja, natürlich." Ihre Stimme klang auf einmal ganz klein. „Bis später." Lena senkte das Smartphone. Tränen standen in ihren Augen. „Er sitzt mit seinen Kollegen beim Mittagessen. Er ruft später zurück."

Christopher starrte sie fassungslos an. Heiße Wut raubte ihm die Worte.

Ich bringe Elias um!

Lena fing haltlos an zu weinen. Er zog sie fest in seine Arme. Wiegte sie sanft hin und her.

Dieses blöde Arschloch!

Eine Weile standen sie mitten im Strom der Passanten. Die Menschen wichen ihnen aus und eilten weiter. Niemand schenkte ihnen besondere Beachtung. Als sich Lena beruhigt hatte, nahm er ihr das Smartphone aus der Hand.

„Ich rufe dir ein Taxi."

Sie nickte und holte schniefend ein Taschentuch aus der Manteltasche. Die nächsten Tränen kamen. „Tut mir leid. Ich komme mir furchtbar albern vor!"

„Du brauchst dich für überhaupt nichts zu entschuldigen!"

Jemand anders sollte es dafür dringend tun!

Das Smartphone war inzwischen wieder gesperrt. Lena gab die PIN ein. Danach bat er sie, im Eingangsbereich des Ärztehauses zu warten, wo es wärmer war. Er entfernte sich einige Schritte und wandte ihr den Rücken zu. Statt einen Taxiservice anzurufen, drückte er die Wahlwiederholung. Den Blick ins Leere gerichtet, lauschte er dem Freizeichen. Er fragte sich, wie er verhindern konnte, gleich komplett auszurasten.

Nach dem fünften Klingeln nahm Elias den Anruf entgegen. „Helena?" Verwunderung und eine Spur von Unwillen schwangen in seiner Stimme mit. „Ich habe gesagt, dass ich mich später melde. Es passt gerade überhaupt nicht!"

Christopher ballte die rechte Hand zur Faust. „Das ist mir scheißegal, Elias!"

Am anderen Ende der Leitung herrschte kurz verblüfftes Schweigen. „Christopher? Warum rufst du mich von Helenas Handy aus an?"

„Weil ich eben deinen Job gemacht habe, du Vollidiot!"

„Was? Wovon ...? Oh." Erneutes Schweigen. „Ich dachte, der Termin wäre heute Nachmittag."

„Wann hat Lena dir zuletzt von der Untersuchung erzählt? Zufällig gestern? Bevor du dich nach Frankfurt abgesetzt hast? Einer der wichtigsten Termine ihres Lebens, und du ziehst dich nicht nur elegant aus der Affäre, sondern vergisst auch noch die Uhrzeit! Was, zur Hölle, ist los mit dir?"

„Ich ...", hob Elias an.

„Interessiert es dich überhaupt, ob es ein Junge oder ein Mädchen wird?"

„Natürlich! Was denkst du ...?"

„Ruf bei Gelegenheit deine Frau an, und frag sie!"

Er legte auf, ohne die Antwort abzuwarten. Seine Hände zitterten vor unterdrückter Wut. Nun verstand er, warum Gerrit gegen Mülleimer trat, um Dampf abzulassen.

Ein Taxi kam herangefahren. Rasch trat er an den Straßenrand und hob die Hand. Der Fahrer hielt. Lena kam heran. Sie musterte ihn aus geröteten Augen.

„Du hast Elias angerufen, stimmt's?"

Er reichte ihr verlegen das Smartphone zurück. „Das konnte ich ihm nicht durchgehen lassen."

„Bitte misch dich nicht ein, Chris. Elias und ich müssen unsere Probleme allein klären."

„Dann klärt sie!", brach es aus ihm heraus. „Redet miteinander! Sonst begreift Elias nie, wie sehr er dich verletzt. Und du erfährst nie, warum er sich benimmt wie ein ..." Er schluckte das letzte Wort herunter.

Lenas Unterlippe bebte. „Ich weiß."

Er öffnete die rechte Hintertür des Taxis. Bevor der Fahrer auf die Idee kam, weiterzufahren.

„Rede mit Elias! So kann es nicht weitergehen. Heute sollte einer der schönsten Tage deines Lebens sein. Stattdessen ..." Er brach ratlos ab.

„Du hast recht. Ich weiß nur nicht, wie." Sie wischte sich eine Träne von der Wange. „Es ist kompliziert."

„Wenn ich dir irgendwie helfen kann, gib mir Bescheid."

„Danke, Chris."

Sie umarmten sich zum Abschied.

„Du kannst mich jederzeit anrufen. Ich bin immer für dich da!"

„Danke. Für alles!"

Er blickte dem Taxi nach. Als es im Verkehr verschwunden war, legte er den Kopf in den Nacken und schloss die Augen. Feine Regentropfen fielen auf seine erhitzten Wangen. Dieser Tag schaffte ihn!

Weil es zu früh war, um zur Roten Flora zu fahren, schlenderte er die Mönckebergstraße entlang. Während er an den Geschäften mit den weihnachtlich dekorierten Schaufenstern vorbeikam, legte sich seine Wut auf Elias allmählich. An ihre Stelle trat ein wunderbarer Gedanke: Bald würde er einen kleinen Neffen bekommen! Auf dem Monitor des Ultraschallgeräts hatte er ihn gesehen. Die winzigen Ärmchen und Beinchen, das Köpfchen. Dieses Erlebnis würde er nie vergessen!

Begriff Elias überhaupt, was er versäumte? Schlagartig kehrte die Wut zurück. Christopher versuchte, an etwas anderes zu denken, doch die Erinnerung an Lenas Tränen und ihre Verzweiflung ließ ihn nicht los. Seitdem sie im Sommer von der Schwangerschaft erzählt hatte, plagte ihn ein Verdacht. Die zunehmende Distanz, mit der Elias nicht nur seine Frau, sondern auch seine Tochter behandelte, bestätigte ihn darin. Anfangs dachte er, sein Bruder könnte die Freude über ein zweites Kind nicht richtig zeigen. Elias war ein echter Gefühlslegastheniker. Inzwischen deutete alles darauf hin, dass sein Bruder sich schlichtweg nicht freute.

Und er stand hilflos daneben und musste zusehen, wie die ganze Familie immer unglücklicher wurde. Weil Elias und Lena es nicht schafften, über ihre Gefühle zu sprechen!

Ohne es zu merken, war er am Hauptbahnhof vorbeigegangen und befand sich auf dem Weg zum *Drob Inn*. Er stellte sich neben dieselbe Bank wie zuvor und beobachtete die Menschenansammlung vor dem Gebäude. Wie wäre es, auf diese Weise zu leben? Von einem High zum nächsten. Ständig auf der Jagd nach Geld, um die Sucht zu finanzieren. Gleichgültig, welche seelischen oder körperlichen Opfer es verlangte. Er konnte es sich beim besten Willen nicht vorstellen.

Mit der S-Bahn fuhr er vom Hauptbahnhof bis zur Haltestelle Sternschanze. Nach einem kurzen Fußweg tauchte auf der linken Straßenseite ein mit Graffiti, Plakaten und Bannern übersätes Gebäude auf.

Die *Rote Flora*.

Hamburgs berühmtes Autonomes Zentrum wirkte wie ein Fremdkörper zwischen den anderen Häusern.

Das ehemalige Flora-Theater war seit November 1989 besetzt. Der Zahn der Zeit, Demonstrationen und Ausschreitungen hatten deutliche Spuren an der Fassade hinterlassen. Ein schäbiges, windschiefes Vordach schützte den Eingangsbereich mit der breiten Treppe. Auf den Stufen campierten Obdachlose auf Lagern aus Paletten, Pappkartons, Decken und Schlafsäcken. Der größte Teil des Gebäudes war in einem dunklen Gelbton gestrichen. Am obersten Stockwerk zeigte sich ein Rest von Rot, das durch die Witterung zu Rosa verblasst war.

Rechts führte ein Fußweg hinter das Gebäude. Es gab keine Schilder oder Warnhinweise, die das Betreten des Geländes untersagten. Im Eingangsbereich der Flora war niemand zu sehen, den er fragen konnte. Also ging er los.

Das Erste, was er zu seinem Erstaunen entdeckte, war ein Skatepark, der sich an der Rückseite der Roten Flora befand. Die geschwungene Betonkonstruktion lag wie in einer Badewanne einige Meter tief im Erdboden. Trotz etlicher Graffiti wirkte sie recht neu.

Der kleine Park war die nächste Überraschung. Im Sommer war er bestimmt hübsch. Wenn das Gras wuchs und die Bäume Blätter trugen. Rechts ragte ein Bunker aus dem Zweiten Weltkrieg auf. Die Fassade war zu einer schwindelerregenden Kletterwand umfunktioniert worden. Links befand sich ein von einer niedrigen Hecke umgebener Spielplatz samt Spielhäuschen. Dort würde er in einer halben Stunde seinen mysteriösen Informanten treffen. Bis dahin brauchte er einen geschützten Warteplatz.

Langsam ging er weiter. Das hölzerne Häuschen stand auf Stelzen. Darunter konnte man auf kleinen Hockern an einem niedrigen Tisch sitzen. Allerdings lagen die Zeiten, in denen er auf einen der Hocker gepasst hätte, weit zurück. Stattdessen machte er es sich im Schneidersitz auf dem Tisch einigermaßen bequem. Er goss sich Kaffee in den Becher der Thermosflasche und packte eines der Käsebrote aus. Es gab bessere Orte für ein zweites Frühstück und wesentlich schlechtere. Er verspeiste hungrig das Brot. Danach trank er in kleinen Schlucken den bitteren Kaffee und wärmte sich dabei die Hände am Becher.

Hoffentlich wurde er von seiner Verabredung nicht versetzt!

Um kurz vor zwei packte er Thermosflasche und Brotdose zurück in den Rucksack und rutschte vom Tisch. Seine Knie schmerzten vom verkrampften Sitzen. Geduckt kam er unter dem Spielhäuschen hervor und humpelte einige Schritte.

Jemand stand im Schutz des Bunkers. Eine Frau. Sie trug einen schwarzen Rock und schwarze Stiefel. Ihr Gesicht wurde von der fellbesetzten Kapuze einer braunen Jacke verdeckt. Er sah sich unauffällig um. Sie waren allein. Also hob er zur Begrüßung die Hand.

Die Frau setzte sich in Bewegung. Am Eingang zum Spielplatz hielt sie inne. Schulterlange dunkelbraune Haare lugten unter der Kapuze hervor und umrahmten ein rundes, pausbäckiges Gesicht. Sie war höchstens Anfang zwanzig.

Unschlüssiges Schweigen folgte.

„Sie haben mir gestern Abend eine Nachricht geschickt", machte er den Anfang.

Die junge Frau nickte.

„Ich heiße Christopher." Er näherte sich ihr langsam, um sie nicht zu bedrängen. „Wie darf ich Sie nennen?"

Kurzes Zögern. „Ich heiße Tabby."

„Danke, dass Sie sich mit mir treffen, Tabby."

Ihr Blick glitt prüfend über sein Gesicht und verharrte auf dem blauen Auge.

„Sportunfall", erklärte er rasch.

„Sie suchen nach Simon und Nina?" Tabbys Stimme war leise, als hätte sie Angst, belauscht zu werden.

„Das stimmt. Ninas Cousin Gerrit macht sich große Sorgen um sie. Wir hoffen, von Simon etwas über Ninas Aufenthaltsort zu erfahren. Dafür müssen wir ihn allerdings erst finden. Leider kennen wir weder seinen Nachnamen noch seine Adresse. Wir haben nicht einmal ein Foto von ihm."

Tabby holte ihr Handy aus der Jackentasche. Sie tippte einige Male auf das Display und hielt ihm das Gerät entgegen. Ein junger Mann mit kurzen braunen Haaren war zu sehen. Neben dem rechten Auge prangte eine breite Narbe. Die Aufnahme war im Freien gemacht worden. Im Hintergrund stand ein Bauwagen.

Christopher lächelte erleichtert.

„Kennst du Simon?" Das „Du" rutschte ihm unbeabsichtigt heraus.

„Flocke kennt ihn. Das Foto stammt von ihr."

„Flocke?"

Tabby wischte auf dem Display nach links. Das nächste Foto erschien. Es zeigte sie selbst, Arm in Arm mit einem Mädchen mit pinkfarbenen Haaren.

Das zweite Punkmädchen vom Hauptbahnhof.

„Flocke und Simon waren kurz zusammen. Davon darf allerdings niemand erfahren, weil sie zur selben Zeit auch mit Mo rumgemacht hat."

„Mo?"

„Mit dem hängt sie häufig am Hauptbahnhof rum."

„Zufällig der Irokese mit den gelb-roten Haaren?"

„Nee, Mo hat braune Haare."

„Trägt er eine Jeansjacke mit Aufnähern?"

„Keine Ahnung."

„Macht nichts."

„Flocke hat zu viel Angst, um mit dir zu sprechen", fuhr Tabby fort. „Nicht nur wegen Mo, auch wegen Paul. Der Typ ist gefährlich!"

„Deshalb hat sie dich geschickt."

„Ja."

„Du hast keine Angst?"

Ein Kopfschütteln. „Flocke ist die Einzige vom Hauptbahnhof, mit der ich befreundet bin. Die anderen kennen mich nicht. Simons Nachname ist Vollmer. Bis vor ein paar Monaten hat er bei den Leuten vom Zomia gewohnt, das ist der Bauwagenplatz an der Max-Brauer-Allee. Er wurde rausgeworfen, weil er auf dem Gelände gedealt hat. Mehr weiß Flocke leider nicht."

„Das hilft mir definitiv weiter! Schickst du mir Simons Foto auf mein Smartphone?"

„Klar."

Kurz darauf vermeldete das Gerät piepsend den Eingang einer Nachricht.

„Richte Flocke meinen Dank aus. Sie hat mir sehr geholfen!"

„Ich sage es ihr." Auf Tabbys Gesicht zeichnete sich Besorgnis ab. „Denkst du, ihr findet Nina?"

„Ich hoffe es. Vielleicht ist sie mit Simon abgehauen, um neu anzufangen. Nina ist schon einmal weggelaufen.“

„Ich weiß.“

Christopher blinzelte erstaunt. „Woher?“

Sie blickte zum Bunker. Als läge dort die Antwort auf seine Frage. „Nina und ich waren früher eng befreundet. Wir haben uns in einer betreuten Wohngruppe kennengelernt. Als Nina dazukam, war sie sehr verschlossen. Wir haben eine ähnliche Vergangenheit, deshalb vertraute sie mir irgendwann.“ Tabby hielt kurz inne. „Drogen und Straße und so.“ Es fiel ihr sichtlich schwer, darüber zu sprechen. „Manchmal sind wir abends heimlich abgehauen und zum Hauptbahnhof gefahren oder runter zum Hafen. Bis etwas passiert ist und …“ Sie bohrte mit der Stiefelspitze eine Kuhle in den feuchten Boden. „Danach habe ich einen Schlussstrich gezogen und neu angefangen.“

Ihn beschlich eine Ahnung. „War Gerrit darin verwickelt?“

Tabbys Augen weiteten sich. Sie wich zurück.

„Entschuldige, ich wollte nicht aufdringlich sein!“

„Ich möchte nicht darüber sprechen. Ich sollte es auch nicht. Frag Gerrit.“

„Ich glaube kaum, dass er es mir erzählen wird.“ Christopher forschte nach den passenden Worten, um Tabby zum Reden zu bringen. „Gerrit versucht seit Jahren, Nina vor der Welt zu beschützen. Ich möchte gern verstehen, wie weit er dabei gehen würde.“ Und wie weit er bereits gegangen war.

Tabby starrte auf ihre Stiefel. Rang mit sich.

„Gerrit ist für Nina in den Knast gegangen. Er hat einen Mann krankenhausreif geprügelt, weil der Nina ...” Sie blickte auf. „Ich dachte, Gerrit bringt den Typ um!”

„Du hast es gesehen?”

Ein Nicken.

„Wollen wir vielleicht in ein Café gehen? Um uns aufzuwärmen?”

„Ich bin in der Mittagspause. Ich muss gleich los.”

„Was ist damals passiert?”

Tabby runzelte die Stirn. Als müsse sie sich die Ereignisse ins Gedächtnis rufen. „Mai, eines der anderen Mädchen aus der WG, hat uns von dieser Party erzählt. Die sollte in einem leer stehenden Haus stattfinden; irgendeine Bruchbude am Stadtrand, die von Punks besetzt war. Nina mochte die Szene. Die Musik, die Lebenseinstellung, sie fühlte sich akzeptiert. Niemand machte ihr Vorschriften oder interessierte sich dafür, ob sie alt genug war, um Alkohol zu trinken oder zu kiffen. Also sind wir spätabends zusammen mit Mai abgehauen und auf die Party gegangen. Anfangs machte es Spaß. Die Musik war super, alle haben getanzt, und es gab reichlich zu trinken. Nina hing ziemlich schnell an einem Typ dran. Der war mindestens zehn Jahre älter als sie und hatte seine Hände überall. Der wollte nur das Eine. Irgendwann war Nina verschwunden. Ich habe nach ihr gesucht, aber es gab zu viele Zimmer in dem Haus. Überall haben sie geknutscht oder gevögelt. Irgendwann kam Mai ganz aufgeregt zu mir. Nina hatte sich auf einer der Toiletten eingeschlossen und war vollkommen hysterisch.” Tabbys Augen glänzten feucht. „Der Scheißkerl ist zudringlich geworden. Als Nina nicht wollte, hat er sie in eines der Zimmer gezerrt und versucht, sie zu vergewaltigen. Sie konnte in letzter Sekunde fliehen.“

Beklommenheit erfüllte Christopher. „Was ist danach passiert?“

„Nina wollte nicht aus der Toilette kommen. Weil der Typ noch im Haus sein konnte. Sie hat geweint und geschrien. Ich wusste nicht, was ich machen soll. Also habe ich Gerrit angerufen.“

Er konnte sich ausmalen, was als Nächstes geschehen war.

„Keine halbe Stunde später war Gerrit da. Nina hat sich an ihn geklammert, gezittert und geheult. Ihr Oberteil war zerrissen. Der Scheißkerl hatte ihr ins Gesicht geschlagen, um sie gefügig zu machen. Wir haben sie aus dem Haus gebracht und wollten gerade in Gerrits Wagen einsteigen, als sie den Typ in der Nähe des Eingangs entdeckt hat. Der stand seelenruhig mit seinen Kumpels zusammen, als wäre nichts gewesen. Nina ist hysterisch geworden und Gerrit ...“

„Ist ausgerastet.“

„Ich dachte, der schlägt den Typ tot! Drei Männer mussten ihn wegzerren, sonst hätte er es wahrscheinlich getan. Irgendjemand hat die Polizei gerufen. Gerrit wurde verhaftet und wegen schwerer Körperverletzung angeklagt. Der Richter erkannte mildernde Umstände an, aber wegen Gerrits Jugendstrafen konnte er die Gefängnisstrafe nicht zur Bewährung aussetzen.“

„Was ist mit dem Typ geschehen, der Nina vergewaltigen wollte?“

„Hat drei Monate auf Bewährung bekommen. Weil er sie geschlagen und bedrängt hat. Den Rest konnte man ihm nicht nachweisen.“ Enttäuschung und Wut spiegelten sich auf Tabbys Gesicht wider. „Manchmal denke ich, Gerrit hat dem Scheißkerl bloß gegeben, was er verdiente."

„Und ist dafür im Gefängnis gelandet."

An einem Ort, an dem es ihm unmöglich war, auf Nina aufzupassen. Kein Wunder, dass er die Wände hochging.

Tabby blickte auf die Uhr. „Ich muss los. Sonst bekomme ich Ärger mit meiner Chefin."

„Kannst du mir noch irgendetwas zu Simon sagen? Hat Flocke erzählt, wo er arbeitet oder sich regelmäßig aufhält?"

„Die waren keine zwei Wochen zusammen. Simon hat nie viel über sich erzählt, und Flocke hat nicht nachgefragt."

„Schade." Er reichte ihr zum Abschied die Hand. „Danke für deine Hilfe."

„Gib mir Bescheid, wenn du Nina gefunden hast. Nach Gerrits Verurteilung habe ich den Kontakt abgebrochen. Ich würde ihr gern erklären, warum."

„Ich melde mich bei dir."

„Danke." Mit einem traurigen Lächeln verließ Tabby den Spielplatz.

Christopher blieb noch eine Zeit lang stehen, um seine Gedanken zu ordnen. Ninas und Gerrits Geschichte berührte ihn. Weil sie so ausweglos erschien. Nina kämpfte sich durchs Leben, geriet dabei immer wieder ins Straucheln, und Gerrit versuchte unermüdlich, sie aufzufangen. Natürlich verstand er das Bedürfnis, geliebte Menschen vor Verletzungen und Schmerz zu bewahren. Doch manchmal konnte man es nicht, gleichgültig, wie sehr man es sich wünschte. Manchmal musste man den Ereignissen ihren Lauf lassen. Um nicht selbst auf der Strecke zu bleiben.

Er betrachtete Simon Vollmers Foto.

Der Bauwagenplatz an der Max-Brauer-Allee lag in der Nähe ...

Ein hoher, aus Holzlatten gefertigter Zaun umgab das Gelände. An einer Latte hing ein handgemaltes Schild:

ZOMIA

Darunter ein zweites:

Würstchen und Glühwein für alle

Das breite Tor stand einladend offen. Es gab den Blick frei auf eine Ansammlung ungleicher Bauwagen, die sich im Schatten eines S-Bahn-Viadukts um einen kleinen Platz drängte.

Zwei Frauen standen in der Mitte des Platzes neben einem Metallfass, aus dem Flammen loderten. Sie trugen dicke Winterkleidung. In den bloßen Händen hielten sie Becher, aus denen es dampfte. Ein Stück abseits wendete ein bärtiger Mann Würstchen und Bratlinge auf einem Grill.

Bei diesem Wetter zu grillen, war komplett bescheuert! Sofort bekam er Appetit auf Bratwurst.

Er betrat das Bauwagengelände und blieb in der Nähe des Tores stehen. „Moin", grüßte er freundlich.

Drei Köpfe drehten sich synchron in seine Richtung. Offene Mienen, keine Feindseligkeit oder Misstrauen. Ein guter Anfang.

„Ich bin auf der Suche nach jemandem, der früher hier gewohnt hat. Vielleicht können Sie mir helfen."

Die ältere der beiden Frauen wandte sich ihm zu. Sie war Mitte vierzig, gepflegt, ordentlich gekleidet und entsprach überhaupt nicht dem Klischee vom abgewrackten Aussteigertyp.

„Um wen geht es?", erkundigte sie sich mit kratziger Stimme, die auf eine Erkältung hindeutete.

Christopher betrachtete die Frage als Einladung, näher zu treten.

Das Metallfass strahlte angenehme Wärme aus. Der Geruch von gegrillten Würstchen regte seinen Magen zu einem leisen Gurgeln an. Er ignorierte die Aufforderung, Nahrung zu beschaffen.

„Sein Name ist Simon Vollmer." Er holte sein Smartphone hervor und zeigte das Foto in die Runde. Die abfälligen Blicke der drei sprachen Bände. Was hilfreich war, denn niemand sagte ein Wort.

Auf dem Viadukt näherte sich quietschend eine S-Bahn. Wenig später rumpelten die Waggons lautstark über ihre Köpfe hinweg.

„Ich bin Privatdetektiv." Er reichte der älteren Frau eine Visitenkarte. Sie hob verwundert die Augenbrauen.

„Was möchten Sie von Simon?"

„Ich wurde damit beauftragt, eine gewisse Nina Armin zu finden. Sie ist sein einigen Wochen verschwunden. Simon hat sie vermutlich als Letzter gesehen. Deshalb ist es äußerst wichtig, dass ich mit ihm spreche."

Die nächste S-Bahn näherte sich, diesmal aus der Gegenrichtung. Während sie quietschend und ratternd über ihnen vorbeizog, zeigte er Ninas Foto.

„Hübsches Mädchen", kommentierte die jüngere Frau.

„Es geht nicht darum, jemanden bei der Polizei zu verpfeifen oder anderweitig in Schwierigkeiten zu bringen. Ich möchte bloß Nina finden. Alle Hinweise werden absolut vertraulich behandelt."

Der Mann am Grill räusperte sich vernehmlich. Sein dunkler Vollbart und die tief ins Gesicht gezogene Mütze machten es unmöglich, sein Alter zu schätzen. „Simon ist hier für eine Weile untergekommen, nachdem er seine Wohnung verloren hat. Es wurde schnell deutlich, dass sein Lebensstil nicht zu unserem passt. Deshalb haben wir ihn gebeten, uns zu verlassen."

Eine Anspielung auf die Drogenverkäufe?

„Wissen Sie, wo Simon jetzt wohnt?"

„Nein. Uns war nur daran gelegen, dass er verschwindet."

Die ältere Frau nippte an ihrem Getränk. Es roch intensiv nach Glühwein. „Vielleicht kann Matze weiterhelfen."

„Wer ist Matze?"

„Ein ehemaliger Klassenkamerad von Simon. Die beiden ..." Ein plötzlicher Niesanfall schnitt ihr das Wort ab. Sie entschuldigte sich und putzte sich die Nase. „Die beiden haben sich einen Bauwagen geteilt. Falls jemand etwas über Simon weiß, ist es Matze."

„Kann ich mit ihm sprechen?"

„Matze wohnt nicht mehr hier."

„Da musst du zum Borribles fahren", fügte der Bärtige hinzu.

„Borribles?"

„Der Bauwagenplatz am Rübenkamp. Matze gefiel es nicht, dass wir Simon rausgeworfen haben. Aus Protest ist er umgezogen." Der Mann schichtete Würstchen und Bratlinge vom Grill auf einen Teller um. „Matze hat ein richtiges Fass aufgemacht. Aber wer sich nicht an die Regeln hält, fliegt." Er hob demonstrativ die Grillzange. „Ohne Regeln funktioniert keine Gemeinschaft!"

Eine überraschende Aussage auf einem Bauwagenplatz.

„Ich mache mich besser auf den Weg zum Rübenkamp."

Einmal quer durch die Stadt.

Der Bärtige hakte wortlos die Zange an einem der Griffe am Grill ein und stapfte zum größten Bauwagen auf dem Platz. An der Tür stand in geschwungener schwarzer Schrift *Gemeinschaftswagen*.

Die nächste S-Bahn ratterte über das Viadukt.

Lärm im Minutentakt, tagein, tagaus und in der Nacht.

Alles besaß seinen Preis. Besonders die Freiheit.

KAPITEL 11

Er fuhr zurück zum Hauptbahnhof und stieg dort in die S-Bahn zum Rübenkamp um. Sein Ziel fand er mithilfe einer virtuellen Straßenkarte. Im Internet gab es sogar eine Homepage des Bauwagenplatzes.

Diesmal begrüßte ihn weder ein offenes Tor noch eine Einladung zu Bratwurst und Glühwein. Stattdessen stand er vor einem hohen Maschendrahtzaun, an dem dicht an dicht Sperrholzplatten mit Werbeplakaten hingen. Wie ein künstlicher Sichtschutz.

Durch eine Lücke erhaschte er einen Blick auf das dahinterliegende Gelände. Es war weitläufiger als der Platz an der Max-Brauer-Allee. Zahlreiche Bäume und wild wucherndes Gras ließen es beinahe ländlich erscheinen.

Die in unterschiedlichen Farben angestrichenen Bauwagen standen ungeordnet herum. Dazwischen eine moosbewachsene Tischtennisplatte und ein Ständer mit Basketballkorb.

Eine Schaukel, eine Wippe und eine verwitterte Rutsche drängten sich um eine Sandkiste. Der unbefestigte Boden war mit Pfützen übersät. An einigen Stellen lagen Holzbohlen aus, die behelfsmäßige Fußwege bildeten. Aus den Schornsteinen dreier Bauwagen stiegen dünne Rauchschwaden empor. Die einzigen Lebenszeichen.

„Hier gibt's nichts zu glotzen!"

Er fuhr herum.

Die unfreundliche Stimme gehörte einem unfreundlich dreinblickenden blonden Mann, der einige Meter entfernt stand. Mitte zwanzig, schlank, ovales Gesicht, dessen sanfte Züge nicht zu der ruppigen Begrüßung passten. In einer Hand hielt er eine Einkaufstasche, in der anderen eine volle Getränkekiste.

„Das ist hier kein Zoo! Also verzieh dich, bevor ich ungemütlich werde!"

Christopher verkniff sich die Frage, wie der junge Mann sein jetziges Verhalten beschreiben würde.

„Ich wollte nicht aufdringlich sein. Ich suche Matze. Er soll hier wohnen."

Sein Gegenüber musterte ihn misstrauisch. „Und wenn?"

„Matze kennt einen gewissen Simon Vollmer. Ich würde gern herausfinden, wo sich Simon aufhält. Dabei kann Matze mir hoffentlich helfen. Ich bin Privatdetektiv."

Zum Beweis präsentierte er eine Visitenkarte.

Verblüffung und Ungläubigkeit spiegelte sich auf dem Gesicht des Blonden wider. Er stellte die Getränkekiste ab, lehnte die Einkaufstasche daran und nahm die Karte entgegen.

„Das soll ich dir glauben? Die Dinger kannst du easy selbst gedruckt haben."

„Habe ich aber nicht", erwiderte er mit einem Gefühl von *Déjà-vu*. „Ruf gern meinen Chef an, der wird die Angaben bestätigen. Oder du kommst in die Detektei, und ich zeige dir unsere Lizenz."

„Du bist echt Privatdetektiv?"

„Ja."

Der Blonde drehte die Visitenkarte zwischen den Fingern.

„Was willst du von Simon?"

„Ich habe einige Fragen an ihn. Alles ganz harmlos. Es gibt keinen Grund, beunruhigt zu sein." Das war gelogen, aber die Wahrheit konnte vorerst warten.

„Warum sollte Matze mit dir über Simon reden?"

Etwas an der Körpersprache und dem forschenden Tonfall weckte in ihm den Verdacht, dass er sich bereits mit Matze unterhielt. Leider hatte er beim *Zomia* vergessen, nach dessen Aussehen zu fragen. Ein ärgerliches Versäumnis.

„Simon ist mit einer gewissen Nina Armin zusammen. Die beiden sind spurlos verschwunden. Ich wurde damit beauftragt, Nina zu suchen. Simon ist wahrscheinlich der Letzte, der sie gesehen hat. Wenn ich ihn finde, finde ich hoffentlich auch Nina."

„Simon ist verschwunden?" In der Frage schwang Besorgnis mit.

„Jedenfalls weiß niemand, wo er ist. Er steckt möglicherweise in Schwierigkeiten."

„Wieder Ärger mit Paul?"

Eine interessante Schlussfolgerung. „Könnte sein."

„Dieser Idiot! Simon reitet sich ständig in die Scheiße! Der kapiert es einfach nicht!"

Christopher lächelte. „Sie sind Matze."

Sein Gegenüber musterte ihn verblüfft.

„Ich habe ein Foto von Nina." Er holte sein Smartphone hervor und trat näher.

Matze betrachtete die Aufnahme. Ein seltsamer Ausdruck glitt über sein Gesicht.

„Kennst du sie?"

„Nie gesehen." Die Antwort kam scharf und zackig. Eine Lüge. Was hatte die ältere Frau vom Zomia gesagt?

„Du bist mit Simon zur Schule gegangen, stimmt's?"

„Ja, und?"

„Wie eng war euer Kontakt?"

„Wir gingen in dieselbe Klasse. Haben nach Schulschluss viel zusammen unternommen. Bis Simon den Hauptschulabschluss vergeigt hat und die Schule wechseln musste. Danach wurden die Treffen seltener."

„Hast du Simon deshalb angeboten, bei dir zu wohnen? Um den Kontakt neu aufleben zu lassen?"

„Die Penner in seiner WG haben ihn aus der Wohnung gemobbt! Bloß weil er ein paarmal mit der Miete im Rückstand war. Simon brauchte kurzfristig eine Bleibe, und bei mir war ausreichend Platz."

Das bezweifelte er. Keiner der Bauwagen wirkte besonders großzügig geschnitten.

„Hat Simon Miete gezahlt?"

„Nee. Ihm ging es finanziell schlecht, deshalb ..." Ein Achselzucken ersetzte den Rest des Satzes.

„Ging Simon einer Arbeit nach, während er bei dir wohnte?"

„Warum?"

„Weil ich über seinen Arbeitgeber vielleicht herausfinden kann, wo er wohnt. Oder weißt du es zufällig?"

„Nein. Nachdem die Idioten vom Zomia ihn rausgeworfen haben, wollte Simon bei einem anderen Kumpel unterkommen. *Ein* blöder Verstoß gegen die Hausregeln, und diese Spießer setzen ihn vor die Tür! Deshalb bin ich hierhergezogen. Die von der Max-Brauer können mich kreuzweise!"

„Also war Simon arbeitslos?"

„Er stand eine Weile bei einer Zeitarbeitsfirma unter Vertrag. Die wollten ihn als Reinigungskraft vermittelt. Büros und Toiletten putzen, all der Mist. Das war unter seinem Niveau. Deshalb hat er gekündigt. Simon kann viel mehr, wenn man ihn lässt. Der hat Köpfchen!"

„Du stehst ihm sehr nahe, oder?" Christopher wusste nicht, warum er diese Frage stellte. Oder warum er sie auf diese einfühlsame Weise stellte.

Matzes Augen verengten sich. „Worauf willst du hinaus?"

„Ich meine, ihr zwei seid ..."

„Wir sind Freunde, das ist alles! Lass mich in Ruhe, ich kann dir nicht helfen!" Matze packte die Einkaufstasche und die Getränkekiste. Wollte gehen.

Die heftige Reaktion brachte Christopher kurz aus dem Konzept. „Warte! Hat Simon vielleicht mehr von diesem Kumpel erzählt, bei dem er unterkommen wollte? Was ist mit seinen Eltern? Könnte er dort sein?"

„Simons Eltern sind Spießer. Zu denen hält er keinen Kontakt mehr."

„Was ist mit anderen Freunden?"

„Kann sein. Weiß nicht." Die Schärfe verschwand aus Matzes Stimme. „Darüber müsste ich nachdenken."

„Bitte, tue das! Jeder Tag zählt! Meine Handynummer steht auf der Visitenkarte."

„Ich melde mich morgen. Reicht das?"

„Klar. Kannst du mir deine Telefonnummer geben? Falls ich Rückfragen habe." Oder er es sich anders überlegte. Man konnte nie wissen. „Ich gebe sie an niemanden weiter, versprochen."

„Na gut." Matze nannte ihm eine Telefonnummer. Danach schloss er das Eingangstor auf und trat ohne Abschiedsgruß hindurch.

Nachdenklich blickte Christopher auf das geschlossene Tor. Eine sonderbare Unterhaltung. Zumindest kam er allmählich voran. Leider nicht so schnell, wie er es sich wünschte.

Er ging zurück zur S-Bahn-Station. Bedachte man, dass er alten Spuren folgte, machte er seine Sache recht gut. Aber würde es reichen?

Warum hatte Matze so merkwürdig auf Ninas Foto reagiert? Und auf die Bemerkung, dass er Simon sehr nahesteht?

Die beiden waren gemeinsam zur Schule gegangen. Sie trafen sich gelegentlich privat und hatten sich an der Max-Brauer-Allee einen Bauwagen geteilt. Was war daran ungewöhnlich?

Seine Gedanken machten einen abrupten Schlenker und sausten in eine vollkommen unerwartete Richtung davon.

Vielleicht stand Matze Simon *sehr viel* näher. Intim näher. Oder würde es gern. Das wäre eine plausible Erklärung für die Sorge um Simon, die Abneigung gegen Nina und seine heftige Reaktion. Aggression, geleitet von der Furcht vor Entdeckung.

Das ist eine gewagte These!

Von freundschaftlicher Zuneigung auf Liebe oder Begehren zu schließen.

Simons Interesse lag offenkundig beim weiblichen Geschlecht. Matzes Bemerkung konnte bedeuten, dass die Zuneigung, falls sie bestand, einseitig war.

Gleichgültig, in welcher Beziehung die beiden zueinander standen, am Ende zählte nur eines: Matze wollte bei der Suche nach Simon helfen.

Der Rest ging niemanden etwas an.

Er beschloss, die Ermittlungen für heute zu beenden. Seine Füße und sein Gehirn benötigten dringend Erholung. Außerdem wollte er ein Arbeitsprotokoll schreiben und mit Gerrit und Martin telefonieren. Während er in der Kälte auf die S-Bahn wartete, überkam ihn der übermächtige Wunsch, Romys Stimme zu hören. Obwohl sie arbeitete, rief er an.

„Hallo, Mr Marlowe.“

Das Lächeln in ihrer Stimme ließ auch ihn lächeln. „Störe ich?“

„Nein. Ich nähe Hosen um.“

„Hast du nachher Zeit?“

„Abendessen?“

„Gern. Bei mir oder bei dir?“

„Ich habe Grünkohl mit Pellkartoffeln und Kasseler im Kühlschrank. Das reicht für zwei. Oder drei. Oder vier.“ Romy lachte ihr locker-leichtes Lachen.

In seinem Bauch kribbelte es. „Klingt wunderbar. Soll ich dich um acht im Laden abholen?“

„Das wäre schön.“

„Bis nachher.“

„Bis nachher.“

Er legte auf und betrachtete versonnen das Smartphone.

Ich liebe dich, Romy.

Fast hätte er es eben gesagt. Doch es sollte kein Nebensatz sein, sondern ein bedeutsamer Moment. Es fehlte nur die richtige Gelegenheit.

Um die lange Heimfahrt sinnvoll zu nutzen, schickte er eine Nachricht an Jacobi, in der er sich erkundigte, wie es um Ninas Laptop stand. Die Antwort kam, während er Notizen zu den Gesprächen mit Tabby und Matze machte. Jacobis Kollege konnte sich erst nach Feierabend um das Passwort kümmern. Bis morgen Mittag sollte das Gerät abholbereit sein. Er bedankte sich, fügte dem Protokollentwurf einige Sätze hinzu und verstaute Zettel und Kugelschreiber im Rucksack. Danach rief er Gerrit an. Während er dem Freizeichen lauschte, blickte er hinaus auf die vorbeiziehende Umgebung.

„Rust."

„Hier ist Christopher."

„Was gibt's Neues?" Gerrits Stimme klang fern und blechern.

„Eine Menge."

„Damit war dein Tag erfolgreicher als meiner."

„Ich nehme an, du bist bei keiner der Adressen auf Spuren von Nina oder Simon gestoßen?"

„Nein. Ich fahre gerade zur letzten Adresse. Mehr als verbrauchter Sprit wird dabei nicht herauskommen." In der Leitung rauschte es stark. Gerrit war kaum zu verstehen.

„Konnte Rieke dir weiterhelfen?" Er widerstand der Versuchung, lauter zu sprechen. Das half erfahrungsgemäß wenig gegen eine schlechte Verbindung, nervte aber erfolgreich die anderen Fahrgäste.

„Nicht wirklich. Nina fährt gern in die HafenCity, um Fotos von der Architektur zu machen. Es gibt Baustellen an jeder Ecke, auch von den Neudorfs. Auf einigen wurde gearbeitet, auf anderen nicht. Verstecken kann sich dort niemand. Sollte auf einem der Gelände etwas passiert sein, wurden die Spuren längst verwischt."

„Ich habe einen Freund von Simon aufgespürt, der uns hoffentlich weiterhelfen kann."

„Wie hast du den gefunden?"

„Erinnerst du dich an das Punkmädchen mit den pinkfarbenen Haaren?"

„Vage."

„Sie hat mir durch eine Freundin ein Foto von Simon zukommen lassen. Und einen Hinweis auf seinen letzten Wohnort." Aus irgendeinem Grund erschien es ihm klüger, Simons Nachnamen vorerst zu verschweigen.

„Das sind tolle Nachrichten!"

Es rauschte und knackte in der Leitung.

„… dich kontaktiert?", drangen Bruchstücke von Gerrits Frage an sein Ohr.

„Meine Visitenkarte", gab er auf gut Glück zurück.

„Die du dem Irokesen gegeben hast?"

„Die muss sie heimlich an sich genommen haben. Simons ehemalige Nachbarn wussten zwar nicht, wo er wohnt, aber sie haben mir einen Tipp gegeben, wo ich besagten Freund finden kann."

„Hast du mit ihm gesprochen?"

„Ja. Er denkt darüber nach, wo Simon stecken könnte, und will sich morgen bei mir melden."

Gerrit atmete geräuschvoll aus. „Gut. Sehr gut. Endlich geht es voran!"

„Versprich dir nicht zu viel davon. Die Spur kann in einer Sackgasse enden."

„Ich weiß. Was ist mit Jojo?"

„Ich habe mit einer Mitarbeiterin des *Drob Inn* gesprochen. Falls er während ihrer Schicht auftaucht, meldet sie sich bei mir. Morgen soll ich auch Ninas Laptop zurückbekommen. Vielleicht stoßen wir in einer der Dateien auf einen Hinweis."

Auf einmal herrschte Stille in der Leitung. War die Verbindung abgebrochen?

„Gerrit?"

Die Antwort klang bedrückt. „Ich wünschte, wir wären uns früher begegnet. Wochenlang bewegt sich nichts, und plötzlich läuft es. Wir haben viel zu viel Zeit verloren!"

Wieder war sein erster Impuls, Gerrit zu versichern, dass sie Nina finden würden. Etwas hielt ihn davon ab. Derselbe Instinkt, der ihm dazu riet, Simons Nachnamen zu verschweigen. „Ich habe für morgen einiges auf dem Zettel", gab er stattdessen zurück. „Ich halte dich auf dem Laufenden."

„Kann ich noch irgendwas tun?"

„Nein, vorerst nicht."

„Sicher?"

„Ja."

„In Ordnung." Gerrit klang enttäuscht. „Bis morgen."

„Bis morgen."

An der Station Reeperbahn stieg Christopher aus. Obwohl sein Sofa ihn laut rief, ging er zunächst in einen Supermarkt. Er gab das Leergut am Automaten ab und nahm sich einen Einkaufskorb. Wenn er seinen Kühlschrank nicht endlich auffüllte, gab es ab morgen Zwieback und Leitungswasser.

KAPITEL 12

Ein intensiver Geruch von Grünkohl und Kasseler erfüllte die Küche. Inzwischen war es halb neun. Christophers Magen signalisierte mörderischen Hunger.

„Das Essen ist gleich fertig." Romy lüftete den Deckel eines großen Topfes und streute feine Haferflocken hinein. „Das bindet die überschüssige Flüssigkeit", erklärte sie beim Umrühren.

„Du solltest in Henrys Restaurant anfangen."

„Ach Quatsch. Der Tipp ist von Irma."

„Ich decke den Tisch." Seine Hände brauchten eine Aufgabe. Damit er Romy nicht den Löffel entwand und sich direkt aus dem Topf bediente.

Er stellte Teller und Gläser auf ein Tablett, suchte Besteck raus und füllte eine Glaskaraffe mit Wasser. Mit dem voll beladenen Tablett ging er ins Wohnzimmer. Auf dem Tisch vor dem Fenster lagen bereits Tischsets und Servietten. Zwei Korkuntersetzer sollten die weiße, mit weihnachtlichen Stickereien verzierte Tischdecke vor der Hitze der Töpfe schützen. Die kleine Essecke war viel gemütlicher als der Klapptisch in der Küche.

Romy folgte mit dem Grünkohltopf.

„Holst du die Kartoffeln?"

„Klar." Er stellte die Glaskaraffe auf der Fensterbank ab, nahm das Tablett mit in die Küche und kehrte mit dem zweiten Topf zurück. Sobald er am Tisch saß, hob

Romy die Topfdeckel ab. Sein Magen knurrte vernehmlich.

„Du hast keine Ahnung, wie hungrig ich bin!"

„Ich kann es hören." Sie reichte ihm schmunzelnd den Servierlöffel.

Er häufte sich eine ordentliche Portion auf den Teller und gab dabei sorgsam acht, keine Flüssigkeit auf die Tischdecke zu tropfen. Anschließend reichte er den Löffel zurück und nahm sich von den Kartoffeln.

Romys Portion fiel wesentlich bescheidener aus als seine. Sie war aber auch nicht den halben Tag durch Hamburg gelaufen. Ihm steckte noch immer ein Rest Kälte in den Knochen. Trotz der herrlich heißen Dusche. Er schichtete Grünkohl, Kartoffel- und Kasselerstücke um, damit das Essen schneller abkühlte. Es war ein entspannender, fast hypnotisierender Bewegungsablauf.

So leer sein Magen war, so voll war sein Kopf mit den Ereignissen des Tages.

„Ist alles in Ordnung?", erkundigte sich Romy nach einer Weile. „Du bist sehr still."

„Heute ist viel passiert. Ich weiß nicht, wo ich anfangen soll."

Das Arbeitsprotokoll war geschrieben und per E-Mail an Martin geschickt. Seine Versuche, Rieke auf dem Handy zu erreichen, scheiterten an ihrer Sprachbox. Nun kreisten seine Gedanken um Lena und Elias. Um das Gespräch mit Tabby. Den Grund für Gerrits Haftstrafe.

„Am besten am Anfang. Aber zuerst isst du etwas."

„Zu Befehl." Er hob eine Portion Grünkohl auf seine Gabel, blies darüber und schob sie sich in den Mund. Es war eine Geschmacksexplosion. Ein Gedicht. Der Himmel auf Erden! Gierig schaufelte er das Essen in sich hinein.

Allmählich verspürte er ein wohliges Gefühl beginnender Sättigung. Schließlich legte er die Gabel beiseite und nahm einen Schluck Wasser.

„Vorhin habe ich Lena zum Gynäkologen begleitet."

Romys Augen weiteten sich. Ihre Hand mit der gefüllten Gabel verharrte auf halber Strecke zum Mund. „Warum?"

„Es war der Termin für die Ultraschalluntersuchung. Sie wollte nicht allein gehen und hat mich gebeten, mitzukommen."

„Die Untersuchung, bei der sie das Geschlecht des Kindes erfährt?"

„Genau."

„Wo war Elias?"

Er spießte ein Stückchen Kasseler auf und schob es sich in den Mund. „Mein feiner Herr Bruder ist am Sonntag nach Frankfurt geflogen", gab er kauend zurück. „Beruf geht eben vor Familie. Einer der wichtigsten Tage in Lenas Leben, und er lässt sie allein!"

Romy war über die Schwierigkeiten im Hause Diecks im Bilde. Nicht nur, was Lena und Elias anging, sondern auch über Christophers angespanntes Verhältnis zu seinem Bruder.

„Vielleicht konnte er es tatsächlich nicht anders einrichten. Kennst du den Grund?"

„Er musste kurzfristig für einen kranken Kollegen einspringen. Anstatt abzusagen oder die Besprechung auf den Nachmittag zu verschieben, ist er sofort losgeflogen." Wieder kochte Wut in ihm hoch. „Lena hat

Elias nach der Untersuchung angerufen, um ihm zu erzählen, dass es ein Junge wird. Sie hatte solche Angst, er könnte sich nicht freuen. Und was macht mein Bruder? Bügelt sie ab, weil er mit Kollegen beim Mittagessen sitzt! Ist das zu fassen?! Dieser dämliche ..."

Romy ergriff seine Hand und drückte sie sanft.

„Ich kapiere es nicht", setzte er nach, „was ist sein Problem?"

„Das solltest du Elias fragen."

„Als ob er mit *mir* darüber reden würde." Nach dem heutigen Telefonat drohte eher Eiszeit als Gesprächsbereitschaft. Zu seinem Erstaunen lächelte Romy.

„Es wird also ein Junge."

Er konnte nicht anders, als auch zu lächeln. „Ein kleiner Fußballer."

„Verteidiger oder Stürmer?"

„Außenverteidiger. Wie sein Onkel."

Darüber lachten sie.

Leider änderte dieser Moment der Heiterkeit nichts am Ernst der Situation.

„Rede mit Elias." Romy strich mit dem Daumen über seine Hand. „Bevor ihr euch endgültig zerstreitet."

Miteinander reden. Der Ratschlag kam ihm bekannt vor.

„Das dürfte schwierig werden. Ich habe vorhin möglicherweise überreagiert."

„Was hast du angestellt?" In der scherzhaft gestellten Frage schwang eine Ahnung mit.

„Nach dem Telefonat mit Elias ist Lena in Tränen ausgebrochen. Ich war so wütend, dass ich ihn angerufen habe. Dabei sind mir einige unfreundliche Dinge rausgerutscht."

„Oje.“

„Es bringt mich auf die Palme, wenn ich zusehen muss, wie Elias seine Ehe vor die Wand fährt!“

„Sprich mit ihm! Vielleicht ist ihm selbst nicht klar, warum er sich so verhält. Manchmal braucht man Hilfe von anderen, um einem Problem auf die Spur zu kommen.“

„Elias soll Hilfe von seinem älteren Bruder annehmen? Eher friert die Hölle zu.“

„Versuch es wenigstens. Für Lena und Sophie. Für deinen Neffen.“

Darauf konnte er sich einlassen. „Für meinen Neffen.“ Er hob sein Glas und trank darauf. Romy aß derweil weiter. „Hoffentlich denken sich die beiden einen ordentlichen Namen aus. Wenn sie ihn Siegfried oder Fridolin nennen, raste ich aus!“

Romy prustete los. Winzige Grünkohlstückchen landeten auf der Tischdecke. Erschrocken hielt sie sich die Hand vor den Mund.

Er grinste. „Allmählich erkenne ich ein Schema.“

Bei ihrem ersten Date im *Kaffee Stark* hatte sie ihn mit Kuchenkrümeln bespuckt.

Romy verstand die Anspielung. Übertrieben elegant tupfte sie sich das Kinn mit der Serviette ab. „Das war keine Absicht.“

„Ach, die grünen Pünktchen passen hervorragend zum Weihnachtsmuster.“

„Frechdachs!“ Sie bewarf ihn mit der zusammengeknüllten Serviette.

Um sie zu besänftigen, beugte er sich über den Tisch und küsste sie.

„Dir sei vergeben", verkündete Romy anschließend großzügig.

Eine Weile aßen sie schweigend.

Trotz der Scherze blieb seine Stimmung getrübt.

„Ich habe heute erfahren, warum Gerrit im Gefängnis saß."

Romy senkte die Gabel und lauschte seiner Erzählung von der Begegnung mit Tabby.

„Gerrit hat den Typ fast totgeschlagen. Deshalb wurde er zu zweieinhalb Jahren verurteilt. Weil irgendein Arschloch Nina vergewaltigen wollte. Sein größtes Ziel im Leben ist es, Nina zu beschützen. Und er befördert sich selbst an einen Ort, an dem genau *das* unmöglich ist."

Es war tragisch! Je länger er darüber nachdachte, desto furchtbarer fand er es.

Romy schwieg sichtlich betroffen. Ihre Augen glänzten. Gespannt wartete er ab. Halb hoffend, halb fürchtend, endlich zu erfahren, was ein Teil von ihm nicht erfahren wollte. Als die Stille unerträglich wurde, wagte er einen Vorstoß: „Ich kann mir kaum vorstellen, welche Angst Nina in jener Nacht ausgestanden haben muss."

In Romys Blick lag ein gequälter Ausdruck. Ihre Unterlippe zitterte leicht. Schließlich straffte sie sich.

„In Genua bin ich gern ins Kino gegangen", begann sie leise. „Manchmal mit Freunden, manchmal allein, wenn ich spontan Lust auf einen Film bekam. Von der Bushaltestelle waren es wenige Minuten. An einem hübschen Park vorbei."

Um ihre Mundwinkel zuckte es. Er widerstand dem Drang, ihre Hand zu nehmen.

„Ich hatte nie Angst, die Strecke ohne Begleitung zu gehen. Selbst spätabends nicht. Nach der Vorstellung liefen immer einige Kinogäste in meine Richtung. Ich habe mich sicher gefühlt." Eine Pause. „Trotzdem ist es passiert."

Kälte kroch in seine Eingeweide.

„Der Mann lauerte mir hinter einem Baum auf. Er hat mich gepackt, mir ein Messer an den Hals gehalten und mich in den Park gezerrt."

Romy stockte.

Er ergriff ihre Hand. Die Finger fühlten sich eiskalt an.

„Du brauchst das nicht zu erzählen."

„Er hat gesagt, wenn ich schreie oder mich wehre, schneidet er mir die Kehle durch." Eine Träne rann ihre Wange hinab. „Also habe ich nichts getan."

Es klang wie eine Entschuldigung. Das machte ihn wütend. Nicht auf Romy. Sondern auf den Umstand, dass der Frau, die er über alles liebte, etwas Unverzeihliches angetan worden war und sie dennoch glaubte, irgendeine Schuld daran zu tragen.

„Du hast die richtige Entscheidung getroffen! Sonst wärst du heute vielleicht nicht hier."

Romy versuchte tapfer ein Lächeln. „Genau das hat meine Therapeutin auch gesagt."

Er brauchte einen Moment, um die Information aufzunehmen. „Eine kluge Frau."

„Ja. Sie hilft mir dabei, alles zu verarbeiten."

Hilft mir. Gegenwart.

„Du machst eine Therapie?"

„Seit über einem Jahr."

Auf diese Offenbarung war er nicht vorbereitet. Wieder einmal war ihm eine essenzielle Sache entgangen. Wie konnte das sein? War er zu beschäftigt gewesen, um es zu bemerken?

Neben Verblüffung und Schuldgefühlen verspürte er einen Stich; eine fiese Nadel, die sich tief in seine Brust bohrte. Romy hatte ihm die Therapie verschwiegen. Hielt sie ihn für so wenig vertrauenswürdig?

„Ich wollte es dir längst sagen", erklärte Romy, als könne sie Gedanken lesen. „Irgendwie …"

„Fehlte der passende Zeitpunkt?"

„Ich hatte Angst vor deiner Reaktion."

Der nächste Stich. „Was? Warum?"

„Viele Menschen haben Vorurteile gegenüber Therapien. Du solltest nicht denken, ich sei …" Sie suchte nach dem passenden Wort. „Kaputt. Aber du *musst* es wissen. Weil es erklärt, warum du viel Geduld mit mir brauchst."

Er umschloss Romys kalte Finger mit den Händen. Blickte in ihre sorgenvollen Augen. „Du bist nicht kaputt. Du bist wunderbar! Ich habe alle Zeit der Welt, und ich werde dich nicht unter Druck setzen." Er holte tief Luft. „Weil ich dich liebe, Romy. Du bist der wichtigste Mensch in meinem Leben. Ich möchte dich nicht verlieren!"

Eine weitere Träne rollte ihre Wange hinab. Aber sie lächelte. Strahlte vor Erleichterung.

Er stand auf, zog sie vom Stuhl hoch und in seine Arme. Hielt sie ganz fest.

„Danke, dass du es mir erzählt hast!"

Danke, dass du mir vertraust.

Schließlich löste sich Romy aus der Umarmung. Die Augen glänzend vor Tränen, strich sie ihm über die Wange.

„Du bist ein guter Kerl, Christopher Diecks."

Die Wortwahl brachte ihn zum Lachen. Selbst in den schlimmsten Momenten gelang es Romy, ihn aufzuheitern. Er küsste sie zärtlich.

Gemeinsam räumten sie den Tisch ab. Während er das Geschirr vorspülte, versenkte Romy die mit Grünkohl besprenkelte Tischdecke in einer Schüssel mit Wasser. Sie wirkte gefasst und zerbrechlich zugleich.

In seinem Kopf wirbelten die Fragen durcheinander. Besonders eine brannte ihm auf der Seele. Sollte er sie stellen? Oder schweigen, um das Gespräch nicht zurück in die Vergangenheit zu lenken?

Diese merkwürdige Stimmung aus Anspannung, Erleichterung und Verunsicherung, die zwischen ihnen herrschte, würde er nicht lange ertragen können.

Sie beschlossen, den Abend bei einem Film ausklingen zu lassen. Während Romy eine DVD auswählte, stand er unschlüssig im Wohnzimmer herum. Es half nichts, er musste die Frage stellen.

„Wurde der Mann damals verhaftet?"

Romy hielt inne. Nach einigem Zögern schüttelte sie den Kopf. „Ich konnte der Polizei keine ausreichende Beschreibung geben. Er trug eine Skimaske und Handschuhe. In der Dunkelheit konnte ich seine Kleidung nicht richtig sehen. Seine Stimme würde ich bestimmt erkennen, aber ..." Sie brach ab.

„Der Bastard läuft frei herum?"

„Zumindest ist seine DNS gespeichert. Sollte er wieder eine Frau vergewaltigen oder eine andere Straftat begehen, kann die Polizei ihn meinem Fall zuordnen.”

Christopher war fassungslos. Der Scheißkerl hätte Romy mit allen möglichen Krankheiten infizieren können! Welche Angst musste sie ausgestanden haben; nach allem, was ihr bereits angetan worden war!

Heiße Wut flutete seine Gedanken. Er brauchte frische Luft, sonst würde er explodieren!

„Ich bin gleich wieder da”, brachte er gepresst hervor. Er marschierte in die Küche und riss die Balkontür auf. Eisige Kälte schlug ihm entgegen. Trotzdem trat er hinaus. In der Dunkelheit stand er da. Die Hände fest um das Balkongeländer gekrallt, starrte er hinunter in den Innenhof. Die Vorstellung, dass ein Mann Romy auf diese Weise Gewalt angetan hatte, war unerträglich!

Auf einmal verstand er Gerrits unbändigen Zorn. Den Impuls, sich an dem Menschen zu rächen, der Nina verletzt hatte. Wie würde er selbst reagieren, wenn ihm der Zufall eine Begegnung mit Romys Vergewaltiger bescherte?

Jetzt, hier, auf diesem Balkon, konnte er für nichts garantieren.

„Topher?”

Er war unfähig, den Blick von den dunklen Silhouetten der Bäume zu lösen. Romy schlang ihm von hinten die Arme um die Brust. Die Berührung tat gut.

„Komm rein”, flüsterte sie. „Du bist eiskalt.”

Er wandte sich ihr zu. Suchte nach tröstenden Worten für eine unfassbare Tat.

„Ich wünschte, ich könnte es ungeschehen machen.”

„Ich weiß.” Sie küsste ihn sanft und nahm seine Hand.

Gemeinsam gingen sie zurück ins Wohnzimmer.

Sie entschieden sich für *Ghostbusters*, einen der wunderbarsten Filme aller Zeiten. Auf dem Sofa schmiegte sich Romy an ihn. Er breitete eine Decke über ihnen aus, legte den Arm um ihre Schultern und gab sich der leichten Unterhaltung hin.

Dieser Tag war körperlich und geistig erschöpfend gewesen. Er ahnte, dass die kommenden Tage ähnlich anstrengend verlaufen würden.

KAPITEL 13

Am nächsten Morgen erhielt Christopher eine Textnachricht von Jacobi. Der Kollege aus der IT-Abteilung hatte Ninas Laptop geknackt. Er antwortete, dass er nach dem Frühstück bei der Spedition vorbeikommen und das Gerät abholen würde. Jacobi bot an, es ihm am Abend zu bringen, aber bis dahin wollte er nicht warten.

Nach dem kurzen Austausch gönnte er sich noch einige Minuten in seinem gemütlichen Bett. Er wäre gern über Nacht bei Romy geblieben. Um sie mit ihren Erinnerungen nicht allein zu lassen. Aber sie wollte allein sein. Sie brauchte Zeit zum Nachdenken. Nun lag er selbst seit Stunden wach und grübelte. Über ihr Gespräch; über Gerrit und Nina. Mittlerweile war es acht Uhr, und er fühlte sich wie gerädert. Wenn er nicht bald aufstand, würde er gar nicht mehr in Schwung kommen.

Widerwillig schlug er die Bettdecke zurück. Zog fröstelnd einen Pullover und eine Jogginghose über und schlüpfte in ein Paar dicker Socken. Nachdem er sich im Badezimmer frisch gemacht hatte, ging er in die Küche. Der Kohleofen strahlte behagliche Restwärme aus. Er nahm ein Brikett aus dem Metalleimer hinter der Tür und legte es in den Brennraum. Anschließend setzte er Kaffee auf. Während die Maschine blubberte, bereitete er Frühstück und Tagesproviant zu. Eine Schüssel Müsli für den akuten Hunger, mit Käse und

Salami belegte Schwarzbrotstullen für später. Die Thermosflasche für den Kaffee stellte er ebenfalls bereit.

Gegen neun Uhr reservierte er sich einen Smart übers Internet. Dick eingepackt und mit dem Rucksack auf dem Rücken verließ er das Haus. Das Wetter zeigte sich heute von einer besseren Seite. Die Sonne strahlte vom blauen, nahezu wolkenlosen Himmel. Allerdings wehte ein scharfer Ostwind, der einem das Wasser in die Augen trieb. Er zog die schwarze Strickmütze, Romys Nikolausgeschenk, tiefer ins Gesicht und ging zügig zu seinem Mietwagen.

Die Spedition, bei der Jacobi arbeitete, lag an der Peute, einem Hafenteil im Süden Hamburgs. Er hatte die Neuen Elbbrücken fast erreicht, als sein Smartphone eine Textnachricht vermeldete. An der nächsten Ampel sah er nach.

Die Nachricht stammte von Elias.

Wir müssen reden. JETZT!!!!

Großbuchstaben und Ausrufungszeichen verrieten, in welcher Stimmung sich sein Bruder befand. Christopher hob den Blick. Die Ampel stand weiterhin auf Rot. Also schrieb er zurück.

Wo bist du?

Die Antwort folgte prompt:

Flughafen. Gerade aus FRA zurück.

Er dachte fieberhaft über einen geeigneten Treff-
punkt nach. Die drohende Auseinandersetzung mit
Elias beeinträchtigte seine Konzentration.

Endlich fiel ihm eine Möglichkeit ein.

Stadtpark? Parkplatz beim Planetarium in 30 Min?

Okay.

Ihm wurde flau im Magen. Er sorgte sich, nein, er
fürchtete sich davor, die Begegnung mit Elias könnte
kein gutes Ende nehmen.

Sobald die Ampel umsprang, bog er ab und fuhr nach
Norden. Jacobi musste warten.

Durch den morgendlichen Stau traf er leicht verspätet am Stadtpark ein. Elias' grauer Mercedes stand bereits auf dem Parkplatz. Er stellte den Smart in einiger
Entfernung ab und ordnete seine Gedanken.

Ruhe bewahren. Sich nicht von verletzenden Bemer-
kungen reizen lassen. Zuhören und ausreden lassen.

Allesamt gute Vorsätze. Würde er ihnen folgen können?

Er betrachtete zweifelnd den Mercedes.

Wie bei einem Showdown im Wilden Westen.

Das Gefühl verstärkte sich, als er die Fahrertür öffnete und Elias gleichzeitig ausstieg. Sein Bruder trug einen schicken dunkelgrauen Anzug, eine dezente Krawatte und eine randlose Sonnenbrille. Die kurzen braunen Haare hatte er mit Gel modisch in Form gebracht.
Als wäre er einem Modemagazin für Manager ent-
sprungen. Es trennten sie nicht nur fünf Jahre, sondern
Welten.

Während er nach einem geeigneten Gesprächseinstieg suchte, nahm Elias ruckartig die Sonnenbrille ab und marschierte auf ihn zu.

„Was fällt dir ein?", blaffte er. „Wie kannst du es wagen, so mit mir zu reden? Du mischst dich in private Angelegenheiten ein, die dich überhaupt nichts angehen! Du spielst dich Helena gegenüber als der große Versteher auf und lässt mich wie einen gefühllosen Dreckskerl aussehen! Dass du zufällig mein Bruder bist, gibt dir kein Recht, einen Keil zwischen meine Frau und mich zu treiben!"

Die Heftigkeit der verbalen Attacke verschlug Christopher die Sprache.

„Dabei brauchst du keine Hilfe", war der erste Satz, den er herausbrachte. Es war kein guter Satz.

„Wie bitte?!" Elias starrte ihn fassungslos an.

Als hätte sich ein Schleusentor geöffnet, sprudelten die Worte aus Christopher heraus. „Du vernachlässigst deine Familie! Du haust jeden Morgen in aller Frühe ab und sitzt bis spätabends im Büro. Ständig bist du bei Geschäftsessen oder auf Reisen. Selbst am Wochenende hockst du vor dem blöden Computer und machst Homeoffice!" Das letzte Wort spuckte er förmlich aus. „Alles dreht sich um dich! Um *deine* Karriere. Du lässt Lena an einem der wichtigsten Tage ihres Lebens allein und fliegst lieber nach Frankfurt, um einem Haufen Bürohengste in den Arsch zu kriechen! Du vergisst den *einen* Termin, den kein werdender Vater vergessen sollte! Weil es dir offensichtlich nicht wichtig genug ist. Hast du überhaupt eine Ahnung, was in Lena vorgeht? Wie sehr sie unter deinem Egoismus leidet?"

Elias' Kinnlade klappte nach unten. „Aber *du* hast eine Ahnung? *Du* weißt, was in *meiner* Ehefrau vorgeht?" Ein seltsamer Ausdruck huschte über sein Gesicht. „Sollte ich irgendetwas wissen?" Eifersucht und Misstrauen verschärften Elias' Tonfall. „Habe ich irgendetwas verpasst, *Bruder?*"

Wäre Christopher nicht so wütend gewesen, er hätte über die unfassbare Unterstellung gelacht. „Glaubst du ernsthaft, ich mache mich an Lena ran? Bist du bescheuert? Ich weiß, was in deiner Ehefrau vorgeht, weil ich mit ihr spreche. Im Gegensatz zu dir. *Du* drehst dich schön um dich selbst. Existiert irgendwo in deinem beschränkten Universum eine Vorstellung davon, was Lena durchmacht? Welche Ängste sie aussteht? Wie viele schlaflose Nächte sie mit der Sorge verbracht hat, das Baby könnte kein Junge werden? Weil sie fest davon überzeugt ist, dass du dir sehnlichst einen Sohn wünschst. Obwohl ich mir da nicht so sicher bin."

Er erstarrte, erschrocken über seine eigenen Worte.

Elias wurde blass. „Was willst du damit sagen?"

Christopher bekam keinen Ton heraus.

„Was willst du damit sagen?", wiederholte sein Bruder drohend. Seine linke Hand umklammerte die Sonnenbrille. Die Rechte war zur Faust geballt.

Es gab kein Zurück mehr. Deshalb stellte er endlich die Frage, die ihn seit Monaten beschäftigte. „Willst du überhaupt Kinder haben, Elias? So, wie du deine Familie behandelst, könnte man meinen, Kinder seien dir eine unglaubliche Last. Eine lästige eheliche Pflicht, die es zu erfüllen gilt."

Elias' Faust zuckte. Sollte sein Bruder ruhig zuschlagen. Es würde an den Tatsachen nichts ändern.

Elias schlug nicht zu.

Er stand bloß da. Wie unter Schock.

„Diese Frage wirst du nie wieder stellen", sagte er schließlich mit eisiger Stimme. „Nie wieder, verstanden? Solltest du es wagen, in Helenas Gegenwart darauf anzuspielen, sorge ich dafür, dass du weder sie noch Sophie jemals wiedersiehst. Selbst wenn wir dafür in eine andere Stadt umziehen müssen!"

Entsetzt starrte Christopher seinen Bruder an.

„Du wirst meine Ehe nicht ruinieren", zischte Elias. „Das lasse ich nicht zu!"

„Nein, das schaffst du ganz allein."

Elias' Kiefer mahlten. „Ab sofort hältst du dich von meiner Familie fern. Du bist bei uns nicht länger willkommen!"

Er machte abrupt auf dem Absatz kehrt und marschierte zurück zu seinem Wagen.

Christopher war sprachlos. Ein Durcheinander von Gedanken und Gefühlen lähmte ihn. Er beobachtete, wie sein Bruder einstieg, den Wagen startete und vom Parkplatz raste. Sobald Elias außer Sicht war, sackte er gegen den Smart.

Das hatte er nicht gewollt!

Niemals!

Er hätte am liebsten gebrüllt. Gegen etwas getreten. Um dieser unglaublichen Wut ein Ventil zu geben. Wut auf Elias. Wut auf sich selbst.

Waren sie an dem Punkt angekommen, auf den sie seit Jahren zusteuerten? Dem endgültigen Bruch?

Er wusste beim besten Willen nicht, wie es weitergehen sollte. Also tat er das Einzige, was er tun konnte: Er holte Ninas Laptop ab.

Mehrere Baustellen und ein Unfall dehnten die Fahrt schier ins Unendliche. Als er die Spedition an der Peute erreichte, befand sich seine Stimmung auf dem absoluten Tiefpunkt.

Er stellte den Smart auf einem der Besucherparkplätze ab, schaltete das Fahrzeug in den Parkmodus und stieg aus. Die kühle Luft tat seinem erhitzten Gemüt gut. Eine Weile ließ er sich mit geschlossenen Augen vom Wind durchpusten. Schließlich trat er durch die gläserne Eingangstür. Die freundliche Dame am Empfang erkundigte sich nach seinem Namen und informierte Jacobi über den Besucher.

Wenig später öffnete sich zur Rechten eine Tür. Sein bester Freund erschien, gekleidet in Jeans und ein bunt bedrucktes Longsleeve. Den Laptop trug er unter dem Arm.

„Bist du beim Frühstück eingeschlafen?"

„Ungeplanter Zwischenstopp. Und der Verkehr war echt beschissen."

Jacobis Lächeln verschwand. „Alles in Ordnung? Dieses Vokabular kenne ich gar nicht von dir."

Er zögerte. Blickte vielsagend zur Empfangsdame. Jacobi deutete seine Reaktion richtig.

„Lass uns nach draußen gehen. Ich kann frische Luft gebrauchen."

Sie verließen das Gebäude durch eine Seitentür und stellten sich in eine geschützte Raucherecke. Ein kniehoher Aschenbecher verströmte den Mief kalter Zigarettenasche.

Jacobi überreichte ihm den Laptop. „Das Passwort lautet jetzt *Passwort*, mit großem ‚P'." Danach verschränkte sein Freund fröstelnd die Arme vor der Brust. „Was ist los? Schlechte Nachrichten bei deinem Fall?"

„Elias und ich haben uns vorhin heftig gestritten. Ich bin in seiner Familie nicht länger willkommen."

Jacobis Augen weiteten sich. „Was? Ist der Typ bekloppt?" Er hielt inne. „Vergiss es, rhetorische Frage. Ging es bei eurem Streit zufällig um Lena und das Baby?"

„Ja."

In aller Kürze erzählte Christopher von dem Termin beim Gynäkologen, Lenas Weinkrampf, dem Telefonat mit Elias und ihrem heutigen Zusammenstoß.

„Wow! Das ist krass!"

„Ich weiß nicht, was ich tun soll!" Christopher schob mit der Stiefelspitze einen herumliegenden Zigarettenstummel beiseite. Als keine Antwort kam, blickte er auf. Jacobi musterte ihn nachdenklich.

„Spuck's aus, Cobi."

„Dir ist klar, dass du an der Eskalation ebenso Schuld trägst?"

„Natürlich. Ich muss das irgendwie geraderücken! Lena und Sophie nie wiederzusehen, meinen Neffen nie im Arm zu halten ..." Er brach ab. Die Vorstellung war zu schrecklich.

„Du kriegst das hin!" Jacobi gab ihm einen aufmunternden Klaps. „Beim nächsten Mal nimmst du Romy mit. Ihrem Charme kann keiner widerstehen."

„Falls es ein nächstes Mal gibt."

„Elias ist ein Idiot, keine Frage. Wärt ihr nicht miteinander verwandt, würdet ihr kein einziges Wort wechseln. Aber er ist dein Bruder. Und du hast nur diesen einen. Ihr müsst das irgendwie hinbekommen. Für Lena. Für Sophie. Für deinen Neffen. Was übrigens eine coole Nachricht ist. Glückwunsch!"

Er lächelte flüchtig. „Danke."

„Familie ist wichtig, selbst wenn sie einem manchmal gehörig auf die Nerven geht. Ich sehe meine Eltern fünf- oder sechsmal im Jahr, obwohl sie in Lüneburg wohnen. Die haben nie Zeit. Der Rest meiner Verwandtschaft lebt in Süddeutschland und in Polen. Die treffe ich höchstens an Weihnachten. Wenn überhaupt."

„Meinst du, es stimmt? Dass Elias keine Kinder möchte?"

„Ich kenne deinen Bruder zu wenig, um das beurteilen zu können. Nach den Geschichten, die du mir erzählt hast, und nach seiner heutigen Reaktion zu urteilen, würde ich sagen, du hast einen wunden Punkt getroffen."

„Es würde vieles erklären." Eine plötzliche Traurigkeit überkam Christopher. „Mist, verdammter."

„Du kriegst das hin", wiederholte Jacobi. „Lena ist wie eine Schwester für dich. Du bist verrückt nach Sophie und wirst bald wieder Onkel. Das sollte es wert sein, sich mit dem Vollpfosten zu arrangieren, der leider dein Bruder ist. Die Alternative wäre tragisch. Für alle Beteiligten."

„Ich weiß."

„Lass Romy die diplomatische Vorarbeit leisten. Frauen beherrschen diesen emotionalen Kram besser als wir. Das habe ich von Kim gelernt."

„Du hast eine kluge Freundin."

„Stimmt."

„Die trotzdem mit dir zusammen ist."

Ein spitzbübisches Lächeln breitete sich auf Jacobis Gesicht aus. „Tja, irgendwas mache ich richtig."

„Wir müssen bloß herausfinden, was es ist."

Jacobi lachte. „Wenigstens hast du deinen Sinn für Humor nicht verloren." Er sah auf die Uhr. „Genug gequatscht, die Arbeit ruft."

Sie umarmten sich zum Abschied, und Jacobi verschwand im Gebäude.

Während der Rückfahrt überlegte Christopher den nächsten Schritt. Sollte er Gerrit besuchen? Zur Detektei fahren? Zum *Drob Inn*? Zu Matze? Der Laptop schien vom Beifahrersitz auffordernde Signale auszusenden. Einerseits wäre es höflicher, die gespeicherten Dateien gemeinsam mit Gerrit zu sichten. Andererseits befanden sich auf dem Gerät möglicherweise Informationen, die er zu diesem Zeitpunkt lieber nicht erfahren sollte. Kurz entschlossen hielt Christopher am Straßenrand. Er stellte den Smart auf *Parken*, schob den Fahrersitz weit zurück und legte sich den Laptop auf die Knie.

Nach der Passworteingabe begrüßte ihn eine Panoramaaufnahme des Hamburger Hafens. Links auf dem Bildschirm prangten einige Icons. Internetbrowser, Papierkorb, Verknüpfungen zu Programmen sowie ein Ordner mit dem vagen Titel *Zeugs*.

Er kam sich vor wie ein Eindringling, als er den Ordner öffnete. Leider blieb ihm keine Wahl. Um herauszufinden, ob oder wie tief Nina in die angebliche Erpressung der Neudorfs verstrickt war, musste er in ihrer Privatsphäre herumschnüffeln.

Keine der Dateien, die sie als *Zeugs* einordnete, erschien wichtig oder trug ein aktuelles Datum. Stichprobenartig öffnete er drei von ihnen. Sie enthielten Schminktipps, Gedichte und eine Liste mit Musiktiteln. Über den Explorer gelangte er zu den Dokumenten. Zahlreiche Ordner erschienen. Einer trug den Namen *Schule,* ein anderer den Namen *Foto*, ein dritter hieß *Reisen*. Im *Reisen*-Ordner war jeder Unterordner nach einem Land benannt. Von Argentinien bis Zimbabwe. Er öffnete *Argentinien* und fand Reiseberichte aus dem Internet und zahlreiche Fotos von Sehenswürdigkeiten. Das Gleiche in den Ordnern für Chile und Frankreich.

Der *Foto*-Ordner enthielt Listen von Fotostudios in Hamburg und Umgebung, Kursangebote der Volkshochschule, Studiengänge, Links zu Websites.

Schule bot eine Auswahl an Nachmittags- und Abendschulen, an denen man den Realschulabschluss oder das Abitur nachholen konnte.

Nina träumte, gewiss. Aber zwischen den Sehnsüchten einer Neunzehnjährigen fanden sich durchaus erreichbare Wünsche.

Leider brachte ihn all das keinen Schritt weiter.

Er wechselte zu den Bildern. Eine überwältigende Flut an Unterordnern erschien. Es würde ewig dauern, alle zu sichten. Eine Aufgabe für Gerrit.

Nach weiteren Minuten ergebnisloser Suche wollte er den Laptop schon ausschalten, als ihm eine Idee kam.

Er überprüfte den Ordner mit den Downloads aus dem Internet. Akribisch ging er die lange Liste durch. Achtete dabei nicht auf Dateinamen, sondern auf das jeweilige Datum dahinter.

Da waren sie. Zwei PDF-Dateien von Anfang November. Kurz vor Ninas Verschwinden heruntergeladen! Aufgeregt öffnete er die erste.

Ein Stadtplan füllte den Bildschirm. Ein Kartenausschnitt des Rathausmarkts und der umgebenden Straßen.

Er klickte die zweite Datei an. Eine Luftaufnahme vom Rathausmarkt. Nah genug herangezoomt, dass Bäume, Bänke und Menschen sichtbar wurden.

Warum der Rathausmarkt? Was war dort so wichtig gewesen, um diese Pläne herunterzuladen?

Leider gab es keine anderen Downloads desselben oder eines ähnlichen Datums.

Ob Gerrit mehr darüber wusste? Oder Simon? Am Ende jeder Sackgasse, in die er während der Nachforschungen geriet, tauchte Simon Vollmers Name auf.

Sein Smartphone klingelte. Ein unbekannter Anrufer. Welche Überraschung erwartete ihn diesmal?

„Diecks", meldete er sich zurückhaltend.

„Hier ist Ulrike", wisperte es in der Leitung.

Die Mitarbeiterin aus dem *Drob Inn.*

Unwillkürlich richtete er sich auf. „Hallo."

„Jojo hat sich eben in die Liste eingetragen. Sie haben etwa eine halbe Stunde, bevor er an der Reihe ist."

Sein Puls schoss in die Höhe. „Danke! Ich mache mich sofort auf den Weg."

Die Einrichtung lag höchstens zehn Minuten entfernt. Besser konnte es kaum sein!

Er erreichte den Besenbinderhof in der geschätzten Zeit. Langsam fuhr er am *Drob Inn* vorbei, konnte Jojo in der Menschentraube vor dem Eingang allerdings nicht entdecken. Er fand eine Parklücke in der Nähe und beendete die Automiete. Ninas Laptop verstaute er im Rucksack.

Im Laufschritt legte er die Strecke bis zum *Drob Inn* zurück. Auf der Rasenfläche gegenüber der Einrichtung blieb er stehen. An die fünfzig Personen warteten in der Kälte. Einige unterhielten sich. Die meisten standen stumm herum oder traten unruhig von einem Bein aufs andere. Aggressivität lag in der Luft. Eine diffuse Spannung, die darauf wartete, sich zu entladen. Der verwahrloste Mann mit dem Regenponcho und der Tüte auf dem Kopf wanderte am Rande der Gruppe auf und ab. Dabei stritt er lautstark mit einem unsichtbaren Kontrahenten.

Ein anderer Mann trat unvermittelt auf den Verwirrten zu, schubste ihn so heftig, dass der Ponchoträger stürzte, und schleuderte ihm wütende Worte in einer fremden Sprache entgegen. Bevor er sich abwandte, spuckte er den schmächtigeren Mann verächtlich an. Niemand zeigte Interesse an dem Vorfall. Niemand half dem am Boden Liegenden. Christopher widerstand dem Impuls, einzugreifen. Lieber keine Aufmerksamkeit erregen. Mit unkoordinierten Arm- und Beinbewegungen rappelte sich der Ponchoträger auf. Als wäre nichts geschehen, setzte er seine rastlose Wanderung fort. Von Jojo keine Spur. Allerdings trugen einige der Wartenden Kapuzen oder Mützen gegen die Kälte.

Er wählte Ulrikes Handynummer. „Ich kann Jojo draußen nicht finden. Ist er im *Drob Inn?*"

„Nein", gab sie leise zurück. „Er hat sich in die Liste eingetragen und ist rausgegangen."

„Welche Kleidung trägt er?"

„Eine schwarze Jacke mit fellbesetzter Kapuze und schwarze Jeans. Ich muss Schluss machen."

Das Freizeichen ertönte. Er steckte das Smartphone ein und ließ den Blick erneut über den Vorplatz schweifen. Schwarze Jacke und schwarze Jeans beschrieb über die Hälfte der Wartenden. Moment. Zwei Gestalten standen abseits der anderen dicht beisammen. Nach der Statur zu urteilen, waren es Männer. Einer in eine braune Jacke gekleidet, der andere in eine schwarze. Sie hatten die Kapuzen über die Köpfe gezogen. An der Kapuze der schwarzen Jacke saß ein heller Fellbesatz. Die Männer gaben sich die Hand. Eine schnelle Bewegung. Im nächsten Moment ein zweiter Handschlag. Der Mann in der braunen Jacke eilte davon.

Das sah nach einem Drogendeal aus. Direkt vorm *Drob Inn*, wie reizend.

Der Mann in der schwarzen Jacke blieb mit gesenktem Kopf stehen und zündete sich eine Zigarette an. War es Jojo?

Christopher schlenderte über die Straße und auf die Gruppe vor dem *Drob Inn* zu. Als wolle er sich zu ihr gesellen. Kurz vorher bog er ab und näherte sich dem Mann in der schwarzen Jacke. Der stand leicht schwankend da und rauchte in hektischen Zügen. Seine Körperhaltung wirkte schlaff und kraftlos.

„Entschuldigung."

Keine Reaktion. Ein neuer Versuch, diesmal lauter.

„Entschuldigung."

Der Mann zuckte zusammen, starrte ihn erschrocken an. Es war Jojo. Oder besser, was von ihm übrig war.

Diese abgemagerte Gestalt besaß keinerlei Ähnlichkeit mehr mit der Person auf Ninas Foto. Eher mit einem Zombie.

Trübe, rot geäderte Augen lagen tief in einem totenschädelartigen Gesicht. Entzündete Stellen an Mund- und Nasenwinkeln und unzählige Pickel bildeten einen krebsroten Kontrast zur aschfahlen Haut. Fettige, blonde Haarsträhnen hingen tief in die Stirn. Das Augenbrauenpiercing fehlte. Stattdessen klebte dort ein blutverkrustetes Pflaster.

„Was is'?", stieß Jojo zwischen aufgesprungenen Lippen hervor. Seine Stimme klang wie die eines alten Mannes. Kratzig und gebrochen.

Christopher fing sich. „Du bist Jojo, stimmt's?"

Stecknadelkopfgroße Pupillen fixierten ihn. Ein Aufflackern von Feindseligkeit. „Kenn ich nich'."

Nein, vermutlich kennst du ihn tatsächlich nicht mehr.

„Ich habe dein Foto auf der Website von Nina Armin gesehen."

Jojo schniefte, nahm hastig einen Zug von der Zigarette. „Kenn ich nich'." Sein Blick ruckte nervös über die anderen Wartenden, über die Umgebung. Ein gehetztes Tier, das nach Feinden Ausschau hielt.

„Nina ist verschwunden. Ihr Cousin Gerrit hat mich damit beauftragt, sie zu finden."

„Kenn ich nich'." Erneutes Schniefen.

Eine Erkältung oder kaputte Nasenscheidewände?

„Sein Freund David hat dich vor einiger Zeit nach Nina gefragt."

Jojo zog an der Zigarette. Schniefte. Schwieg beharrlich. Zumindest blieb er stehen. Ein gutes Zeichen.

„Nina war zuletzt mit einem gewissen Simon Vollmer zusammen. Ich weiß aus zuverlässiger Quelle, dass du Simon auf jeden Fall kennst.“

„Tu ich nich’.“ Jojo kratzte sich mit einem dreckigen Fingernagel hektisch an der Wange. Einer der Pickel begann zu bluten. „Du solltest den besser auch nich’ kennen.“

„Weil ich sonst Ärger mit Paul bekomme?“

„Verpiss dich!“ Sein Gesprächspartner wandte sich abrupt ab und steuerte auf die Gruppe vor dem *Drob Inn* zu.

Christopher eilte ihm nach und hielt ihn am Jackenärmel zurück. Obwohl er kaum Kraft einsetzte, schwankte der jüngere Mann. Sein Körper schien keinerlei Substanz zu besitzen.

„Pfoten weg!“ Jojo machte sich ruckartig los. Dabei stolperte er fast über die eigenen Füße.

Christopher trat zurück und hob in einer beschwichtigenden Geste die Hände. Einige der Wartenden starrten zu ihnen herüber. Darunter der rabiate Schubser von vorhin. Alle wirkten gewaltbereit. Sein furchtsamer Teil riet zum sofortigen Rückzug.

Der Privatdetektiv blieb stur stehen. „Ich möchte bloß mit dir reden. Fünf Minuten, nicht länger.“

Jojo fuhr sich mit der Zunge über die aufgesprungenen Lippen. Sein Blick bekam etwas Verschlagenes. „Hundert.“

„Wie bitte?“

„Hundert Euro.“ Jojo hob herausfordernd das Kinn.

Christopher zögerte. Alles in ihm sperrte sich dagegen, einem Junkie die Sucht zu finanzieren. Die feindseligen Blicke ihrer Beobachter drängten ihn zu einer Entscheidung.

„Dreißig.” Vierzig Euro waren das Maximum. Mehr Bargeld trug er nicht bei sich.

Sein Gegenüber dachte nach. Wägte wohl ab, wie groß das Risiko war, am Ende gar kein Geld zu bekommen.

Der Schubser machte einen Schritt auf sie zu.

„Deal”, murmelte Jojo einen Herzschlag später. Mit gesenktem Kopf marschierte er los. Erwartete offensichtlich, dass Christopher ihm folgte. Er tat es. Einerseits erleichtert, den Vorplatz verlassen zu können, andererseits angespannt. Jojo konnte ihn genauso gut in eine Falle locken und ihm ein Messer zwischen die Rippen rammen, um an das Geld zu kommen.

Ohne sich umzudrehen, ging der jüngere Mann an der Beratungsstelle der Jugendhilfe vorbei und bog rechts in eine abschüssige Seitenstraße ein. Das starke Gefälle bereitete ihm sichtlich Mühe. Er hob kaum die Füße vom Gehweg, schlurfte und wankte, stolperte einmal fast. Weiter unten beschrieb die Straße eine Linkskurve und führte parallel zum Ausläufer eines S-Bahn-Viadukts weiter.

Jojo wartete im Schatten des Bauwerks. Christopher blieb in gebührendem Abstand stehen. Ein beißender Gestank von Urin stieg ihm in die Nase. Die Betonwand des Viadukts diente offenbar als Freilufttoilette.

„Wann hast du Nina und Simon zuletzt gesehen?”, führte er die Befragung ohne lange Vorrede fort.

„Zuerst die Kohle.”

Er holte einen Zwanzigeuroschein aus dem Portemonnaie. „Den Rest später.”

Jojo verzog das Gesicht zu der gruseligen Karikatur eines Grinsens. Gelblich braun verfärbte Zähne blitzten zwischen den aufgesprungenen Lippen auf. Ein oberer Eckzahn fehlte, ein unterer saß ungesund schief. „Meinetwegen." Er schnappte sich den Geldschein und stopfte ihn zusammengeknüllt in die Hosentasche. „Nina hab ich seit Wochen nich' gesehen. War nich' viel draußen. Zu kalt."

Kein Wunder. Der junge Mann glich einem lebenden Skelett. Auf der Reeperbahn gehörten Junkies und Obdachlose zum alltäglichen Bild. Trotzdem hatte Christopher nie zuvor einen Menschen in solch erbärmlichem Zustand gesehen. Wenn Jojo sein Leben nicht radikal änderte, würde er in absehbarer Zeit sterben. Das musste ihm klar sein. Er gehörte in eine Entzugsklinik, nicht auf die Straße.

„Was ist mit Simon?" Er zwang sich zurück in das Gespräch. „Wann hast du ihn zuletzt gesehen?"

„Keine Ahnung."

„Dafür zahle ich dir keine dreißig Euro."

Jojos Blick flackerte. Angst überzog seine ausgemergelten Gesichtszüge. „Wenn Paul erfährt, dass ich mit dir gequatscht hab …"

„Wird er nicht. Jedenfalls nicht von mir."

Sein Gegenüber trat unruhig von einem Fuß auf den anderen. Rang mit sich. „Vor zwei Wochen oder so. Simon wollte was kaufen. Nix Illegales. Zeug halt."

„Vor zwei Wochen? Bist du sicher?"

Wenn die Aussage stimmte, bedeutete es, dass zumindest Simon zu dem Zeitpunkt in Hamburg gewesen war. Wochen nach Ninas und seinem mutmaßlichen Verschwinden.

„Vielleicht drei.“

Seine Euphorie schwand. „Aber keine sechs?“

„Nee, garantiert keine sechs. Höchstens drei.“

Durfte er einem Junkie glauben, dessen Erinnerungsvermögen vermutlich alles andere als zuverlässig war?

„Wo habt ihr euch getroffen?“

„Am Hauptbahnhof. Simon stand plötzlich vor mir. Der hatte total Schiss, dass einer von Pauls Spitzeln ihn entdeckt.“

„Hat er erzählt, wo er bis dahin gewesen ist?“

„Nee. Der war voll auf Affe. Wollte Unmengen von Zeug kaufen. Damit kann er auf ’nen Dauertrip gehen.“

Vielleicht sogar in Begleitung.

„Hat er Nina erwähnt?“

„Weiß nich’. Kann sein.“

„Ja oder nein?“

„Keine Ahnung.“

Mist.

„Simon hat dir von einer Baufirma erzählt, die er erpressen wollte. Hat er sie zufällig wieder erwähnt?“

„Nee. Aber der schwamm in Kohle. Als ich wissen wollte, wo die herkommt, is’ er voll auf Aggro gegangen.“

Das sprach für eine geglückte Erpressung.

„Gab es von ihm irgendeine Andeutung, worum es bei der Erpressung ging?“

„Darüber wollte er nich’ reden.“

„Hast du, abgesehen von David, jemandem von der Geschichte erzählt?“

„Nee. Ich bin verschwiegen!“

Jedenfalls bis das richtige Angebot kam. Heute besaß Jojos Loyalität den Gegenwert von dreißig Euro.

„Bist du absolut sicher, dass niemand sonst davon weiß?"

„Klar. Hältste mich für 'nen ...?" Jojo erstarrte, den Blick auf einen Punkt hinter Christopher gerichtet. Seine Augen weiteten sich. Panik verzerrte seine Gesichtszüge.

Ohne ein Wort der Erklärung warf er sich herum und rannte davon. In seinem Zustand sollte er nicht in der Lage sein zu rennen, aber er tat es.

Motorengeräusche näherten sich.

Ein weißer BMW hielt mit dramatisch quietschenden Reifen am Straßenrand. Das Fenster auf der Beifahrerseite war abgesenkt. Ein fremder, blonder Mann musterte ihn grimmig. Den Fahrer kannte er hingegen.

„Moin, Feuermelder." Paul schenkte ihm ein gut gelauntes Haifischlächeln. „Was für ein Zufall, dass wir uns hier begegnen."

Unsicher trat Christopher einen Schritt zurück. Jojo war mittlerweile um die nächste Straßenecke verschwunden.

Paul deutete mit dem Kinn in Richtung des Flüchtenden. „Dachte schon, der kleine Crackhead hätte sich ins Jenseits befördert. Habt ihr zwei Hübschen euch was Interessantes erzählt?" Der lauernde Unterton sandte einen eisigen Schauer über Christophers Rückgrat. Rasch sah er sich um. Ein dunkelhaariger Mann näherte sich ihnen aus der Richtung des *Drob Inn*. Vor Zeugen würde Paul wohl kaum handgreiflich werden.

„Geht dich nichts an." Er marschierte los, dem Passanten entgegen.

„Hey, Kumpel, warte." Paul legte den Rückwärtsgang ein, gab Gas und rollte auf gleicher Höhe mit ihm die steile Straße hinauf. „Steig ein", rief er übertrieben freundlich. „Ich gebe ein Bier aus, und wir quatschen über Simon Vollmer."

Allmählich wurde es unheimlich. Er suchte den Augenkontakt mit dem Passanten. Der nickte ihm freundlich zu. Sollte er den Mann ansprechen? Oder Jojos Beispiel folgen und weglaufen? Bevor er sich entscheiden konnte, verstellte ihm der Passant plötzlich den Weg. Seine Miene war nicht mehr freundlich.

„Steig ein." Der dunkelhaarige Mann deutete auf den BMW, der mittlerweile am Straßenrand stand. „Sonst passiert was." Um die Drohung zu unterstreichen, lüftete er das Bündchen seiner Jacke. Metall blitzte auf. Unmöglich zu erkennen, ob es sich um ein Messer oder eine Pistole handelte.

Erschrocken wich Christopher zurück.

Der blonde Beifahrer stieg aus und öffnete die rechte Hintertür des BMW. Eine stumme Aufforderung. Weit und breit war kein Mensch zu sehen. Niemand, der ihm helfen konnte. Panik stieg in ihm auf.

„Beweg dich!", befahl der Dunkelhaarige. Der Mann stand zu nahe, um einen Fluchtversuch zu wagen, und zu weit entfernt für einen Überraschungsangriff. Paul starrte ihn vom Fahrersitz aus an. Keine Spur mehr von der vorgetäuschten Freundlichkeit.

„Schwing deinen Hintern in den verfluchten Wagen!"

Er machte zögernd den ersten Schritt. Nein, das ...

Der Dunkelhaarige packte ihn. Stieß ihn gegen den BMW.

Er fiel halb über das Heck des Fahrzeugs.

Als ihn der Mann am Kragen hochzog, setzte sein Instinkt ein. Er drehte sich blitzschnell herum und rammte seinem Hintermann den linken Ellenbogen in die Brust. Der Dunkelhaarige keuchte und brach zusammen. Bevor Christopher flüchten konnte, riss ihn der Beifahrer am Rucksack zurück. Er verlor das Gleichgewicht und prallte rücklings gegen die offene Wagentür. Ein Arm legte sich von hinten um seine Kehle. Drückte gnadenlos zu.

In Panik krallte er die Finger in die Jacke des Angreifers. Zog und zerrte am Stoff. Die Umgebung verschwamm vor seinen Augen. Schwärze wogte auf ihn zu. Im letzten Moment erinnerte er sich an Marks Training. Er hörte auf, an der Jacke zu zerren. Stattdessen hielt er den Arm fest und ließ sich abrupt nach unten sacken. Sein Angreifer brüllte auf, als der Rand des Wagenfensters heftig mit seiner Achselhöhle kollidierte.

Der Griff lockerte sich. Christopher plumpste zu Boden. Er rang nach Luft. Hustete gegen den Schmerz in seiner Kehle an. Der Dunkelhaarige lag gekrümmt vor ihm; versuchte, nach ihm zu greifen. Er wehrte die Hand ab und rappelte sich auf. Paul stieg aus dem BMW. Das Gesicht verzerrt vor Zorn. Christopher rannte los. Die ansteigende Straße hinauf, zurück in Richtung *Drob Inn*. Hinter sich hörte er Pauls wütende Rufe. Seine Lunge und Luftröhre brannten. Er hetzte weiter. Bis er den hohen Metallzaun erreichte, der den Bereich vor der Beratungsstelle umgab. Er stieß die vergitterte Tür auf und rannte zum Eingang. Diese Tür war verriegelt. Während er Sturm klingelte, sah er über die Schulter. Von der Furcht erfüllt, gleich Paul oder einen seiner Begleiter zu entdecken.

Ein Summen ertönte.

Er öffnete schwungvoll die Tür und stolperte in den Eingangsbereich.

Die Frau hinter dem Empfangstresen starrte ihn verblüfft an.

Er wirbelte herum. Blickte keuchend durch eines der Fenster nach draußen.

Keine Verfolger zu sehen.

Er hustete, fasste sich an den schmerzenden Hals.

Die Frau sagte etwas. Vor Aufregung verstand er kein Wort. Sein ganzer Körper vibrierte vor Adrenalin.

Paul tauchte am Zaun auf. Suchte hektisch die Umgebung ab. Er wandte sich den Wartenden beim *Drob Inn* zu. Rief etwas.

Christopher wich zurück, tiefer in den Raum.

Plötzlich ruckte Pauls Kopf herum. Sein bohrender Blick schien sich direkt auf ihn zu richten. Würde der Typ es wagen, hier reinzukommen?

„Ist alles in Ordnung?", fragte eine tiefe Stimme.

Christopher zuckte zusammen. Ein Mann stand neben dem Empfangstresen. Späte Fünfziger, stämmig, legere Kleidung, der Vollbart und die kurzen schwarzen Haare von grauen Strähnen durchzogen. Seine Miene und Körperhaltung machten deutlich, dass er ein rauer Kerl war, dem man besser nicht dumm kommen sollte.

„Ich wurde überfallen. Einer von denen ist da draußen."

„Wo?" Der Bärtige trat neben ihn.

Christopher wollte auf Paul deuten. Der war inzwischen verschwunden. „Ich sehe ihn nicht mehr." Er berührte seinen schmerzenden Hals. Hustete.

„Sind Sie verletzt?"

„Nein, es … ich würde mich gern setzen." Seine Knie schienen sich auf einmal in Pudding zu verwandeln.

„Kommen Sie." Der Mann führte ihn zu einer Reihe von Plastikstühlen. „Sylvia", sagte er an die Frau gewandt, die das Geschehen besorgt verfolgte. „Rufen Sie die Polizei."

„Nicht nötig. Es geht schon."

„Sind Sie sicher?"

„Ja. Ich rufe meinen Chef an." War das eine gute Idee? Falls Paul oder einer seiner Spione die Beratungsstelle beobachteten, würden sie Martin sehen. Ihnen vielleicht folgen. Herausfinden, wo er wohnte. Das Risiko war zu groß.

Ihm kam der rettende Gedanke. Er *würde* die Polizei anrufen. Genauer gesagt, einen ganz bestimmten Polizisten.

KAPITEL 14

Christopher saß vornübergebeugt auf dem harten Stuhl, die Unterarme auf die Oberschenkel gestützt. Er spielte nervös mit dem Reißverschluss des Rucksacks. Neben ihm standen auf einem niedrigen Tisch eine Schale mit Schokoladenkeksen und ein Glas Wasser.

Bernhard, der Leiter der Beratungsstelle, wartete mit einem Kaffeebecher in der Hand an der Eingangstür. Gelegentlich nippte er an dem Getränk, ansonsten behielt er die Umgebung im Auge. Seine Anwesenheit vermittelte Christopher ein Gefühl von Sicherheit, für das er dankbar war.

Ein Telefon klingelte. Sylvia, die freundliche Dame vom Empfang, nahm das Gespräch entgegen. Nach einem kurzen Wortwechsel stellte sie es an einen anderen Apparat weiter. Er hätte erwartet, dass in der Beratungsstelle mehr Betrieb sein würde. Schließlich lag sie im Zentrum der offenen Drogenszene.

Vielleicht erlebte er zufällig eine seltene Ruhepause.

Er nahm einen von Sylvias selbst gebackenen Keksen und biss hinein. Zucker knirschte zwischen seinen Zähnen. Das Schlucken war unangenehm. Sein linker Ellenbogen, den er dem Dunkelhaarigen gegen die Brust gerammt hatte, schmerzte ebenfalls. Im Nachhinein erschien alles unwirklich. Der Überfall, seine Flucht. Trug der Dunkelhaarige tatsächlich eine Pistole? Seit den Ereignissen im Sommer hasste er Schusswaffen.

Weil er mit eigenen Augen ansehen musste, welch verheerende Wirkung sie entfalteten. Unwillkürlich kehrte die Erinnerung an Tibor zurück, einen seiner Entführer. Tibor war bei einem Schusswechsel von einer Kugel getroffen worden und in seinen Armen gestorben. Jämmerlich verblutet auf der Rückbank eines Autos.

An der Eingangstür gab Bernhard einen undefinierbaren Laut von sich. „Die Kavallerie ist eingetroffen.“

Kurz darauf betraten zwei uniformierte Polizisten die Beratungsstelle. Ein Mann und eine Frau, beide dunkelhaarig, beide um die dreißig.

„Moin“, grüßte der Polizist fröhlich in die Runde. „Wir sollen ein Paket abholen.“

Christopher erhob sich.

„Sie sind Herr Diecks?“

„Ja.“ Er schulterte den Rucksack.

Die Polizistin behielt derweil den Vorplatz im Auge.

Als er die Eingangstür erreichte, bedeutete sie ihm, stehen zu bleiben.

„Können Sie einen der Täter entdecken?“

Er suchte die nähere Umgebung ab. Keine Spur von Paul, seinen Gorillas oder dem weißen BMW. Was nichts bedeutete. Irgendjemand hatte Paul über sein Treffen mit Jojo informiert. Derjenige musste sich entweder im oder vor dem *Drob Inn* aufgehalten haben. Die Vorstellung, von unsichtbaren Augen beobachtet zu werden, war unheimlich.

„Nein“, gab er angespannt zurück.

Nach einem Blickwechsel zwischen den Beamten öffnete der Polizist die Tür. „Wir gehen gemeinsam hinaus“, erklärte er. „Sollte Ihnen jemand verdächtig vorkommen, geben Sie uns Bescheid. Falls jemand zudringlich wird, übernehmen wir." Die selbstsichere Ausstrahlung des Beamten beruhigte ihn.

Christopher reichte Bernhard zum Abschied die Hand. „Vielen Dank für das Asyl. Und die Kekse", fügte er an Sylvia gewandt hinzu.

In Begleitung der Polizisten verließ er die Beratungsstelle. Einerseits freute er sich über den Geleitschutz, andererseits kam er sich vor wie auf dem Präsentierteller. Die teils skeptischen, teils verächtlichen Mienen der Menschen beim *Drob Inn* verstärkten das Gefühl. Obwohl deren Abneigung eindeutig den Uniformierten galt. Selbst der Mann mit dem improvisierten Regenponcho stellte das Schimpfen ein und beäugte sie feindselig.

Die Beamten führten Christopher zu einem Streifenwagen, der ein Stück entfernt stand. Dahinter parkte ein dunkelblaues Fahrzeug. An dessen Kofferraum ein schlanker Mann Ende dreißig lehnte. Die restliche Anspannung fiel von ihm ab.

Hauptkommissar Felix von Evert trug Bluejeans und eine graue Winterjacke. Seine dunklen Haare waren kürzer geschnitten als bei ihrer letzten Begegnung. Erste Nuancen von Grau zeigten sich an den Schläfen. Sein Gesicht besaß die typisch nordische Winterblässe. Sie verstärkte die Schatten unter seinen Augen. Der Mann wirkte übernächtigt und überarbeitet.

„Noch alles dran?", erkundigte sich Felix von Evert trocken.

„Ja. Danke, dass Sie gekommen sind."

Sie gaben sich die Hand.

„Gehört zum Service der Hamburger Polizei." Der Kommissar sah zu den beiden Uniformierten. „Danke, Kollegen."

Die Beamten nickten synchron. Sie setzten sich in den Streifenwagen und warteten.

Felix von Evert öffnete die Beifahrertür des dunkelblauen Volvos. „Wir unterhalten uns gleich in Ruhe. Zuerst verschwinden wir von hier."

Der Streifenwagen folgte ihnen den Steindamm entlang. An einer Ampel senkte Felix von Evert das Fahrerfenster und streckte kurz die Hand hinaus. Während sie links abbogen, fuhr der Streifenwagen geradeaus weiter. Trotz der Umstände war die Situation irgendwie cool.

„Bekommen Sie keine Schwierigkeiten, wenn Sie eine Streife bitten, Kindermädchen zu spielen?"

„Nach deinem Anruf wusste ich nicht, womit ich rechnen sollte. Manchmal kann ein bisschen Show nicht schaden."

Sie fuhren inzwischen an der Außenalster entlang. Über den Sprechfunk drangen die Stimmen anderer Polizisten ins Wageninnere. Von Rauschen unterlegte Botschaften und codierte Meldungen, knappe Antworten aus der Zentrale. Kurz darauf hielt der Kommissar am Straßenrand. Sie stiegen aus, überquerten die Straße und schlenderten bis zum Ufer der Alster. Fahrradfahrer und Jogger zogen hinter ihnen vorbei. Der Himmel war strahlend blau und wolkenlos. Sonnenstrahlen wärmten sein Gesicht. Kein Vergleich zu der nasskalten Suppe von gestern. Wie schnell sich das Wetter in Hamburg änderte.

Felix von Evert musterte ihn prüfend. „Was wollten diese Leute von dir?"

Christopher zögerte. Rang mit seinem Gewissen. Auf dem Rücken trug er den Rucksack, in dem Ninas Laptop steckte. Den er mit keinem Wort erwähnen würde. Ebenso wenig Karin Neudorf, ihren Auftrag oder die vermeintliche Erpressung durch Simon und Nina. Ein Eingreifen der Polizei zu diesem Zeitpunkt könnte mehr schaden als nutzen. Nach allem, was Felix von Evert für ihn getan hatte, fühlte es sich mies an, dem Kommissar Informationen vorzuenthalten.

„Ich suche nach einer jungen Frau, die seit einigen Wochen verschwunden ist", erwiderte er schließlich. „Sie war zuletzt mit einem gewissen Simon zusammen, von dem ebenfalls jede Spur fehlt. Offenbar schuldet Simon einem Kredithai Geld. Durch meine Nachforschungen ist der Typ auf mich aufmerksam geworden."

„Und erhofft sich nun einen Hinweis von dir, wo er seinen Schuldner finden kann", spann Felix von Evert den Faden routiniert weiter.

„Genau."

„Wie heißt der Kredithai?"

„Paul. Den Nachnamen bekommt man wahrscheinlich leicht heraus. Er hält gern Hof in einer Spielhalle im Steindamm."

„Wie ist der Überfall auf dich abgelaufen?"

Christopher blickte über das ruhige, von dünnen Eisschollen bedeckte Wasser der Alster. „Ich habe einen von Simons Bekannten befragt, der regelmäßig ins *Drob Inn* kommt. Jemand muss Paul alarmiert haben. Er ist plötzlich mit seinen Gorillas aufgetaucht, um mich zu einem persönlichen Gespräch einzuladen. Als ich abgelehnt habe, wurden die Typen handgreiflich. Ich habe mich gewehrt und konnte fliehen." Die Worte klangen fremd in seinen Ohren. Distanziert. Als wäre er ein knallharter Charakter in einem Thriller.

Felix von Evert hob die Augenbrauen. „Du bewegst dich in illustren Kreisen."

„Ich gehe, wohin der Fall mich führt."

Der Kommissar schmunzelte über die kernigen Worte. „Gibt es Zeugen für den Überfall?"

„Keine Ahnung." Er erinnerte sich vage an ein Firmenschild, an einem der Gebäude auf der anderen Straßenseite. „Gegenüber lag eine Bank oder Versicherung."

„Ich lasse das überprüfen. Welchen Wagen fährt dieser Paul?"

„Einen weißen BMW. Auf das Kennzeichen habe ich nicht geachtet."

„Ich schicke eine Streife zur Spielhalle. Falls Paul dort ist, sammeln wir ihn ein und befragen ihn. Bei der Gelegenheit finden wir vielleicht mehr über seine Freizeitaktivitäten heraus. Du solltest Anzeige erstatten. Es liegt eindeutig eine Straftat vor."

„Lieber nicht. Ich bin zu häufig in St. Georg unterwegs, um jemanden wie Paul zu verärgern."

Ihn mehr zu verärgern, als zwingend notwendig.

„Bist du sicher?"

„Kein Bedarf."

„Überlege es dir. Diese Typen kommen viel zu oft ungestraft davon. Was ist mit der jungen Frau und ihrem Freund?"

„Bisher gibt es keine brauchbaren Spuren. Ich warte auf Nachricht von jemandem, der mir hoffentlich weiterhelfen kann.”

„Liegen Vermisstenmeldungen vor?”

„Zumindest für Nina. Laut ihrem Cousin hat die Polizei den Fall mittlerweile zu den Akten gelegt.” Er vermied jeglichen Vorwurf in seiner Stimme.

„Vermisstenfälle sind schwierig. Gibt es in den ersten achtundvierzig Stunden keine brauchbaren Hinweise, sinkt die Wahrscheinlichkeit enorm, die Person zu finden. Seit wann sind die beiden verschwunden?”

„Nina seit gut sechs Wochen. Simon wohl seit zwei Wochen.”

„Sechs Wochen?” Der Kommissar blies geräuschvoll die Luft aus. „Wenn du mir ihren vollen Namen nennst, überprüfe ich den Stand der Ermittlungen.”

„Danke.”

„Mach dir keine allzu großen Hoffnungen. Sechs Wochen sind eine lange Zeit.” Felix von Evert notierte Ninas Namen und ließ sich auch die Angaben von Simon und Gerrit geben. „Ich möchte, dass du dir im Polizeipräsidium einige Fotos ansiehst”, erklärte er, während er Block und Kugelschreiber in der Innentasche seiner Jacke verstaute. „Selbst wenn du keine Anzeige erstattest. Falls du Pauls Helfer wiedererkennst, können wir sie ihm zuordnen. Das würde den Kollegen bei zukünftigen Ermittlungen helfen.”

„Okay.”

„Gut. Lass uns fahren.”

„Sofort?”

„Sofort”, bestätigte Felix von Evert in einem Tonfall, der keinerlei Widerspruch duldete. „Solange die

Erinnerung frisch ist. Die eine Stunde wirst du erübrigen können."

Nicht wirklich. Leider konnte er dem Kommissar schlecht erklären, dass er den Fall bis morgen lösen musste, weil er sonst Schwierigkeiten mit seiner *anderen* Klientin bekam, die wissen wollte, wer sie heimlich beobachtete. Also gingen sie zurück zum Wagen. Felix von Evert kündigte ihren Besuch im Polizeipräsidium an und fuhr los.

Eine Weile erfüllten allein die Meldungen des Polizeifunks das Wageninnere. Schließlich räusperte sich der Kommissar.

„Also hast du den Job als Privatdetektiv nach deinem Sommerabenteuer nicht an den Nagel gehängt."

„Im Gegenteil. Ich arbeite quasi Vollzeit für die Detektei."

„Und bringst dich weiter erfolgreich in Schwierigkeiten."

Christopher lächelte verlegen. Was sollte er darauf antworten?

„Hast du jemals wieder etwas über *den Fall* gehört?" Felix von Everts Stimme verriet Anspannung und Neugier.

Er dachte an den Radiobeitrag zum Tod von Leonhard Schätzer. „Nein."

„Keine Anrufe oder E-Mails? Keine Begegnungen mit sonderbaren Leuten?"

„Nein. Bei Ihnen?"

„Nein. Abgesehen von dem einen Anruf."

Bei dem eine freundliche Frauenstimme dem Kommissar dazu geraten hatte, die Ermittlungen einzustellen. Im Interesse seiner Familie.

Gegen dreizehn Uhr erreichten sie das Polizeipräsidium. Die wenigen Parkplätze vor dem Gebäude waren besetzt, deshalb hielt Felix von Evert in der Nähe der breiten Treppe, die hoch zum Eingang führte.

„Ich habe leider keine Zeit, um mitzukommen", erklärte er. „Aber du kennst die Prozedur. Ruf mich hinterher an. Gleichgültig, ob du jemanden erkennst oder nicht. Ich kümmere mich inzwischen um die Suche nach möglichen Zeugen des Überfalls."

„In Ordnung. Bis später."

Er nahm seinen Rucksack und stieg aus. Blickte dem davonfahrenden Volvo nach, bis der Wagen um eine Straßenecke bog. Er mochte Felix von Evert seit ihrer ersten Begegnung im Sommer. Der Kommissar hatte ihn von Anfang an ernst genommen und sich alle Mühe gegeben, ihn vor einem üblen Ende zu bewahren. Dabei war er sogar angeschossen worden. Für eine Weile hatte Christopher befürchtet, Felix von Evert sei seinetwegen ums Leben gekommen.

Er wandte sich dem Polizeipräsidium zu. Obwohl er im Sommer einige Male hier gewesen war, beeindruckte ihn das imposante, sternförmige Bauwerk stets von Neuem.

Rechts vor der breiten Treppe wehten drei Flaggen im Wind. Die blaue Europaflagge mit dem Kreis aus zwölf goldenen Sternen, die Deutschlandflagge und die Hamburgflagge. Langsam ging er die zahlreichen Stufen hinauf. In seinem Magen regte sich ein Gefühl, das von Hunger oder Nervosität kommen konnte. Er öffnete eine der gläsernen Doppeltüren und betrat die weitläufige Eingangshalle. In der Stille hallten seine Schritte unnatürlich laut. Am Empfang schob er seinen Personalausweis durch den Spalt unter der dicken Verglasung hindurch, die den gesamten Tresen umgab. Nach der Kontrolle bekam er den Ausweis zurück und erhielt von dem uniformierten Beamten eine Besucherkarte. Die klemmte er sich an die Jacke.

Den Rucksack musste er in einem Spind einschließen. Nachdem er durch eine Sicherheitsschleuse gegangen war, nahm er im Wartebereich Platz. Jedes Mal, wenn er hier saß, fühlte er sich schuldig. Die Atmosphäre des Gebäudes löste diese Empfindung unweigerlich in ihm aus. Wie musste es sein, wenn man tatsächlich ein Verbrecher war?

Während er Löcher in die Luft starrte, dachte er über Elias nach. Die heutige Auseinandersetzung durfte nicht ihre letzte Unterhaltung gewesen sein. Sie mussten ihren Streit irgendwie beilegen.

Endlich wurde er aufgerufen. Ein Polizist führte ihn in einen abgedunkelten Raum, in dem mehrere Tische standen. An den Tischplatten war jeweils an drei Seiten ein Sichtschutz befestigt. Wie bei den provisorischen Kabinen während einer Wahlveranstaltung. Er nahm an einem der Tische Platz. Ein betagt wirkender Computermonitor zeigte flimmernd die Eingabemaske für die Täterdatei. Nach einer Einführung in die Handhabung des Programms beschrieb er dem Beamten Paul und dessen Helfer. Anhand der Angaben setzte der Polizist den entsprechenden Filter und startete die Suche in der Täterdatei. Das Ergebnis war eine Liste von fast vierhundert Verdächtigen. Eine Stunde würde kaum ausreichen.

Am Ende klickte er sich über zwei Stunden durch die Verbrecherfotos. Als er endlich das letzte Bild begutachtete, brannten seine Augen von der konzentrierten Arbeit. Sein leerer Magen knurrte vernehmlich. Wenigstens gab es ein positives Resultat. Sowohl Paul als auch der Beifahrer, der ihn in den Schwitzkasten genommen hatte, waren in der Datenbank gespeichert. Er erhob sich von dem harten Plastikstuhl und streckte seine steifen Knochen. Der Polizeibeamte saß in einem Raum schräg gegenüber. Christopher teilte ihm das Ergebnis der Suche mit. Nachdem er erneut erklärt hatte, keine Anzeige erstatten zu wollen, durfte er gehen.

Draußen vor dem Präsidium atmete er tief durch. Die frische Luft tat seinem überanstrengten Kopf gut. Obwohl es erst halb vier war, dämmerte es bereits. Die Temperatur war merklich gesunken. Trotzdem setzte er sich auf die breite Treppe und holte seinen restlichen Proviant aus dem Rucksack. Gierig verschlang er die beiden Brote und spülte mit lauwarmem Kaffee nach. Hinterher rief er Felix von Evert an.

„Ich habe Paul und den Beifahrer wiedererkannt.“

„Sehr gut. Paul hat sich natürlich nicht mehr in der Spielhalle blicken lassen. Inzwischen ist eine Streife bei der Versicherung gewesen. Nach einer ersten Befragung gibt es keine Zeugen für den Überfall auf dich. Wir bleiben dran. Manchmal brauchen Menschen länger, um sich für eine Aussage zu entscheiden.“

Christopher ignorierte den kleinen Seitenhieb. „Gibt es Überwachungskameras?“

„Ja, aber die sind auf das Gebäude gerichtet. Es dürfen keine Aufnahmen von der Umgebung gemacht werden. Gesetzliche Vorschrift.“

„Schade." Ihm kam eine Idee. „Ich habe den Beifahrer am rechten Arm verletzt. Lohnt es sich, die Krankenhäuser zu überprüfen?"

„Den Versuch ist es wert. Ich warte auf eine Rückmeldung über den aktuellen Stand bei der Suche nach Nina Armin. Für Simon Vollmer liegt jedenfalls keine Vermisstenanzeige vor."

„Ach."

„Offenbar interessiert sich niemand ausreichend für sein Verschwinden, um die Polizei zu alarmieren."

„Selbst seine Eltern nicht? Meine Familie würde durchdrehen, wenn ich für Wochen spurlos von der Bildfläche verschwände." Jedenfalls ein Teil seiner Familie.

„Deine Familie *ist* durchgedreht, als du für *einen Tag* verschwunden warst. Leider haben nicht alle jemanden wie deinen Stiefvater Henry. Oder gute Freunde, die sich Sorgen machen. Vielleicht wurde absichtlich keine Anzeige aufgegeben, um Simon nicht in Schwierigkeiten zu bringen."

„Ist er polizeilich bekannt?"

„Darüber darf ich keine Auskunft geben."

Die Antwort genügte ihm. Er wollte fragen, ob der Kommissar die Adresse von Simon Vollmers Eltern herausfinden konnte. Aber damit würde er eine Grenze überschreiten, die Felix von Evert klar gesteckt hatte. Er war keine Auskunftei. Außerdem kannte Christopher jemanden, der ihm eventuell auf unbürokratischem Wege behilflich sein konnte. Warum war er nicht früher auf die Idee gekommen, Simons Eltern aufzuspüren?

„Ich muss weiter", unterbrach Felix von Evert seine Überlegungen. „Sollte sich bei der Suche nach möglichen Zeugen etwas ergeben, melde ich mich."

„Danke für Ihre Hilfe."

„Bist du sicher, dass du keine Anzeige gegen Paul und seine Helfer erstatten möchtest?"

„Ja."

„Christopher." Der Kommissar klang sehr ernst. „Ich habe den Eindruck, du verschweigst mir etwas. Solltest du Informationen über eine vergangene oder zukünftige Straftat zurückhalten, kann dich das in ernsthafte Schwierigkeiten bringen!"

Ihm wurde flau im Magen. Felix von Evert war nicht leicht zu täuschen.

„Ich bin an einer Sache dran, die ich nicht vollständig überblicken kann. Spätestens übermorgen sollte sich alles klären. Falls tatsächlich eine Straftat vorliegt, rufe ich Sie selbstverständlich sofort an!"

Schweigen in der Leitung. Der Kommissar konnte ihn durchaus zwingen, die Informationen sofort preiszugeben.

„Sei vorsichtig!", kam endlich die Antwort. „Du hast erlebt, wie schnell scheinbar harmlose Nachforschungen gefährlich werden können."

„Versprochen."

Er beendete das Telefonat. Eine Weile überblickte er von seiner erhöhten Position nachdenklich die Umgebung. Bis morgen brauchte er ein Ermittlungsergebnis. Konnte er nicht beweisen, dass Ninas und Simons Verschwinden mit der *Neudorf-Hochtiefbau* zusammenhing, blieb ihm keine andere Wahl, als Karin Neudorf von dem Erpressungsversuch zu berichten. Sein

Instinkt sagte ihm, dass er das zum jetzigen Zeitpunkt auf keinen Fall tun durfte. Sollten Mitarbeiter der Firma oder die Neudorfs selbst in die Sache verstrickt sein, konnten sie in aller Ruhe die Beweise vernichten.

Er drehte das Smartphone in der Hand. Rief die Liste der ausgehenden Gespräche auf. Versuchte wieder, Ninas Freundin Rieke zu erreichen. Die Sprachbox sprang an. Er hinterließ die nächste Nachricht mit der Bitte um Rückruf.

Warum meldete sie sich nicht bei ihm?

Danach rief er Matze an. Auch dort sprang die Sprachbox an. Er legte auf. Die S-Bahn-Station Rübenkamp befand sich in der Nähe des Polizeipräsidiums. Von dort war es bloß ein kurzer Fußweg bis zum Bauwagenplatz.

Einige Zeit später stand er wieder vor dem hohen, von Werbeplakaten bedeckten Maschendrahtzaun. Nach kurzem Zögern drückte er die Klinke am Metalltor hinunter. Verschlossen. Es gab keine Klingel oder eine andere Möglichkeit, sich bemerkbar zu machen. Er linste zwischen zwei Plakaten hindurch und entdeckte eine Frau, die neben einem der Bauwagen Wäsche aufhängte. Kurz entschlossen klopfte er kräftig ans Tor. „Hallo!" Nach ein paar Sekunden wiederholte er die Prozedur. Schritte näherten sich. Das Tor wurde einen Spaltbreit geöffnet. Die Frau musterte ihn misstrauisch.

„Ja? Worum geht es?"

„Ich bin ein Freund von Matze. Wir waren vor einer halben Stunde verabredet. Er ist nicht gekommen und geht auch nicht an sein Handy."

Die Frau runzelte die Stirn und schob unschlüssig den Ärmel ihres ausgeleierten Pullovers ein Stück hoch.

„Ich mache mir Sorgen", setzte er nach. „Gewöhnlich ist Matze äußerst pünktlich."

„Matze ist zu Hause. Er musste für einen Kollegen die Frühschicht an der Tankstelle übernehmen. Wahrscheinlich hat er verschlafen."

Selbst in einer Bauwagenkolonie wusste offenbar jeder, was der Nachbar tat. „Darf ich reinkommen?"

Nach neuerlichem Zögern trat die Frau beiseite. Wenn sie ihm noch verriet, welcher Bauwagen Matze gehörte, wäre das wunderbar. Sonst würde sehr bald klar sein, dass er Matze nicht näher kannte. Aber die Frau deutete bereits auf einen abgewrackt aussehenden Wagen, der Ähnlichkeit mit einer alten Lokomotive aufwies. Er bedankte sich und nahm einen der provisorischen Laufstege aus Holzbohlen, die über die matschigen Stellen im Boden führten. Beim Bauwagen angekommen, horchte er zunächst an der Tür. Kein Geräusch drang aus dem Inneren. Die Fenster waren verhängt. Er klopfte. Keine Antwort. Auf sein erneutes Klopfen folgte ein unwilliges: „Was ist?"

„Hier ist Christopher Diecks. Können wir uns unterhalten?"

Es dauerte eine Weile, bis die Tür aufgezogen wurde. Matze beäugte ihn missmutig aus verschlafenen Augen. Er trug lediglich eine Schlafanzughose. Hinter ihm erhellte eine Stehlampe Sperrholzmöbel und Unordnung.

„Ich habe geschlafen!", grummelte sein Gegenüber vorwurfsvoll und verschränkte die Arme vor der Brust.

„Tut mir leid. Ich konnte dich telefonisch nicht erreichen. Hast du irgendwas über Simons möglichen Aufenthaltsort herausgefunden?"

„Nee." Matze gähnte ausgiebig. „Ich habe ein paar Leute angerufen, bisher Fehlanzeige."

„Was ist mit Simons Eltern? Könnten die etwas wissen?"

„Simons Eltern interessieren sich einen Scheiß für ihn. Die haben garantiert nicht mal bemerkt, dass er verschwunden ist."

Womit er vermutlich richtiglag.

„Ich möchte trotzdem mit ihnen sprechen. Erinnerst du dich zufällig an ihre Adresse oder eine Telefonnummer?"

Matze rieb sich das Gesicht, wohl um seine Gehirnzellen auf Arbeitsgeschwindigkeit zu bringen. „Die haben früher in Eimsbüttel gewohnt, in dieser Hochhaussiedlung am Lenzweg. Nachdem Simon die Schule gewechselt hat, sind sie umgezogen. Keine Ahnung, wohin."

„Erinnerst du dich an ihre Vornamen?"

Ein Stirnrunzeln, gefolgt von einem Achselzucken. „Ist zu lange her." Matze zitterte sichtlich vor Kälte. „Meinst du, Simon geht es gut?"

„Ich hoffe es. Melde dich spätestens morgen bei mir, okay?"

„Okay." Ohne Verabschiedung schloss Matze die Tür.

Die Frau in dem ausgeleierten Pullover beäugte ihn neugierig, als er über den Holzsteg zum Tor zurückging. Als sich ihre Blicke trafen, wandte sie sich der Wäscheleine zu und zog ein Bettlaken zurecht, das nicht zurechtgezogen werden musste. Die Gerüchteküche bekam neues Futter.

Vor dem Tor blieb er stehen und dachte über die nächsten Ermittlungsschritte nach. Die Suche nach Simons Eltern stand ganz oben auf der Liste. Selbst wenn er dafür jeden Vollmer im Hamburger Telefonbuch anrufen musste. Das ließ sich von der Detektei aus erledigen. Bei der Gelegenheit konnte er gleich Martin auf den neuesten Stand bringen.

Mit einer Textnachricht stellte er sicher, dass sein Chef im Büro war. Danach ging er zurück zur S-Bahn. Um den Hauptbahnhof zu meiden, wechselte er nach der Hälfte der Strecke in die U-Bahn. Er wollte nicht zufällig einem von Pauls Informanten über den Weg laufen. Von der Haltestelle Lohmühlenstraße war es ein kurzer Fußweg bis zur Detektei. Der führte allerdings ein Stück den Steindamm entlang. Die Straße, in der Pauls Spielhalle lag. Es wäre definitiv keine gute Idee, den Typ nachhaltig zu verärgern.

In der Detektei begrüßte ihn ein verlassener Empfangstresen. Weder Cindy noch Martin waren zu sehen. Andi saß an seinem Schreibtisch und tippte geschäftig auf der Tastatur eines Laptops. Mit dem quadratischen Kopf, den leicht hervortretenden braunen Augen und der flachen Boxernase erinnerte er Christopher stets an eine französische Bulldogge. Natürlich ohne Fledermausohren. Die kurzen, schwarzen Haare und der trübsinnige Blick taten ein Übriges. Andi steuerte auf die fünfzig zu. Die Aussicht auf die drohende Null versetzte ihn in chronisch schlechte Stimmung. Heute verbreitete er allerdings keine Melancholie. Im Gegenteil, er strahlte Zufriedenheit aus, gar Euphorie.

„Moin, Andi. Hast du im Lotto gewonnen?"

Sein Kollege lächelte. „Der verschollene Mitarbeiter kehrt zurück. Dachte schon, Martin hätte dich durch ein jüngeres Modell ersetzt. Hübscher ist es eindeutig."

„Autsch. Ich nehme an, du sprichst von Tara?"

„Absoluter Glücksgriff, das Mädel! Martin sollte sie abwerben. Würde Schwung in unseren Männerhaufen bringen."

„Schlag es ihm gern vor." Er sah sich suchend um. „Wo stecken die anderen?"

„Cindy ist beim vorweihnachtlichen Powershopping. Martin und Tara sitzen im Besprechungsraum. Wir haben den Fall des diebischen Lageristen geknackt!" Das Lächeln wurde breiter. „Auf frischer Tat ertappt, den Idioten."

„Super, herzlichen Glückwunsch! Fotos oder Videoaufnahme?"

„Beides." Andi winkte ihn heran. Mit einem Mausklick öffnete er eine Datei. Ein Foto erschien auf dem Bildschirm des Laptops. Es zeigte einen Weihnachtsmarkt. Der Lagerist stand zusammen mit zwei anderen Männern neben einem Würstchenstand. Jeder hielt einen Becher in der Hand. „Ein konspiratives Treffen über Glühwein", kommentierte sein Kollege und rief das nächste Foto auf. Diesmal ein Parkplatz. Der Lagerist und einer der Männer vom Weihnachtsmarkt im Gespräch. Im Hintergrund ein Transporter und ein Pkw. Ein weiteres Bild. Der Mann übergab dem Lageristen einen Umschlag. Ein dritter Mann trug derweil Kartons zum Pkw. „Tara hat gestern die Fotos auf dem Weihnachtsmarkt geknipst. Ich habe heute früh die Bilder und das Video vom Parkplatz geschossen. Heiße Nummer." Andi schüttelte die rechte Hand aus, als hätte er sich die Finger verbrannt. „Da ging mein Puls auf hundertachtzig!"

„Glaube ich gern." Ein bisschen ärgerte sich Christopher, nicht dabei gewesen zu sein.

Andi wollte ihm eben das Überwachungsvideo zeigen, als die Tür vom Besprechungszimmer geöffnet wurde. Heraus trat die blonde Frau, der er im Treppenhaus begegnet war. Sie trug schwarze Jeans, einen hellen Pullover und über dem Arm eine dunkle Winterjacke. Ihr folgte ein sichtlich beschwingter Martin Kleemeyer.

„Hallo", grüßte sein Chef. „Gut, dass du da bist."

„Hallo, Martin." Er reichte der jüngeren Frau die Hand. „Christopher Diecks. Topher genügt."

In ihren dunkelgrünen Augen funkelte es amüsiert. „Tara. Kürzer geht es nicht."

Schlagfertige Menschen fand er grundsätzlich sympathisch.

„Willkommen in der Detektei Kleemeyer."

„Danke. Leider ist es nur ein Gastauftritt."

Wie auf Kommando erhob sich Andi von seinem Stuhl. „Ich bin fertig, wir können." Er legte eine CD-ROM in eine quadratische Plastikhülle und zog danach schwungvoll seine Jacke von der Rückenlehne des Stuhls. „Los, los, die Kunden warten!"

Tara zuckte die Achseln. „Der Mann hat es eilig. Man sieht sich." Ein charmantes Lächeln zum Abschied, und sie folgte Andi.

Christopher wartete mit seinem Kommentar, bis die beiden aus der Tür waren. „So dynamisch habe ich unseren Muffel lange nicht erlebt."

Martin schmunzelte. „Tja, die jungen Frauen. Komm, wir setzen uns ins Besprechungszimmer. Zur Feier des Tages gibt es Franzbrötchen."

Während sie das süße Gebäck aßen und dazu Kaffee tranken, schilderte Christopher die Ereignisse des Tages.

„Diesem Paul und seinen Schlägern gehst du in Zukunft bitte aus dem Weg." Martin nippte an seinem Getränk. „Wenn die Typen dir noch einmal zu nahe kommen, ziehe ich dich von dem Fall ab. Das meine ich ernst!"

„Keine Sorge, auf eine Fortsetzung kann ich verzichten."

„Gut. Also fehlen uns bislang eindeutige Beweise für eine Erpressung?"

„Solange Simon Vollmer verschwunden bleibt, komme ich nicht voran."

„Wenn wir den Neudorfs keine Straftat nachweisen können, bleibt uns keine andere Wahl, als die Ermittlungsergebnisse offenzulegen. Die Verdächtigungen eines verurteilten Schlägers reichen nicht aus. Gleichgültig, wie gern du diesen Gerrit magst."

Christopher schob sich ein Stück Franzbrötchen in den Mund und schaffte es, gleichzeitig zu kauen und zu sprechen.

„Simon hat Jojo von der Erpressung erzählt."

„Die Aussage eines Junkies. Der die Information von einem ebenfalls unter Drogeneinfluss stehenden Simon erhielt."

„Als Simon die Rauschmittel von Jojo gekauft hat, befand er sich im Besitz einer beträchtlichen Geldsumme."

„Behauptet dieser Jojo."

„Ich glaube ihm. Junkie hin oder her."

Martin seufzte. „Frau Neudorf kehrt morgen von ihrer Geschäftsreise zurück. Was soll ich deiner Meinung nach tun? Sie anlügen?"

„Keine Ahnung. Versuch, die Besprechung auf Donnerstag zu verschieben. Ich brauche mehr Zeit!"

„Reicht ein zusätzlicher Tag?"

„Er muss reichen."

Martin zupfte nachdenklich an seiner Unterlippe herum. Nahm einen Schluck Kaffee. Nickte widerstrebend.

„Ich vertröste Frau Neudorf auf Donnerstag."

„Danke!"

„Hoffentlich ist Verlass auf dein Bauchgefühl. Sonst stecken wir beide in Schwierigkeiten. Wie sehen deine nächsten Schritte aus?"

Er hob die Hand und zählte an den Fingern ab. „Simons Eltern aufspüren. Im Internet nach Informationen über ihn suchen. Die Dateien auf Ninas Laptop sichten." Vielleicht fand sich irgendwo ein Hinweis, warum Nina kurz vor ihrem Verschwinden ein solches Interesse am Rathausmarkt entwickelt hatte.

Martin stellte den Kaffeebecher ab.

„Du übernimmst Simon und den Laptop. Ich spüre derweil die Eltern auf."

Christopher lächelte. „Danke, Chef."

Sie verließen das Besprechungszimmer und setzten sich an ihre jeweiligen Schreibtische. Während sein Chef die Onlineversion des Hamburger Telefonbuchs aufrief, startete Christopher seinen Laptop. Er tippte *Simon Vollmer* in die Internetsuchmaschine ein. Es gab zahlreiche Männer desselben Namens, unter anderem den Geschäftsführer eines Reiseunternehmens, einen Immobilienmakler, einen Ingenieur und sogar einen Musical-Darsteller. Keiner ähnelte Simon. Im Hintergrund führte Martin seine Telefonate. Erst hörte er noch zu, wie sich sein Chef ein ums andere Mal vorstellte und sein Anliegen erklärte. Bald blendete er die Unterhaltungen aus und konzentrierte sich auf die Suche. Nach einer halben Stunde gab er auf. Die einzigen Treffer brachten ihn auf Ninas Facebook-Seite und zu ihrem Blog. Simon Vollmer besaß offenbar kein gesteigertes Interesse an einer Internetpräsenz. Er schob den Laptop beiseite und schaltete Ninas Gerät ein. Eine weitere halbe Stunde verstrich, in der er keine neuen Spuren fand.

Er rieb sich erschöpft das Gesicht. Was nun?

Wenig später lieferte Martin die Antwort.

„Simon Vollmers Eltern wohnen in Reinbek", verkündete er, allerdings ohne besondere Freude in der Stimme.

„Lass mich raten. Sie haben keine Ahnung, wo ihr Sohn steckt?"

„Richtig." Sein Chef reichte ihm einen Zettel. Darauf stand *Fischhandlung Rolf und Gerda Vollmer* und zwei Adressen samt Festnetz- und Handynummern. „Ich habe mit Simons Vater gesprochen. Ein höflicher Mann. Die Eltern haben ihren Sprössling zuletzt an Weihnachten vor zwei Jahren gesehen. Es gab einen heftigen Streit, wie es am Fest der Liebe gern vorkommt. Den bösen Worten folgte ein Schweigen, das bis heute anhält. Simon ist, welch Überraschung, kein Traumsohn."

„Wunderbar." Christopher fuhr sich frustriert durchs Haar. Die nächste Sackgasse.

„Trotz allem klang der Vater besorgt über das Verschwinden seines Filius. Die Eltern denken über mögliche Verstecke nach und melden sich bei mir."

„Immerhin." Er steckte den Zettel in die Hosentasche. Starrte einige Momente stumpf vor sich hin. In seinem Kopf herrschte schlagartig gähnende Leere.

„Topher." Martin legte ihm die Hand auf die Schulter. „Fahr nach Hause und ruh dich aus. Für heute hast du genug getan."

Warum kam es ihm dann nicht so vor?

Während des Heimwegs überlegte er, Romy anzurufen. Es gab viel zu erzählen. Angefangen bei Elias. Doch er wollte sie nicht bei der Arbeit stören, und dienstags fand abends ihre Pilates-Stunde statt. Romy würde spät nach Hause kommen. Zu spät für ein Gespräch über Familienstreitigkeiten.

Ging sie tatsächlich zum Sport? Oder besuchte sie stattdessen ihre Therapeutin? Bestimmt sprach sie während der Stunden auch über ihn. Eine merkwürdige Vorstellung. Was sie wohl erzählte? Er schob die Gedanken beiseite. Irgendwann würde er sie fragen. Für heute beließ er es bei einer Nachricht:

Ich denke an Dich!

Romys Antwort kam, als er seine Wohnungstür aufschloss.

Ich liebe Dich!

KAPITEL 15

Die Scheinwerfer des Taxis durchschnitten die Dunkelheit. Schnee fiel in feinen Flocken auf die Windschutzscheibe und wurde sogleich von den Scheibenwischern fortgefegt. Aus dem Radio drang klassische Musik. Die *Humoreske Nr. 7* aus Antonín Dvořáks Klavierzyklus. Karin Neudorf lauschte mit halb geschlossenen Lidern den leichten, heiteren Klängen; wartete auf den jähen Stimmungswechsel im Mittelteil der Komposition. Diesen meisterhaften Umschwung ins Melancholische. Die Streicher setzten ein. Ihre Augen begannen zu brennen. Sie richtete den Blick nach oben, um die Tränen zurückzuhalten. Es war nicht allein Ergriffenheit, die sie beinah die Fassung verlieren ließ.

Der Taxifahrer bog in eine ruhige Seitenstraße. Häuser zogen vorbei. Weihnachtlich dekorierte Fenster. Bunte Lichterketten wanden sich um die Äste kahler Bäume und über immergrüne Büsche und Hecken.

Ihr graute vor diesem Weihnachtsfest.

Der schweigsame Fahrer hielt in zweiter Reihe am Straßenrand. Schon angekommen? Sie wollte ewig weiterfahren. Bis ans Ende der Welt.

Ihr Chauffeur schaltete die Innenbeleuchtung ein und nannte den fälligen Betrag. Sie nahm seine Stimme kaum wahr. Den ganzen Tag bewegte sie sich wie durch einen dichten Nebel. Sie erinnerte sich vage an eine Geschäftsbesprechung. An die Unterzeichnung des Vertrags mit dem Großkunden in Köln. Ein Meilenstein in

der Geschichte der *Neudorf-Hochtiefbau*, der die Auf-
tragsbücher über Jahre füllen würde. All das war allein
ihrem Verhandlungsgeschick zu verdanken. Trotzdem
verspürte sie keinerlei Triumph, keine Zufriedenheit.
Sie fühlte sich ausgelaugt. Erfüllt von Trauer, Erschöpfung und nagender Furcht. Deshalb hatte sie das geplante Abendessen mit dem Kunden unter einem Vorwand abgesagt und die letzte Abendmaschine zurück
nach Hamburg genommen.

Als Wiedergutmachung wollte sie in der kommenden
Woche gemeinsam mit Richard nach Köln fliegen, um
den Vertragsabschluss gebührend zu feiern. Falls er
noch dazu bereit war, mit ihr in dasselbe Flugzeug zu
steigen.

Karin wurde bewusst, dass der Taxifahrer auf die Bezahlung wartete. Sie murmelte eine Entschuldigung,
suchte in ihrer Handtasche nach dem Portemonnaie
und reichte dem Mann eine EC-Karte. Aus einem unerklärlichen Schuldgefühl heraus schlug sie ein großzü-
giges Trinkgeld auf den Fahrpreis auf.

Während sie EC-Karte und Beleg im Portemonnaie
verstaute, holte der Fahrer ihr Handgepäck aus dem
Kofferraum. Sie blieb einige Momente länger sitzen
und blickte zu dem eleganten Einfamilienhaus, dessen
helle Fassade von einer Straßenlaterne beleuchtet
wurde. Keine Weihnachtsdekoration. Keine Lichterketten.

In der Küche brannte Licht.

Richard war zu Hause.

Übelkeit stieg in ihr auf. Sie löste den Gurt und
streckte eine zitternde Hand nach dem Türgriff aus.

Draußen nahm sie ihren Koffer entgegen und wünschte dem Taxifahrer eine erfolgreiche Nacht.

Der Wind wehte eisig. Ihr Wintermantel hielt den Oberkörper warm, doch die feine Strumpfhose und der knielange Rock konnten der Kälte nichts entgegensetzen.

Nie hätte sie erwartet, sich mit Mitte fünfzig in einer solchen Situation wiederzufinden. Sie hatte alles aufs Spiel gesetzt. Ihre Ehe, ihre Firma, ihren Ruf. Für ein wenig Zuneigung und das Gefühl, begehrenswert zu sein. Mehr zu sein als eine Geschäftsfrau. Die Scham war kaum zu ertragen. Sie ging einige Schritte zur Seite, bis sie durch das Küchenfenster ihres Hauses sehen konnte. Richard lehnte an der Anrichte, ein Glas Rotwein in der Hand. Er trug ein weißes Hemd, die Ärmel bis zu den Ellenbogen hochgekrempelt, und sprach in ein Headset. Dabei hielt er den Blick auf einen Laptop gerichtet, der auf der Kochinsel stand. Nach seinem Gesichtsausdruck zu urteilen, war es eine geschäftliche Unterhaltung. Um diese Uhrzeit?

Nun schüttelte ihr Mann sichtlich unzufrieden den Kopf. Er gab eine knappe Antwort, hörte zu und verzog das Gesicht. Wieder ein Kopfschütteln. Er ging zum Laptop, sagte noch etwas und drückte eine Taste am Computer. Unwirsch zog er sich das Headset vom Kopf und warf es auf die Kochinsel.

Aus der offenen Weinflasche auf der Anrichte schenkte er sich nach und leerte das Glas in einem tiefen Zug.

Seit Wochen war Richard angespannt und dünnhäutig. Er trank zu viel, schlief unruhig und wanderte nachts rastlos durch die Räume. Er verbrachte noch mehr Zeit als gewöhnlich im Büro. Wenn er nach Hause kam, verschwand er häufig sofort in seinem Arbeitszimmer.

Es konnten keine geschäftlichen Sorgen sein. Die Firma stand auf einem soliden Fundament. Ihre ehrgeizigen Expansionspläne verwirklichten sich scheinbar wie von selbst. Karin fiel lediglich ein einziger Grund für sein Verhalten ein:

Er ahnte etwas von ihrer Affäre.

Warum sonst sollte er ihr aus dem Weg gehen?

Die Fragen des jungen Privatdetektivs verunsicherten sie zusätzlich. Hatte sie sich in den wenigen Wochen mit ihrem Liebhaber verdächtig verhalten? Das Leben war intensiver, farbenfroher, ja, lebendiger gewesen. Wie im Rausch war sie sich vorgekommen. *Berauscht.* Mitgerissen von längst vergessenen Gefühlen, von dem Abenteuer, dem schmutzigen Geheimnis.

Ihre Assistentin Frieda hatte sich bei einer Gelegenheit erkundigt, ob es einen besonderen Anlass für ihre überschwänglich gute Laune gab. Sie war ausgewichen. Hatte die bevorstehenden Vertragsverhandlungen in Köln als Grund genannt.

Und zum ersten Mal Furcht verspürt.

Wenn Frieda es bemerkte ...

In der Küche klappte Richard den Laptop zu.

Sie betrachtete den Mann, mit dem sie über die Hälfte ihres Lebens verbracht hatte. Den Mann, den sie trotz allem immer noch liebte. Das war ihr in den vergangenen Tagen bewusst geworden. Wäre es allein um sie selbst gegangen, hätte sie die Affäre verschwiegen. Ihr Geständnis würde Richard zutiefst verletzen und nichts an den Ereignissen ändern. Es stand ihr nicht zu, diese Bürde mit ihrem Mann zu teilen, bloß weil *sie* unter ihrem schlechten Gewissen litt. Ein solches Verhalten erschien ihr höchst egoistisch. Leider ging es nicht allein um sie. Der Ruf der *Neudorf-Hochtiefbau* stand auf dem Spiel. Die Firma, die ihr Vater in mühsamer Arbeit aufgebaut und ihr vererbt hatte.

Sollte dieser ominöse Beobachter tatsächlich ihr Liebhaber sein, der mehr Geld von ihr erpressen wollte, brauchte sie Richards Unterstützung.

Ihr fielen die Worte des jungen Privatdetektivs ein:

Der Erpresser kann die Medien selbst informieren. Gleichgültig, wie viel Geld Sie ihm zahlen. Sind diese Leute einmal auf den Geschmack gekommen, bluten sie ihre Opfer bis auf den letzten Cent aus.

Nein!

Das würde ihr nicht passieren!

Karin nahm all ihren Mut zusammen.

Sie wollte eben die Straße überqueren, als eine zweite Person die Küche betrat. Ein blonder junger Mann in dunkelblauem Pullover.

Aaron, Richards Neffe und persönlicher Assistent.

Aaron war ein häufiger Gast in ihrem Haus. Heute passte ihr seine Anwesenheit überhaupt nicht. Ratlos beobachtete sie, wie die beiden Männer einige Worte wechselten. Richard beklagte sich offenbar über das Telefonat.

Was sollte sie tun? Hier draußen in der Dunkelheit und Kälte warten, bis Aaron nach Hause ging? Die Konfrontation auf den nächsten Morgen verschieben? Sie wollte *jetzt* mit Richard sprechen! Der Gedanke, das Unvermeidliche weiter hinauszuzögern, erfüllte sie mit Widerwillen und Furcht.

Was, wenn sie der Mut verließ?

Zu ihrer Erleichterung nahm Aaron kurz darauf eine Jacke von einem der Küchenstühle und streifte sie über. Die Männer umarmten sich zum Abschied. Eine Geste, die Karin in ihrem emotionalen Zustand sehr rührte. Obwohl keinerlei Verwandtschaftsverhältnis zwischen den beiden bestand – Aaron war der Sohn von Richards älterem Stiefbruder – behandelte Richard den jungen Mann wie sein eigen Fleisch und Blut.

Aaron besaß all die Qualitäten, die Richard bei seinem eigenen Sohn vermisste: Zielstrebigkeit, Durchsetzungsvermögen, eine schnelle Auffassungsgabe und einen ausgezeichneten Geschäftssinn. Wilhelm war ein Kreativer. Ein Träumer ohne berufliche Ambitionen, der kein Interesse an der Baubranche zeigte. Richards und auch Karins größter Wunsch war es gewesen, eines Tages ihren Sohn an die Spitze der *Neudorf-Hochtiefbau* zu setzen. Stattdessen würde Aaron diese Position übernehmen. Sobald er ausreichend Erfahrung besaß. Es lag an ihr, sicherzustellen, dass es eine Firma gab, die er leiten konnte.

Die Haustür wurde geöffnet. Karin verbarg sich hinter einem parkenden Auto. Mit klopfendem Herzen verfolgte sie, wie Aaron in seinen Wagen stieg und davonfuhr. Sobald das Fahrzeug außer Sichtweite war, richtete sie sich auf. Das Kinn entschlossen vorgestreckt, nahm sie ihren Koffer und ging auf das Haus zu.

KAPITEL 16

„Wie viel hast du diesem Polizisten erzählt? Weiß er von der Erpressung?" Gerrit schritt rastlos hinter dem Kickertisch auf und ab. Christophers Zusammenstoß mit Paul und dessen Gorillas regte ihn ebenso auf wie die Nachricht, dass Felix von Evert in den Fall involviert war.

„Ich habe den Kommissar lediglich über das Verschwinden von Nina und Simon in Kenntnis gesetzt und ihm von der Verbindung zwischen Simon und Paul erzählt. Du solltest froh sein, dass wir einen Polizisten auf unserer Seite haben!" Sie hatten sich wieder in der Billardhalle an der Kandinskyallee getroffen. Ljuba, die Chefin, saß im Büro und erledigte Papierkram. Deshalb fand die Besprechung notgedrungen am Kickertisch statt. Weit genug entfernt von den beiden Biertrinkern, die scheinbar kein Zuhause hatten. Christopher bemerkte David Keplers missbilligenden Blick und seufzte.

„Die Erpressung und eure private Observierung habe ich mit keinem Wort erwähnt. Das kann richtig Ärger geben! Wenn es um das Verschweigen von Informationen geht, versteht die Polizei keinen Spaß. Sollten wir stichhaltige Beweise für kriminelle Handlungen auf dieser Baustelle finden, muss ich Kommissar von Evert sofort anrufen."

Gerrit blieb endlich stehen und stützte sich auf den Rand des Kickertisches auf. „Wir werden Beweise finden!"

David gab einen frustrierten Laut von sich. „Wann denn? Heute kommt diese Neudorf von ihrer Geschäftsreise zurück, und wir haben nichts vorzuweisen!"

„Was ist mit diesem Matze? Oder Simons Eltern? Können die uns weiterhelfen?"

Christopher zuckte die Achseln. „Möglich. Ich warte darauf, dass sie mich zurückrufen."

„Und diese Flocke? Vielleicht hat Simon ihr irgendwas erzählt und sie hat es bloß vergessen."

„Möglich", wiederholte er. „Es wird schwierig sein, sie ohne ihre Punkerfreunde zu befragen."

„Den Versuch ist es trotzdem wert. David und ich begleiten dich. Falls Paul und seine Bodyguards auftauchen, nehmen wir uns die Typen vor."

Christopher unterdrückte ein Schmunzeln. Markige Worte für jemanden von Gerrits Statur. Dann fiel ihm der Grund für Gerrits Haftstrafe ein, und seine Belustigung verpuffte.

„Strohhalme", murmelte David unzufrieden.

Gerrit schlug verärgert mit der Handfläche auf den Rand des Kickertisches. „Ja, beschissene Strohhalme! Was bleibt uns anderes übrig? Uns läuft die Zeit davon!"

Um Davids Mundwinkel zuckte es. „Ist deine Entscheidung, Gerry." Er stand von seinem Hocker auf. „Ich muss pinkeln." Mit diesen Worten steuerte er auf die Tür mit dem WC-Schild zu.

Gerrits finsterer Blick wanderte zu Ninas Laptop, der auf einem der Hocker lag.

Christopher wollte eben die Hand nach dem Gerät ausstrecken, als sein Smartphone klingelte. Er zog es eilig aus der Hosentasche. An diesem Tag konnte jeder Anruf die erhoffte Rettung bringen. Die Nummer auf dem Display war ihm unbekannt. Er nahm das Gespräch entgegen und straffte sich unwillkürlich.

„Diecks."

„Christopher Diecks von der Detektei Kleemeyer?" Eine männliche Stimme. Nicht Matze. Simons Vater?

„Das ist richtig. Mit wem spreche ich?"

„Mein Name ist Richard Neudorf. Sie wurden von meiner Frau Karin engagiert, um in einem möglichen Erpressungsfall zu ermitteln."

Er erstarrte. Versuchte, das Gehörte zu verarbeiten und gleichzeitig eine souveräne Antwort zu finden. In seinem Kopf wirbelte bloß ein Wort: *Scheiße!*

Gerrit musterte ihn verwundert.

„Das ist richtig", antwortete er endlich. Mit angehaltenem Atem wartete er auf die Reaktion seines Gesprächspartners.

„Meine Frau hat mich leider erst gestern Abend über diesen unschönen Vorfall in Kenntnis gesetzt", erwiderte Richard Neudorf. „Selbstverständlich ist mir sehr an einer Aufklärung gelegen. Die Geschichte darf auf keinen Fall in die Medien gelangen! Ich möchte, dass Sie heute Nachmittag zu mir in die Firma kommen und mich auf den neuesten Stand bringen. Herr Kleemeyer sollte ebenfalls anwesend sein."

Sie hat ihm alles erzählt!

Christopher schloss die Augen. Sammelte sich.

„Können wir den Termin auf morgen Nachmittag verschieben? Es gibt einige Hinweise, die …"

„Morgen habe ich keine Zeit", unterbrach ihn Richard Neudorf barsch. „Ich erwarte Sie um fünfzehn Uhr in meinem Büro. Ich möchte diese Angelegenheit schnell und diskret aus der Welt schaffen."

„Natürlich. Herr Kleemeyer und ich werden pünktlich sein."

„Davon gehe ich aus."

Es klickte in der Leitung. Er ließ das Smartphone sinken. Blickte auf die Uhr. Vier Stunden. Was sollten sie in der kurzen Zeit erreichen? Seine Gedanken rasten. Er fühlte sich wie im freien Fall.

Gerrit musterte ihn besorgt. „Was ist los? Wer war das?"

Das war Richard Neudorf. Er hat meinen Chef und mich für heute Nachmittag zum Gespräch in seine Firma einbestellt."

Gerrit entgleisten die Gesichtszüge. „Was? Wieso?"

„Offenbar hat ihm seine Frau alles erzählt. Deshalb will er den Stand der Ermittlungen erfahren."

„Das geht nicht! Wenn die Neudorfs herausfinden, dass Nina in die Erpressung verwickelt ist, kommt sie ins Gefängnis!"

„Ich weiß!"

Gerrit vergrub verzweifelt die Hände in den dunkelblonden Haaren. Er starrte konzentriert ins Leere. Runzelte die Stirn. „Was meinst du damit, seine Frau hätte ihm alles erzählt? Richard Neudorf weiß längst, dass du in dem Fall ermittelst."

Christopher blinzelte verwirrt. Endlich rasteten die Zahnrädchen in seinem Gehirn ein. Er hatte sich verquatscht! Durch den Schreck war ihm entfallen, dass Gerrit nichts von Karin Neudorfs Affäre wusste.

„Frau Neudorf hat meine Detektei aus privaten Gründen engagiert. Sie dachte, eure Observierung gilt ihr persönlich. Dass mehr dahintersteckt, habe ich erst im Verlauf der Ermittlungen herausgefunden."

„Welche privaten Gründe?"

„Wir haben bis fünfzehn Uhr Zeit, belastende Beweise gegen die Neudorfs zu finden. Das sind vier Stunden. Alles andere ist jetzt nebensächlich!"

Er wählte Matzes Handynummer. Das Freizeichen ertönte.

Schließlich sprang die Sprachbox an. Er legte auf. Drückte die Wahlwiederholung. Während es erneut klingelte, wanderte er unruhig auf und ab.

Wieder die Sprachbox. Er fluchte. Wählte unter Gerrits bohrendem Blick ein drittes Mal.

David kam von der Toilette zurück. „Was ist los?"

„Richard Neudorf hat Christopher und seinen Chef zu sich ins Büro bestellt", erklärte Gerrit. „Für heute Nachmittag."

Davids Kinnlade klappte herunter. „Verdammter ..." Er wandte sich kurz ab. „Und nun?"

Gerrit deutete wortlos auf Christopher. Der wollte sich eben dafür bedanken, als Rettungsanker auserkoren zu sein, als am anderen Ende der Leitung endlich abgehoben wurde.

„Was?", meldete sich ein verschlafen und äußerst ungehalten klingender Matze.

„Hier ist Christopher. Was immer du herausgefunden hast, ich brauche die Informationen. Sofort!"

„Hä? Was? Wie spät ist es? Ich hab bis heute früh gearbeitet, kann das …?“

„Nein, kann es nicht! Hast du irgendeine Idee, wo sich Simon verstecken könnte? Gleichgültig, wie abwegig sie erscheint.“

„Nein. Ich weiß nicht …“ Schweigen. „Keine Ahnung. Ich würde dir gern helfen, aber …“

„Ein leer stehendes Gebäude? Ein Schuppen, eine Scheune“, feuerte er los. „Eine Notunterkunft, ein Schrebergartenhäuschen, ein Ferienhaus …“

„Campingplatz!“, unterbrach ihn Matze.

Er hielt verblüfft inne. „Wiederhol das.“

„Ein Campingplatz.“ Matze klang aufgeregt. „Seinen Eltern gehörte früher ein Wohnwagen. Die waren Dauercamper an irgendeinem See. Simon hat während der Schulzeit ständig den Urlaub dort verbracht. Irgendwann haben die Eltern den Wohnwagen verkauft.“

„Wie soll uns das weiterhelfen?“

„Simon ist mit einem der Nachbarcamper gut klargekommen. Den besucht er manchmal. Er war im Mai zuletzt dort.“

Ein Kribbeln, wie von Elektrizität, jagte durch Christophers Adern. „Du meinst, diesen Mai?“

„Ja.“

„Erinnerst du dich an den Namen des Sees oder des Campingplatzes?“ Seine Jacke hing über einem der Hocker. Er kramte in den Jackentaschen hektisch nach Stift und Block. Das anhaltende Schweigen in der Leitung machte ihn stutzig. „Matze?“

„Keine Ahnung.“ Enttäuschung und Verärgerung schwangen in den Worten mit.

Verdammter Mist!

Moment!

Er suchte seine Hosentaschen ab. Es war dieselbe Hose wie gestern. Wenn er sich nicht täuschte ...

Seine Finger berührten ein Stück Papier. Er zog es heraus und hielt Martins Notizzettel in der Hand. Auf dem standen die Adressen und Telefonnummern von Simons Eltern.

„Kein Problem", gab er erleichtert zurück. „Ich rufe Simons Eltern an. Danke für deine Hilfe, Matze!"

„Gern geschehen. Gib mir Bescheid, wenn du ihn gefunden hast, okay?"

„Mache ich." Er beendete das Gespräch und durchsuchte die Jackentaschen wieder nach Stift und Block.

„Was ist los?", hakte Gerrit ungeduldig nach. „Hast du eine Spur?"

„Möglicherweise." Er fand den Stift, wählte die Telefonnummer vom Geschäft der Vollmers und ging zum Kickertisch. Falls er eine Schreibunterlage benötigte. Gerrit und David scharten sich neugierig um ihn.

Nach mehrfachem Klingeln meldete sich eine Frauenstimme am anderen Ende der Leitung. „Fischhandlung Vollmer, guten Morgen."

„Guten Morgen. Mein Name ist Christopher Diecks von der Detektei Kleemeyer. Ihr Mann hat gestern mit meinem Chef über Ihren Sohn gesprochen."

Kurzes Schweigen. „Ja. Rolf hat mir von dem Telefonat erzählt. Ist Simon etwas zugestoßen?"

„Es gibt eine neue Spur, die uns vielleicht zu ihm führt. In dem Zusammenhang habe ich eine Frage, die Sie mir hoffentlich beantworten können."

„Fragen Sie, Herr Diecks."

„Ein Freund von Simon hat mir erzählt, dass Ihre Familie früher häufig zum Camping an einen See gefahren ist.”

„Der Lanzer See, ja, das stimmt. Aber dort sind wir seit Jahren nicht mehr gewesen.”

Er wollte den Namen des Sees aufschreiben, hielt jedoch inne. Gerrit und David brauchten vorerst nicht zu erfahren, wo sich Simon möglicherweise versteckte. „Ihr Sohn soll mit einem anderen Camper befreundet sein, den er gelegentlich besucht. Fällt Ihnen spontan jemand ein?”

„Nein, eigentlich ...”

Es herrschte Stille in der Leitung. Die Spannung war kaum aushalten.

„Ach ja, natürlich!” Frau Vollmer lachte auf. „Der Siggi! Wie konnte ich den vergessen! Den Siggi mochte Simon damals sehr. Die beiden haben oft am See geangelt. Das Verhältnis zu seinem Vater war leider nie besonders innig”, fügte sie betrübt hinzu. „Ich wusste nicht, dass Simon noch Kontakt zu Siggi hat. Der Junge ist in den letzten Jahren immer verschlossener geworden.”

„Wie heißt der Mann mit vollem Namen?”

„Sieghelm Bartel. Eine Telefonnummer oder Adresse kann ich Ihnen leider nicht geben. Seit wir den Wohnwagen verkauft haben, ist der Kontakt eingeschlafen.”

„Das macht nichts. Sie haben mir sehr geholfen. Wie weit liegt der Campingplatz von Hamburg entfernt?”

„Mit dem Auto etwa eine Dreiviertelstunde.”

Die Distanz war selbst für jemanden ohne eigenes Fahrzeug zu bewältigen. Wo konnte man sich im Winter besser verstecken als auf einem Campingplatz?

Abgesehen von ein paar Dauercampern, würde dort kaum Betrieb herrschen.

Ja, er klammerte sich an einen Strohhalm. Was blieb ihm anderes übrig? Es war die letzte Gelegenheit, vor dem Treffen mit den Neudorfs etwas zu erreichen.

Er wollte sich erkundigen, wo der Camper von diesem Sieghelm stand, beschloss aber nach einem Seitenblick auf Gerrit, diesen Teil des Gesprächs zu verschieben.

„Frau Vollmer, ich fahre sofort zum Campingplatz. Darf ich Sie anrufen, falls ich weitere Fragen habe?"

„Natürlich. Es mag anders erscheinen, aber wir sorgen uns um Simon. Gleichgültig, was geschehen ist. Er ist schließlich unser Junge!"

„Danke, Frau Vollmer. Ich melde mich später bei Ihnen." Er legte auf und atmete geräuschvoll aus.

„Du hast eine Spur!" Gerrit sprühte förmlich vor Energie und Tatendrang.

„Ja."

„Wohin fahren wir?"

„*Wir* fahren nirgendwohin. Ich fahre allein."

„Was?" Ein irritierter Blick zu David Kepler, gefolgt von einem kleinen Lachen. „Vergiss es, auf keinen Fall! Ich komme mit!"

David verschränkte entschlossen die Arme vor der Brust.

„Wir kommen beide mit."

Christopher schüttelte den Kopf. „Tut mir leid, aber das wäre äußerst unklug."

„Blödsinn!" Gerrit funkelte ihn an. „Nina muss unglaubliche Angst haben, sonst wäre sie nicht untergetaucht. Warum sollte sie mit *dir* reden oder *dich* irgendwohin begleiten? Ich bin der Einzige, dem sie absolut vertraut, und deshalb komme ich mit!"

„Du gehst davon aus, dass sich Simon und Nina zusammen auf dem Campingplatz verstecken. Was ist, wenn die beiden nicht dort sind? Oder wenn Simon allein ist?"

„Dann nehme ich ihn mir vor und hole Ninas Aufenthaltsort aus ihm heraus."

Er nickte, dankbar für die Bestätigung seiner Befürchtung. „Genau aus dem Grund fahre ich allein hin."

Gerrits dunkle Augen wurden noch dunkler. „Weil du denkst, ich verliere die Kontrolle?"

„Nach dem, was ich in den vergangenen Tagen gesehen habe, weiß ich es. Wenn es um Nina geht, brennen dir sämtliche Sicherungen durch. Das kann ich bei meinen Ermittlungen nicht gebrauchen."

„Nina ist meine Familie!"

„Und du würdest alles tun, um ihr zu helfen, das weiß ich. Aber *alles* könnte Ninas Situation verschlimmern und *dich* zurück in den Knast bringen. Willst du das?"

Auf die Frage bekam er keine Antwort.

„Nina wird Simon bestimmt von dir erzählt haben, Gerrit. Was meinst du, wie der reagiert, wenn du plötzlich auftauchst? Der Typ, der einen Mann krankenhausreif geprügelt hat, um seine Cousine zu rächen. Im schlimmsten Fall haut Simon ab und wir verlieren die letzte Möglichkeit, Nina zu finden." Er streifte seine Jacke über. „Sollte Nina auf dem Campingplatz sein, rufe ich dich sofort an."

„Und wenn sie nicht dort ist?", fragte Gerrit gepresst. „Wenn keiner der beiden dort ist?"

„Überlegen wir uns etwas anderes."

Gefolgt von Gerrit und David ging er zum Ausgang. Der Wagen, mit dem er hergefahren war, war inzwischen verschwunden. Er holte sein Smartphone hervor, um ein anderes Auto zu mieten. Leider befand sich kein verfügbares Fahrzeug in der Nähe. Sein Blick fiel auf David Keplers Dacia. „Ich brauche deinen Wagen."

David verzog das Gesicht. „Ganz bestimmt nicht! Den fährt niemand außer Gerrit und mir. Wenn du den Wagen willst, musst du uns mitnehmen."

Er quittierte den Erpressungsversuch mit einem Schnauben. „Nein, muss ich nicht. Und ich werde es nicht. Wir können das Thema gern ausdiskutieren und kostbare Zeit verschwenden. Oder du gibst mir den Schlüssel, damit ich endlich losfahren kann."

David blickte zu Gerrit. Der bedeutete ihm mit einer genervten Kopfbewegung, der Aufforderung Folge zu leisten.

„Eine Delle oder ein Kratzer, und ich hau dir eins aufs Maul!"

Christopher nahm wortlos die Schlüssel entgegen und verließ die Billardhalle. Er ging an einem orangefarbenen Opel Kadett vorbei und setzte sich hinters Steuer des Dacia. Auf dem Smartphone ließ er sich die Route zum Campingplatz am Lanzer See anzeigen. Auf die A 1, weiter zur A 24, danach Richtung Schwarzenbek/Grande. Bei der aktuellen Verkehrslage betrug die Fahrzeit etwa vierzig Minuten. Auf der Website des Campingplatzes fand er eine schematische Karte, die sämtliche Parzellen und Gebäude auf dem Gelände anzeigte. Die konnte später hilfreich sein. Er rief Martin an. Während das Freizeichen ertönte, startete er den Motor. David Kepler beobachtete ihn grimmig durch die verglaste Front der Billardhalle. Gerrit unterhielt sich indes mit dem jungen Mann am Empfangstresen.

„Detektei Kleemeyer, Martin Kleemeyer am Apparat. Ach, Topher, du bist es."

„Es gibt ein Problem. Karin Neudorf hat ihrem Ehemann von der Affäre und der Erpressung durch ihren Liebhaber erzählt. Wir sollen heute Nachmittag zu Richard Neudorf ins Büro kommen. Er möchte den Stand der Ermittlungen erfahren."

Ein unterdrückter Fluch drang aus dem Lautsprecher.

„Konnte die Frau keinen Tag länger warten?"

„Vielleicht hat sie das schlechte Gewissen geplagt. Oder die Angst um ihre Firma." Er rollte vom Parkplatz und bog auf die Kandinskyallee ein.

Martin seufzte schwer. „Wann sollen wir bei den Neudorfs erscheinen?"

„Um fünfzehn Uhr."

„Verfolgst du irgendeine heiße Spur, von der ich nichts weiß? Ansonsten schlage ich vor, du brichst die Ermittlungen ab und wir überlegen uns einen Schlachtplan für die Besprechung mit den Neudorfs."

„Ich bin auf dem Weg zu einem Campingplatz am Lanzer See. Möglicherweise verstecken sich Simon und Nina dort."

„Ein Hinweis von Simons Eltern?"

„Dieser Matze ist darauf gekommen. Die Adresse habe ich von Simons Mutter. Wenn der Campingplatz eine Niete ist, bin ich mit meinem Latein am Ende."

„Halte mich auf dem Laufenden. Ich überlege inzwischen, was wir den Neudorfs berichten."

„In Ordnung. Bis später."

Während er zur Autobahn fuhr, kreisten seine Gedanken um Richard Neudorf. Falls Nina und Simon auf der Baustelle Zeugen eines Arbeitsunfalls oder krimineller Machenschaften geworden waren und Neudorf von dem Vorfall Kenntnis besaß, musste ihn das Geständnis seiner Frau in mehrfacher Hinsicht schockiert haben. Ein Liebhaber, eine zweite Erpressung, ein eingeschalteter Privatdetektiv. Der eilig anberaumte Gesprächstermin mochte ein Versuch sein, herauszufinden, wie bedrohlich die Lage war. Damit Neudorf, falls nötig, belastendes Beweismaterial verschwinden lassen und Mitwisser warnen konnte.

Oder der Mann wollte lediglich seine Frau und den Ruf der gemeinsamen Firma schützen. Im Zweifel für den Angeklagten?

Während eines Spurwechsels fiel ihm beim Blick in den Rückspiegel ein orangefarbener Wagen auf. Das Fahrzeug glich auf erstaunliche Weise dem Opel Kadett, der vor der Billardhalle gestanden hatte. Als er an der Ausfahrt Schwarzenbek/Grande auf die B 404 fuhr, folgte ihm der Opel. Selbst auf die Entfernung erkannte er die beiden Personen im Wageninneren.

Verärgerung stieg in ihm auf. Gleichzeitig bewunderte er Gerrit für seine Findigkeit und Hartnäckigkeit. Der Typ war ein verdammter Terrier! Was nichts daran änderte, dass Christopher diese Art von Verstärkung nicht wollte.

Kurz entschlossen setzte er den Blinker und hielt am Rand der von Bäumen gesäumten Bundesstraße. Der orangefarbene Opel Kadett fuhr an ihm vorbei, bremste ab und rollte am Straßenrand aus. Er stieg aus und lehnte sich gegen den Dacia. Vom Motor strahlte angenehme Wärme aus. Fahrer- und Beifahrertür des Opels wurden geöffnet. Gerrit und David stiegen aus. Das dynamische Duo.

Gerrit kam auf ihn zu, während David beim Wagen wartete.

„*Nein* ist keine Antwort für dich, was?", erkundigte sich Christopher spitz.

„Nicht, wenn es um Nina geht."

Sie lieferten sich ein stummes Duell der Blicke. Er würde Gerrit nicht davon abhalten können, ihm zu folgen. Und die Zahl der Campingplätze in dieser Gegend war überschaubar. Wenn sie die Fahrt gemeinsam fortsetzten, wusste er zumindest, wo Gerrit steckte.

Er stieß sich von der Motorhaube ab.

„Auf dem Campingplatz suche ich ohne euch nach dem Wohnwagen. Sollte Simon oder Nina dort sein, spreche *ich* zuerst mit ihnen. Keine Kamikazeaktionen, verstanden?"

„Verstanden."

„Diese Spur könnte die letzte sein. Versau es nicht!"

„Ich hab's kapiert!"

„Das hoffe ich."

Im Konvoi setzten sie die Fahrt fort. Als sie die Ortschaft Basedow hinter sich gelassen hatten, hielt Christopher am Straßenrand. Der Campingplatz lag in der Nähe, hinter einer Brücke, die über einen Kanal führte. Er rief bei der Fischhandlung von Simons Eltern an. Frau Vollmer meldete sich.

„Ich bin am Campingplatz", berichtete er. „Erinnern Sie sich, wo der Wohnwagen von Herrn Bartel damals stand?"

„In der Nähe des Kanals. Vier oder fünf Stellplätze von uns entfernt."

„Können Sie mir eine Wegbeschreibung geben?"

Frau Vollmer schwieg einige Momente. „Hinter der Brücke zweigt rechts ein Fußweg von der Straße ab. Gehen Sie dort entlang. An der fünften Kreuzung biegen Sie wieder rechts ab. Wenn Sie den Wohnwagen nicht finden, können Sie an der Rezeption fragen."

Darauf wollte er lieber verzichten. „Ich habe im Internet eine Karte des Geländes gefunden, auf der die Nummern der einzelnen Stellplätze vermerkt sind. Erinnern Sie sich an Ihre Nummer?"

„3508", kam es wie aus der Pistole geschossen zurück.

„Sehr gut, das reicht mir als Anhaltspunkt. Vielen Dank für Ihre Hilfe, Frau Vollmer!"

„Falls Sie Simon finden, sagen Sie ihm bitte, dass er sich bei uns melden soll. Dieser dumme Streit ist längst vergessen. Wir machen uns Sorgen um ihn."

„Ich werde es ausrichten." Er verabschiedete sich und legte auf.

Gerrit und David waren mittlerweile ausgestiegen und warteten neben dem Opel. Christopher gesellte sich zu ihnen. „Die Autos lassen wir hier stehen. Ich kann euch nicht daran hindern, mir zu folgen, aber haltet bitte Abstand. Kommt erst zum Wohnwagen, wenn ich euch Bescheid gebe."

Die beiden nickten wie brave Schuljungen.

Auf dem Lageplan des Campingplatzes fand er den Stellplatz mit der Nummer 3508. Der Wegbeschreibung von Simons Mutter zufolge stand der Wohnwagen von Herrn Bartel auf Nummer 3512.

Inzwischen war es kurz nach Mittag.

Keine drei Stunden bis zum Termin mit Richard Neudorf.

Gefolgt von Gerrit und David, überquerte er die Brücke. Nach einer raschen Orientierung beschloss er, nicht den von Frau Vollmer beschriebenen Weg zu nehmen, der mitten auf das Gelände führte. Stattdessen wollte er außen am Kanal entlanggehen. Dort standen Bäume, die etwas Schutz vor neugierigen Blicken boten. „Ihr wartet hier", sagte er an Gerrit und David gewandt. Sie nickten. Christopher bog von der Straße ab und schlenderte zwischen dem Kanal und den Bäumen entlang, zum hinteren Teil des Campingplatzes. Bunte Weihnachtsbeleuchtung blinkte in den Fenstern zahlreicher Wohnwagen. Hier und da standen dekorierte Weihnachtsbäume in den Vorgärten. Kitschige Weihnachtsmänner erklommen die Außenseiten von Vorzelten. Er zählte die Wege, die zwischen den Parzellen verliefen. Auf Höhe des fünften blieb er hinter einem der Bäume stehen und überprüfte den Lageplan. Der Stellplatz von Herrn Bartel befand sich direkt gegenüber, rund zwanzig Meter entfernt. Eine immergrüne Hecke verhinderte den Zugang von der Kanalseite aus. Er blickte über die Schulter. Gerrit und David warteten gehorsam an der Straße. Verglichen mit den anderen Wohnwagen war der von Herrn Bartel eine betrübliche Angelegenheit. Keine Lichterketten, keine kletternden Weihnachtsmänner schmückten das Vorzelt. Es war der größte Wagen in diesem Abschnitt, deshalb fiel die fehlende Dekoration umso stärker ins Auge. Weit und breit war niemand zu sehen, also kam er zwischen den Bäumen hervor. Obwohl er am liebsten gelaufen wäre, überquerte er langsam den Rasenstreifen. Als wäre er selbst ein Camper, der jedes Recht besaß, sich an diesem Ort aufzuhalten. Er betrat den Weg und entdeckte, dass auch die Stellplätze innerhalb der Parzellen durch hohe Hecken voneinander getrennt waren. Ein praktischer Sichtschutz. Durch ein niedriges Tor betrat er Herrn Bartels kleines Reich und ging zügig über den von Regen und Kälte braun verfärbten Rasen. Im offenen Vorzelt lagerten allerlei Gartenmöbel und Utensilien zur Gartenpflege.

Die Fensterscheiben des Wohnwagens bedeckte von innen ein dunkles Material. Eine Art Winterschutz?

Christopher lauschte an der Tür. Kein Geräusch war zu hören. Ein unangenehmer, süßlich-ranziger Geruch stieg ihm in die Nase. Er wich zurück. Überlegte, worum es sich handeln konnte. Trat erneut vor und schnupperte. Der Geruch drang eindeutig durch die Türritzen. Sein Magen zog sich zusammen. Was, wenn Simon an einer Überdosis gestorben war? Wenn er seit Tagen oder Wochen tot in diesem Wohnwagen lag? Beklommenheit und Furcht überkamen ihn. Eine Leiche wollte er auf keinen Fall finden! Es wäre das Schlimmstmögliche für alle Beteiligten.

Ein Geräusch drang aus dem Wohnwagen. Ein Klappern, wie von Geschirr. Er atmete erleichtert auf. Nach kurzem Zögern klopfte er an die Tür. „Hallo?", fragte er mit lauter Stimme. „Mein Name ist Christopher Diecks. Ich bin Privatdetektiv und auf der Suche nach Simon Vollmer und Nina Armin. Sind Sie in diesem Wohnwagen?"

Keine Antwort.

Nach ein paar Sekunden klopfte er wieder. „Frau Armin, Ihr Cousin Gerrit sucht nach Ihnen. Er macht sich große Sorgen. Wir wissen, warum Sie sich verstecken, und möchten Ihnen helfen!"

Stille.

Es schien eine ängstliche, abwartende Stille zu sein.

„Was immer auf der Baustelle passiert ist, muss ans Tageslicht kommen. Wollen Sie bis ans Ende aller Tage davonlaufen?" Er holte tief Luft. „Wenn *ich* Sie hier finden kann, können andere es auch."

Hartnäckiges Schweigen.

Er horchte wieder an der Tür. Und zuckte zurück, als jenseits des dünnen Materials ein Schaben erklang.

Das Schloss klickte.

Die Tür wurde einen Spalt aufgeschoben.

Sein Instinkt mahnte ihn, auf der Hut zu sein. Vorsichtig zog er die Tür auf und drehte sich dabei leicht zur Seite, um nicht direkt vor der Öffnung zu stehen.

Ein Schwall übel riechender, warmer Luft drang ins Freie. Simon Vollmer erschien im Türrahmen. In den Händen hielt er eine Pistole.

KAPITEL 17

Christopher schrak zurück. Er presste sich flach gegen die Außenwand des Wohnwagens. Benutzte die Tür wie einen Schutzschild.

„Ich will dir nichts tun, Simon! Nicht schießen!"

Hektisch nestelte er in seiner Hosentasche nach den Visitenkarten. Er fand eine und streckte sie mit spitzen Fingern hinter der Tür hervor. „Ich bin allein gekommen. Es gibt ..."

Die Visitenkarte wurde ihm entrissen. Jemand bewegte sich von der Tür weg. Ein Stolpern, ein Straucheln. Er zuckte zusammen, als im Inneren des Wohnwagens ein schwerer Gegenstand krachend zu Boden fiel. Sein Herz hämmerte. Wie erstarrt horchte er auf weitere Geräusche.

Nichts.

Langsam trat er hinter der Tür hervor. Jeder Muskel angespannt, bereit zur Flucht.

„Simon." Seine Stimme klang erstaunlich gefasst. „Ich komme rein. Ich möchte mit dir reden, das ist alles!"

Keine Antwort. Zögernd setzte er einen Fuß auf die oberste Stufe der kurzen Treppe. Er nahm allen Mut zusammen und stand im nächsten Augenblick im Wohnwagen.

Der Gestank verschlug ihm den Atem. Reflexartig hob er die Hand vor Mund und Nase, um die Ausdünstungen fernzuhalten. Es roch wie im sprichwörtlichen Pumakäfig. Schlimmer. Eine widerliche Mischung von

Erbrochenem, Zigarettenrauch, Essensgerüchen und Schweiß erfüllte die abgestandene, viel zu warme Luft. Während er möglichst flach weiteratmete, versuchte er, im Halbdunkel etwas zu erkennen. Rechts befand sich eine hufeisenförmige Sitzecke. Auf dem Tisch lagen Bierdosen, Glasflaschen und allerlei Müll. Schräg vor ihm gab es eine schmale Küchenzeile, die winzige Spüle gefüllt mit benutzten Gläsern und Bechern. Die Ablagefläche daneben verschwand unter leeren Pizzakartons. Links führte ein enger Gang zum Schlafbereich. Dort saß Simon Vollmer vornübergebeugt auf dem Bett, das Gesicht in den Händen vergraben. Eine Taschenlampe, die neben ihm auf der Matratze lag, spendete Licht.

Keine Spur von der Pistole.

Keine Spur von Nina.

Die Erleichterung, Simon endlich gefunden zu haben, verwandelte sich in Enttäuschung und Sorge. Er ging langsam auf den Schlafbereich zu und entdeckte vor sich einen mobilen Heizkörper, der umgestürzt auf dem Boden lag. Das Gerät strahlte enorme Hitze aus. Er schaltete es aus, damit der dünne Teppichboden kein Feuer fing, und richtete es vorsichtig wieder auf. Anschließend öffnete er das nächstgelegene Fenster, um frische Luft in den Wohnwagen zu lassen. Die schwarze Pappe, die von innen mit Tesafilm gegen die Scheibe geklebt worden war, riss er ab.

„Nein!", gellte es durch den Wohnwagen. Simon Vollmer sprang vom Bett auf. Er hielt die Pistole wieder in der Hand, fuchtelte unkoordiniert damit herum.

„Lass das! Niemand darf wissen, dass ich hier bin!" Er klang betrunken und verängstigt.

Christopher hob beschwichtigend die Hände. „Beruhig dich. Das Versteckspiel ist vorbei. Leg bitte die Pistole weg, bevor jemand verletzt wird."

Simon stierte ihn verständnislos an. „Was?" Er betrachtete die Waffe in seiner Hand. Als würde er sie zum ersten Mal wahrnehmen. Endlich senkte er sie und wankte näher.

Im trüben Tageslicht, das durch das Fenster in den Wohnwagen fiel, wurde der desolate Zustand des jungen Mannes deutlich. Sein Gesicht war aufgedunsen und glänzte vor Schweiß. Tiefe Schatten lagen unter wässrig-trüben Augen. Die braunen Haare standen wirr vom Kopf ab, ungewaschen und strähnig. Er trug eine fleckige schwarze Jogginghose und ein ebenfalls fleckiges hellgraues T-Shirt. Keine Socken. Wortlos drängte er an Christopher vorbei. Hüllte ihn in eine atemraubende Wolke aus Alkoholdünsten und Schweiß.

Simon ließ sich schwer auf die Bank in der Sitzecke fallen. Zwischen Flaschen, Dosen und Müll klaubte er eine halb gerauchte Zigarette hervor und klemmte sie sich zwischen die Lippen. Ohne die Pistole loszulassen, holte Simon ein Feuerzeug aus der Hosentasche und zündete sich den Glimmstängel mit zittriger Hand an. Er nahm einen tiefen Zug, senkte den Kopf und blies den Rauch aus.

„Was willst du?", erkundigte er sich matt.

„Nina Armin finden."

Simon schloss die Augen. Er hob die Hand mit der Zigarette an die Stirn. Wiegte sich vor und zurück.

„Ich weiß nicht, wo sie ist."

Alle Hoffnung, die Christopher bis eben gehegt hatte, verpuffte. Simon begann lautlos zu weinen. Er ließ die Pistole sinken, stützte die Ellenbogen auf die Tischplatte auf und presste sich die Handflächen gegen die Augen. Seine Schultern zuckten unkontrolliert, während er kleine Schluchzer von sich gab. Christopher wollte ihn packen und schütteln. Ihn anschreien. Seiner Frustration ein Ventil geben. Stattdessen nahm er Simon gegenüber auf der Sitzbank Platz. Er öffnete das Kippfenster zu seiner Rechten und löste den provisorischen Sichtschutz. Mehr Licht drang ins Innere. Und frische Luft. Er brauchte frische Luft! Zwischen leeren Korn- und Whiskyflaschen fand er Platz, um die Ellenbogen auf den Tisch zu stützen. Er faltete die Hände, presste die Daumen gegen das Kinn und betrachtete das Sammelsurium aus Keksschachteln, Fast-Food-Papier und Zigarettenkippen. Halb unter einem Stapel leerer Tablettenblister versteckt lagen zwei verpackte Spritzen.

Ein furchtbares Gefühl kroch seinen Rücken hinauf. Was versuchte Simon Vollmer so verzweifelt zu verdrängen?

„Wie lange versteckst du dich hier schon?", fragte er bemüht ruhig.

Simon senkte die Hände und kniff die Augen gegen die Helligkeit zusammen. Er schniefte, wischte sich mit dem Handrücken die Nase und erinnerte sich an die Zigarette in seiner anderen Hand. Die war fast heruntergebrannt. Er nahm einen letzten Zug und schnippte den Stummel aus dem Fenster.

„Drei Wochen." Er klang ein wenig nüchterner als zuvor. „Nicht jeden Tag, aber die meiste Zeit."

„Wo bist du vorher untergekommen?"

„Hier und dort."

„Weiß Herr Bartel, dass du hier bist?"

Simons Augen weiteten sich erstaunt.

„Ich habe mit deiner Mutter gesprochen", erklärte Christopher. „Deine Eltern machen sich große Sorgen um dich."

Simons Gesicht verzerrte sich. Seine Mundwinkel zuckten, während er gegen neue Tränen ankämpfte.

„Siggi hat keine Ahnung", erwiderte er mit erstickter Stimme. „Der verbringt den Winter bei Verwandten in Spanien. Deshalb wusste ich, dass der Wohnwagen leer steht. Ich gehe nur bei Dunkelheit raus und halte die Fenster und die Tür tagsüber geschlossen. Es soll niemand merken, dass ich hier bin." Er blickte beschämt auf das Chaos im Wohnwagen. „Ich habe sogar sein geheimes Geldversteck geplündert."

Daher stammte das Geld für den Drogeneinkauf bei Jojo.

Schniefend untersuchte Simon die Flaschen auf dem Tisch. Er fand eine, in der ein Rest dunkler Flüssigkeit schwappte. Gierig trank er und ließ die endgültig leere Flasche auf den Tisch sinken. Neben die Pistole, die ihr Zerstörungspotenzial in Wellen auszustrahlen schien.

„Was ist auf der Baustelle passiert?"

Simon betrachtete ihn aus verquollenen Augen. Senkte den Kopf. Schließlich schob er sich von der Sitzbank und wankte in den Schlafbereich. Den Geräuschen nach zu urteilen, suchte er etwas. Christopher atmete tief ein und langsam wieder aus. Sammelte sich für die nächste Runde. Durch die offene Wohnwagentür und die angekippten Fenster fand allmählich der dringend benötigte Luftaustausch statt. Er hob einen der leeren Tablettenblister auf und studierte den Aufdruck auf der Rückseite. *Rivotril.*

Der Name sagte ihm nichts. Es waren bestimmt keine Kopfschmerztabletten gewesen.

Wie sollte er Gerrit erklären, dass Nina nicht hier war? Gab es einen Weg, an dessen Ende keine Gewalt wartete? Ehe er weiter darüber nachdenken konnte, kehrte Simon zurück. In der Hand hielt er ein Smartphone. Sobald er auf der Bank saß, entsperrte er das Gerät. Dabei beschrieb sein Zeigefinger die Form eines Dreiecks. Er tippte zweimal auf das Display und reichte das Gerät wortlos über den Tisch. Christopher betrachtete das grobkörnige Foto, auf dem unscharf zwei Personen zu sehen waren.

Nein, es war kein Foto. Sondern ein Video.

Simon fixierte ihn aus geröteten Augen. „Spiel es ab.”

Erfüllt von Neugier und einer unerklärlichen Furcht, berührte er das entsprechende Symbol. Das Video begann. Undeutliche Stimmen drangen aus dem Smartphone. Aggressive Stimmen. Ruckartig wurde die Szene herangezoomt, gewann an Schärfe und Helligkeit. Zwei Männer in Wintermänteln standen sich neben einer gelben Stahlkonstruktion gegenüber, die verdächtig einem Baukran glich. Ihre Körperhaltung und Gestik ließen auf eine hitzige Debatte schließen. Der größere der beiden wandte der Kamera den Rücken zu. Er hatte dunkle Haare. Der Kleinere war um die sechzig und grauhaarig, mit hageren Zügen.

Plötzlich schlug der größere Mann seinem Gegenüber mit der Faust ins Gesicht. Ein brutaler Angriff aus dem Nichts. Der Getroffene krachte gegen den Baukran, taumelte zurück und brach zusammen. Sein Angreifer verharrte. Blickte auf den Verletzten herab. Im nächsten Moment zerrte er den schmächtigeren Mann am Kragen hoch und rammte ihn mit dem Kopf voran gegen die Stahlkonstruktion. Die Aufnahme verwackelte kurz. Ein entsetztes Keuchen drang aus dem Lautsprecher. Wieder und wieder knallte der Angreifer den Kopf seines Opfers gegen den Kran. Endlich ließ er von ihm ab. Der Grauhaarige sackte zu Boden. Blieb reglos liegen.

Plötzlich fuhr der Angreifer herum. Als habe ihn etwas erschreckt.

Richard Neudorf!

Die Aufnahme brach ab.

Christopher starrte auf das Display. Diese unfassbare Brutalität!

Er sammelte sich. Spielte das Video ein zweites Mal ab. Um es zu begreifen. Danach ein drittes Mal. Allmählich verstand er einzelne Wörter, deren Zusammenhang ihm allerdings verborgen blieb.

Das entsetzte Keuchen wurde eindeutig von einer Frau ausgestoßen. Nina Armin?

Er stoppte die Aufnahme. Richard Neudorf fror in der Bewegung ein. Sein Opfer fest im Griff. „Wo ist das passiert?"

„Auf einer Baustelle in der HafenCity."

„Erinnerst du dich an die Adresse?"

Simon hob matt die Schultern. „Wir sind bei der Station Überseequartier ausgestiegen und über eine Brücke gegangen. Die Baustelle lag direkt dahinter."

„Wir müssen sofort die Polizei informieren!"

„Nein! Auf keinen Fall! Niemand darf erfahren, was wir getan haben! Ich will nicht in den Knast!"

„Richard Neudorf hat vor laufender Kamera einen Menschen schwer verletzt, wahrscheinlich sogar getötet! Soll der Mann ungestraft davonkommen?"

„Ist mir egal! Ich will endlich raus aus diesem beschissenen Wohnwagen! Weg von hier!" Simons Kinn begann zu zittern. Seine Augen glänzten. Seine Stimme bebte. „Ich hab das alles nicht verdient!"

Sein weinerliches Selbstmitleid war unerträglich. „Es geht nicht allein um dich! Nina steckt genauso in Schwierigkeiten!" Christopher schlug vor Wut mit der Faust auf den Tisch. Sein Gegenüber zuckte zusammen. Flaschen stießen klirrend aneinander. „Deshalb erzählst du mir jetzt, was ihr getan habt!"

Tiefe Verzweiflung spiegelte sich in Simons Miene wider. Er rutschte auf der Sitzbank hin und her, als wolle er jeden Moment aufspringen und davonlaufen. „Du darfst es niemandem verraten!", flehte er. „Versprich es!"

„Erzähl mir, was passiert ist. Von Anfang an."

Christopher hielt noch immer das Smartphone in der Hand. Er beschrieb unauffällig ein Dreieck auf dem Display und entsperrte das Gerät. „Alles, was dir einfällt. Gleichgültig, wie unwichtig es erscheint."

Während seine Worte Simon erfolgreich ablenkten, wechselte er vom Video zum Hauptdisplay des Smartphones. Wie erhofft, erschien ein kleines Mikrofon-Icon in der rechten oberen Ecke. „Jedes Detail kann wichtig sein." Er berührte das Icon, um die Aufzeichnungsfunktion zu starten.

„Was habt ihr getan, nachdem die Aufnahme abgebrochen ist?”

„Wir sind abgehauen. Nina war überzeugt, dass dieser Neudorf uns gesehen hat. Sie wollte zur Polizei gehen und ihn anzeigen, aber ich dachte ...”

Simon stockte. Senkte beschämt den Blick.

„Du dachtest, es gibt einen profitableren Weg.”

Anstatt einer Antwort nahm Simon von irgendwo auf der Sitzbank eine angebrochene Zigarettenschachtel. Er zündete sich mit zitternden Händen eine Zigarette an und sog den Rauch tief ein. Das Smartphone zeichnete alles auf.

„Also habt ihr beschlossen, Richard Neudorf zu erpressen”, soufflierte Christopher.

Sein Gegenüber nickte und blies Zigarettenrauch aus.

„Wie habt ihr herausgefunden, wer er ist?”

„Der Grauhaarige hat ihn während des Streits beim Namen genannt. Und Neudorf hat mehrfach gebrüllt, es sei *seine* Firma und *seine* Entscheidung. Nina ist auf die Idee gekommen, die Website der Neudorfs zu überprüfen. Da haben wir sein Foto gefunden.”

„Wer ist der andere Mann?”

„Keine Ahnung.”

„Hat er Richard Neudorf beim Vornamen oder Nachnamen genannt?”

Simon runzelte die Stirn. „Beim Vornamen, wieso?”

„Die beiden kannten sich persönlich. Das ist wichtig. Worum ging es bei dem Streit?”

„Um Geld. Geheime Konten, von denen niemand erfahren darf. Der Grauhaarige hatte Angst, seine Vorgesetzten könnten Verdacht schöpfen. Irgendein interner Audit, der demnächst stattfinden soll. Er sei zu alt, um ins Gefängnis zu gehen. Neudorf hat ihm gedroht. Er würde sich nicht von einem Feigling ruinieren lassen. Der Grauhaarige hat gesagt, dass er aussteigt. Den Rest hast du gesehen."

„Wo ist Nina?", stellte Christopher die wichtigste aller Fragen.

Simon ließ den Kopf hängen. Er wirkte unendlich erschöpft. „Ich wollte weg aus Deutschland. Weg von all dem Scheiß. Neu anfangen. Paul loswerden."

„Wie viel schuldest du ihm?"

Kurzes Schweigen. „Achtzehntausend."

Was für eine Summe! „Wofür?"

„Spielschulden. Drogen. Ich hab irgendwann den Überblick verloren. Richard Neudorf war *die* Chance, auf einen Streich alles mit Paul zu klären."

„Und Nina?"

„Wollte zuerst nicht mitmachen. Es war ihr zu riskant. Aber sie braucht dringend Kohle, um ihren Cousin zu unterstützen. Der hat Wirtschaft oder so was in den USA studiert und will in Hamburg eine eigene Firma gründen. Dabei möchte Nina ihm helfen. Angeblich schuldet sie ihm was. Keine Ahnung, worum es da geht. Jedenfalls ist sie ziemlich schnell eingeknickt." Simon nahm einen Zug von der Zigarette. Asche löste sich und fiel auf die Tischplatte.

Christopher schüttelte sprachlos den Kopf.

Wenn Gerrit davon erfährt, bringt er dich um!

„Wie habt ihr die Erpressung in die Wege geleitet?"

„Ich habe in der Firma angerufen und mich unter einem Vorwand zu Richard Neudorf durchstellen lassen."

„Einfach so?"

„Klar, wie sonst? Ich habe von dem Video erzählt und Geld verlangt."

„Wie viel?"

„Fünfhunderttausend."

„Fünfhunderttausend?!" Es war kompletter Wahnsinn gewesen, eine solche Summe von einem Mörder zu erpressen!

„Nina hat das Video per E-Mail an Neudorf geschickt. Über eine falsche Adresse und irgendeine verschlüsselte Verbindung. Er hat gesehen, was wir gegen ihn in der Hand haben, und sich auf den Deal eingelassen. Die Kohle gegen das Beweisvideo und unser Schweigen. Die Übergabe sollte am Rathausmarkt stattfinden. Das war Ninas Idee. Ein belebter Platz, viele Fluchtmöglichkeiten. Neudorf sollte die Kohle unter einer der Bänke verstecken. Ich wollte sie einsammeln und dafür mein Handy mit dem Video dalassen."

Deshalb die Übersichtskarten auf Ninas Laptop.

Christopher schluckte gegen die plötzliche Trockenheit in seinem Mund an. „Was ist schiefgelaufen?"

„Neudorf wusste nichts von Nina. Nach der Übergabe sollte sie das Geld von mir übernehmen und abhauen. Wir wollten uns später an einem sicheren Ort treffen und die Kohle teilen."

„Und?"

Simon starrte vor sich auf die Tischplatte.

„Ich hab's vermasselt", sagte er tonlos. „Wir hatten vereinbart, niemandem was zu erzählen und uns bis zum Tag der Übergabe getrennt zu verstecken. In der Nacht davor konnte ich vor lauter Schiss nicht pennen. Magenkrämpfe, Schweißausbrüche, ich stand total neben mir. Also hab ich was eingeworfen."

Eine schreckliche Ahnung wuchs in Christopher.

„Du bist nicht hingegangen?"

Simon schüttelte den Kopf. Neue Tränen glänzten in seinen Augen. „Ich bin abgedriftet. Totaler Blackout. Plötzlich war es Nacht. Der Zeitpunkt fürs Treffen war längst verstrichen, und ich konnte Nina nicht auf dem Handy erreichen. Ich habe es mehrfach versucht, aber …"

Eisige Kälte breitete sich in Christophers Eingeweiden aus. „Denkst du, sie ist allein zur Übergabe gegangen?"

„An ihrer Stelle hätte ich es getan. Die Kohle kassiert und mich ans andere Ende der Welt verpisst."

„Dass Nina seitdem verschwunden ist, beunruhigt dich überhaupt nicht?" Fassungslosigkeit und Empörung brodelten in ihm hoch wie in einem Dampfkochtopf.

„Was soll ich machen? Zur Polizei gehen?"

„Ja, verdammt! Du Vollidiot ziehst Nina in diesen Wahnsinn hinein und lässt sie danach im Stich! Ein neunzehnjähriges Mädchen! Weil du dir die Birne zudröhnen musstest!"

Draußen im Vorzelt wurden Stimmen laut. Dann fegte Gerrit Rust in den Wohnwagen wie ein Orkan. Er packte Simon Vollmer am Kragen und versuchte, ihn von der Sitzbank zu ziehen. „Was hast du mit Nina gemacht?", brüllte er. „Was?!"

In Panik versuchte Simon, ihn abzuwehren.

Christopher überwand seinen Schock und griff in das Handgemenge ein. Er erwischte Gerrits Arm. Der schüttelte ihn ab und streifte ihn dabei mit dem Ellenbogen an der Schläfe. Kurz sah er Sterne.

David Kepler erschien im Wohnwagen. Er zerrte seinen Freund zurück und hob ihn scheinbar mühelos hoch. Für einen Moment schwebte Gerrit in der Luft. Schließlich vollführte David eine halbe Drehung und setzte ihn ab. Gerrit stolperte vorwärts, fiel beinahe über den Heizkörper und fuhr herum. „Geh mir aus dem Weg!" Er versuchte, sich an David vorbeizudrängen, doch der schob ihn entschlossen zurück. „Ich will wissen, was dieses miese Stück Dreck mit Nina gemacht hat! Und wenn ich es aus ihm herausprügeln muss!"

„Du landest wieder im Knast, Gerry!"

„Ist mir egal!"

David bewegte sich keinen Millimeter. „Mir aber nicht, du Idiot!"

Gerrit hielt inne, schwer atmend, die Hände zu Fäusten geballt. Seine dunklen Augen sprühten vor Wut.

Verwirrt verfolgte Simon die Diskussion. „Das ist Gerrit? Der Typ aus Amerika? Der mit der Firma?"

Christopher gelang es endlich, sich durch die enge Lücke zwischen Sitzbank und Tisch zu zwängen. Er baute sich als zweite Barriere hinter David auf.

„Simon weiß nicht, wo Nina ist", erklärte er. „Die beiden haben Richard Neudorf bei einem Verbrechen beobachtet und ihn erpresst. Sie wollten sich am Tag der Geldübergabe treffen, aber etwas ist schiefgelaufen."

Gerrits Blick wurde noch finsterer. „Nina hätte sich niemals darauf eingelassen! Dieses Arschloch muss sie dazu gezwungen haben!" Mit dem Zeigefinger deutete er drohend auf Simon. „Wenn Nina etwas passiert ist, breche ich dir den Hals, du jämmerliches Stück Scheiße!"

„Sie hat es deinetwegen getan!", schoss Simon trotzig zurück. „Weil du Kohle für deine neue Firma brauchst."

„Was?", fragte Gerrit verwirrt. „Welche Firma?"

Christopher reichte das Theater endgültig. „Das können wir später klären. Gerrit, warte draußen auf uns."

Der Angesprochene dachte gar nicht daran, sich zu bewegen.

„RAUS!", brüllte Christopher in einer Lautstärke und Tonlage, die er so nicht von sich kannte. „SOFORT!"

Widerwillig gehorchte Gerrit Rust. Kaum war er draußen, erklang im Vorzelt lautes Scheppern. David blieb in der offenen Tür stehen. Vielleicht, um seinen Freund am Zurückkommen zu hindern. Vielleicht, um Simon vom Weglaufen abzuhalten.

„Zieh dir Schuhe an, und pack deine Sachen", befahl Christopher Simon. „Ich informiere inzwischen die Polizei."

Der jüngere Mann schob sich ohne Widerworte von der Sitzbank und schlich in den Schlafbereich.

Christophers Hand zitterte leicht, als er das Smartphone vom Tisch nahm. Ein Rest von Adrenalin.

Es war blauäugig gewesen zu glauben, Gerrit würde sich aus der Befragung heraushalten.

Er entsperrte das Gerät, beendete die Sprachaufnahme und steckte es in die Jackentasche. Mit seinem eigenen Smartphone wählte er Felix von Everts Handynummer.

„Herr Privatdetektiv", meldete sich der Kommissar. „Muss ich wieder eine Streife losschicken, um dich vor brutalen Schlägern zu retten?"

„Nein. Diesmal dürfen Sie den Zeugen eines möglichen Mordes einsammeln."

„Ein möglicher Mord? Mit dir wird es nie langweilig. Hat dieser Zeuge einen Namen?"

David Kepler beobachtete ihn aufmerksam. Im Schlafbereich stopfte Simon Kleidung in eine Sporttasche.

Er senkte die Stimme. „Simon Vollmer."

„Der junge Mann, der die Schwierigkeiten mit dem Kredithai hat?"

„Genau."

„Interessant. Kannst du mir auch den Namen des möglichen Täters präsentieren?"

Die Zeit war gekommen, die ganze Geschichte zu erzählen. Selbst wenn dabei herauskam, dass er wichtige Informationen zurückgehalten hatte.

„Der Täter heißt Richard Neudorf. Er ist Geschäftsführer einer Baufirma namens *Neudorf-Hochtiefbau*. Es existiert ein Handyvideo, auf dem zu sehen ist, wie Neudorf sich mit einem anderen Mann zunächst streitet und diesen schließlich niederschlägt und auf brutalste Weise misshandelt. Ich bezweifle, dass das Opfer den Angriff überlebt hat. Simon Vollmer und Nina Armin haben Richard Neudorf erpresst. Allerdings ist am Tag der Geldübergabe etwas schiefgelaufen. Nina ist möglicherweise allein zum Treffen mit Neudorf gegangen und wird seitdem vermisst. Simon hat es vorgezogen, unterzutauchen und niemandem von der Erpressung zu erzählen. Oder von Ninas Verschwinden."

In der Leitung herrschte für einige Momente tiefes Schweigen. „Ich nehme an, du hast von dieser Erpressung bereits bei unserem kleinen Schwätzchen an der Alster gewusst?"

Er gab keine Antwort.

Der Kommissar schnaufte. „Ich werte die Stille als Bestätigung."

„Ich kannte zu dem Zeitpunkt nicht alle Fakten. Vieles hat sich eben erst geklärt."

„Aha. Wo befindet sich Simon Vollmer?"

„Auf einem Campingplatz am Lanzer See."

„Wo?"

„Am Lanzer See. Kurz hinter Basedow."

„Ach, da." Felix von Everts Tonfall verriet, dass er keine Ahnung hatte, wo Basedow lag.

Christopher lieferte eine knappe Wegbeschreibung.

„Moment." Ein Geräusch wie von Papier, das von einem Block abgerissen wurde. Gefolgt von der gedämpften Stimme des Kommissars, der einen Kollegen darum bat, die örtliche Polizeidienststelle zu kontaktieren. „Ich lasse Simon Vollmer abholen, damit er eine Aussage machen kann. Die Streife sollte bald bei euch eintreffen."

„Was ist mit Richard Neudorf?"

„Um Herrn Neudorf kümmere *ich* mich. Du hast deinen Teil getan. Hast du dieses Video?"

„Ja. Simon hat es mit seinem Smartphone aufgezeichnet." Er tastete automatisch in der Jackentasche nach dem Gerät. Um sich zu vergewissern, dass es nicht auf wundersame Weise verschwunden war. „Ich habe sein Geständnis aufgenommen. Allerdings heimlich, deshalb weiß ich nicht, ob die Aufnahme vor Gericht Bestand hat."

In rechtlichen Aspekten kannte er sich zu wenig aus. Eine Wissenslücke, die er irgendwann füllen wollte.

„Übergib das Smartphone den Polizeibeamten. Wir können die Beweise als Grundlage für die Befragungen verwenden. Ich brauche wohl kaum zu erwähnen, dass du keine Kopie von dem Video oder dem Geständnis machen solltest."

„Nein", gab er leicht beleidigt zurück, „brauchen Sie nicht. Die *Neudorf-Hochtiefbau* hat ihren Hauptsitz in der HafenCity. Dort sollten Sie Richard Neudorf antreffen." Er hielt kurz inne. „Es tut mir leid, dass ich Ihnen Informationen verschwiegen habe."

„Darüber sprechen wir später. Sobald die Polizisten Simon abgeholt haben, kommst du zurück nach Hamburg und hältst dich zu unserer Verfügung."

„Sie verhaften Richard Neudorf sofort, richtig? Sie geben ihm keine Gelegenheit, unterzutauchen. Der Mann ist …"

„Topher", unterbrach ihn der Kommissar und nannte ihn zum ersten Mal bei seinem Spitznamen. „Ich kümmere mich darum."

Es klickte in der Leitung.

Christopher atmete geräuschvoll aus. Die Aussicht auf eine gehörige – und verdiente – Standpauke löste ein flaues Gefühl in seiner Magengegend aus.

David verließ den Wohnwagen als Erster, gefolgt von Simon, der die gepackte Sporttasche trug, und Christopher. Gerrit tigerte unruhig im Vorzelt auf und ab. Gartengeräte, Metalleimer und Schüsseln lagen über den Boden verstreut. Simon suchte Schutz bei Christopher. Der Junge brauchte dringend eine Dusche! Er stank sprichwörtlich zum Himmel.

„Die Polizei ist auf dem Weg, um Simon abzuholen", erklärte Christopher.

Gerrit hielt inne. „Was ist mit Nina?"

„Vielleicht hilft uns Richard Neudorf weiter. Er wird wissen, was am Tag der Übergabe geschehen ist.”

„Und wenn Neudorf die Aussage verweigert?”

„Finden wir sie allein.”

Sein Versuch, optimistisch zu klingen, misslang kläglich.

„Es existiert ein Beweisvideo”, warf David Kepler ein. „Der Loser hat Neudorf mit dem Smartphone gefilmt.”

Gerrits Blick bohrte sich in Simon Vollmer. „Zeigt es mir.”

Simon deutete hastig auf Christopher. „*Er* hat mein Smartphone!”

Christopher schüttelte den Kopf. „Es gibt nichts darauf zu sehen, was uns irgendwie weiterhelfen könnte.” Im Gegenteil. Wenn Gerrit sah, wozu Richard Neudorf fähig war, würde es seine Furcht um Nina und die Wut auf Simon zusätzlich steigern.

„Ich will es sehen!”, forderte Gerrit. „Vorher macht niemand einen Schritt aus diesem Zelt!”

David trat neben seinen Freund. Gemeinsam bildeten sie eine Barriere vor dem Zeltausgang. Christopher gab sich geschlagen. Er holte das Smartphone hervor, entsperrte es und rief das Video auf. Gerrit und David kamen heran. Er hielt Simon sicherheitshalber am Arm fest, damit der die Gelegenheit nicht zur Flucht nutzte. Zu viert sahen sie das Video an. Als der erschrockene Laut, Ninas Laut, ertönte, weiteten sich Gerrits Augen. Nachdem die Aufnahme zu Ende war, starrte er mit versteinertem Gesicht auf das Display.

„Du hast *das* gesehen”, zischte er, „und gedacht, es wäre eine gute Idee, *diesen* Mann zu erpressen? Du unterbelichteter Vollidiot!” Ohne Vorwarnung schlug er

Simon mit der Faust ins Gesicht. Der ging wie ein nasser Sack zu Boden. David zog seinen Freund sofort zurück.

„Wenn Nina deinetwegen etwas zugestoßen ist …", fauchte Gerrit Simon an, der zusammengekrümmt neben der Sporttasche lag und sich jammernd die linke Gesichtshälfte hielt. „Wenn sie deinetwegen …" Er stockte, sichtlich überwältigt von seinen Gefühlen.

„Lasst uns gehen." Christopher zog den protestierenden Simon unsanft auf die Beine. Er drückte ihm die Sporttasche in die Hand und führte ihn aus dem Vorzelt.

„Was ist mit Richard Neudorf?", fragte Gerrit, sobald sie im Freien waren.

„Um den kümmert sich die Polizei."

„Und wenn er versucht, zu fliehen?"

„Neudorf rechnet nach all der Zeit bestimmt nicht mit einer Verhaftung. Er wird zu überrascht sein, um an Flucht zu denken."

Gerrit wirkte nicht überzeugt. Christopher hoffte, seine Worte würden zutreffen. Er führte Simon über die Wiese und an den Bäumen vorbei. Auf halber Strecke zur Brücke sah er über die Schulter. David Kepler stand ein gutes Stück entfernt, den Blick auf den Wohnwagen von Herrn Bartel gerichtet.

Im nächsten Augenblick trat Gerrit ins Sichtfeld.

Ein Streifenwagen überquerte die Brücke. Sirenen und Blaulicht ausgeschaltet. Keine Gefahr im Verzug.

Das Fahrzeug hielt am Straßenrand. Zwei Polizeibeamte stiegen aus. Simon verlangsamte seinen Schritt. Aus seinen Augen sprach Angst. Unnachgiebig zog Christopher ihn mit sich.

KAPITEL 18

Die Buchstaben verschwammen zu undeutlichen Linien. Dunkle Punkte tanzten über den Computerbildschirm und explodierten in einem grauschwarzen Feuerwerk. Karin Neudorf nahm die Brille ab, schloss die müden Augen und massierte sich das Nasenbein. Darauf bedacht, ihre Schminke nicht zu verwischen. Das Äußere musste stimmen. Besonders an einem Tag wie diesem. Sie legte die Brille beiseite und nippte an dem Kaffee, den Frieda, ihre Assistentin, vor einigen Minuten gebracht hatte. Der dritte Becher. Schwarz, ohne Zucker. Heiß und bitter.

Bitter ...

Sie kämpfte mit der aufwallenden Traurigkeit. Atmete tief durch, um die Tränen zurückzuhalten. Neben dem Monitor stand eine Taschentuchbox. Sie zog eines der dünnen Tücher aus der Pappschachtel und tupfte sich die Augenwinkel ab. Im Papierkorb türmte sich bereits ein Berg benutzter Tücher auf.

Nach einem weiteren Schluck Kaffee versuchte sie, sich endlich auf die Präsentation zu konzentrieren. Morgen früh stand ein wichtiger Kundentermin an. Bis dahin musste sie alle Fakten auf Abruf parat haben.

The show must go on.

Selbst wenn das eigene Leben aus den Fugen geraten war.

Während sie das Kundenprofil ein viertes und fünftes Mal las, schlichen sich Erinnerungen an die vergangene Nacht in ihre Gedanken. Ihre Beichte. Richards Gesichtsausdruck. Sein Schweigen. Diese unerträgliche Stille. Sie hatte versucht, ihre Beweggründe zu erklären. Ihm die Einsamkeit und Verlassenheit begreiflich zu machen, die sie manchmal verspürte. Die Sehnsucht nach Zuneigung, nach Berührung. Danach, gesehen zu werden. Als Frau wahrgenommen zu werden.

Richard hatte wie versteinert dagestanden. Kein Wort, keine Regung verrieten, ob er verletzt, enttäuscht, wütend oder traurig war.

Als sie ihm von den geschmacklosen Fotos und der Erpressung durch ihren Liebhaber erzählt hatte, war seine Reaktion, die allererste Reaktion überhaupt während ihres tränenreichen Monologs, ein Kopfschütteln gewesen.

Gefolgt von diesem Satz: „Ich hätte mehr von dir erwartet."

Worte wie ein Peitschenhieb.

Sie war fassungslos gewesen.

„Das ist alles, was dir dazu einfällt?"

„Was soll ich sonst sagen? Du hast mich zutiefst verletzt? Mein Vertrauen missbraucht? Mich betrogen? Unsere Ehe mit Füßen getreten? Was, Karin, soll ich sagen?!"

Sie drehte ihren Schreibtischstuhl zum Panoramafenster. Draußen schlenderten Passanten vorbei, dick eingepackt gegen die Kälte. Ein Lieferwagen fuhr die Straße entlang.

Ich hätte mehr von dir erwartet.

Nie zuvor hatte sie Richard so kalt und gleichzeitig so wütend erlebt. Als er von dem Privatdetektiv erfahren hatte, der die Identität des Beobachters herausfinden sollte, hatte er sie angebrüllt. Wie sie dazu käme, wildfremden Menschen zu erlauben, in ihren Privatangelegenheiten herumzuschnüffeln! Hinter seinem Rücken! Ob sie sich über die möglichen Konsequenzen im Klaren sei.

Für ihn war es ein weiterer Vertrauensbruch gewesen.

Der aus ihr unbegreiflichen Gründen offenbar genauso schwer wog wie ihre Affäre. Wenn nicht sogar schwerer.

Das verletzte sie zutiefst.

Schließlich war Richard aus dem Haus gestürmt und davongefahren. Mitten in der Nacht. Als sie heute früh in die Firma gekommen war, übernächtigt, gereizt und ohne gefrühstückt zu haben, saß er hinter seinem Schreibtisch und telefonierte. Seitdem gingen sie einander aus dem Weg. Natürlich blieb das nicht unbemerkt. Aaron und Frieda bedachten sie mit besorgten, verwirrten Blicken. Sie stellten keine Fragen, und dafür war Karin dankbar. Es fiel ihr auch so schwer genug, Haltung zu bewahren.

Leichte Übelkeit stieg von ihrem Magen auf. Der viele Kaffee. Sie drückte einen Knopf an der Gegensprechanlage.

„Frieda? Komm bitte kurz rein.“

Kurz darauf wurde eine Verbindungstür geöffnet. Frieda trat ein. Ihre dunklen Mandelaugen spiegelten Besorgnis wider. Karin versuchte ein Lächeln. Es gelang nicht.

„Sei so gut und hole mir ein belegtes Baguettebrötchen vom Bäcker. Käse oder Salami. Und einen Milchreis mit Zimt. Ich bin heute nicht zum Frühstücken gekommen."

„Natürlich, Frau Neudorf. Ich mache mich sofort auf den Weg." Frieda zögerte. „Geht es Ihnen gut?"

Diesmal gelang Karin ein schmales Lächeln. „Nein. Aber mach dir keine Sorgen, Liebes."

„Bitte lassen Sie mich wissen, wenn ich etwas für Sie tun kann."

„Für den Moment genügen mir ein Baguettebrötchen und Milchreis."

„Ich beeile mich!"

Frieda verließ den Raum und zog die Tür leise hinter sich zu. Ihre Besorgnis rührte Karin. Sie nahm sich ein weiteres Taschentuch aus der Box und betupfte ihre Nase.

Frieda arbeitete seit fast acht Jahren für die *Neudorf-Hochtiefbau*, vier davon als Karins persönliche Assistentin. Ihr Verhältnis war freundschaftlich, beinah familiär. Seitdem Friedas Eltern aus beruflichen Gründen nach Schanghai gezogen waren – ihr Vater arbeitete dort als Architekt für ein Bauunternehmen –, bat ihre junge Assistentin sie oft um Rat bei wichtigen Entscheidungen. Manchmal erschien es Karin, als sähe Frieda in ihr eine Art Ersatzmutter. Ein schönes Gefühl, auf diese Weise gebraucht zu werden.

Seitdem Wilhelm in Berlin lebte, legte er keinen Wert mehr auf ihren Rat.

Auf der Straße fuhr ein Polizeiwagen vorbei. Sie blickte dem Fahrzeug nach. Eine Erfrischung würde ihr guttun. Frieda hielt immer Getränke für Besucher bereit. Sie erhob sich und öffnete die Verbindungstür zum Büro ihrer Assistentin. Der kleine Raum war nun verlassen. Rechts neben dem Schreibtisch stand ein Kühlschrank. Karin nahm sich eine kleine Flasche Mineralwasser und öffnete sie mit dem Flaschenöffner, der griffbereit neben einigen Gläsern auf dem Kühlschrank lag. Statt zu trinken, blieb sie gedankenverloren stehen. Wie würde es weitergehen? Mit Richard und ihr? Konnten sie diese Krise gemeinsam meistern? Würde sich Richard von ihr trennen? Die Scheidung einreichen?

Sie wollte um ihre Ehe kämpfen, doch in diesem Moment erschien ihr diese Aufgabe zu groß.

In ihrem Büro klingelte das Telefon. Sie ließ es klingeln. Fühlte sich wie gelähmt. Im Flur wurden Stimmen laut. Wortfetzen einer Diskussion.

Schnelle Schritte näherten sich.

„Frau Neudorf, Frau Neudorf!", hörte sie Trudi, die Empfangsdame, aufgeregt rufen. Erst im Flur, einen Moment später nebenan. Schließlich erschien Trudi in der Verbindungstür, schwer atmend, mit einem Ausdruck tiefster Besorgnis und Verwirrung im Gesicht. In dreißig Jahren hatte Karin die ältere Dame nie derart aufgelöst erlebt.

„Die Polizei!" Trudi fasste sich an die Brust, als stünde sie kurz vor einem Herzinfarkt. „Die Polizei verhaftet Herrn Neudorf!"

Karin blinzelte verständnislos. Versuchte, das Gehörte zu verarbeiten.

„Wie bitte?", brachte sie mühsam hervor.

„Sie verhaften den Chef!" Trudi deutete hinter sich, den Tränen nahe.

Endlich verstand Karin die Bedeutung der Worte. Die offene Wasserflasche entglitt ihren kraftlosen Fingern.

Mineralwasser spritzte auf ihre Schuhe und ergoss sich über den Teppichboden.

„Kommen Sie!" Trudi machte auf dem Absatz kehrt und verschwand. Karin folgte ihr, angetrieben von einer furchtbaren Angst. Sie drängte sich an den Mitarbeitern vorbei, die neugierig die Hälse reckten. Jeder wollte einen Blick auf die Vorgänge erhaschen, die sich offenbar in Richards Büro abspielten. Durch die Glastür sah sie ihren Mann. Er stand neben dem Schreibtisch, flankiert von zwei Polizeibeamten. Die Hände hinter dem Rücken verschränkt. Trug er Handschellen?

Ein hochgewachsener, dunkelhaariger Mann in Jeans und Winterjacke stand Richard gegenüber und las einen Text von einem Zettel ab. Sie stieß die Tür auf.

Alle Augen im Raum richteten sich auf sie.

„Was geht hier vor?!", verlangte sie zu wissen. „Warum verhaften Sie meinen Ehemann?" Sie erkannte ihre eigene Stimme kaum wieder; schrill, fast hysterisch.

Der dunkelhaarige Mann trat auf sie zu. Er hielt einen Ausweis hoch. „Kriminaloberkommissar Felix von Evert. Ihr Ehemann steht unter dringendem Tatverdacht, eine bisher namentlich nicht identifizierte Person ermordet zu haben. Da akute Fluchtgefahr besteht, nehmen wir ihn vorläufig fest. Ein Haftbefehl wird in Kürze beantragt."

Karin starrte den Mann fassungslos an.

„Das ist lächerlich! Lassen Sie meinen Mann in Ruhe!" Sie versuchte, sich an dem Kommissar vorbeizudrängen.

Er verstellte ihr den Weg.

„Bitte beruhigen Sie sich, Frau Neudorf."

„Das muss ein Irrtum sein! Richard würde nie ... das ist verrückt!"

„Es tut mir leid, Frau Neudorf. Der Polizei liegen erdrückende Beweise vor."

„Nein, das kann nicht sein! Das ist eine Lüge!" Verzweifelt blickte sie zu ihrem Mann. Richard stand reglos da. Warum verteidigte er sich nicht?

„Sag etwas!", forderte sie ihn auf.

„Was ist hier los?" Die Stimme ihres Neffen. Im nächsten Moment stand Aaron an ihrer Seite.

„Sie verhaften Richard! Er soll jemanden ermordet haben!" Tränen stiegen ihr in die Augen. Sie ergriff seine Hand. „Das muss ein furchtbares Missverständnis sein!"

Aarons Miene war wie versteinert. Sein Kiefer mahlte. „Was wird Herrn Neudorf vorgeworfen?", fragte er mit bemerkenswerter Ruhe.

Der dunkelhaarige Kommissar musterte ihn prüfend. „Sie sind ...?"

„Aaron Reinhard. Herrn Neudorfs Neffe und sein persönlicher Assistent."

„Herr Reinhard, Ihr Onkel steht unter Mordverdacht. Des Weiteren wird er dringend verdächtigt, im Zusammenhang mit dem Verschwinden einer gewissen Nina Armin zu stehen."

Aarons Finger krallten sich plötzlich um Karins Hand. Jegliche Farbe wich aus seinem Gesicht. „Das ist Blödsinn! Sie ... ich ... ich muss telefonieren!"

Der Kommissar nickte. „Ich schlage vor, Sie rufen einen Anwalt an, Herr Reinhard."

Aaron ließ ihre Hand los. Er holte sein Handy hervor und verschwand in den Flur.

Ein Gefühl der Verlassenheit ergriff Besitz von ihr. „Wer ist Nina Armin? Richard, sag was!", flehte sie ihren Ehemann an. „Irgendetwas!"

Er schwieg beharrlich.

War es möglich? Erklärte das sein Verhalten in den vergangenen Wochen? Die Anspannung und Gereiztheit?

Nein! Niemals! Sie stürmte in den Flur hinaus. Hielt verzweifelt Ausschau nach Aaron. Konnte ihn nirgendwo entdecken. Sie lief zum Empfang. Trudi saß hinter ihrem Schreibtisch und musterte sie wie ein erschrockenes Reh.

„Haben Sie Aaron gesehen?"

Ein Kopfschütteln.

Panik erfasste Karin. Wo steckte er?

KAPITEL 19

„Meine Güte, was für eine Geschichte!" Martins Stimme gellte aus dem Smartphone. „So etwas habe ich in meiner bisherigen Laufbahn als Privatdetektiv nicht erlebt!"

„Ich kann es selbst kaum glauben. Hätte ich das Video nicht mit eigenen Augen gesehen ..." Christopher blickte automatisch in den Rückspiegel. Der orangefarbene Opel Kadett folgte ihm in einigem Abstand auf der Autobahn.

„Diese dummen, dummen Kinder! Was haben sich die beiden dabei gedacht?"

„Das Geld sollte ihre Fahrkarte in ein neues Leben sein. Simon wollte auf die Kanaren abhauen, und Nina wollte Gerrit nach der Haftstrafe finanziell unterstützen. Nach allem, was er für sie getan hat, fühlte sie sich wohl in der Pflicht, ihm zu helfen."

„Das wird seine Schuldgefühle kaum verringern."

„Allerdings."

Martin stieß hörbar die Luft aus. „Zwei Stunden vor unserem Termin bei Richard Neudorf. Spannender könnte es kaum sein!"

„Der Mann wird sich heute Nachmittag nur noch mit der Polizei unterhalten."

Er wäre bei Neudorfs Verhaftung gern dabei gewesen. Um den Triumph zu erleben, wenn die Handschellen klickten. Obwohl er bezweifelte, Triumph verspüren zu können. Höchstens Genugtuung.

„Und Nina bleibt verschwunden", bemerkte sein Chef.

„Ich habe keine Ahnung, wie es weitergehen soll. Im schlimmsten Fall müssen wir warten, bis Richard Neudorf ein Geständnis ablegt."

„Das kann Tage dauern", gab Martin zu bedenken. Falls er überhaupt gesteht."

Unwillkürlich packte Christopher das Lenkrad fester. „Ich überlege mir was", erwiderte er entschlossen. „Ich brauche bloß mehr Zeit zum Nachdenken."

„Komm in die Detektei. Wir gehen gemeinsam alle Informationen durch. Vielleicht haben wir eine Spur übersehen."

„Danke, Martin. Gib mir eine Stunde. Ich liefere vorher Davids Wagen in Mümmelmannsberg ab."

„Bis später."

Er beendete das Telefonat.

Wieder kam ihm das Video von der Baustelle in den Sinn.

Die unglaubliche Brutalität, mit der Richard Neudorf den unbekannten Mann attackiert hatte.

Wer war das Opfer? Um welche geheimen Konten ging es bei dem Streit? Die Männer waren eindeutig Partner bei zwielichtigen Geschäften gewesen. Aktienmauscheleien, vorgetäuschte Investitionen, verbotene Transaktionen, Schmiergeldzahlungen, Pfusch am Bau; ein Unternehmen von der Größe der *Neudorf-Hochtiefbau* bot vielfältige Möglichkeiten, sich zu bereichern. Spielten die geplanten Großbauprojekte für das nächste Jahr eine Rolle?

Rechts zog die Ausfahrt Allermöhe vorbei. Sie fuhren über die A 25 zurück nach Hamburg, eine andere

Strecke als auf dem Hinweg. Wie ihm seine Verkehrsapp mitgeteilt hatte, war die A 24 nach einem schweren Unfall teilweise gesperrt. Einen Stau brauchte er in dieser Stimmung überhaupt nicht.

Die Ausfahrt Moorfleet näherte sich. Um nach Mümmelmannsberg zu kommen, sollte er die Autobahn dort verlassen. Fuhr er weiter, erreichte er das Kreuz Hamburg-Süd und musste sich durch den Hafen und die halbe Innenstadt quälen. Ein unnötiger Umweg. Trotzdem machte er keine Anstalten, den Blinker zu betätigen. Er hielt den Dacia auf der Überholspur und ließ die Ausfahrt vorbeiziehen. Sein Smartphone klingelte.

„Wohin fährst du?", drang Gerrits Stimme an sein Ohr.

„In die HafenCity. Ich denke, ich kann die Baustelle finden, auf der es passiert ist."

„Wozu? Nina wird nicht dort sein."

Es gab keine plausible Erklärung. Einzig sein Bauchgefühl. „Ich muss das tun. Ihr könnt mitkommen oder nach Mümmelmannsberg fahren, ist mir gleich. Ich liefere den Wagen später ab."

Kurzes Schweigen in der Leitung. „Wir kommen mit."

Bald darauf erreichte er das Autobahnkreuz. Er ordnete sich in Richtung Norden ein und verließ die Autobahn an der Abzweigung Veddel. Was erhoffte er sich von dem Abstecher zur Baustelle? Eine Art emotionalen Abschluss? Die Genugtuung, den Tatort gefunden zu haben?

Hinter den Neuen Elbbrücken bog er ab und befand sich bald in der HafenCity.

An jeder Ecke wurde gebaut.

Simons Worte kamen ihm in den Sinn:

Wir sind bei der Station Überseequartier ausgestiegen und über eine Brücke gegangen.

Er näherte sich der besagten U-Bahn-Station. Auf der rechten, dem Wasser zugewandten Seite befand sich tatsächlich eine Baustelle. Er hielt am Straßenrand und stieg aus. Hinter einem hohen Metallzaun ragten die ersten Stockwerke eines imposanten Gebäudekomplexes auf. Im Mittelpunkt der Anlage stand ein gelber Kran. Eine Schautafel zeigte die Ansicht eines Hotels, dessen Glasfassade im Sonnenschein glitzerte. Der Name der verantwortlichen Baufirma lautete *Neudorf-Hochtiefbau.*

Ein Schauer lief ihm über den Rücken.

Hier musste der Tatort sein!

Der orangefarbene Opel Kadett hatte inzwischen hinter dem Dacia gehalten. Gerrit und David stiegen aus.

„Ist das die Baustelle?", erkundigte sich Gerrit.

„Das nehme ich an."

Sie betrachteten die Gerüste, Mauern und Treppen.

Und nun?

Bevor er die Frage laut stellen konnte, wandte sich Gerrit unvermittelt nach rechts um. Er schritt zügig den Zaun entlang und verschwand um die Ecke. Christopher und David wechselten beunruhigte Blicke. Wortlos folgten sie ihm auf die Rückseite des Rohbaus.

Dort steuerte Gerrit gerade zielstrebig auf einen schwarzen Wagen zu, der ein Stück entfernt im Schatten des unfertigen Gebäudes stand.

David begann zu laufen.

Im Gehen schrieb Christopher hastig eine Textnachricht an Felix von Evert, um ihn über die Lage des möglichen Tatorts zu informieren. Danach schloss er zu den anderen auf.

Der schwarze Wagen war leer. Er legte die Hand auf die Motorhaube und spürte einen Rest von Wärme. Das Fahrzeug stand erst seit Kurzem hier.

„Dort." Gerrit deutete auf eine Lücke im Zaun, wo jemand eines der mobilen Drahtelemente aus der Halterung gehoben hatte.

Wie hoch lag die Wahrscheinlichkeit, dass sich ausgerechnet an *diesem* Tag, zu *dieser* Stunde, jemand Zutritt zu *dieser* Baustelle verschaffte?

Gerrit fixierte ihn mit bohrendem Blick. Seine Miene signalisierte deutlich, was er zu tun gedachte.

Sollten sie es wagen?

Es gab keine offensichtlichen Überwachungskameras. Außer ihnen dreien befand sich niemand in der Nähe.

Der Kommissar reißt dir den Kopf ab! Ruf die Polizei, und warte auf die Beamten!

In der Zeit wurden wenige Meter entfernt vielleicht wichtige Beweise vernichtet. Widerstrebend nickte er.

„Wir gehen keine unnötigen Risiken ein! Wir wissen nicht, wer uns dadrinnen erwartet."

„Verstanden." Gerrit hob das lockere Zaunelement an und schob es beiseite.

„Wartet kurz." Christopher ging zurück zum Wagen und fotografierte das Kennzeichen. Falls sich der Fahrer heimlich aus dem Staub machte.

Nach einem prüfenden Blick in die Runde schlüpfte er durch die Lücke im Zaun und lief zum Rohbau. Gerrit und David folgten ihm. Nebeneinander gingen sie durch das Gewirr von Gängen, Räumen und unfertigen

Treppen auf die Mitte der Baustelle zu. Der Wind heulte gespenstisch um die Ecken. Regenwasser tropfte von der Decke und rann die Wände herab. Überall bedeckten Pfützen den blanken Betonboden. Sie bewegten sich leise. Horchten dabei auf jedes Geräusch. Die Heimlichkeit verstärkte seine Beklemmung. Sie taten etwas Verbotenes, möglicherweise Lebensgefährliches. Lag er mit seiner Vermutung richtig, würden sie den Fahrer des Wagens beim Baukran finden. In seiner Fantasie malte er sich die wildesten Szenarien aus.

Ein dumpfer Laut ließ ihn zusammenzucken. Als wäre ein schwerer Gegenstand zu Boden gefallen. Irgendwo vor ihnen, nicht allzu weit entfernt.

Sie blieben gleichzeitig stehen. Er legte den Zeigefinger an die Lippen. Deutete nach links und rechts als Zeichen, dass sie sich aufteilen sollten. Gerrit und David verstanden. Sie schlichen weiter. Sein Herz pochte heftig in der Brust. In seinem Bauch kribbelten Nervosität und Anspannung.

Schließlich erreichte er den Rand eines weitläufigen Innenhofs. In dessen Mitte der gelbe Kran aufragte. Davor, ihm den Rücken halb zugewandt, stand eine Person in dunkler Kleidung, das Gesicht unter der Kapuze einer Winterjacke verborgen. Christopher erstarrte. Die Gestalt konnte nicht Richard Neudorf sein, dafür war sie zu klein und zu schlank. Aber wer war es?

Aus den Augenwinkeln sah er David Kepler zu seiner Rechten stehen.

Wo steckte Gerrit?

Die Gestalt im Innenhof hob etwas hoch. Einen roten Kanister. Sie trat zurück und holte Schwung. Im nächsten Moment traf eine helle Flüssigkeit den Baukran. Er war sich sicher, dass es sich um die Stelle handelte, an der Richard Neudorf den unbekannten Mann gegen die Metallverstrebungen gerammt hatte. Bevor er den nächsten Schritt überdenken konnte, trat Gerrit Rust aus der Deckung. Er marschierte entschlossen auf die Gestalt zu. „Hey!" Seine Stimme hallte von den Mauern wider. „Was machen Sie da?"

Die Gestalt fuhr herum.

Die Kapuze rutschte zurück und offenbarte …

Frieda Hessland! Karin Neudorfs Assistentin.

Ihre asiatischen Gesichtszüge waren selbst aus dieser Entfernung zweifelsfrei zu erkennen. Die junge Frau ließ den Kanister erschrocken fallen, warf sich herum und flüchtete. Quer durch den Innenhof und auf einen der zahlreichen Gänge zu, die zurück in den Gebäudekomplex führten. Sofort nahmen Gerrit und David die Verfolgung auf.

Christopher startete ebenfalls durch.

Er überholte David mühelos, schloss zu Gerrit auf und überholte auch ihn. Frieda Hessland erreichte indes die andere Seite des Innenhofs. Er folgte ihr in einen Gang, sah sie rechts abbiegen und nahm die Ecke mit solcher Geschwindigkeit, dass ihn der Schwung gegen die Mauer trug. Er stieß sich ab und erhaschte aus den Augenwinkeln einen Schatten, der nach links verschwand. Der Klang schneller Schritte leitete ihn durch mehrere Räume. Und verstummte abrupt. Verwundert blieb er stehen. Drehte sich langsam um die eigene Achse. Sein Herz raste, sein Atem ging schnell. Mühsam unterdrückte er ein Schnaufen, um kein anderes Geräusch zu überhören. Irgendwo hinter sich vernahm er undeutlich David und Gerrits Stimmen.

Frieda Hessland versuchte bestimmt, zu dem schwarzen Wagen zu gelangen. Das durfte nicht geschehen!

Er drehte sich ein zweites Mal im Kreis. Versuchte, sich zu orientieren. Zu seiner Linken ertönte plötzlich lautes Hupen. Dort lag die Versmannstraße. Um zur Rückseite des Gebäudes zu kommen, musste er sich nach rechts wenden. Er wollte loslaufen, zögerte und entschied sich stattdessen für einen Gang, der geradeaus weiterführte. Befand er sich erst im Freien, konnte er dem Verlauf des Bauzauns bis zum Wagen folgen. Das verringerte das Risiko, sich im Gebäude zu verirren und wertvolle Zeit zu verlieren.

Scheinbar eine Ewigkeit später war der Zaun durch eine Fensteröffnung zu sehen. Mittlerweile schwitzte er in der warmen Winterkleidung wie in einer Sauna. Er erreichte das Fenster, kontrollierte rasch die Umgebung und kletterte hinaus. Draußen wandte er sich nach rechts und hastete im Schatten der Mauern weiter. Keine Spur von Frieda Hessland. War sie entkommen? Sekunden später huschte vor ihm eine dunkel gekleidete Gestalt aus dem Gebäude und lief zum Zaun. Zwischen Holzpaletten und mit Bauschutt gefüllten Säcken zerrte Frieda Hessland an einem der mobilen Elemente. Er hatte sie fast erreicht, als sie ihn bemerkte. Sie wich erschrocken zurück, stieß dabei gegen einen der Säcke. Sie entdeckte etwas darin, griff hinein und zog ein längliches Metallteil heraus. Daumendick, verbogen und rostig. Christopher bremste aus vollem Lauf ab. Mit einem schrillen Laut schwang Frieda die improvisierte Waffe. Er riss schützend die Arme hoch und drehte sich gleichzeitig zur Seite, um dem Schlag auszuweichen. Das Metall traf ihn am linken Unterarm.

Scharfer Schmerz schoss ihm in den Knochen. Er schrie auf, stolperte zurück und hielt sich den verletzten Arm.

„Hau ab!", kreischte Frieda. „Lass mich in Ruhe!" Sie holte erneut aus, Entschlossenheit und Verzweiflung im Blick. Christopher sprang zur Seite. Der zweite Schlag verfehlte seinen Oberkörper um Haaresbreite.

„Warte!", brachte er keuchend hervor. „Ich möchte ..."

Sie wartete nicht, sondern schwang die Metallstange ein drittes Mal. Er ignorierte den schmerzenden Unterarm, packte blitzschnell mit beiden Händen zu und bekam die Stange zu fassen. Mit einem Ruck entwand er der jungen Frau die Waffe. Sie wich zurück. Wollte fliehen.

„Halt!", ertönte eine gebieterische Stimme.

Frieda Hessland erstarrte.

Er fuhr herum.

Gerrit Rust stand einige Meter entfernt, die Arme auf Brusthöhe ausgestreckt. In den Händen hielt er einen schwarzen Gegenstand, mit dem er auf Frieda zielte.

Die Pistole aus dem Wohnwagen! Simon Vollmers Pistole. Gerrit musste sie bei dem Handgemenge auf dem Tisch entdeckt und später heimlich eingesteckt haben.

Christopher ließ die Metallstange fallen. Beschwichtigend hob er die Hände. Versuchte, seine Angst zu unterdrücken.

„Steck die Pistole weg! Tue nichts, was du später bereuen wirst!"

Frieda Hessland presste sich geduckt gegen einen Stapel Holzpaletten. „Nicht schießen! Bitte, nicht schießen! Ich habe nichts getan! Bitte!"

„Ich will endlich wissen, was hier gespielt wird", stieß Gerrit hervor. „Wer ist diese Frau?"

David Kepler trat links von ihnen aus dem Gebäude. Er entdeckte sie und kam herangelaufen. Erleichterung zeichnete sich auf seinem Gesicht ab. Allerdings nur, bis er die Waffe in Gerrits Händen entdeckte. Abrupt blieb er stehen. „Bist du wahnsinnig?" Er starrte seinen besten Freund entgeistert an. „Woher hast du die Pistole?"

Gerrit ignorierte ihn. „Wer bist du?", fuhr er Frieda Hessland an. „Was machst du hier? Was wird hier gespielt? Wo ist Nina?" Die letzte Frage brüllte er. „Ich will endlich wissen, was passiert ist!"

Die verängstigte junge Frau war zu keiner Antwort fähig.

„Das ist Frieda Hessland", erklärte Christopher. „Karin Neudorfs Assistentin. Steck endlich die Pistole weg!"

„Karin Neudorfs Assistentin?" Erstaunt senkte Gerrit die Waffe. „Was hat *sie* damit zu tun? Wie kommt sie dazu, einen Mörder zu decken?"

„Herr Neudorf ist kein Mörder", widersprach Frieda Hessland mit dünner Stimme.

„Was hast du gesagt?!", fauchte Gerrit sie an.

Jegliche Farbe wich aus ihrem ohnehin blassen Gesicht. Tränen strömten über ihre Wangen.

Christophers Smartphone klingelte und vibrierte in der Jackentasche. Ein Anruf, für den er keine Zeit hatte. Er betastete seinen schmerzenden Unterarm, wagte es nicht, den Blick von Gerrit abzuwenden. Er spürte Feuchtigkeit, einen Riss im Stoff der Jacke und neben dem dumpfen Pochen ein scharfes Brennen.

„Herr Neudorf ist kein Mörder!", wiederholte Frieda Hessland mit bebender Stimme. „Was wollen Sie von mir? Wer sind Sie überhaupt?" Nun, da die Pistole nicht mehr auf sie gerichtet war, wurde sie mutiger. „Lassen Sie mich gehen!"

Als sie Anstalten machte, sich zu bewegen, hob Gerrit ruckartig die Waffe. Frieda drehte sich geduckt zur Seite, die Augen von der Bedrohung abgewandt.

Christopher fühlte sich wie gelähmt.

Langsam trat David Kepler näher. „Gerry, hör auf damit. Du versaust dir dein ganzes Leben!"

Gerrit Rust bedachte seinen besten Freund mit einem eisigen Seitenblick. „Richard Neudorf hat auf dieser Baustelle einen Mann ermordet", sagte er an Frieda Hessland gerichtet. „Meine Cousine Nina hat die Tat zusammen mit einem Freund beobachtet und Neudorf erpresst. Kurz darauf ist sie spurlos verschwunden. Du sagst mir sofort, was passiert ist oder ich schwöre ...!"

„Es war ein Unfall!" Friedas Tonfall klang flehend. „Herr Neudorf wollte den Mann nicht ..."

„Ein Unfall? Willst du mir ernsthaft erzählen, dein Chef hat den Mann *aus Versehen* mehrfach mit dem Kopf gegen den Kran gerammt?"

„Nein, so ist es nicht gewesen! Er ..."

„Warst du dabei? Hast du es mit eigenen Augen gesehen?"

Sie schüttelte den Kopf. Um ihre Mundwinkel zuckte es. „Als ich dazukam, war es vorbei. Überall war Blut. So viel Blut." Sie fing haltlos an zu schluchzen.

Gerrit senkte die Pistole. Er trat näher, bis er direkt vor ihr stand. In seinen dunklen Augen loderte mühsam gezügelter Zorn. „Ich will endlich wissen, was mit Nina geschehen ist!"

Statt einer Antwort schlug Frieda Hessland die Hände vors Gesicht. „Er wollte ... er wollte das nicht!", stieß sie endlich mit tränenerstickter Stimme hervor. „Er wollte sie nicht ..."

Der Rest des Satzes ging in Schluchzen unter.

Kälte breitete sich in Christophers Eingeweiden aus. Gerrits Gesicht erstarrte zu einer Maske. Ehe er sich von dem Schock erholen und ausrasten konnte, nahm Christopher Frieda Hessland fest bei den Schultern.

„Was hat Richard Neudorf getan?"

Als die junge Frau nicht reagierte, wiederholte er die Frage. Frieda presste die Lippen aufeinander. Tränen liefen über ihre Wangen.

„Die Polizei kennt das Video. Je länger du den Mann deckst, desto schlimmer wird es für dich! Sollte Richard Neudorf Nina ermordet haben ..."

„Lass mich!" Sie wand sich in seinem Griff. Versuchte verzweifelt, sich zu befreien. „Lass mich los!" Sie packte seinen verletzten Unterarm. „Ich will gehen!"

Trotz der Schmerzen hielt er sie fest. „Rede endlich!"

„Richard war es nicht!", platzte es aus Frieda heraus.

„Wer sonst?", fragte er atemlos.

Ohne Vorwarnung stieß Gerrit ihn beiseite. Er stolperte gegen einen der Säcke mit Bauschutt. Fing sich mit dem verletzten Arm ab und unterdrückte einen Schmerzensschrei.

Gerrit packte Frieda am Kragen. Er rammte sie rücklings gegen die Holzpaletten und presste ihr den Lauf der Pistole gegen die Schulter.

Frieda Hessland kreischte.

David rief entsetzt Gerrits Namen.

„Mach endlich das Maul auf", brüllte Gerrit. „Oder ich jage dir eine Kugel in die Schulter!"

„Aaron!" Friedas Stimme überschlug sich fast. „Es war Aaron. Er ist ihr nach der Geldübergabe gefolgt. Er wollte wissen, wer sie ist. Wer ihr Komplize ist. Er wollte sie zur Rede stellen."

„Wer ist Aaron?"

Christophers Gedanken rasten. Der Name kam ihm bekannt vor. Aber woher?

Frieda Hessland gab die Antwort. „Herrn Neudorfs Neffe."

Aaron Reinhard.

Er hatte den Namen auf der Website der Firma gelesen.

Wie viele Personen waren in diese Sache verwickelt?

„Wo ist Nina?", setzte Gerrit nach. „Hat dieser Aaron ihr etwas angetan?"

Frieda Hessland schloss die Augen. Ihr Kinn bebte. Schließlich nickte sie.

Die Zeit schien stillzustehen.

Eingefroren.

Wie Christophers Gedanken.

Gerrit Rust gab einen gequälten Laut von sich. Er senkte den Kopf. Krallte die Finger in den Stoff von Friedas Jacke. Die Pistole zitterte. Sein ganzer Körper schien zu zittern.

Christopher wusste nicht, was er tun sollte. Er konnte sich nicht auf Gerrit stürzen und ihm die Waffe entreißen. Die Gefahr, dass sich ein Schuss löste, war zu groß.

Aber Gerrit konnte jede Sekunde abdrücken!

David Kepler bewegte sich als Erster. Er streckte die Hand aus, umfasste den Lauf der Pistole und zog die Waffe langsam zur Seite. Bis sie nicht mehr auf Frieda Hesslands Schulter zeigte. Gerrit ließ zu, dass David ihm die Pistole sanft entwand. Seine Hand, ohne Waffe, verharrte in der Luft.

„Wo ist sie?", fragte Christopher in die Stille hinein.

„Was hat Aaron mit ihr gemacht?"

Frieda wich seinem Blick aus. „Im See", erwiderte sie tonlos.

Unendliche Erschöpfung erfüllte ihn.

„Welcher See?"

KAPITEL 20

Das gleichmäßige Brummen des Motors war das einzige Geräusch im Wagen. Frieda Hessland saß auf der Rückbank des grünen Dacia, eingeklemmt zwischen Christopher und Gerrit.

David fuhr, das Gesicht verschlossen, die Lippen fest aufeinandergepresst.

Gerrit starrte auf seine zitternden Hände. Er schien einen inneren Kampf auszufechten, sie *nicht* um Friedas Hals zu legen.

Vor wenigen Minuten hatte die junge Frau ein umfassendes Geständnis abgelegt, das ihnen allen die Sprache verschlug.

Alles hatte mit einem Telefonat begonnen. Einem Streitgespräch zwischen Richard Neudorf und einem unbekannten Anrufer, das Frieda Hessland und Aaron Reinhard zufällig mitgehört hatten. An jenem Samstag war Frieda mittags ins Büro gefahren, um an einer wichtigen Präsentation für Karin Neudorf zu arbeiten. Jeder Satz, jede Tabelle, jedes Bild sollte stimmen, bevor sie ihrer Chefin die Unterlagen am Montag zur Kontrolle übergab. Aaron Reinhard und Richard Neudorf waren ebenfalls im Büro. Keine ungewöhnliche Situation. Das Unternehmen lebte vom Engagement der Familie. Frau Neudorf selbst befand sich an dem Wochenende auf einer Geschäftsreise in Österreich.

Nach einigen Stunden konzentrierter Arbeit war Frieda endlich mit der Präsentation zufrieden. Sie schickte die Datei an Frau Neudorf und legte die Mappe mit dem Ausdruck auf ihren Schreibtisch. Richard Neudorf war bereits gegangen, doch Aaron saß noch in seinem Büro. Weil ihr Wagen nach einer peinlichen Begegnung mit einem Poller zur Reparatur in der Werkstatt stand, bot er ihr an, sie bis zum Hauptbahnhof mitzunehmen. Gemeinsam fuhren sie im Fahrstuhl in die Tiefgarage. Dort stand Richard Neudorf neben seinem Wagen und telefonierte lautstark. Frieda erinnerte sich nicht an den gesamten Wortlaut. Zu erstaunt war sie über den aggressiven Tonfall des Mannes gewesen, den sie stets als höflich und zuvorkommend erlebt hatte. Ihr Chef war durchsetzungsstark, sicher, aber er brüllte seine Mitarbeiter nicht an. An diesem Tag hatte er gebrüllt. Es war um CD-ROMs gegangen, die plötzlich überall auftauchten. Um Namen, Kontonummern, illegale Käufe. Dinge, die niemand nachweisen konnte. Um eine Selbstanzeige, die niemals stattfinden würde. Niemals!

Aaron hatte sie mit versteinerter Miene hinter einen Pfeiler gezogen. Sein eindringlicher Blick hatte sie zum Schweigen aufgefordert. Gemeinsam hatten sie Richard Neudorfs Seite der Unterhaltung gelauscht.

„Wir stecken beide bis zum Hals in dieser Sache drin", hatte er mit warnender Stimme gesagt. „Wenn einer von uns untergeht, reißt er den anderen mit."

Zuletzt ein Einlenken: „Lass uns von Angesicht zu Angesicht darüber sprechen, Ingo. Wir kennen uns zu lange, um diese Angelegenheit zwischen uns kommen zu lassen." Angespanntes Schweigen. Ein Nicken. „Bis gleich."

Obwohl Richard Neudorf zum Ende des Gesprächs erleichtert klang, stieß er nach dem Auflegen einen frustrierten Schrei aus. Frieda war zutiefst erschrocken. Danach stieg ihr Chef in seinen Wagen und raste mit quietschenden Reifen die Rampe hoch. Aaron lief zu seinem eigenen Auto. Ohne nachzudenken, folgte Frieda ihm. Er wollte sie nicht dabeihaben. Doch die Zeit drängte, und so fuhren sie Richard Neudorf gemeinsam nach. Bis zur Baustelle an der Versmannstraße. Aaron hielt in sicherer Entfernung. Richard Neudorf stieg aus und verschwand im Inneren des Rohbaus. Nach einigen Minuten des Wartens verlor Aaron die Geduld. Er befahl ihr, im Auto zu bleiben, und folgte seinem Onkel auf die Baustelle.

„Ich wusste nicht, was ich tun sollte", brach Frieda die Stille. „Ich kam mir vor wie eine Spionin. Schließlich hielt ich es nicht länger aus und bin Aaron nachgelaufen." Sie stockte. Sammelte sich. „Auf der Baustelle verlor ich die Orientierung. Alles sah gleich aus. Irgendwann habe ich Aaron rufen gehört: *Was hast du getan? Bist du verrückt geworden? Was hast du getan?!* Eine Träne rann ihre Wange herab. „Ich bin seiner Stimme gefolgt und fand Herrn Neudorf und ihn im Innenhof. Da lag dieser Mann auf dem Boden."

„War er tot?", hakte Christopher nach, als sie nicht weitersprach.

Frieda nickte.

„Was habt ihr mit der Leiche gemacht?"

„Herr Neudorf und Aaron legten sie in den Kofferraum von Herrn Neudorfs Wagen. Danach ist er weggefahren. Aaron war außer sich. Er flehte mich an, niemandem davon zu erzählen. Weil es die Firma und die

Familie ruinieren würde. Er hat mir Geld angeboten. Mehr, als ich in meinem ganzen Leben verdienen könnte."

„Hast du es angenommen?"

Ein Schniefen. Es war Antwort genug.

„Wohin hat Herr Neudorf die Leiche gebracht?"

„Ich habe nicht gefragt. Es war alles wie ein böser Traum!" Ihr verzweifelter Blick flehte um Verständnis. „Frau Neudorf war immer gut zu mir. Ich wollte nicht, dass sie die Firma verliert!"

„Und Aaron?"

„Er soll in einigen Jahren Herr Neudorfs Nachfolger werden."

Da fiel es natürlich leicht, einen Mord zu vertuschen. Wenn die Wahrheit der eigenen Karriere im Weg stand.

Die Kaltblütigkeit und Brutalität, zu der Menschen in der Lage waren, schockierte ihn stets aufs Neue. Vielleicht war er einfach zu naiv. „Wie konntest du all diese Wochen damit leben, Frieda? Mit der Gewissheit, einen Mörder zu decken?"

„Es war kein ..." Sie stockte. „Ich dachte, es wäre ein Unfall gewesen."

„Deshalb war es für dich in Ordnung?"

Sie schüttelte den Kopf. Fing wieder an zu weinen.

Wie konnte es sein, dass ein Mord über Wochen unentdeckt blieb? Dass ein Mensch spurlos verschwand und niemand nach ihm suchte? Der unbekannte Mann musste Familie haben. Freunde, Bekannte, Arbeitskollegen.

Vielleicht lag inzwischen eine Meldung bei der Polizei vor und niemand kannte die Verbindung zwischen dem Vermissten und Richard Neudorf.

„Wer war der Mann, den Neudorf ermordet hat?"

Frieda Hessland zuckte die Achseln.

„Sein Vorname war Ingo. Wie lautete sein Nachname?"

„Ich weiß es nicht."

Christopher war des Fragens müde. Der Klang seiner eigenen Stimme erschöpfte ihn. Sein verletzter Unterarm schmerzte. Der Jackenärmel war eingerissen und von Blut durchtränkt. Er winkelte den Arm vorsichtig an. Das Pochen und Brennen wurde stärker. Behutsam schob er den Stoff auseinander. Das Longsleeve war ebenfalls zerrissen. Dort, wo ihn die Metallstange getroffen hatte, verlief ein tiefer Schnitt. Die Haut drum herum war dunkel verfärbt. Er bewegte die Finger. Sie fühlten sich leicht geschwollen an. Um einen Arztbesuch kam er nicht herum. Wenigstens stand diesmal kein Ausflug ins Krankenhaus an. Sonst würde ihn das Personal im AK Altona bald per Handschlag begrüßen.

„Es tut mir leid", flüsterte Frieda Hessland. Ihr Blick ruhte auf seinem verletzten Arm.

Sein erster Impuls war, abzuwiegeln, um ihr das schlechte Gewissen zu nehmen. Alles halb so schlimm, das wird schon wieder. Stattdessen holte er sein Smartphone hervor.

Zwei versäumte Anrufe und zwei Textnachrichten. Felix von Evert hatte versucht, ihn zu erreichen. Er berührte das Icon für den Rückruf. Während das Freizeichen ertönte, sah er aus dem Fenster. Die Straße war von Bäumen gesäumt. Sie fuhren entlang des

Öjendorfer Parks, eine von Hamburgs grünen Oasen. Im Spätsommer war er zuletzt hier gewesen. Hatte zusammen mit Romy und seiner Halbschwester Jasmin ein Mittelalterfestival besucht. Sie waren zwischen den Gewandeten über das Gelände geschlendert, hatten sich an den Essensbuden satt gefuttert, Kirschbier getrunken und bis spätabends die Livemusik genossen.

„Wo, zum Teufel, steckst du?" Felix von Everts Stimme riss ihn aus den Gedanken. Der Kommissar klang besorgt und gereizt zugleich. „Ich habe dir zwei Nachrichten hinterlassen, dass du bei der Baustelle auf die Kollegen warten sollst! Warum bist du nicht dort?"

„Sie müssen Aaron Reinhard verhaften", gab er matt zurück. „Er hat Nina Armin ermordet."

Kurzes Schweigen in der Leitung. „Das erklärt, warum der junge Mann sich nach der Verhaftung seines Onkels aus dem Staub machen wollte. Zwei uniformierte Kollegen haben ihn in der Tiefgarage aufgegriffen. Wie hast du davon erfahren?"

„Durch Frieda Hessland, Karin Neudorfs Assistentin. Sie hat geholfen, beide Morde zu vertuschen. Wir haben sie vorhin auf der Baustelle erwischt. Aaron hat sie telefonisch über Neudorfs Verhaftung informiert. Sie wollte sicherstellen, dass alle Spuren verwischt sind."

In dem Kanister war Benzin gewesen. Etwas anderes hatte Frieda Hessland auf die Schnelle nicht organisieren können.

„Wer ist ,wir'?"

„Gerrit Rust, sein Freund David und ich."

„Ist Frieda Hessland bei euch?"

„Ja. Sie führt uns zu Ninas ... sie führt uns zu Nina."

Das Wort Leiche kam ihm in Gerrits Gegenwart nicht über die Lippen.

„Christopher", die Stimme des Kommissars wurde eindringlich, „wo seid ihr?"

„Auf dem Weg zum Öjendorfer See."

Während er sprach, bog David Kepler von der Straße auf einen von Bäumen gesäumten Weg ein. Im nächsten Moment öffnete sich das Parkgelände vor ihnen. An jedem anderen Tag wäre es ein erhebender Anblick gewesen.

Die weiten Wiesen. Die Bäume.

Der See.

Ihm wurde flau im Magen.

„Ich schicke sofort einen Streifenwagen los. Sei auf der Hut. Nach allem, was ich über Gerrit Rust erfahren habe, musst du mit Kurzschlusshandlungen rechnen."

„Das weiß ich."

„Keine Heldentaten, falls die Situation eskaliert! Ich bin auf dem Weg."

„Beeilen Sie sich."

Er beendete das Telefonat.

Keine Heldentaten ...

Sein Blick wanderte zu David Kepler. Der würde die Pistole nicht benutzen. Und bestimmt alles tun, damit Gerrit sie kein zweites Mal in die Finger bekam. Leider konnte niemand vorhersehen, was geschah, wenn sie ihr Ziel erreichten.

„Da vorn." Frieda Hessland deutete zwischen den Vordersitzen hindurch auf einen Abschnitt des Sees, wo das Ufer flach abfiel.

Gerrit Rust richtete sich auf. Eine Hand an seinem Sicherheitsgurt, starrte er durch die Windschutzscheibe.

Kurz darauf holperte der Wagen über die Wiese. David hielt ein gutes Stück vom See entfernt. Etwas hinderte ihn am Weiterfahren. Ein Gedanke oder Gefühl?

Gerrits Kiefer mahlte. „Bist du sicher, dass sie dort ist?", fragte er Frieda Hessland, ohne den Blick von dem eisbedeckten Wasser zu nehmen.

„Ja." Ihre Stimme klang ganz klein. „Ich habe gehört, wie Aaron es Herrn Neudorf erzählte."

Gerrit stieg wortlos aus und marschierte entschlossen auf den See zu.

Christopher fing David Keplers besorgten Blick im Rückspiegel auf. Sie brauchten keine Worte, um zu klären, was zu tun war. Er löste seinen Gurt und stieß die Autotür auf.

„Gerrit! Bleib stehen!"

Wie auf ein Signal rannte Gerrit Rust plötzlich los. Christopher fluchte und rannte hinterher. Der Untergrund war matschig und uneben. Einmal rutschte er fast aus. Er fing sich und hetzte weiter. Vor ihm betrat Gerrit die Eisfläche. Er brach sofort ein und stand bis zu den Waden im See. Trotzdem wollte er weitergehen. Christopher packte ihn und zerrte ihn zurück. Eiskaltes Wasser spritzte hoch und durchtränkte seine Jeans. Gerrit strampelte und wand sich in seinem Griff. Es kostete all seine Kraft, ihn festzuhalten.

„Lass mich los! Ich muss Nina finden!"

Er gab nicht nach und schleifte Gerrit vom Ufer weg. Sein verletzter Unterarm schmerzte, und die Schienbeine bekamen reichlich Fußtritte ab. In seiner Verzweiflung drehte er Gerrit einen Arm auf den Rücken. Wie ein Roboter spulte er die Bewegungen ab, die er in Mark Brenners Selbstverteidigungskurs gelernt hatte.

Er brachte Gerrit aus dem Gleichgewicht und zwang ihn zu Boden. Gerrit brüllte voller Wut. Er wand sich. Versuchte, sich mit Knien und Füßen unter ihm hervorzuschieben. Es war erstaunlich, wie viel Kraft er mobilisierte.

„Hör auf!", stieß Christopher verzweifelt hervor. „Du kannst ihr nicht mehr helfen!"

Schlagartig erlosch Gerrits Gegenwehr. Sein Körper erschlaffte. Keuchend lag er auf dem feuchten Boden, Kleidung und Gesicht mit Erde verschmutzt. Christopher rang ebenfalls um Atem. Sein Herz hämmerte. Er schwitzte und zitterte vor Anstrengung. Er wollte etwas sagen, da vernahm er ein leises, verzweifeltes Schluchzen. Der Laut schnürte ihm die Kehle zu. Behutsam ließ er Gerrit los und kniete sich neben ihn hin. Legte ihm sanft die Hand auf die Schulter. Obwohl es keinen Trost gab. Gerrit rollte sich zusammen und verbarg das Gesicht unter den Armen. Ein Weinkrampf schüttelte seinen Körper.

Christopher blickte hinaus auf den See.

Irgendwo dort draußen lag Nina Armin.

Unter dem Eis.

Er hatte sie endlich gefunden.

Jetzt war auch ihm zum Heulen zumute.

Motorengeräusche näherten sich. Der grüne Dacia holperte über die Wiese auf sie zu. Gerrit gab keinen Laut mehr von sich. Nur sein angestrengtes Atmen war zu hören. Christopher zwinkerte gegen das Brennen in seinen Augen an und erhob sich. Seine Schienbeine und der Arm schmerzten. Stiefel und Jeans waren vom Seewasser durchtränkt.

David hielt ein Stück entfernt. Nach kurzem Zögern stieg er aus und kam näher. Seine Miene verriet, wie schwer ihm dieser Gang fiel. „Hier." Er holte Simon Vollmers Pistole aus der Jackentasche und betrachtete sie nachdenklich. „Eine Schreckschusspistole. Ist leicht mit einer echten zu verwechseln." Ein humorloses Lächeln umspielte seine Lippen. „Das Ding ist nicht mal geladen."

Eine Weile blickten sie schweigend über das unbewegte Wasser. Schließlich steckte David die Pistole wieder ein. Er ging zum Seeufer und setzte sich neben Gerrit in den Matsch.

Christopher wandte sich ab und humpelte zum Wagen. Frieda Hessland beobachtete das Geschehen teilnahmslos von der Rückbank aus. Gegen die warme Motorhaube gelehnt, rief er Martin an.

Sein Chef meldete sich nach dem zweiten Klingeln. „Wo steckst du? Ich dachte, du wolltest ..."

„Wir haben Nina gefunden." Seine Stimme klang, als käme sie vom Grunde einer tiefen, dunklen Grube.

„Was? Wie?"

„Richard Neudorfs Neffe Aaron hat sie nach der Geldübergabe ermordet und die Leiche im Öjendorfer See versenkt."

„Oh mein Gott! Ich ..." Martin stockte. „Woher weißt du das?"

„Frieda Hessland, Karin Neudorfs Assistentin, ist in die Sache verwickelt."

„Was? Wie?"

„Erzähl ich dir später." Er atmete zitternd aus. „Nina ist tot."

„Ich weiß nicht, was ich sagen soll."

„Ich auch nicht."

„Wo bist du?"

„Am See." Aus den Augenwinkeln nahm er das Auf-
blitzen von Blaulicht wahr. Ein Streifenwagen suchte
sich schwankend einen Weg über die Wiese, gefolgt
von einem dunkelblauen Zivilfahrzeug. Felix von E-
vert. „Die Polizei kommt. Ich melde mich später bei
dir."

„Es tut mir leid, Topher."

„Danke. Ich ... bis später."

Während die uniformierten Beamten Frieda Hessland in Gewahrsam nahmen, lehnte sich der Kommissar neben ihn an die Motorhaube des Dacia. Sein Blick
glitt über den See. „Dort im Wasser?"

Christopher nickte kaum merklich. „Gerrit hat sein
halbes Leben damit verbracht, für Nina zu kämpfen. Er
hat alles versucht, um sie zu beschützen."

Und war trotzdem gescheitert.

Felix von Evert gab lange keine Antwort. Als er
schließlich sprach, klang seine Stimme einfühlsam.

„Du hast heute zwei Morde aufgeklärt. Durch deine
Hilfe konnten wir die Schuldigen finden und verhaften. Dank dir weiß Gerrit, was seiner Cousine zugestoßen ist. Ungewissheit ist viel belastender als die Wahrheit." Der Kommissar musterte ihn von der Seite. „Du
hast hervorragende Arbeit geleistet. Auch wenn es sich
anders anfühlt."

Es fühlte sich anders an. Schrecklich. Als wäre es
seine Schuld, dass am Ende nicht alles gut wurde.

„Du bist verletzt", bemerkte der Kommissar.

Er betrachtete abwesend seinen linken Arm. Die zerrissene, blutgetränkte Jacke. „Frieda Hessland ist mit einer rostigen Metallstange auf mich losgegangen.”

„Soll dich einer der Kollegen zum Arzt fahren?”

„Ich rufe mir später ein Taxi.”

„Du rufst dir *sofort* ein Taxi. Sonst holst du dir in den nassen Klamotten den Tod.” Felix von Evert verzog das Gesicht. „Entschuldigung. Falsche Wortwahl. Du hast für heute genug getan. Alles Weitere besprechen wir morgen auf dem Präsidium.”

Der Kommissar stieß sich von der Motorhaube ab und ging zum Seeufer. Gerrit saß mittlerweile. David kniete neben ihm, eine tröstende Hand auf die Schulter seines Freundes gelegt.

Christopher wandte sich ab. Marschierte mit ausgreifenden Schritten über die Wiese. Schneller, immer schneller. Weg vom Geschehen. Weg von den Menschen.

Es war vorbei.

All die Mühe umsonst!

Nein, das stimmte nicht. Er *hatte* Nina gefunden.

Zumindest das.

Er blieb stehen. Schloss die Augen. Sah das Gesicht des neunzehnjährigen Mädchens vor sich, dessen Leiche in diesem See lag.

Im nächsten Moment hielt er sein Smartphone in der Hand und lauschte dem Freizeichen. Ohne sich daran zu erinnern, es aus der Jackentasche geholt zu haben.

„Hallo?” Romys Stimme.

Er schluckte. Suchte nach Worten. Und brachte lediglich ein ersticktes „Ich bin's” hervor.

Als sie sich besorgt erkundigte, was los sei, brach er in Tränen aus.

EPILOG

15. Dezember 2014

Die vergangenen Tage waren eine emotionale Achterbahnfahrt gewesen. Ein wilder Wechsel von Erschöpfung, Trauer, Erleichterung und sogar Freude. Fragen wirbelten ihm durch den Kopf, auf die es keine befriedigenden Antworten gab.

Hatte Nina Armin jemals eine faire Chance? Wäre ihr Leben besser oder schlechter verlaufen, wenn Gerrit nicht versucht hätte, sie vor der Welt zu beschützen? Wenn sie nicht in eine betreute Jugendeinrichtung gezogen wäre, in der sie mit Mädchen zusammenwohnte, die eine ähnliche Vergangenheit teilten? Die sie negativ beeinflussten.

Romy schaffte es, ihn abzulenken. Mit einem Spaziergang, einem Bummel über den Weihnachtsmarkt, einem gemeinsamen Abendessen. Ihre Nähe tat ihm unglaublich gut.

Nach seinem Anruf vom See war sie sofort zum Öjendorfer Park gekommen. Sie hatte ihn nach Hause gebracht, dafür gesorgt, dass er duschte und etwas aß, und war die ganze Nacht bei ihm geblieben. Zum allerersten Mal. Eng aneinandergekuschelt hatten sie in seinem Bett gelegen, und obwohl er sich furchtbar fühlte, war er gleichzeitig überglücklich gewesen.

„Bereit für die nächste Runde?", riss ihn eine männliche Stimme aus den Gedanken.

Schubert, sein Stammtätowierer und Foltermeister des heutigen Tages, grinste teuflisch.

Auf dem Weg zum neuesten Kunstwerk in seiner Sammlung hatten sie eine Pause eingelegt. Damit Schubert Augen und Hände entspannen und Christopher sich vom Dauerschmerz erholen konnte.

„Bereit." Er veränderte leicht seine Sitzposition. Der mit Leder bezogene Stuhl wurde allmählich unbequem. Trotz der Nackenstütze, der ausgeklappten Fußstütze und der breiten Lehnen, auf denen seine Unterarme ruhten. Den linken Unterarm zierte ein Verband, dessen strahlendes Weiß sich deutlich von der dunkel verfärbten Haut abhob, die unter den Rändern hervorlugte. Frieda Hesslands Schlag mit der Metallstange hatte ihm eine Prellung und einen Bluterguss eingebracht. Der tiefe Kratzer würde eine Narbe hinterlassen. Zum Glück benötigte er weder Antibiotika noch Schmerzmittel. Beides hätte bedeutet, den heutigen Termin verschieben zu müssen.

„Auf geht's." Schubert zog die Latexhandschuhe zurecht und schaltete das Lämpchen an seiner Lupenbrille ein. Danach ergriff er die in Plastik verpackte Tätowiermaschine. Auf einem Beistelltisch stand ein kleiner Tiegel. Er tauchte die Nadel hinein, ließ die Maschine kurz laufen und entfernte mit einem Küchentuch überschüssiges Rot.

Routiniert brachte er die Farbe unter die Haut.

Ein rhythmisches *Schrapp, Schrapp, Schrapp* wie von einem winzigen Spachtel. Er nahm sich Zeit. Keine Hektik, wenn es um bleibende Eindrücke ging.

Christopher atmete konzentriert gegen den Schmerz an. Das Surren der Tätowiermaschine harmonierte auf absurde Weise mit der klassischen Musik, die im Hintergrund spielte.

„Alles frisch?" Schuberts Augen wurden durch die Lupenbrille unnatürlich vergrößert. „Siehst blass aus um die Nase."

„Alles frisch, keine Sorge."

In Wahrheit verlor er nach gut anderthalb Stunden selbst gewählter Qual zunehmend die Lust. Allein das Ziehen der Linien – einiger sehr langer Linien – hatte eine halbe Ewigkeit gedauert. Nun wurde das Motiv mit Farbe gefüllt. *Schrapp, Schrapp, Schrapp.*

Warum tat er sich das an?

Es war dieselbe Frage wie beim letzten Tattoo. Und beim Tattoo davor. Sein Gedächtnis neigte dazu, die unangenehmen Seiten der Prozedur zu verdrängen. Doch der Schmerz gehörte dazu. Jeder brennende Strich war ein Teil des Entstehungsprozesses.

Die Eingangstür des Tattoostudios wurde geöffnet. Romy trat ein, gekleidet in Wintermantel und Stiefel. Sie trug ein strahlendes Lächeln im Gesicht und eine weihnachtliche Pudelmütze auf dem Kopf. Sie hatte sich extra freigenommen, um seinen Geburtstag mit ihm zu verbringen. Vor einer halben Stunde war sie zu einem streng geheimen Einkauf aufgebrochen.

„Signorina Romina." Schubert setzte die Tätowiermaschine ab. „Der Glanz kehrt in meine bescheidene Hütte zurück."

Ihr Lächeln wurde strahlender. Sie trat näher, um das fast fertige Motiv zu begutachten.

„Sieht sehr schön aus." Sie küsste Christopher auf die Wange. „Mein tapferer Held."

Es klang zugleich liebevoll und stichelnd.

„Dein Held ist gleich fertig." Schubert tunkte die Nadel erneut in das Tiegelchen.

„In jeder Beziehung", warf Christopher lakonisch ein.

Romy kicherte. Sie zog den Mantel aus und hängte ihn an die Garderobe. Darunter trug sie ein schwarzblau meliertes Strickkleid. Sie sah wunderschön aus.

Romy setzte sich auf einen Hocker und nahm seine Hand. Als harter Kerl hatte er das natürlich nicht nötig. Es gefiel ihm trotzdem. „Ich habe gestern mit Gerrit telefoniert", erzählte er, während die Tätowiermaschine surrte und sich das Orchester im Hintergrund zu dramatischen Höhen aufschwang.

„Wie geht es ihm?"

„Er quält sich mit Selbstvorwürfen. Wäre er nicht im Gefängnis gewesen, würde Nina noch leben. Hätte er besser auf sie achtgegeben, wäre das alles nicht passiert."

Und wäre Nina damals nicht zu dieser Party gegangen …

Stieg man in *das* Gedankenkarussell ein, gab es kein Entrinnen.

Ob Karin Neudorf sich ähnlich im Kreis drehte? Ohne ihre Affäre wären die Verbrechen vielleicht nie ans Tageslicht gekommen. Sie hätte die *Neudorf-Hochtiefbau* gemeinsam mit ihrem mörderischen Ehemann und Neffen in eine goldene Zukunft geführt.

Diese Zukunft lag nun in Trümmern.

Die Medien berichteten ausführlich über die Verhaftungen und die „Familienverschwörung". Nina wurde zur tragischen Figur hochstilisiert. Das arme Mädchen aus schlechtem Hause, das sich ein besseres Leben erpressen wollte. Ingo Z. war der gierige Steuerberater, der Richard Neudorf jahrelang dabei geholfen hatte, Gelder in zweistelliger Millionenhöhe am deutschen Fiskus vorbeizuschleusen. Und dabei selbst ein kleines Vermögen auf ausländischen Konten angehäuft hatte.

Ob man …

Ein neuer Schmerzhöhepunkt brachte seine Gedanken ins Stolpern. Schubert malträtierte eine besonders empfindliche Stelle. Feine Schweißperlen bildeten sich in seinem Nacken. Tief durchatmen.

Ob man Ingo Z.s sterbliche Überreste jemals finden würde, blieb ungewiss. Richard Neudorf hatte die Leiche nach eigener Aussage bei Nordenham in der Weser versenkt. Wahrscheinlich trieb sie inzwischen in der Nordsee. Die ehrenwerte Familie machte mit Vorliebe das Wasser zu ihrem Verbündeten.

Ingo Z. wurde lange nicht vermisst, weil man glaubte, dass er sich im Winterurlaub befand. Der Mann war geschieden, kinderlos. Seine Ex-Frau lebte in Süddeutschland. Enge Freunde gab es nicht. Nach vier Wochen informierte sein Chef schließlich die Polizei. Eine traurige Randnotiz.

Christopher graute vor dem Prozess. Vor dem Blitzlichtgewitter, den Kameras, den neugierigen Reportern. Der Privatdetektiv wollte selbst um jeden Preis privat bleiben.

Romy drückte tröstend seine Hand. „Gerrit hat alles versucht, um Nina zu helfen. Er hat sich für sie aufgerieben. Sie wieder und wieder aufgefangen."

„Die beiden haben sich gegenseitig aufgefangen. Für Gerrit war Nina der Ansporn, sein eigenes Leben in den Griff zu bekommen."

„Dank dir weiß er zumindest, was ihr zugestoßen ist."

Aaron Reinhard hatte Nina nach der Geldübergabe verfolgt und in der Nähe ihrer WG überwältigt. Ihre Gegenwehr war so heftig gewesen, dass er sie aus Angst vor Entdeckung erwürgt hatte. In seiner Panik war er zum Öjendorfer Park gefahren. Der See war die erstbeste Lösung gewesen.

Mit dem Daumen strich Christopher über Romys Handrücken. „Nina soll in Stuttgart beigesetzt werden."

„Fährt Gerrit zur Beerdigung?"

„Nein. Er sagt, er würde die Lügen und Heucheleien nicht ertragen. Ihre Eltern wollen ihn auf keinen Fall dabeihaben. Wahrscheinlich befürchten sie, dass er vor versammelter Trauergemeinschaft ausrastet." Eine realistische Einschätzung. „Er fährt im Januar hin. Wenn die Behörden keine Einwände haben."

„Warum sollten sie?"

„Weil Gerrit vorbestraft ist und ihm die Sache mit der Schreckschusspistole eine Haftstrafe einbringen könnte. Bis darüber entschieden wird, muss er sich zur Verfügung halten."

Für ihn sprach, dass er in einem Moment der Vernunft die Munition aus der Waffe genommen hatte.

Christopher lächelte schmal.

„Gerrit hat gefragt, ob ich ihn begleite."

Romys Augen weiteten sich. „Möchtest du?"

„Ja. Ich denke, es wäre ein guter Abschluss."

„Meine Worte", verkündigte Schubert fröhlich und legte die Tätowiermaschine beiseite. „Wir sind fertig."

Mit einem Küchentuch wischte er über das Tattoo, um überschüssige Farbe zu entfernen. Auf der wunden

Haut fühlte sich das weiche Material an wie Sandpapier.

Romy stand auf und begutachtete das Endergebnis. „Wunderschön! Das hast du super gemacht!"

„Danke, danke." Schubert bestrich das Motiv behutsam mit einer dünnen Schicht Vaseline und reichte Christopher einen Handspiegel. „Sieh und weine vor Glück."

In gespannter Erwartung richtete er den Spiegel aus.

Seinen linken Oberarm zierte nun ein feuerrotes schwarz umrandetes Anch. Das altägyptische Henkelkreuz repräsentierte das lebendige und ewige Leben im Diesseits und im Jenseits. Es stand für das Werden und das Sterben. Den Kreislauf allen Seins.

Diese Bedeutung hatte ihm schon vor den Ereignissen um Nina Armin gefallen. Nach den vergangenen Wochen fühlte er sich dem Symbol umso stärker verbunden.

In klassischen Darstellungen war das Anch ein schlichtes T-förmiges Kreuz, auf dem eine Schlaufe saß. Anstelle der Schlaufe sprossen bei seinem Tattoo zwei Flügel aus dem Kreuz, deren Spitzen das Oval bildeten. Die Federn waren rot, schwarz und blau ausgefüllt. Wo sich die Balken des Kreuzes vereinten, prangte ein blauer Kreis mit einem hellen Lichtpunkt. An den Seiten und am unteren Ende war das Tattoo offen. Schubert hatte den Bereich um die Öffnungen rot schraffiert, um die Lebensenergie darzustellen. Es lag im Auge des Betrachters, ob die Energie aus dem Kreuz herausströmte, in das Kreuz hinein oder durch es hindurch.

„Großartig!", stieß er begeistert hervor. „Du hast dich selbst übertroffen!"

Schubert grinste zufrieden. „Dann packen wir dich mal ein." Er nahm eine Rolle Frischhaltefolie, riss ein Stück ab und legte es über das Tattoo. Die Ränder versiegelte er mit Leukoplast.

Christopher erhob sich vom Stuhl, die Knochen steif vom langen Sitzen. Vor einem bodentiefen Spiegel blieb er stehen und betrachtete selig das Tattoo.

„Soll ich bar zahlen oder mit Karte?"

„Gar nicht. Eine Hälfte geht aufs Haus, die andere wurde im Voraus bezahlt."

Er wandte sich überrascht um. „Ernsthaft? Wie komme ich zu *der* Ehre?"

Schubert zog einen Umschlag hinten aus seinem Hosenbund und überreichte ihn Christopher. Darin steckte eine kitschige, mit rosa Herzchen bedruckte Glückwunschkarte.

Hätte nie gedacht, dass ich eines Tages in die Kunstförderung einsteige.
Herzlichen Glückwunsch zum Geburtstag, Sherlock.
Bleib gesund!!!

Cobi

„Der Typ ist verrückt!" Er zeigte Romy gerührt die Karte. „Das ist viel zu viel Geld!"

„Er hat dich eben sehr gern." Sie gab ihm einen Kuss. „Du kannst dich ja heute Abend bei ihm bedanken."

Henry und Jasmin ließen es sich nicht nehmen, zur Feier des Tages ein Geburtstagsessen im *Cinque Terre* auszurichten. Jacobis Freundin Kim legte sogar ein verlängertes Wochenende in Hamburg ein, um dabei sein zu können.

Er reichte Schubert die Hand. „Vielen Dank! Das ist das beste Geschenk aller Zeiten."

„Herzlichen Glückwunsch zum Geburtstag, Topher. Du bist einer von den Guten. Bleib so!"

Nach dem obligatorischen Vortrag über die Pflege des Tattoos verließen sie das Studio. Berauscht von Glückshormonen nahm er Romys Hand. Die Schmerzen waren vergessen. Allein das Ergebnis zählte. In der einsetzenden Dämmerung schlenderten sie zurück zu seiner Wohnung.

Vorgestern war er zu seiner Erleichterung Rudi und seiner Hündin Tessa über den Weg gelaufen. Die zwei überwinterten tatsächlich im Gartenhäuschen der alten Dame. Rudi bekam täglich eine warme Mahlzeit und Tessa jede Menge Leckerlis.

In diese schönen Gedanken versunken, zog er seinen Schlüsselbund aus der Hosentasche. Und hielt verwundert inne, als sich ihnen vor dem Hauseingang jemand in den Weg stellte. Es war die eine Person, die er an diesem Tag am wenigsten erwartete.

„Happy Birthday." Elias hob eine schmale Tüte hoch, aus der ein Flaschenhals ragte. Er wirkte unsicher. Als wäre sein Vokabular mit diesen Worten erschöpft.

„Was machst du hier?", brachte Christopher verdutzt hervor. „Musst du nicht arbeiten?"

„Ich habe mir einen halben Tag freigenommen."

„Ach so." Extra für dieses Treffen?

Romy ließ seine Hand los. „Ich warte oben auf dich." Sie nahm ihm die Schlüssel ab und verschwand im Haus.

„Romy hat mich gebeten, zu kommen." Sein Bruder wippte nervös auf und ab. „Was du auf dem Parkplatz gesagt hast …"

„Bitte, Elias. Ich habe schlimme Tage hinter mir. Das Letzte, was ich heute brauche, ist eine Auseinandersetzung."

„Ich bin nicht gekommen, um mich zu streiten. Aber eines musst du verstehen. Ich liebe Helena über alles. Ich kann mir ein Leben ohne sie nicht vorstellen. Und Helena liebt Kinder." Elias stockte. Wandte kurz den Blick ab. „Ich wollte nie Kinder haben", gestand er mit fester Stimme. „Ich wollte mit Helena die Welt bereisen. Fremde Länder entdecken, im Ausland leben, unabhängig sein. Stattdessen arbeite ich für eine spießige Versicherung und fahre im Urlaub an die Nordsee."

Christopher fühlte sich wie vor den Kopf geschlagen von dieser schonungslosen Offenheit.

„Warum sagst du es Lena nicht?"

Elias lachte auf. Es klang bitter und verzweifelt. „Nach all den Jahren? Der Zug ist abgefahren."

„Du hättest es ihr damals sagen müssen. Von Anfang an mit offenen Karten spielen."

„Und Helena verlieren? Denn das wäre passiert. Sie hätte mich verlassen, das weiß ich! Weil für sie ein Leben ohne Kinder unvorstellbar ist."

„Also spielst du ihr lieber etwas vor?" Christopher schüttelte ungläubig den Kopf. „Lena leidet! Sie denkt, du liebst Sophie nicht, weil du dir einen Sohn wünschst. Nun bekommt ihr einen Sohn, und du freust dich keinen Deut darüber! Wie kannst du ihr das antun? Der Frau, die du angeblich über alles liebst?!"

Elias' Miene verfinsterte sich. „Du hast keine Ahnung, wovon du sprichst! Versuch nicht, etwas zu beurteilen ..."

„Stopp!", fiel er seinem Bruder ins Wort. „Was machen wir hier eigentlich? Wir sollten reden und uns nicht die Köpfe einschlagen!"

Sein Bruder hob in einer frustrierten Geste die Hände. „Gut. Reden wir. Allerdings weiß ich nicht ..."

„Ich möchte helfen!"

Elias blinzelte, sichtlich aus dem Konzept gebracht.

„Wie kann ich dich unterstützen?", setzte er nach.

Sein Bruder schwieg einige Sekunden. „Ich werde nie ein toller Vater sein", sagte er schließlich. „Gleichgültig, wie sehr ich mich bemühe. Ich liebe Sophie, und ich werde auch meinen Sohn lieben. Aber ich bin nicht wie du. Du besitzt diese beneidenswerte Leichtigkeit. Sobald ein Kind in der Nähe ist, sprudeln die Ideen aus dir heraus. Es treibt mich zur Weißglut, weil ich das nicht kann!"

„Lass mich diesen Part übernehmen. Lass mich den verrückten Onkel spielen, der sich alberne Geschichten ausdenkt. Und du bist der seriöse Gegenpol, der Ruhe und Stabilität in die Familie bringt."

Der letzte Satz entlockte Elias ein flüchtiges Lächeln. Er dachte über den Vorschlag nach. „Unter einer Bedingung: Helena darf niemals von dieser Unterhaltung erfahren."

Christopher schluckte. Er liebte seine Schwägerin über alles. Nun wurde von ihm verlangt, ihr etwas vorzuspielen. Die Alternative wäre undenkbar: Sophie und Lena nicht mehr zu sehen und seinen Neffen nie richtig kennenzulernen.

Also wählte er das geringere Übel.

„Einverstanden.“

Sie gaben sich die Hand. Wie zwei Geschäftsmänner, die einen wichtigen Deal abschlossen.

„Lass Romy nicht länger warten.“ Sein Bruder reichte ihm die Tüte mit der Flasche. „Hab einen schönen Geburtstag.“ Damit drehte er sich um und ging zu seinem Wagen.

Christopher blickte ihm nach, erfüllt von einem Wust widersprüchlicher Gefühle. Welches Elend Schweigen anrichten konnte! Durch Elias' Geständnis war er zum Mitwisser geworden. Zum Komplizen.

„Selbst schuld“, murmelte er. „Du musstest dich ja unbedingt einmischen.“

Vielleicht würde es in Zukunft tatsächlich besser werden. Weil Elias sein Geheimnis nicht mehr allein trug. Es war eine Chance. Für sie beide. Mit verhaltenem Optimismus drückte er seine Klingel.

Romy erwartete ihn an der offenen Wohnungstür. „Wie ist es gelaufen?“

Er trat schweigend in den Flur und hängte seine Jacke an die Garderobe. Danach umarmte er Romy. Mit dem rechten Arm. Der linke musste geschont werden. „Danke“, flüsterte er. „Du bist großartig!“

Sie gab ihm einen Kuss. „Ich konnte nicht länger dabei zusehen, wie ihr euch gegenseitig das Leben schwer macht.“

Er nahm ihre Hand. Sein Herz pochte plötzlich wie wild. Der perfekte Zeitpunkt war gekommen.

„Was ist?“, fragte sie verwundert.

„Ich habe eine Überraschung für dich.“

„Aber heute ist *dein* Geburtstag.“

Er zog sie mit sich ins Wohnzimmer und in die Computerecke. Aus einer der Schreibtischschubladen holte er einen Umschlag.

„Für dich."

„Was ist dadrin?"

„Sieh nach."

Sie öffnete den Umschlag und zog ein gefaltetes Blatt Papier heraus. Sie strich es glatt und las. Ihre Augen weiteten sich. „Das ist ein Flugticket nach Genua! Auf deinen Namen ausgestellt!"

„Hinflug am 23. Dezember, Rückflug am 27. Dezember."

Der Preis war horrend gewesen. Deshalb hatte Martin großzügig mit einem Vorschuss ausgeholfen.

Romy starrte auf das Papier in ihren Händen.

Zeichnete sich Freude auf ihrem Gesicht ab? Unwillen, Verlegenheit? Was?

Christopher hob verunsichert zu einer Erklärung an. „Ich dachte mir, du möchtest vielleicht Gesellschaft haben. Und ich könnte deine Familie kennenlernen. Ich weiß, es ist über Weihnachten, und wahrscheinlich haben deine Eltern gar keinen Platz für mich. Außerdem bin ich noch nie geflogen. Wenn ich Flugangst habe, könnte das voll danebengehen." Er plapperte. Die Wahrheit, die einzige Wahrheit, war, dass er Romy nicht allein nach Genua fliegen lassen wollte. In die Stadt, an die sie diese furchtbaren Erinnerungen hatte. Er wollte an ihrer Seite sein, wenn sie durch die Straßen ging und an den Abend dachte, an dem ...

Ohne Vorwarnung brach Romy in Tränen aus.

„Nein, ich, entschuldige", stammelte er erschrocken. „Tut mir leid! Ich ..."

Sie fiel ihm um den Hals. Klammerte sich an ihn, als wolle sie ihn nie wieder loslassen. Er hielt sie verwirrt fest. War das gut oder schlecht?

„Ich liebe dich!" Sie blickte ihn an, das Gesicht feucht von Tränen. „Ich liebe dich, Christopher Diecks!"

ENDE

(Bis zum nächsten Fall)

DANKSAGUNG

Ich danke folgenden Personen:
Meiner Mutter, für alles und noch viel mehr
Meiner Metal-Familie, die stets für mich da ist
Den Mitarbeitern vom *St. Pauli Office*. Für eine inspirierende Stadtteilführung und die Unterstützung bei meiner ersten Lesung von „Christopher Diecks – Privatdetektiv".